IRISCHE FINSTERNIS

N
W
O
S
N70
Waterville
LOUGH CURRANE
N70
Scariff Island
Deenish Island

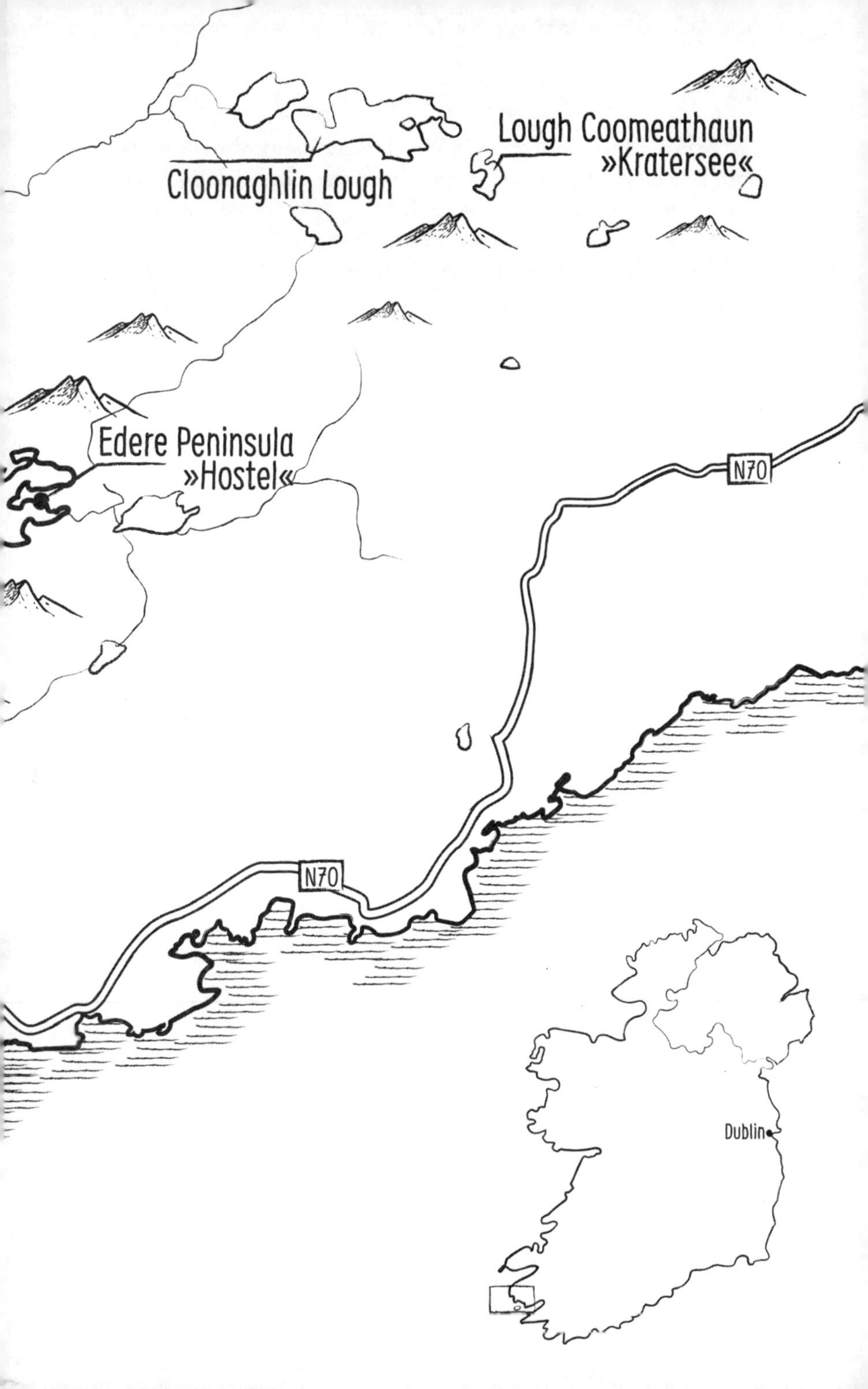
Lough Coomeathaun
»Kratersee«
Cloonaghlin Lough
Edere Peninsula
»Hostel«
N70
N70
Dublin

Matthias Moor, Jahrgang 1969, lebt seit über zwanzig Jahren am Bodensee. Er ist verheiratet, hat zwei Kinder und arbeitet als Gymnasiallehrer und freier Journalist in Konstanz. Irland ist neben dem Bodensee seine Seelenheimat. Wenn mal nichts anliegt, geht er am liebsten zum Angeln.
www.matthias-moor.de

Dieses Buch ist ein Roman. Handlungen und Personen sind frei erfunden. Ähnlichkeiten mit lebenden oder toten Personen sind nicht gewollt und rein zufällig.

MATTHIAS MOOR

IRISCHE FINSTERNIS

Kriminalroman

emons:

Bibliografische Information der Deutschen Nationalbibliothek
Die Deutsche Nationalbibliothek verzeichnet diese Publikation in der Deutschen Nationalbibliografie; detaillierte bibliografische Daten sind im Internet über http://dnb.d-nb.de abrufbar.

MIX
Papier aus verantwortungsvollen Quellen
FSC www.fsc.org FSC® C083411

Umschlagmotiv: mauritius images/Vince Bevan/Alamy
Umschlaggestaltung: Nina Schäfer
Karte S. 2–3: dedesigned elisabeth deger
Gestaltung Innenteil: DÜDE Satz und Grafik, Odenthal
Lektorat: Lothar Strüh
Druck und Bindung: CPI – Clausen & Bosse, Leck
Printed in Germany 2021
ISBN 978-3-7408-1135-8
Originalausgabe

Dieser Roman wurde vermittelt durch die
Literaturagentur Beate Riess, Freiburg.

Well you know I have a love
A love for everyone I know
And you know I have a drive
To live, I won't let go

But can you see its opposition
Comes rising up sometimes?
That its dreadful imposition
Comes blacking in my mind

And then I see a darkness
And then I see a darkness
And then I see a darkness
And then I see a darkness

Did you know how much I love you?
Is a hope that somehow you
Can save me from this darkness?
Will Oldham, »I See a Darkness«

Prolog

Lough Currane, Irland

Sie wusste nicht, was sie geweckt hatte, aber irgendetwas stimmte nicht, ihr Herz schlug viel zu schnell. War es ein böser Traum? Sie konnte sich an nichts erinnern.

Reglos lag sie in dem Bett des ausrangierten Wohnwagens. Irgendetwas sagte ihr, dass sie sich nicht bewegen durfte. Seit gestern waren sie hier mutterseelenallein gewesen, an diesem bezaubernden Ort. Doch wo blieb Sinéad? Am Abend war sie zum Einkaufen gefahren. Sie hätte schon längst wieder da sein müssen.

Plötzlich ein Geräusch … Das Rascheln von Blättern auf der anderen Seite der dünnen Wand …

Sie hielt den Atem an. Ihr Herz schlug so schnell, dass sie Angst hatte, man könne es draußen hören. Ein Tier, es könnte ein Tier sein. Am Nachmittag hatte sie einen Nerz am Seeufer beobachtet.

Da war es wieder!

Als würde jemand auf trockenes Laub treten.

Mit einem Ruck drehte sie sich um. Es dauerte einen Moment, bis sie fokussieren konnte, aber für den Bruchteil einer Sekunde sah sie es: Das Gesicht in dem kleinen schmutzigen Fenster, es hatte hineingeblickt und sie angestarrt!

Einen Wimpernschlag später war es verschwunden. Ein eiskalter Schauer lief ihr den Rücken herunter: Es war das Gesicht einer Frau, weiß wie ein Geist aus dem Totenreich. Sie trug einen strengen Pagenschnitt, der Pony ging bis knapp über die Augenbrauen. In ihrem Ausdruck lag etwas Kaltes. Erbarmungsloses. Nein, das war nicht Sinéad.

Der Puls hämmerte in ihren Schläfen. Der Wohnwagen ließ sich nicht abschließen, jeder konnte ihn jederzeit betreten. Sie hatte auch keine Waffe. Und nur Sinéad wusste, wo sie war. Es gab kein Haus weit und breit, abgesehen von dem verlassenen Gemäuer gegenüber.

Langsam setzte sie sich auf. Lauschte nach dem Rascheln, aber jetzt war es still. Sie schlüpfte in ihre Schuhe und nahm die Taschenlampe. Ihr Herz pochte, die Hände zitterten, aber sie musste wissen, wer da draußen war.

Es quietschte, als sie die Tür öffnete. Der schwache Lichtstrahl der Taschenlampe suchte den Vorplatz ab, dann leuchtete sie hinüber zu dem alten Haus. Vielleicht hatte sich die Frau darin versteckt?

Sie trat hinaus.

Die Luft war kühl.

»Hallo?«, rief sie in die Nacht. »Sinéad?«

Nichts. Hatte sie geträumt? Die dunklen Fensteröffnungen des Hauses gegenüber kamen ihr wie Riesenaugen vor. Stand die Frau dort im Schatten und spähte durch die zerbrochenen Scheiben? Jedenfalls war sie ganz in der Nähe, das spürte sie. Sie hatte Gänsehaut.

Schnell wieder rein, rief ihr Instinkt.

Als sie sich umdrehte, nahm sie aus den Augenwinkeln eine Bewegung wahr.

Die Frau stand direkt neben dem Wohnwagen, sie musste sich dahinter versteckt haben. Der Lichtstrahl der Taschenlampe heftete sich an das Gesicht der Frau, sodass sie kurz blinzelte. Sie sah aus wie Sinéad und dann wieder nicht. Ihre Haare waren fuchsrot und lagen perfekt, als wäre es eine Perücke.

Sie lächelte. Es war kein gutes Lächeln. Es strahlte Verachtung aus, Verachtung und eine kalte Lust. So hatte Sinéad nie gelächelt, so hatte Sinéad sie nie angesehen!

Du musst hier weg, rief eine Stimme. Sie fuhr herum, wollte zurück in den Wagen, da traf sie ein harter Schlag im Nacken. Als sie kraftlos zu Boden sank, spürte sie noch einen Stich im Arm. Kurz darauf wurde ihr schwarz vor Augen …

Als sie erwachte, lag sie wieder im Bett des Wohnwagens. Aber etwas war anders, sie fühlte sich wie benommen, ganz schwer und ruhig, als wäre sie in Watte gepackt. Als wäre alles gar nicht so schlimm. Ihre Gedanken liefen wie in Zeitlupe ab.

Die Frau stand im Halbdunkel am Fußende des Bettes und durchsuchte mit einer Taschenlampe ihren Rucksack. Jetzt, wo sie sie beobachten konnte, gab es keinen Zweifel: Es war Sinéad. Sie war schön, auch in dieser Verkleidung. Eine kühle, strenge Schönheit. Sinéad hatte sie gerettet, dank ihr hatte sie wieder Lebensmut. Mit Sinéad war alles so leicht. Ihr konnte sie vertrauen. Sinéad würde ihr nichts tun.

»Du bist ja schon wieder wach?« Sinéad tat überrascht und sprach, als wäre sie ein kleines, dummes Kind. Ihre Stimme klang weit, weit entfernt. Doch sie hatte keine Angst mehr, zumindest war die auch weit weg. Ihre Lider wurden schwer, sodass sie für einen Moment die Augen schloss.

»Was hast du mir gegeben?« Ihre Stimme war ein Lallen, die Zunge so schwer wie ein Stück Blei.

»Du wirst gleich wieder schlafen«, antwortete Sinéad. »Lange, lange schlafen.«

Sie wollte sich aufrichten, doch sie war gefesselt. Das merkte sie erst jetzt. Arme und Beine waren mit Tüchern aneinandergebunden.

Da war die Angst auf einmal wieder da.

Kroch schnell an sie heran.

Flüsterte ihr etwas zu.

Schlüpfte wie kalter Nebel in ihre Poren.

Du wirst diese Nacht nicht überleben.

Sinéad wird dich töten, und sie hat dich die ganze Zeit belogen.

»Was hab ich dir getan?«, fragte sie.

Da lachte Sinéad. Mit einer Spritze in der Hand stieg sie aufs Bett und setzte sich auf ihren Bauch. Sie wollte sich wehren, aber ihre Glieder waren ja gefesselt und außerdem so unendlich schwer.

»Das wird dir guttun«, sagte Sinéad. Sie wehrte sich nicht. Der Einstich schmerzte in ihrer Armbeuge. »Du wirst einen schönen, einen wunderschönen Tod haben.«

Sinéads Gesicht war jetzt direkt über ihrem. Sie sah selbst so aus, als hätte sie Drogen genommen, es war ein Ausdruck absoluter Erfüllung. Sinéad fuhr mit ihren Händen durch ihre langen Haare. Auf die war sie immer stolz gewesen.

»Sie sind so schön und weich. Genau wie ihre. Erinnerst du dich noch an sie? Und genauso rot. Wie Feuer. Wie ...«

Sinéad beugte sich zu ihr.

Flüsterte ihr etwas ins Ohr.

Sagte den Namen.

Da riss sie die Augen auf.

Auf einmal war ihr alles klar.

Die Erkenntnis stach in ihr Herz wie ein glühendes Schwert.

Kurz bevor die Droge ihr alle Sinne raubte, verstand sie, warum sie sterben musste.

Einmal noch wachte sie auf. Sie nahm alles nur verschwommen wahr, aber Sinéad schien weg zu sein. Es war der Geruch, der sie aufgeweckt hatte, sie kannte ihn von früher. Es roch nach Gas. Sie müsste die Fenster öffnen, aber sie konnte sich überhaupt nicht bewegen, als wäre sie gelähmt. Außerdem war sie so schrecklich müde. Wahrscheinlich gehörte der Geruch zu ihrem Traum. Auf ihrem Bett und dem Tisch brannten Teelichter. Schön sah das aus, wunderschön. Also machte sie die Augen wieder zu. Innerhalb von Sekunden fiel sie in einen schweren Schlaf.

Als der Wohnwagen in Flammen aufging, legte sich ein Lächeln auf Sinéads Gesicht. Das war besser als jeder Rausch. Als würde sich ein warmes, orangefarbenes Licht in ihrem Körper ausbreiten, das pure Glück. Nichts tat mehr weh, nichts drängte, sie war wie entrückt, als würde sie schweben. Es würde sie nicht heilen, aber am Leben halten. Lange.

Sie steckte sich eine Zigarette an, schloss die Augen und sog den Rauch tief in ihre Lungen. Die beste Zigarette meines Lebens, dachte sie.

Da hörte sie die Schreie, voller Schmerz und Verzweiflung,

und zuckte zusammen. Lag auch Reue darin? Hatte sie verstanden, warum sie starb?

Sie öffnete die Augen. Die Flammen loderten in die Nacht, aber das warme Licht in ihr war erloschen, und die Schreie wollten nicht aufhören.

Als sie endlich verstummt waren, warf sie die Kippe mit zitternden Händen in eine Pfütze und machte sich auf den Weg durch den Wald.

Sie war noch nicht fertig.

Sie hatte noch einen langen, gefährlichen Weg vor sich.

1

Frierend stehe ich draußen an Deck, bald kommen wir in Dublin an. Die See ist rau, und die Fähre schwankt so stark, dass ich mich an der Reling festhalten muss. Der eisige Wind wirft mir einen Schauer Gischt ins Gesicht, die Küste Irlands sieht aus wie eine schwarze Wand. Darüber türmen sich noch schwärzere Wolken, und dazwischen scheint ein schmaler Streifen aus goldenem Licht. Es ist kein tiefes, warmes, sattes Gold, nur ein ganz schwaches, kühles, als hätte die Sonne gerade andere Sorgen.

Nicht mal hier oben bin ich allein. Ein paar Meter von mir entfernt würgt sich ein junger Mann die Seele aus dem Leib, als hätte er einen Aal verschluckt. Dabei lehnt er sich weit über die Reling, jeden Moment könnte er vornüberkippen und in der Irischen See verschwinden. Der arme Kerl ist keine dreißig und so dürr, dass ihn die nächste Bö vom Deck fegen könnte. Dem geht es noch dreckiger als mir, und das will was heißen.

»Brauchst du Hilfe?«, frage ich und lege meine Hand auf seine Schulter, aber er schüttelt nur abwehrend den Kopf.

Ein gezwungenes Lächeln. »Danke, Kumpel, mir geht's gleich wieder gut.«

Danach sieht es nicht aus, und schon geht das Gewürge wieder los. Wie ein toter Fisch hängt er kurz darauf über der Reling. Besser, ich halte ihn fest.

Da fangen seine Schultern wieder an zu zucken. Es dauert eine Weile, bis er sich selbst festhalten kann. »Zu viele Pints gegen den Sturm«, sagt er.

Oder gegen das Leben, denke ich, damit kenne ich mich aus. Innerhalb eines Jahres bin ich zu einem Trinker geworden, den nur der Gedanke durch den Tag trägt, am Abend die erste Flasche aufzumachen und alles vergessen zu können. Immerhin scheint jetzt alles draußen zu sein. Mein neuer Freund riecht nach Erbrochenem und Bier und saugt die salzige Luft in seine durchgewalkten Lungen. Atmet ein, atmet aus.

»Back among the living«, meint er mit einem zuversichtlichen Lächeln. Sein Gesicht ist grau, mit einem Stich Grün. Und genauso nass von der Gischt wie meins.

»Fucking freezing«, stellt er fest. »Lass uns reingehen.«

Ich stütze ihn auf dem Weg zur Tür. Er wirkt gebrechlich und kurzatmig, eher wie siebzig als wie dreißig, und schwankt noch stärker als die Fähre. So wie er aussieht, hat er nicht nur ein Alkoholproblem. Hasch, Speed, Koks, wahrscheinlich nimmt er alles, was er in die Finger kriegt. Keine gute Prognose. Wir zwei sind sicher ein prächtiger Anblick.

Ich öffne die Decktür. Ein Schwall warmer, verbrauchter Luft dringt aus dem Schiffsinneren.

Der junge Ire schlüpft hinein. »Danke«, sagt er dann. »Du hast mir das Leben gerettet. Wirklich. Ich stehe tief in deiner Schuld. Wie wär's mit einem Hot Whiskey und einem Pint unten an der Bar?«

Ich schüttle den Kopf, obwohl ich eigentlich einen Drink bräuchte. »Ich bleibe hier.«

Verwundert sieht er mich an, betrachtet zum ersten Mal so richtig seinen Retter, und ich kann hören, was er denkt: Fuck, der ist ja noch fertiger als ich.

»Warum?«, fragt er. »Was zur Hölle willst du hier draußen? Sterben?«

Nicht mehr, denke ich. Und sage: »Nachdenken.«

Und er: »Alles klar.« Dann ist er fort.

Nein, sterben will ich nicht mehr, im Moment zumindest nicht, aber bis vor ein paar Tagen wollte ich genau das. Seit über einem Jahr ist Anna jetzt tot. Sie und unsere kleine Tochter, die noch in ihrem Bauch war. Mia, wir hatten sie Mia genannt.

Seitdem habe ich fast nichts mehr gegessen und vor allem von Alkohol und Nikotin gelebt. Und von Valium, wenn das andere nicht mehr half. Ich bestehe nur noch aus Haut und Knochen, bin aber noch da. Es ist gar nicht so leicht, sich totzusaufen, habe ich festgestellt. Nur mein Hirn hätte ich schon ruiniert. Meint zumindest mein Freund Philipp, der einzige Mensch, der mich halbwegs kennt. Der mich nie im Stich gelassen oder aufgegeben hat. Der abends vorbeikam und mich dazu zwang, ein paar Bissen herunterzuwürgen. Stürz dich in die Arbeit, halt dich an der Arbeit fest, hat er mir gesagt, so haben wir es doch immer gemacht, rede dir ein, dass sie dein Leben ist, mach dich zu ihrem Sklaven, dann stehst du das durch!

Wenn das nur so einfach wäre. Mir hat die Kraft dazu gefehlt. Oder: Ich wollte sie gar nicht mehr haben.

Aber dann war auf einmal alles anders. Ich wollte doch wieder leben. Auf einmal hatte ich wieder Energie. Und kündigte meine Stelle und meine Wohnung. Ich sei völlig verrückt, meinte Philipp. »Für nichts, für absolut nichts lässt du alles zurück?«

Ich fragte: »Was alles?«

Da war er still.

Das Nichts ist ein Foto, ein gottverdammtes Foto. Deshalb stehe ich hier, auf dieser schwankenden Fähre in der Irischen See, und vielleicht kann es mich retten. Deshalb bin ich gestern Abend sofort losgefahren, nach dem Anruf des Detektivs, von Frankfurt nonstop nach Calais und in einem Tempo, als wäre der Teufel hinter mir her. Aber mich hat keiner verfolgt, zumindest habe ich niemanden bemerkt, ich hatte einfach nur Angst, dass ich wieder umdrehe, wenn ich stehen bleibe. Denn wer weiß, was mich erwartet. Wen ich finde, wenn ich sie finde. Lass die Vergangenheit ruhen, weck die Geister nicht auf, meinte Philipp. Und sah mich ernst an mit diesem von einer schlecht operierten Hasenscharte leicht entstellten Gesicht.

Noch immer könnte ich umkehren, einfach im Hafen von der Fähre runterfahren und mit der nächsten zurück. Aber wohin? Frankfurt wäre mein Ende, Afrika auch. Ich kann nicht mehr so leben wie vor Anna.

Ein neuer Schauer kalter Gischt wirft mich zurück an Deck. Dublin ist näher gekommen, doch der Lichtstreifen am Horizont verschwunden. Ein zerrissener Schleier aus Regen hat sich zwischen Irland und die Fähre geschoben. Und schon fängt es an zu schütten.

Das Leben ist einfach wunderbar, denke ich.

Ich setze mich auf eine Bank so halbwegs im Trockenen und hole mit klammen Fingern das Foto heraus, um mich zum tausendsten Mal zu vergewissern. Mein Gesicht ist immer noch nass, und meine Lippen schmecken nach Salz. Das Foto ist eines der letzten, die es von Anna gibt, ich habe es ein paar Tage vor ihrem Tod gemacht.

Es war der erste warme Tag des Jahres. Endlich, dachte ich, in ein paar Wochen wollten wir heiraten, da sollten die Apfelbäume blühen. Wir hatten beide frei, waren wieder glücklich, machten ein Picknick am Main, saßen im Gras auf dem breiten Uferstreifen mit Blick auf die Frankfurter Skyline. Die Sonne schien schon warm, der Boden war noch kalt. Anna kniete auf einer Picknickdecke, ein Glas Saft in der rechten Hand, die linke auf ihrem Bauch. Seit sie schwanger war, hatte sie immer eine Hand auf ihrem Bauch. Sie sah umwerfend aus, wie das blühende Leben, keine Spur mehr von Traurigkeit oder Zweifeln. Ihr langes Haar glänzt, sie trägt eine hellblaue Bluse, der oberste Knopf ist geöffnet, an einer Kette hängt ein Stück rote Koralle. Das habe ich ihr nach unserem ersten Urlaub geschenkt. Anna sieht mich an, und ihr Lächeln ist wie ein Sog, in dem ich verschwinden will.

Aber das ist es nicht, was mich hergebracht hat. Es ist die Frau hinter Anna, die mir erst vor einer Woche aufgefallen ist, obwohl ich mir dieses Foto wie all die anderen schon Hunderte Male angeschaut habe. Sie sitzt vielleicht zehn Meter hinter Anna und blickt direkt in die Kamera.

Direkt in meine Augen.

Meine Hände zittern, nicht nur wegen der Kälte. Die Bräune Afrikas ist schon lange weg, es sind bleiche, alte Hände mit hervorstehenden bläulichen Adern und blättriger Nagelhaut. Sie sehen so aus, wie ich mich fühle, viel älter, als ich bin. Aber es sind meine, sie sind wirklich da, genau wie diese Fähre und dieses Meer aus Anthrazit und die schweren Wolken, genau wie diese Frau auf dem Foto.

Sie ist es, ohne jeden Zweifel! Warum sollte mich eine wildfremde Frau so anstarren? Mit diesem Blick? Es ist Jane, auch wenn ihre Haare kurz und hellblond sind, meine erste große Liebe, die ich vor über fünfundzwanzig Jahren das letzte Mal gesehen habe. Jane auf einem Foto zusammen mit Anna, meiner zweiten großen Liebe. Zwei Frauen aus zwei Zeiten, den wichtigsten in meinem Leben. Und die erste große Frage ist: Was wollte Jane in Frankfurt, auf derselben Wiese wie Anna und ich, und das wenige Tage vor Annas Tod?

2

Trotz des Regens sind Dublins Straßen voller Menschen. Den Wagen habe ich in einem Parkhaus in der Innenstadt geparkt. Ich treibe in einem bunten Strom aus Regenanzügen, so einen hätte ich Trottel auch einpacken sollen. Ein kalter Wind weht die von Kaimauern eingezwängte Liffey hinab, als ich über die Millennium Bridge laufe. Fucking freezing, hätte mein Freund von der Fähre gesagt. Ich muss den Schirm mit beiden Händen festhalten, damit wenigstens mein Kopf trocken bleibt, der Regen kommt von überall. Es ist Ebbe, aus dem Fluss steigt ein modriger Geruch nach Schlick und Tang, der sich mit dem der Autoabgase mischt. Die haben sich auch ins Rot der eckigen Ziegelbauten entlang der Uferstraße gefressen, sodass sie aussehen, als hätte sich ein Grauschleier auf sie gelegt. Es braucht wohl viel Sonne, um das Rot wieder zum Leben zu erwecken. Fleischige Seetangblätter hängen wie Wucherungen von den Kaimauern herab, zwei blaue Plastikflaschen treiben zwischen weißen Möwen auf dem schmutzig grauen Wasser. Die Schreie der Vögel klingen drohend und kalt.

Ich schaue in die Gesichter der Leute und suche nach Jane, als wäre es nicht unwahrscheinlich, dass sie mir hier einfach so über den Weg läuft. Ich weiß nicht mehr, was mein erster Gedanke war, als ich sie auf dem Foto erkannte. Es war eine Explosion von Gedanken. Dass sie es ist und dass es Unsinn ist, dass sie es ist. Wir hatten ein Vierteljahrhundert keinen Kontakt, warum sollte sie plötzlich etwas von mir wollen?

Aber vielleicht war es Zufall, vielleicht war sie beruflich in Frankfurt, hat sich an diesem herrlichen Frühlingstag in die Sonne gesetzt und mich erkannt. Oder sie hat mich gar nicht erkannt und nur gedacht: Wow, was für ein glückliches Paar! Oder sie wollte mich finden. Hat mich verfolgt, weil sie unsere Trennung nie verwunden hatte. Und deshalb will sie sich rächen und bringt meine schwangere Verlobte um.

So ein Quatsch, dachte ich dann und sah noch mal hin. Sah eine Frau, deren Schönheit mir unter die Haut ging. Sah das Bedingungslose in ihrem Blick, der mich damals schon magisch angezogen hatte. Erinnerte mich, wie wir schwitzend und nackt nach einer Nacht voller Sex in diesem winzigen Wohnwagen am Lough Currane gelegen und geraucht hatten, während draußen die Vögel zwitscherten.

»Du bist ein kranker Romantiker, das warst du schon immer«, meinte Philipp, als ich ihm von diesen Gedanken erzählte. »Du stellst dir vor, dass Jane Annas Mörderin ist, und zugleich willst du mit ihr vögeln und dich in sie verlieben. Du bist völlig verrückt, aber ich gebe zu, es gibt weniger originelle Wege, um sich zu zerstören.«

Zumindest damit hat er wohl recht.

Der Pub, in dem ich mich mit dem Detektiv verabredet habe, ist direkt gegenüber von der Christ Church Cathedral. Blumenbüsche wachsen aus Ampeln über der Tür und ranken die Fenster herab. Die erdbeerroten, himmelblauen, orangen und rosafarbenen Blüten blühen so prächtig vor dem satten Grün der Blätter, als wollten sie der wintergrauen Stadt einen Vorwurf machen. Aber wahrscheinlich sind sie gar nicht echt, sie blühen einfach zu perfekt.

Als ich die Tür öffne, schlagen mir warme Luft und Folkklänge entgegen. Eine Combo mit Harfe, Geige und Querflöte sitzt um einen Tisch und spielt. Rhythmisch, schnell, mehr fröhlich als traurig, dazu Geplauder, Gelächter, es riecht nach Guinness und Pommes. Tut gut. Und ich brauche einen Drink, dringend. Das Licht ist gedimmt, nur über der Bar aus dunklem Holz werden Dutzende Whiskeyflaschen hell angestrahlt. Ein Firmament aus silbrigem Glas, dunklem Grün und glänzendem Bernstein.

Brian Ferguson begrüßt mich mit einem jovialen Lächeln. Ich erkenne ihn sofort. Am Telefon meinte er nur, ich solle nach einem Fleischberg mit kahlem Gipfel Ausschau halten.

Jetzt stehen geschätzte vier Zentner auf knapp zwei Metern vor mir und schütteln meine Hand. Seine ist groß wie eine

Schaufel und ziemlich verschwitzt. Ich mag den Mann sofort. Ein offenes Gesicht mit einem warmen Lachen, fleischigen Lippen und smarten Augen. Er trägt ein Seidenhemd und eine teuer aussehende Anzughose aus grün glänzendem Stoff. Wir sitzen in einer ruhigen Ecke mit Blick auf die Band und die Bar. Auf dem Tisch liegt ein großes iPhone. Detektivarbeit scheint sich in Irland zu lohnen.

»Sie sehen aus, als könnten Sie einen Hot Whiskey gebrauchen. Oder besser gleich einen doppelten?«

Ich nicke. »Und noch ein Pint Guinness dazu.«

Brian grinst und gibt dem Barmann ein Zeichen. »Ihr Deutschen seid noch schlimmer als wir.«

Meine Hose ist patschnass, ich bin völlig durchgefroren. Vor Brian steht ein riesiger Teller mit einem Supersize-Rumpsteak und einer Wagenladung Pommes.

»Willkommen im zauberhaften irischen Frühling«, meint Brian trocken und nimmt wieder Platz. »War bestimmt eine reizende Überfahrt. Ich schätze mal, zwei Drittel der Passagiere haben die Fische gefüttert?«

»Mindestens! Deshalb bin ich an Deck geflüchtet. Aber da hat sich auch einer die Seele aus dem Leib gewürgt. Wäre beinahe über Bord gegangen. Keine dreißig und ein schwerer Trinker.«

»Tja, die irische Krankheit. Im alten Irland tranken die Leute, weil sie entweder arbeitslos waren oder ein Leben lang an einem öden Job festhingen. Im neuen Irland trinken sie, weil sie an den vielen Möglichkeiten verzweifeln. Oder scheitern. Und da ist kein Glaube mehr, der dich sanft an den weichen Busen drückt wie eine alles verzeihende Mutter.«

»Und Sie? Sind Sie neues oder altes Irland?«

Brian lacht. »Beides. Ich liebe traditionelle Pubs und Folk Music, aber zurück ins bigotte, korrupte, alte Irland will ich nicht. Das wurde in den letzten Jahrhunderten von drei grausamen Herrinnen regiert: der britischen Krone, der Armut und der katholischen Kirche. Gott sei Dank haben wir uns von allen so ziemlich befreit.«

»Und wer regiert Irland jetzt?«

»Gute Frage! Der freie Wille? Oder die freie Marktwirtschaft. Finden Sie es heraus. Wissen Sie übrigens, dass die dicksten Dorsche der Irischen See direkt unterhalb der Fährlinie gefangen werden? Aus offensichtlichen Gründen?«

»Ach so? Dann nehme ich wohl lieber kein Fish & Chips!«

Brian grinst süffisant. »Steak ist hier eh besser. Ich komme zweimal im Monat zum Essen her. Allerdings sind die Portionen für Touristen kleiner. Die Riesensteaks macht der Wirt speziell für mich.«

Ich schüttle den Kopf. »Danke, ich nehme gar nichts. Mein Magen muss sich erst noch akklimatisieren.«

Und hier kommen die Drinks. Vor mir steht das erste Stout seit einer Ewigkeit, schwarz wie meine Träume, schwarz wie meine Seele. Und die fingerbreite Schicht weißen Schaums ist wie der letzte Rest Hoffnung, der mich aus Mitleid noch nicht verlassen hat. Mit dem ersten Schluck leere ich es zur Hälfte. Ahhh! Bittersüß und betörend, wie eine wilde letzte Liebesnacht.

Dann nehme ich den Hot Whiskey. Brian nippt an seinem und mustert mich, wie ich die Hände an dem Glas wärme. Einen Mann, der aussieht, als hätte ihn die Hölle ausgespuckt.

»Und Sie wollen also Ihre Jugendliebe wiederfinden?«

»So ist es. Ich bin ziemlich gespannt, was Sie herausgefunden haben. Im Internet habe ich ein paar Jane Flynns gefunden, aber meine war nicht dabei. Ihre Agentur meinte, Sie wären der Beste, wenn es darum geht, jemanden zu finden.«

Brian lächelt. »Schön, dass die das meinen. Aber wie gesagt, viel habe ich leider noch nicht. Ich hätte Ihnen das auch einfach schicken können.«

Ich schüttle den Kopf. »Ich wollte Sie sehen, wenn Sie es mir erzählen. Außerdem musste ich einfach weg. Zu Hause ist mir die Decke auf den Kopf gefallen. Schlimmer noch: Ich war dabei durchzudrehen.«

»Das kenne ich. Ich flieg immer nach Griechenland, wenn so eine Phase im Anmarsch ist. Dort lass ich mir dann die Sonne auf die Wampe brutzeln und trinke Cocktails, bis die Welt wieder im Lot ist. Na ja. Wegen dieser Jane Flynn: Allzu gute Neuigkeiten habe ich nicht.«

»Ist sie tot?«

»Ich weiß es nicht.« Brian seufzt. »So einen Fall hatte ich noch nie. Ich bin tatsächlich ziemlich gut darin, Verschwundene zu finden, doch diese Jane Flynn scheint sich in Luft aufgelöst zu haben.«

»Aber Sie haben eine Spur?«

Er schiebt mir ein Polizeifoto hin. Bestürzt starre ich es an. Es ist Jane, eindeutig. Ihre rotblonden Haare, die Sommersprossen und diese unglaublichen Augen: Ihre Iris war hellgrün mit goldenen, gelben, grauen, blauen und braunen Sprenkeln, ein verwirrendes Mosaik, man konnte sich darin verlieren. Das Foto muss ein paar Jahre nach unserem Sommer aufgenommen worden sein. Aber sie hat sich verändert, mein Gott. Ihre Züge wirken hart und feindselig. Ich weiß nicht, ob ich diese Frau mag. Ich würde mich jedenfalls nicht Hals über Kopf in sie verlieben.

»Ist das die Jane, die Sie suchen?«

Ich nicke. »Von wann ist das Bild?«

»Mai 1996. Da war sie gerade zwanzig. Dreiundzwanzig Jahre ist das jetzt her. Sie wurde in London festgenommen wegen eines Diebstahldelikts. Sie wollte ein paar Flaschen Wodka aus einem Supermarkt stehlen, wurde aber vom Ladendetektiv gestellt. Die Polizei hat dann Heroin bei ihr gefunden.«

»Sie war ein Junkie?« Ich merke, wie ich noch blasser werde.

Brian nickt und sieht mich mitfühlend an. »Sie hatte damals keinen festen Wohnsitz. Zumindest war sie nirgendwo gemeldet. Angeblich wohnte sie bei einer Freundin in East London. Die war auch polizeibekannt, eine drogenabhängige Prostituierte. Keine Ahnung, ob Jane ebenfalls als Prostituierte gearbeitet hat.«

»Oh mein Gott.«

»Tut mir leid.«

»Haben Sie noch mehr?«

»Jane hat zwei Jahre zuvor die Schule ohne Abschluss verlassen. Ein ehemaliger Lehrer von ihr hat mir erzählt, dass sie eine sehr eigenwillige Schülerin gewesen ist. Irgendetwas, meinte er, muss sich Ende des Jahres 1993 ereignet haben. Er kann sich noch genau erinnern, wie glücklich sie nach den Sommerferien gewirkt hat.«

Brian bricht ab. Ich sehe wohl ziemlich desolat aus.

»Machen Sie weiter. Bitte.«

»Er vermutete, dass sie sich in jemanden verliebt hatte.«

»Das war ich. Ich war damals gerade neunzehn.«

Brian schaut in seine Unterlagen. »Nach Weihnachten war sie dann wie ausgewechselt. Missmutig, starke Stimmungsschwankungen, aggressiv. Der Mann meinte wörtlich: ›So viel Zorn und Bitterkeit habe ich noch nie in einer jungen Frau gesehen.‹«

»Da haben wir uns getrennt. Ich meine, da habe ich mit ihr Schluss gemacht.«

»Jedenfalls kam der Lehrer danach nicht mehr an sie heran. Die Eltern wohl genauso wenig. Kurz darauf ist sie verschwunden. Die Polizei suchte nach ihr, aber ohne Erfolg.«

Brian macht eine Pause. »Gut zwei Jahre später taucht sie dann in London auf. Als kleinkriminelle Heroinabhängige.«

»Und dann verliert sich ihre Spur?«

»Noch nicht ganz. Zwei Jahre später war sie für einige Monate in einer Entzugsklinik in Cork. Allerdings hat sie die Therapie wieder abgebrochen. Seitdem scheint Jane Flynn vom Erdboden verschluckt worden zu sein. Einfach weg, unauffindbar. Jedenfalls ist sie in keinem europäischen Land gemeldet, auch nicht in den USA, Kanada, Australien und Neuseeland. Sie taucht nirgendwo auf.«

»Kann es sein, dass sie geheiratet hat?«

»Das habe ich natürlich als Erstes überprüft. Fehlanzeige.«

»Und was heißt das?«

Brian zuckt mit den Schultern. »Ehrliche Antwort? Rechnen Sie mit dem Schlimmsten. Frauen ohne festen Wohnsitz leben gefährlich. Und Prostituierte umso mehr, falls sie eine gewesen ist. Was glauben Sie, wie viele Menschen jedes Jahr verschwinden und niemals wieder auftauchen?«

»Und wenn sie nicht tot ist?«

»Das weiß der Himmel. Womöglich treibt sie sich irgendwo unter falschem Namen herum. Als Obdachlose, vielleicht in einer Fixerkolonie am Rand einer Großstadt. Sie ist jetzt Anfang vierzig. Wer so lange auf der Straße lebt, ist meist ein Wrack. Sie sind Arzt, Sie wissen, was das heißt. Offen gesagt, würde ich mir keine großen Hoffnungen machen. Selbst wenn sie noch am Leben ist, dürfte es ziemlich schwer sein, sie zu finden. Und wen auch immer Sie finden, es wird aller Wahrscheinlichkeit nach weder ein glücklicher noch ein gesunder Mensch sein.«

Für einen Moment bin ich still. Ich leere den Rest vom Whiskey in einem Schluck. Ich hatte also recht. Jane gibt mir die Schuld an ihrem kaputten Leben, und deshalb ist sie nach Frankfurt gekommen und hat Anna umgebracht. Auf diesem Polizeifoto sah sie so ganz anders aus, als ich sie in Erinnerung hatte, hart und feindselig, voller Hass. Aber dann: Die Frau auf dem Foto in Frankfurt, die sah überhaupt nicht aus wie ein Psychowrack auf Rachetrip. Das war der magische Blick der jungen Jane.

Ich hätte doch wieder umdrehen sollen.

»Und Janes Eltern?«, frage ich.

»Sind beide tot. Starben vor ein paar Jahren.«

»Und ihre Freundin damals in London? Die Prostituierte?«

»Ist vor zehn Jahren an Aids gestorben.«

»Dieser Lehrer: Meinen Sie, er wäre bereit, mit mir zu sprechen?«

Brian lächelt matt. »Habe mir schon gedacht, dass Sie nicht lockerlassen. Ist ein sehr feiner Mann. Patrick McGrath. Er lebt hier in Dublin, in Howth.«

»Sie haben seine Adresse?«

Brian gibt mir einen Schnellhefter. »Hier finden Sie alles, was ich Ihnen in Kurzform berichtet habe.« Er zögert einen Moment. »Und ich habe noch etwas für Sie. Es gibt da eine Kate MacMahon, eine Krankenschwester aus Cork. War nicht so leicht, sie aufzuspüren. Sie ist mittlerweile im Ruhestand und hat Jane betreut, als sie in der Entzugsklinik war. Eine ziemlich taffe Frau mit Haaren auf den Zähnen. Sie ist bereit, mit Ihnen zu sprechen. Sie hat sich damals wohl gut mit Jane verstanden. Aber sie verlangt ein saftiges Honorar: tausendfünfhundert Euro für eine Audienz. Kann sein, dass sie einfach nur abkassieren will. Ich dachte mir, wir besprechen das erst, bevor ich Ihr Konto plündere. Wenn Sie wollen, rede ich mit ihr. Oder Sie machen das selbst. Die Adresse finden Sie im Schnellhefter.«

»Danke, Mr. Ferguson. Gute Arbeit.«

»Brian, wenn Sie mögen.«

Ich reiche ihm die Hand und lächle. »Marc.«

»Ich hätte gern gute Neuigkeiten für dich gehabt. Die große Liebe nach so langer Zeit wiedersehen, wow, das hört sich aufregend an! Aber wenn ich dir einen Rat geben darf: Lass die Finger von der Sache. Ich glaube nicht, dass die Geschichte gut ausgeht.«

»Danke. Ich weiß deine Offenheit zu schätzen, Brian. Du sagst das Gleiche wie mein bester Freund. Aber ich will, dass du weitermachst. Suche in Südamerika, in Sibirien, von mir aus in der Antarktis. Checke Kliniken, Sozialämter, Psychiatrien, was weiß ich.«

Brian nickt. »Okay. Du bist der Boss. Aber das kann dauern. Und wird teuer.«

»Ich informiere dich, bevor ich pleite bin.«

Brian lacht. »Wie du willst. Du bist der Klient, und ich liebe große, gute Steaks. Was hast du jetzt vor?«

»Ich bleibe ein Weilchen in Irland. Ich werde mit dem Lehrer und der Krankenschwester reden. Und dann gibt es ein paar Orte, die ich wiedersehen will.«

3

Immerhin, der Regen hat aufgehört, auch der Wind ist schwächer geworden. Es ist erst Nachmittag, doch so dunkel, als wäre schon Abend. Die Straßenlaternen brennen, und von dem warmen Licht glänzen das nasse Kopfsteinpflaster und die Ziegel der Häuser in den Gassen von Temple Bar. Die Portale mancher Pubs sind so kunstvoll, prächtig und farbenfroh wie buddhistische Schreine. Man will einfach rein, und ich hätte auch schon wieder Durst, gehe aber weiter, treibe mit der Menge. Es wimmelt nur so von Sprachen und Menschen, alten und jungen, alle auf der Jagd nach ein bisschen Glück.

»Hey, Marc«, sagte Jane damals bei unserem letzten Telefonat. »In vier Wochen ist Weihnachten, dann sehen wir uns.«

Ihre Stimme sollte fröhlich klingen, aber da war noch etwas anderes. Hatte sie mir in den letzten Wochen etwas angemerkt?

»Jane, ich werde nicht kommen«, sagte ich mit pochendem Herzen.

»Ach so?« Sie klang verwundert, aber nicht erschrocken.

»Ich habe ziemlich lange nachgedacht. Ich glaube, dass es besser ist, wenn wir uns trennen.«

Dann begann ich zu erzählen, was ich mir zurechtgelegt hatte, ich weiß nicht mehr genau, was. Dass eine Fernbeziehung schwierig wäre, dass wir ja beide bald studieren würden und viel um die Ohren hätten, dass es zu früh wäre, sich schon festzulegen, irgend so etwas, jedenfalls war es nicht die Wahrheit.

Danach schwieg sie. Dieses Schweigen kann ich immer noch hören. So klingt es, wenn Hoffnung stirbt. Und ich starb auch ein wenig, bis ihre Antwort kam.

Doch sie wirkte ganz ruhig und gefasst. »Okay«, sagte sie langsam und nachdenklich, aber nicht verzweifelt. »Vielleicht hast du recht. Vielleicht ist es wirklich zu früh. Wir sollten unsere Zeit so in Erinnerung behalten, wie sie war, und das nicht kaputtmachen.«

Sie brach ab. Auch ich sagte nichts. Ich glaubte ihr kein Wort. Erst dachte ich, sie wollte noch etwas sagen. Dann, dass sie weinte. Und vielleicht dachte sie das Gleiche von mir.

»Ich wünsch dir alles Gute«, sagte ich nach einer kleinen Ewigkeit des Schweigens.

»Ja, das wünsch ich dir auch. Werde ein guter Arzt, Marc.«

Dann legte sie auf. Sie hatte nicht geweint, sie klang gefasst. Ich war erleichtert, dass sie es so leichtnahm, und auch enttäuscht. Doch die große Leere und der große Schmerz, die kamen erst später. Keine Ahnung, ob ich sie überhaupt bewusst wahrgenommen habe.

Ich zünde mir eine Zigarette an, eine Purple Silk Cut, im Pub habe ich mir drei Schachteln gekauft, so aus einer Laune heraus. Das waren Janes Lieblingszigaretten. Meistens rauchte sie Selbstgedrehte, weil Filterzigaretten zu teuer waren, aber zu besonderen Anlässen gab es eine Silk Cut. Auch ich habe sie damals in Irland geraucht. Sie schmecken mir immer noch. Und das Nikotin tut so verdammt gut. Legt sich wie Samt auf meine wunden Nerven.

Warum habe ich sie verlassen? Die Wahrheit ist: Ich bin weggerannt. Ich habe gezweifelt, an ihr wie an mir. Ich bin einer von den vielen mit einer zu schweren Kindheit. Der überlebt hat, aber spürt, dass er nicht wie die meisten ist. Stark, doch nicht wirklich gesund, mit einer Wunde, die nie ganz verheilt ist, nie ganz verheilen wird, die jederzeit wieder aufbrechen und mich töten kann. Ein Kind von Eltern, die besser keines bekommen hätten. Ich trage ein Zeichen, und alle, die so eins tragen, erkennen einander. Jane hatte es auch. Ich konnte es an ihren Augen sehen. Hinter ihrer Lebensfreude, ihrer Leidenschaft lag etwas Krankes, Todgeweihtes.

Im Kern war es das, weshalb ich weglief: Zwei Gezeichnete wie wir können nicht zusammen sein. Obwohl wir uns anzogen wie Magnete. Wer gerade so und mit viel Mühe die Balance hält, wird sie verlieren bei jemandem, der genauso ist. Dabei hatte ich genau so jemanden gesucht, der mich vielleicht versteht. Und jetzt? Will ich diese Frau wiederfinden, um jeden

Preis. Weil die Wunde verheilt ist? Nein. Weiß ich, warum? Vergiss es!

Inzwischen bin ich in der College Road. Ich nehme mein Smartphone und wähle die Nummer von Patrick McGrath, Janes ehemaligem Lehrer. Eine ältere Frau hebt ab und reicht mich weiter. Die Stimme des Mannes ist freundlich und klar. Er weiß gleich, worum es geht, und würde sich freuen, meine Bekanntschaft zu machen. Und er hätte am frühen Abend Zeit, später müssten sie ins Theater.

Immerhin, denke ich. Er wird sich denken können, wer ich bin, und will mich trotzdem treffen. Aber vielleicht will er auch nur den Scheißkerl sehen, der das Leben seiner Schülerin ruiniert hat.

Ich nehme einen tiefen Zug. Vor mir spiegelt sich die stattliche Fassade des Trinity College in einer großen Pfütze. Schwere Säulen, hellgraue Steine, korinthische Kapitelle und Kassettenfenster mit weißen Rahmen. Hier wollten wir studieren, so hatten wir uns das zusammengeträumt: Jane vielleicht Sprachen und ich Medizin. Wir hätten ein kleines Zimmer und würden beide nach der Uni jobben, um es zu finanzieren. Spätabends kämen wir erschöpft nach Hause und hätten trotzdem wie jede Nacht wilden Sex. Dann würden wir Arm in Arm in einem viel zu schmalen Bett einschlafen, und wenn im Winter die Kälte durch die brüchigen Fensterrahmen kröche, würden wir uns unter der Decke noch enger aneinanderschmiegen. Wir würden es schaffen, würden uns nie mehr loslassen, wären für immer geborgen und hätten endlich ein Zuhause.

Da fährt ein Auto durch die Pfütze, meine Hose ist patschnass und der Traum fort. Auf der anderen Straßenseite steht ein Mann und starrt mich an. Mir stockt der Atem. Sein Gesicht kann ich in der Dämmerung kaum erkennen, aber es ist seine Figur, klein und schmächtig. Michael, er ist also gekommen, verfolgt mich noch immer. Warum sollte er auch aufhören? Das wird er nie. Der Mann, der mich mit jeder Faser seines Körpers hasst, weil Anna ihn für mich verlassen hat und nicht zu ihm zurückgekehrt ist. Nie mehr zu ihm zurückkehren kann.

»Michael!«, rufe ich hinüber, aber der Straßenlärm verschluckt den Schrei. Da versperrt ein vorüberfahrender Bus die Sicht, und als er vorbei ist, ist Michael fort.

»Wegen dir ist sie tot«, meinte er nach der Beerdigung. Ein Satz wie ein Messer, und es steckt immer noch in mir drin. Annas Mutter wurde weiß wie eine Wand. Und dann sagte er noch: »Ich werde dich nie in Ruhe lassen.«

Michael ist ein Getriebener. Wie ich. Er jagt mich, und ich jage einen Geist. Will er mich töten? Vielleicht nicht. Das hätte er schon lange tun können. Aber verhindern, dass ich vergesse. Er will, dass ich es selbst tue.

Ich laufe los. Schiebe mich zwischen den Passanten hindurch, manche rufen mir wütend nach. Ich renne, bis ich aus der Puste bin. Seit einem Jahr habe ich außer Trinken keinen Sport getrieben.

Ich stehe in der Grafton Street. Es wird nicht aufhören. Ich habe mir eingebildet, ihn abschütteln zu können, aber er wird für immer mein Schatten sein. Dann, zwischen all den vorbeiströmenden Menschen, den Straßenmusikern und erleuchteten Schaufenstern, bleibt mein Blick an einer jungen Bettlerin hängen. Zusammengekauert sitzt sie da, mit erstarrter Miene, dunklen Augenrändern und einem leeren Blick, als wäre ihr Geist längst zu einem besseren Ort geflogen und hätte den Körper als leere Hülle hier zurückgelassen.

4

Ich bin das Kind eines Kampfes, so erbittert, wie ihn zwei Menschen nur führen können. Als ich fünf war, zog meine Mutter mit mir zu einer Freundin und reichte die Scheidung ein. Für meinen Vater war das der erste Gipfel des Verrats.

Lächle bloß nicht, wenn er Fotos von dir macht, impfte mir die Mutter ein. Er zeigt sie dann dem Richter, um zu beweisen, dass es dir bei ihm besser geht. Dann nimmt der Richter dich mir weg. Dann musst du für immer zu ihm. Am besten lachst du überhaupt nicht, wenn du bei ihm bist.

Also schaute ich todernst, wenn mein Vater mich fotografierte. Lächle, rief er, wenn ich es nicht tat. Verkniff es mir, obwohl ich eigentlich gern gelächelt hätte. Und wenn er mich mit traurigen Augen ansah, war das jedes Mal wie ein Stich ins Herz. Und wenn ich mal nachgab, wenn ich doch lächelte, was ich ja eigentlich wollte, kam es mir so vor, als hätte ich meine Mutter verraten. Fühlte ich mich schlecht, weil ich mich gut gefühlt hatte. Und fürchtete, jetzt für immer bei ihm bleiben zu müssen.

Einmal kehrten wir zu meinem Vater zurück. Ich hatte mehr Angst, als dass ich mich freute. Nach zwei Wochen dämmerte mir, dass es nicht gut gehen würde. Merkte, dass die Mutter ihr Lächeln nur spielte. Wie der Vater immer stiller und grimmiger wurde. Wie wir beim Essen am Tisch saßen und nur noch schwiegen. Wie sich die Atmosphäre langsam auflud wie vor einem schweren Gewitter. Dann alles wie gehabt: Geschrei, Vorwürfe, Obszönitäten; das Schlagen von Türen, zertrümmerte Gegenstände; Tränen und Alkohol in verschlossenen Zimmern; kurze Reue und eine Versöhnung, an die niemand mehr glaubte.

Und ich? Durchschaute das Spiel schon längst. Saß im Zimmer und blickte starr vor mich hin. Wartete, dass die Schalen sich um mich herum schlossen, wie bei einer Muschel. Waren sie zu, bekam ich von der Welt praktisch nichts mehr mit. Das hatte ich gelernt, um mich zu schützen. Aber es funktionierte nicht immer.

Kurz darauf waren wir wieder in der kleinen Wohnung bei der Freundin meiner Mutter. Sie beantragte jetzt eine eigene. Aber für eine alleinerziehende Frau, die in Scheidung lebte, war das damals nicht so leicht. Und mein Vater erhöhte den Druck. Kaufte mir teures Spielzeug und nahm mich mit auf Reisen, die sich meine Mutter nicht leisten konnte. So will er dich zu sich locken, meinte meine Mutter, oder er entführt dich und kehrt nie mehr zurück.

Mein Vater nahm mich in teure Restaurants mit, doch die Köstlichkeiten hatten ihren Preis. Es ging nicht nur darum, mir die große Welt zu zeigen und die Mutter zu quälen. Irgendwann kam immer das ernste Gespräch. Nicht jedes Mal, aber ich wusste: Es würde kommen.

Thema Nummer eins: Mutter und die Männer.

»Hat sie einen Freund? Kommt er oft zu Besuch? Wie heißt er denn?«

»Sie hat doch keinen.«

»Sie hatte schon einen, als wir verheiratet waren. Der kam, wenn ich bei der Arbeit war.«

Schweigen.

»Ist er wenigstens nett? Macht er dir Geschenke?«

Kopfschütteln.

»Er schläft bei ihr im Bett, hab ich recht?«

Seine Stimme wurde heiser, wenn er diese Frage stellte.

Und wenn ich schwieg: »Dass du zu deinem Vater niemals ehrlich sein kannst.«

Thema Nummer zwei: Mutters Grausamkeit. »Schau hier die Spieluhr, die habe ich schon als Kind gehabt. Die Mama hat sie mit einem Fußtritt kaputt gemacht, aus reiner Bosheit, weil sie wusste, wie gern ich sie hatte.«

Ich: Schweigen.

Er: »Die Mama will mich quälen, deshalb tut sie das. Deshalb will sie dich mir wegnehmen. Sie erträgt es nicht, wenn jemand gut zu ihr ist.«

Dazu ein Blick, als würde er gleich zusammenbrechen, ein einziger Vorwurf.

Aber es war noch nicht vorbei. Es war nie vorbei.

Die Fahrt zurück zur Mutter war am schlimmsten. Die grausamste aller Fragen kam immer dann. Die eine, um die sich alles drehte und die in meinen Eingeweiden wühlte wie ein Messer.

»Willst du nicht bei mir wohnen? Du wirst es gut bei mir haben. Und die Mama kannst du besuchen, sooft du willst.«

Und wenn ich Nein sagte: ein Blick, als hätte ich ihn in einen Abgrund gestoßen, als hätte ich ihn umgebracht.

Wenn ich dann verwirrt, zermürbt, erschöpft und kreidebleich bei meiner Mutter saß, war ich noch immer nicht erlöst. Sie wollte wissen, was er über sie erzählt hatte.

»Nichts«, sagte ich.

»Das glaub ich nicht. Er will uns auseinanderbringen. Der Papa kann sehr böse sein. Ich habe Angst, dass du mich irgendwann verlässt.«

Dann eine Umarmung, die sich wie ein Zangengriff anfühlte, als hätte mich ein riesiger Hummer mit seinen Scheren gepackt. Unter den Augen hatte sie dunkle Sorgenringe.

Der Richter konnte sich nicht entscheiden, als hätte damals niemand gewusst, was so ein Kampf mit den Beteiligten macht. Die Mutter war immer öfter angetrunken, und das nicht nur, wenn ich vom Vater kam. Das sei ganz schlimm, meinte er, als ich mich ihm anvertraute, und er setzte ein sehr besorgtes Gesicht auf. »Du musst da raus!«

Ein anderes Mal entdeckte ich in seinem Nachttisch Schachteln mit Valium, die Schublade war voll davon. Das sei Medizin gegen Husten, behauptete er. Eine schlimme Droge, erklärte die Mutter. »Sie verändert das Gehirn und kann sehr gefährlich werden: Man weiß nicht mehr, was man tut, und wird verrückt.«

Als ich ihm das, vor Sorge zerfressen, beim nächsten Mal erzählte, meinte er, nie Valium im Haus gehabt zu haben. Wir sahen beide nach. In der Nachttischschublade waren nur Taschentücher und Hustenpastillen.

»Aber ich habe die Tabletten doch gesehen«, beharrte ich.

Besorgtes Kopfschütteln. »Hat die Mama dir eingeredet. Du kennst das doch. So hat sie das schon immer gemacht: erzählt ihre Lügen so oft, bis du sie glaubst.«

Als ich schon zwölf war, erhielt meine Mutter das Sorgerecht. Der Kampf war beendet, so schien es zumindest. Aber so war es nicht. Oft blieb die Mutter über Nacht weg oder kam erst in den frühen Morgenstunden zurück. Morgens begegnete ich manchmal einem fremden Mann im Bad. Hatte Vater mit seinen Anschuldigungen doch recht gehabt?

Einmal entdeckte ich ihn nachts vor unserer Wohnung, versteckt hinter Büschen. Und die Mutter stand vor Angst zitternd hinter den Gardinen und starrte hinaus.

Immer öfter rief sie morgens bei der Arbeit an und meldete sich krank. Immer öfter ließ sie die Flasche mit Gin über Nacht auf dem Wohnzimmertisch stehen. Und mein Vater stürzte sich in die Arbeit, scheffelte Geld und blies Trübsal. Versank in Selbstmitleid, fraß Tabletten und trank zu viel. Und nährte seinen Hass auf meine Mutter.

Wer war schuld an all dem Leid? Der Vater sagte: Sie. Eine Hexe, eine Schlange, ein Biest voller Bosheit und Hass, die alle hintergehe und unsere Beziehung zerstöre, indem sie immer wieder Lügen erzähle und meine Erinnerungen manipuliere. Aber eben auch: Ich. Weil ich der Mutter nur zu bereitwillig glaube. Mich ihrem Einfluss nicht entziehen könne. Zu weich sei ich, zu schwach, fremdbestimmt.

Die Mutter sagte: Er. Ein kranker, von Eifersucht und Minderwertigkeitsgefühlen getriebener Mann, vor dem sie Tag und Nacht Angst habe, der sie bis in ihre Träume verfolge. Der weder lieben noch vertrauen könne, andere abhängig mache und manipuliere, auch mich. Warum ich ihn nur nicht durchschauen würde?

Wer hat also recht?

Die Frage war eine Qual.

Sie machte mich krank.

Und wer hatte Schuld?

Vor allem: Ich. Letzten Endes immer ich.

Dann traf ich Jane. Und auf einmal spielten diese Fragen keine Rolle mehr. In jenem Sommer entschied ich mich, sie mir nicht mehr zu stellen, ihnen keine Bedeutung beizumessen, sie abzuhaken und zu vergessen. Sie mit all den Erinnerungen in ein Verlies zu sperren und den Schlüssel wegzuwerfen. Wegzugehen und meine Eltern nie mehr wiederzusehen.

Doch es war nicht vorbei.

So etwas ist nie vorbei.

5

Es regnet nur leicht, und der Wind hat sich ausgetobt, als ich in dem Hafenstädtchen Howth nördlich von Dublin ankomme. Doch die Wolken hängen noch tief über den Häusern, als wollten sie die jeden Moment verschlucken. Auf dem Weg hatte ich noch ein Pint, damit meine Hände mit dem Zittern aufhören. Was sie dann erst nach einem doppelten Whiskey taten. Michael ist nicht wieder aufgetaucht, jedenfalls hat mich niemand verfolgt.

Ich parke direkt am Fischereihafen. Ein roter Trawler liegt an der Kaimauer, vor mir türmen sich Berge aus hellgrünen Netzen. Aus den Maschen kriecht der faulige Geruch von verwesendem Fisch. In dem Trawler kämpft eine Silbermöwe mit einem großen Krebs, er hat die Scheren aufgestellt, doch plötzlich dreht der Vogel ihn mit einer blitzschnellen Bewegung auf den Rücken und hackt mit zwei Schnabelhieben die Scheren vom Körper.

Im ruhigen Hafenbecken wirkt das Wasser wie ein schwarzer Teich. Direkt unter der Oberfläche weiden große Meeräschen Algen von der Kaimauer. Ihre schlanken silbernen Körper gleiten sanft wie Raumschiffe durch eine schwerelose Welt. Wäre vielleicht möglich, eine mit einer kleinen weißen Fliege zu überlisten. Seit ich nach Frankfurt zurückgegangen bin, habe ich nicht mehr geangelt, dabei ist das meine große Leidenschaft, seit ich denken kann. Wie auch Philipps, schon als Jugendliche haben wir unzählige Stunden zusammen am Wasser verbracht. Nichts schweißt so sehr zusammen wie eine gemeinsame Passion.

»Nimm die Angelruten mit«, hat er vor meiner Abreise gemeint. Widerwillig habe ich sie in den Kofferraum gepackt, und jetzt hätte ich fast wieder Lust.

Neben dem Fischereihafen liegt ein viel größerer, in dem die Gewinner des neuen Irlands ihre Motoryachten und Segelboote parken. Seit der Wirtschaftskrise dürften einige den Besitzer gewechselt haben.

Die zweistöckigen Häuser an der Hafenmeile haben die Farben von Flieder und Hyazinthen. Restaurants, kleine Läden und Pubs sind darin, Howth lebt wohl von Tagestouristen aus Dublin, nur sind bei dem Mistwetter kaum welche da. Ein Pub mit rosenroter Straßenfront heißt »Fisherman's« und ruft nach mir wie eine nackte Sirene.

Patrick McGrath wohnt in einem alten Haus aus hellgrauem Stein. Heute würde sich das ein Lehrer in einer solchen Gegend wohl nicht mehr leisten können. Efeu wächst die Hauswände hoch, die kleinen Fenster haben makellos weiße Rahmen, auf den Simsen stehen Tontöpfe mit feuerroten Tulpen. Alles hat hier seinen Platz, wird gepflegt und geliebt und sieht so verdammt nach Heimat aus, dass es wehtut. So ein Haus war schon immer mein Traum. Nichts Großes, einfach etwas Festes, in das man gern jeden Tag zurückkehrt. In dem man abends ein Glas Rotwein trinkt und denkt: Hier gehöre ich hin. So etwas habe ich nie gehabt. Meine Heimat waren die Camps in Afrika, wo ich wusste, dass ich nach ein paar Monaten weiterziehen würde.

Eine ältere Dame öffnet die blau lackierte Holztür und sieht mich freundlich an. »Der Deutsche!«, meint sie lächelnd. »Willkommen!«

Ein schmaler Flur, dunkle Holzdielen, niedrige Decke, alles ist eng, stilvoll und gemütlich. An den weinroten Wänden Aquarelle, Szenen aus Howth und Dublin und vom Hafen Dún Laoghaire. Frau McGrath nimmt mir die Jacke ab und führt mich ins Wohnzimmer, das wie ein kleiner Salon wirkt. Im Kamin brennt ein Feuer. Bis zum Boden reichende Fenster öffnen den Blick auf den kleinen Garten: ein gepflegtes Stück Rasen, Rabatten mit Fuchsien und Farnen und dahinter eine hohe Hecke aus Kirschlorbeer. Genau so ein Haus habe ich in Frankfurt für Anna und mich gesucht. Aber das Einzige, was uns die Makler anboten, waren triste Reihenhäuser in trostlosen Retortenstädten. Mit Supermarkt, U-Bahn-Station und Kindergarten um die Ecke, aber ohne Charakter und Geschichte. Auch Anna hat nie eines gefallen.

Patrick McGrath ist aufgestanden und kommt mir entgegen. Der kleine, hagere Mann mit dem schlohweißen Haar wirkt gebrechlich. Er muss schon weit über siebzig sein. Als er mir die Hand gibt, spüre ich, wie sie zittert.

Er merkt mir an, wie bewegt ich bin, und lächelt. »Nehmen Sie Platz«, sagt er in fast akzentfreiem Deutsch. »Schön, jemanden aus Deutschland hier zu haben.«

»Danke. Wo um alles in der Welt haben Sie so gut Deutsch gelernt?«

»Haha! Sie schmeicheln mir! Es war mal gut, aber inzwischen ist es ziemlich eingerostet. Mir fehlt die Praxis.«

Ich sitze in einem samtbezogenen Ohrensessel. Auf dem Boden ein gewalkter Teppich. Der Raum ist in Braun- und Grüntönen gehalten. Vor den Wänden stehen Bücherregale bis unter die Decke. Kurz darauf stellt seine Frau ein Silbertablett mit Teeservice auf den Beistelltisch. Es duftet nach Earl Grey, auf einer Etagere liegen Shortbread Fingers und Muffins. Manche Iren sind englischer als Engländer.

Wir plaudern ein wenig. Patrick McGrath hat über vierzig Jahre Deutsch und Englisch an einer Gesamtschule in Dublin unterrichtet. Das Haus hat er in den Siebzigern für zwanzigtausend Pfund gekauft. Viel Geld damals für einen jungen Lehrer, heute dürfte es das Fünfzigfache wert sein. McGrath hat ein paar Semester in München studiert und dort auch einige Jahre als Fremdsprachenlehrer gearbeitet.

»Und Sie sind also Jane Flynns verflossene Liebe.«

»Sie wissen Bescheid?«

McGrath lacht. »Der Detektiv hat erzählt, dass ein Deutscher Jane Flynn sucht. Da habe ich eins und eins zusammengezählt.«

»Sie haben ein gutes Gedächtnis.«

»Wie ein Elefant, meint meine Frau. Mein Körper altert schneller als mein Geist. Besser so als andersherum.«

»Sie wussten schon damals von mir?«

»Genaues hat Jane nicht erzählt. Sie war eine verschwiegene

kleine Person. Aber dass sie bis über beide Ohren verliebt war, konnte sie nicht verbergen. Sie strahlte nur so vor Glück. Und sie war auf einmal hochmotiviert in Deutsch. Davor hatte sie mit der Sprache nicht viel anfangen können.«

»Erstaunlich, dass Sie sich noch so genau erinnern.«

»Jane war etwas Besonderes.«

»Inwiefern?«

Verwundert schaut er mich an. »Wissen Sie das nicht?«

»Doch. Aber mich würde interessieren, wie Sie das beschreiben.«

Seine Hand zittert, als er die filigrane Teetasse zum Mund führt. Wahrscheinlich Parkinson. Die Finger sehen arthritisch aus. »Schwierig, das in Worte zu fassen. Sie war dem Leben so zugewandt. Sie hat sich ohne Vorbehalte und Hintergedanken auf die Welt eingelassen. Nein: in sie hineingestürzt. Aber so ein Leben ist gefährlich. Enttäuschung und Schmerz erfassten sie genauso vehement wie Glück.«

McGraths Worte schneiden in mein Herz. Wir sind beide still. Eine Standuhr tickt die Sekunden weg. Auf dem Kaminsims stehen Fotos seiner Kinder, ein Sohn und eine Tochter. Bilder aus der Schulzeit, die beiden mit Doktorhut und Diplom in der Hand und mit ihren Familien. McGrath scheint sechsfacher Großvater zu sein. Alle sehen so glücklich aus. Ich denke an Anna und Mia. So ein Leben wie Patrick McGrath hätte ich auch führen können.

»Sie wissen, was mit Jane später passiert ist?«, frage ich.

»Nein. Aber es würde mich sehr interessieren.«

Ich erzähle knapp, was Brian bisher herausgefunden hat.

»Das ist sehr traurig. Wenn auch nicht ganz hoffnungslos.«

»Meinen Sie?«

»Man kann Jane tief verletzen. Aber sie ist auch zäh. Eine Kämpferin.«

»Ich habe oft an diese acht Wochen gedacht. Sie gehören zum Schönsten, was ich erlebt habe. Und jetzt? Stelle ich fest, dass Janes Leben eine verhängnisvolle Abzweigung genommen hat. Und dass ich wahrscheinlich dafür verantwortlich bin.«

»Glauben Sie wirklich, Sie waren das allein? Schätzen Sie Jane so ein? Missverstehen Sie mich nicht, aber ich fürchte, da überschätzen Sie Ihre Bedeutung doch etwas.«

»Sie haben doch gerade selbst gesagt, wie hart sie Enttäuschungen treffen konnten.«

McGrath holt tief Luft, so als müsse er weit ausholen. Er sieht mich an wie ein gütiger Vater. »Janes Charakter ist sehr irisch, voller Sehnsucht, voller Fernweh, voller Aufmüpfigkeit. Eine romantische Seele. Aber das passte nicht ins Irland der späten achtziger Jahre. Ihr Freiheitsdrang, diese Wildheit, das hat ihr ständige Probleme bereitet, mit den Eltern, dem Pfarrer, den Lehrern. Sie war zuerst in einer katholischen Mädchenschule, aber dort flog sie raus. Wussten Sie das?«

»Ich weiß nur, dass sie die katholische Kirche gehasst hat.«

»In der Tat. Sie hielt die Kirche für verdorben und verlogen. Und das lange bevor die ganzen Skandale aufgedeckt wurden. Offenbar hat eine Ordensschwester aus der Schule sie einmal unsittlich berührt, und Jane hielt bei so etwas natürlich nicht den Mund. Obwohl die Eltern und die Schulleitung inständig darum baten. Das hat sie nur noch wütender und unerbittlicher gemacht. Und sie hat ja recht gehabt. Aber das führte dazu, dass sie die Schule verlassen musste. Eine übergriffige lesbische Schwester, das wollte damals niemand glauben. Jane wurde als Lügnerin hingestellt, der Schwester passierte nichts.«

McGraths Stirn hat sich in Falten gelegt. »Vor einigen Jahren hat die irische Regierung Untersuchungskommissionen zu Gewalt an Kindern durch die katholische Kirche eingesetzt. Es kam heraus, dass sie allgegenwärtig war. Tausende, Zehntausende Kinder sind in Kirchen, Heimen und Schulen auf vielfältige Weise missbraucht worden. Und die Verantwortlichen in Kirche und Politik wussten davon. Es wurde vertuscht, allzu dreiste Pädosexuelle wurden versetzt, das Leid der Kinder hat man wissentlich in Kauf genommen. Die katholische Kirche hat sich an den Menschen dieses Landes schwer versündigt. Ihre Glaubwürdigkeit hat sie verloren. Soll sie zur Hölle fahren! Dort gehört sie hin.«

»Sie klingen genau wie Jane.«

»Sie war meine Schülerin. Aber missverstehen Sie mich nicht: Der christliche Glaube gibt mir immer noch Halt und Kraft. Seine Werte sind die Richtlinie meines Lebens.« McGrath lächelt vor sich hin. »Bei uns an der Schule wäre sie auch rausgeflogen, wenn ich nicht einen mäßigenden Einfluss auf sie und die Schulleitung ausgeübt hätte. Hausaufgaben machte sie nur, wenn sie einen Sinn darin erkannte oder den Lehrer mochte. Sie schwänzte ziemlich oft den Unterricht. Einmal, mit vierzehn, kam sie sturzbetrunken in die Schule. Mit ihren Eltern war sie völlig über Kreuz.«

»Was wissen Sie von denen?«

»Keine gute Ehe. Beide Eltern wirkten kalt. Soweit ich es mitbekommen habe, lebten sie in stiller Feindschaft nebeneinanderher, unglücklich, doch ohne große Szenen. Aber Jane hat das natürlich gespürt und darunter gelitten.«

McGrath nimmt einen Schluck Tee. »Jane hielt als Teenager viele Spannungen aus und ist damit fertiggeworden.«

Ich lächle. »So einen aufmerksamen Lehrer wie Sie hätte ich auch gern gehabt.«

»Danke sehr! Jane brauchte eine besonders feinfühlige Art der Führung. Ich versuchte ihr beizubringen, besser auf sich aufzupassen. Sich nicht gleich Hals über Kopf ins Leben zu stürzen, sondern erst etwas nachzudenken. Sich nicht immer mit Gott und der Welt anzulegen. Aber erklären Sie das einmal einer wilden Fünfzehnjährigen, deren Eltern sich aufgegeben haben.«

»Waren Sie mal im Haus der Flynns?«

»Nur kurz. Es war schrecklich. Wie ein Kühlschrank.«

Ich muss lachen. »So hat sie das damals auch beschrieben. Das Hostel am Lough Currane war ihre Welt. Da habe ich sie kennengelernt. Da war sie frei und glücklich.«

»Das glaube ich gern. Sie hat viel davon erzählt. Es muss ein zauberhafter Ort sein.«

»In ein paar Tagen will ich dorthin.«

»Grüßen Sie Jane von mir, falls Sie sie dort finden.«

»Raten Sie mir denn, nach ihr zu suchen? Der Detektiv rät mir davon ab. Er meint, dass sie entweder tot oder ein Wrack ist.«

McGrath zuckt die Achseln. »Das müssen Sie selbst entscheiden. Aber was auch immer Sie tun, Sie müssen achtsam sein. Sich selbst und auch Jane gegenüber.«

Für eine Weile sitzen wir schweigend in dem Wohnzimmer dieses Hauses, in dem ich gern aufgewachsen wäre.

»Ich wünschte mir ein Leben wie Ihres«, sage ich leise. Ich weiß auch nicht, warum ich das sage. Wobei es die Wahrheit ist. Mir ist zum Heulen zumute. Am liebsten würde ich diesem Mann alles anvertrauen.

McGrath lächelt und sieht mich mit seinen warmen Augen an. »Es ist bisher gut gewesen, das ja. Aber glauben Sie mir, so ruhig und ausgeglichen wie jetzt war es nicht immer. Ein paar richtige Entscheidungen zur richtigen Zeit und ein bisschen Glück, das macht's aus. Und Sie haben doch noch das meiste vor sich.«

Ich überlege, ob ich ihm das Foto von Jane und Anna zeigen soll. Er wird Fragen stellen, und womöglich wird ihm der wahre Grund für meine Suche nicht gefallen. Doch ich will wissen, ob er sie wiedererkennt. Er kannte sie gut, besser als ich. Ich greife zu meiner Hemdtasche, in dem Moment klopft es an der Tür, und seine Frau kommt herein. McGrath sieht mein Zögern und hebt die Brauen.

»Entschuldige, Patrick. Aber wir müssen los!«

Ich stehe auf und lächle die beiden an. »Verzeihen Sie, ich habe Sie aufgehalten!«

»Überhaupt nicht!«, erwidert Patrick, während er sich erhebt. »Das war sehr anregend. Aber wir müssen wohl.« Er reicht mir die zittrige Hand. »Würde mich freuen, wenn Sie mich auf dem Laufenden hielten.«

»Ich darf Sie wieder belästigen?«

»Jederzeit!«

6

April vor einem Jahr

Ein eisiger Tag, es war wieder Winter. In drei Wochen wollten wir heiraten, da sollten die Apfelbäume blühen, doch daraus würde wohl nichts werden. Draußen vor dem Fenster wirbelten Schneeflocken durch die enge Straßenflucht. Grauer, schmieriger Matsch lag unten auf dem Asphalt. Vor ein paar Tagen hatten wir noch in der Sonne am Main gepicknickt.

Plötzlich klingelte es. Erschrocken ging ich zur Tür. Anna hätte schon längst wieder hier sein müssen.

»Dr. Marc Wegener?«, fragte ein Mann mit Vollbart, als ich die Wohnungstür öffnete. Er war älter als ich, so Ende vierzig, die dürre Frau neben ihm deutlich jünger.

»Das bin ich.«

Die beiden hielten mir ihre Ausweise hin. Mir wurde schwindlig, als wüsste ich schon, was passiert war. Sie stellten sich vor, aber ihre Namen hatte ich gleich wieder vergessen.

»Ist was mit Anna?«, fragte ich.

Der Mann lächelte betroffen. Die Frau beäugte mich auf eine unangenehme Art. »Dürfen wir hineinkommen?«, fragte der Kommissar.

Wir setzten uns ins Wohnzimmer. Der Mann sah sich um, während mich die Frau im Blick behielt, als hätte sie mich in Verdacht. Der Kommissar wirkte erstaunt, wahrscheinlich hatte er sich die Wohnung von zwei Ärzten größer und weniger spartanisch vorgestellt.

»Sie kennen Anna Leonhard?«, fragte er.

»Sie ist meine Lebensgefährtin. Wir wohnen hier zusammen. Was ist mit ihr?«

»Es tut mir sehr leid. Anna Leonhard ist tot.«

In diesem Moment blieb die Zeit stehen. Ich schloss die Augen und fiel durch einen leeren, lichtlosen Raum. Sah sie, wie sie mit diesem glücklichen Lachen am Main in der Sonne saß. Da war wieder alles in Ordnung gewesen. Unsere Krise hatten wir überwunden.

Als ich die Augen öffnete, blickte mich der Kommissar mitfühlend an. »Es war ein Verkehrsunfall. Ihre Partnerin wurde tödlich verletzt. Sie ist von der Fahrbahn abgekommen und der Wagen mit hoher Geschwindigkeit gegen einen Baum geprallt. Sie war von Bad Vilbel Richtung Innenstadt unterwegs. Der Unfall passierte auf einem geraden, gut einsehbaren Abschnitt.«

Auf einmal war ich wieder wach. »Das ist nicht Anna. Unmöglich! Was für ein Wagen war es denn?«

Er nannte die Marke und das Kennzeichen. Es war Annas Wagen, aber es konnte trotzdem nicht sein, sie hatten einen Fehler gemacht.

Der Kommissar blickte auf meine Arme und Hände. Sie zitterten stark, weshalb ich meine Finger in den Stoff des Sofas krallte. »Warum glauben Sie, dass es nicht Ihre Frau ist?«

»Anna kommt nicht einfach so von der Fahrbahn ab. Sie ist eine sehr sichere Fahrerin. Außerdem wollte sie nicht nach Vilbel, sondern nach Seckbach. Wir heiraten in drei Wochen, sie hatte mit dem Wirt des Restaurants einen Termin.«

Kurz zögerte ich. »Haben Sie ein Foto?«

Die beiden sahen sich an. »Sind Sie sicher, dass Sie das sehen wollen?«

»Ich bitte darum.«

Die Frau hielt mir ihr Smartphone hin. Das Bild brannte sich sofort in meine Netzhaut ein: Annas totes Gesicht mit einem Bluterguss unter dem rechten Auge und Schnittwunden an der Stirn. Den blutverschmierten Strähnen auf der blassen Haut. Die Augen geschlossen, ihre Lippen grau wie Staub.

»Oh mein Gott«, flüsterte ich und legte die zitternden Hände vors Gesicht. Innerhalb weniger Sekunden war sie zum zweiten Mal gestorben. Anna und Mia waren mein Ein und Alles.

»Ist das Anna Leonhard?« Die Stimme des Kommissars war fast zärtlich und klang, als käme sie aus einem anderen Raum.

Ich nickte. Und trotzdem konnte es nicht sein. Anna gab immer auf sich Acht, vor allem seit sie schwanger war.

Hilfesuchend sah ich zum Kommissar. »Wir wollten heiraten und bekamen ein Kind. Wir waren glücklich.«

Die beiden wechselten Blicke, als zweifelten sie an meinen Worten.

»Wir fragen uns, was Frau Leonhard in Bad Vilbel wollte. Können Sie uns da weiterhelfen?« Es war das erste Mal, dass sich die Frau an mich wandte. Sie hatte ein lang gezogenes, schnabelartiges Gesicht. Ihre Stimme klang kühl und wie ein Vorwurf.

»Eine Freundin von ihr wohnt dort, Karen Baumann. Vielleicht wollte sie vorher noch zu ihr.«

»Und davon wussten Sie nichts?«

»Nein.«

Eine Weile sagten die beiden nichts. Ich starrte aus dem Fenster, das Schneetreiben war noch dichter geworden. Sie glaubten vielleicht, dass Anna sich umgebracht hatte: Ein kerzengerader Abschnitt, sie sieht den Baum und rast mit vollem Bewusstsein in den Tod. Die Eltern dürften ihnen erzählt haben, wie unglücklich ihre Tochter mit mir gewesen ist. Dass ich der große Fehler ihres Lebens war. Dabei wollten wir noch einmal neu beginnen.

»Da ist noch etwas«, sagte der Kommissar. »Wir haben einen Zeugen, der behauptet, dass jemand Ihre Lebensgefährtin von der Straße abgedrängt hat.«

»Jemand hat sie getötet?«

»Möglicherweise. Er sagt, dass jemand den Wagen von Frau Leonhard mit viel zu hoher Geschwindigkeit überholt und sie dann geschnitten hat. Vielleicht ein Raser, der die Kontrolle über sein Fahrzeug verlor. Die Fahrbahnen sind heute sehr glitschig. Das würde auch erklären, warum Frau Leonhard überhaupt nicht abgebremst hat. Sie ist mit voller Wucht gegen den Baum gefahren.«

Michael, denke ich. Er hat sie getötet. »Sie sagen ›möglicherweise‹.«

»Es gibt keinerlei Spuren an dem Unfallwagen. Keine Schrammen, keine Lackreste, das andere Fahrzeug hat ihr Auto nicht berührt. Sofern es überhaupt einen zweiten Wagen gegeben hat.«

»Sie zweifeln daran?«

»Wir wissen noch nicht, wie glaubwürdig der Zeuge ist.«

»Und wie soll der andere Wagen ausgesehen haben?«

»Da ist sich unser Zeuge nicht sicher. Ein Kombi, vielleicht auch ein SUV.«

»Und die Farbe?«

»Schwarz. Oder Grau. Vielleicht auch Blau.«

Michael hat einen grauen Audi.

»Also könnte es praktisch jedes Auto gewesen sein.«

»So sieht es aus. Aber wir ermitteln weiter. Und hoffen auf weitere Zeugen.«

»Okay«, sagte ich. »Hoffentlich melden sich welche.«

Wieder Stille.

»Sollen wir jemanden für Sie anrufen?«

Ich schüttelte den Kopf. »Die Beerdigung. Ich muss mich darum kümmern. Wann kann ich das planen?«

»Die Leiche wird auf Wunsch der Eltern obduziert«, sagte der Kommissar. »Das wird noch ein paar Tage dauern. Wir melden uns dann.«

Die beiden waren schon eine Weile gegangen. Wie gelähmt saß ich auf dem Sofa. Ich musste irgendetwas tun. Also raffte ich mich auf und öffnete das Fenster. Sofort wirbelten Schneeflocken herein. Ein Sprung, und alles wäre vorbei. Warum sollte ich weitermachen? Anna und Mia waren tot. Der Job im Krankenhaus eine Qual. Freunde? Außer Philipp hatte ich nie welche.

Und Annas Eltern ließen ihre Leiche obduzieren. Weil sie glaubten, ich hätte ihrer Tochter heimlich irgendwas verabreicht. Oder sie wollten mich demütigen, mich bestrafen dafür, dass Anna ein anderes Leben wollte, als es ihr Vater für sie vorgesehen hatte.

Ich hätte nie nach Frankfurt zurückkehren dürfen. Afrika, das war meine Heimat, dort gehörte ich hin. Gib mir Hunger,

Krankheit und einen Bürgerkrieg, und mir geht es gut. Oder besser, ich vergesse dann, wie es mir geht. Ich hätte mich von Anna fernhalten müssen. So jemand wie ich darf keine Beziehung führen.

Ich schloss das Fenster und setzte mich an den Rechner. Wir hatten über achtzig Gäste zur Hochzeit eingeladen, und jemand musste sie informieren, was passiert war. Doch schon bei der ersten E-Mail blieb ich stecken. Was sollte ich auch schreiben? Dass Anna bei einem Autounfall ums Leben gekommen war? Dass sie unachtsam gewesen war? Dass jemand sie umgebracht hatte? Sie sich töten wollte? Nein, das hätte sie nie getan, schon wegen Mia nicht. Anna war keine Selbstmörderin, auf keinen Fall.

Bald saß ich wieder reglos da und starrte auf das leere E-Mail-Fenster. »Warum, Anna?«, schrieb ich dann. Da klingelte das Telefon, Philipps Nummer. Er sollte mein Trauzeuge sein und wusste schon Bescheid.

»Karen hat mich angerufen. In einer halben Stunde bin ich bei dir«, sagte er. Er klang fast so mitgenommen wie ich. Er hatte Anna gemocht und wusste, was sie mir bedeutete. Ich wollte niemanden sehen, aber Philipp ließ sich nicht abwimmeln. Er würde was vom Chinesen mitbringen, außerdem eine Flasche Scotch. »Also warte noch kurz, bevor du dich umbringst.«

Ich musste lachen. Philipps Zynismus war wie Medizin. Als Strafverteidiger kannte er sich mit den Abgründen menschlichen Elends bestens aus. Und als Freund mit mir.

Mitten in der Nacht weckte mich das Klingeln des Telefons. Die Rufnummer war unterdrückt. Sie wissen, wer es war, dachte ich und hob ab, noch benommen vom Scotch und dem bleiernen Schlaf.

»Hallo?«

Niemand sprach. Mein Herz klopfte wie verrückt.

»Ist dort die Polizei? Hören Sie mich?«

Nichts. Nur schweres Atmen, wie von jemandem, der sich nur mit Mühe beherrscht.

Es ist Michael. Er gibt mir die Schuld an Annas Tod. So will er mich daran erinnern, dass sie wegen mir nicht mehr lebt.

Ich legte das Telefon neben mein Bett.

Immer wieder konnte ich das Atmen hören.

In der Dämmerung riss mich ein Traum aus dem Schlaf, klarer und unmittelbarer als die Wirklichkeit. *Ich* saß in dem schwarzen Wagen. Voller Wut wollte ich überholen, und als Anna gedankenverloren zu mir herübersah, zog ich das Lenkrad nach rechts und drängte sie von der Fahrbahn ab. Ich sah noch, wie ihr Wagen gegen den Baum krachte, und bremste ab. Fuhr rückwärts zu der Stelle zurück und stieg aus. Leblos saß sie im Fahrersitz, mit geschlossenen Augen, leichenblasser Haut und grauen Lippen, aus ihren Schnittwunden im Gesicht rann Blut. Ihre blutverschmierten Hände lagen auf ihrem Bauch, als hätte sie Mia noch schützen wollen, da öffnete sie plötzlich ihre toten Augen.

»Warum hast du das getan, Marc?«, fragte sie. »Warum hast du uns getötet?«

Nass geschwitzt und außer Atem saß ich im Bett. Der Puls hämmerte in meinen Schläfen, und in meinem Kopf war ein Druck, als würde er jeden Moment auseinanderbrechen. Wieder sah ich Annas Gesicht. Du hast uns umgebracht, sagte sie noch mal.

Die Flasche Scotch stand neben dem Bett. Eine Tasse voll war noch drin. Ich leerte den Rest in einem Schluck.

Doch Annas Gesicht ging nicht weg.

Neben mir lag noch immer das Telefon, aber die Verbindung war tot.

7

Ich prüfe die Straße, als ich aus dem Haus trete, aber außer zwei alten Männern ist niemand zu sehen. Ich biege in die Abbey Street und gehe zum Hafen hinunter. McGraths Haus, der rauchige Geruch von Torffeuer, die bunten Reihenhäuser mit Kaminen auf dem Dach und die schwarzen Stromkabel, die sich wie dicke Spinnenfäden über die Straße ziehen: Alles fühlt sich so vertraut an.

Eine kleine Treppe führt zu einem alten Friedhof und der verfallenen Ruine einer Kirche. Einige der verwitterten Grabmale sehen aus wie versteinerte Mönche. Von der Anhöhe sieht man den Yachthafen, dahinter eine kleine Insel. Auf einem Schild steht ihr Name, sie heißt Ireland's Eye. Der karg bewachsene, wie der Buckel eines Wals aus dem Meer ragende Felsen erinnert mich an Scariff Island. Dort, vor der Küste Kerrys, habe ich damals ein paar Tage mit Jane verbracht. Sie gehören zu den schönsten meines Lebens.

Ich wähle die Nummer von Kate MacMahon in Cork. Die ehemalige Krankenschwester ist kurz angebunden und wirkt schroff. Wir verabreden uns für den kommenden Nachmittag. Am Ende sagt sie, ich soll das Geld nicht vergessen.

Danach gehe ich hinunter zum Hafen und die lange Mole entlang. Ziehe die salzige Luft tief in meine Lungen. Weiß schäumende Wellen umbranden die schroffen Klippen von Ireland's Eye. Das Meer ist wie ein unruhiger, atmender Körper mit schieferfarbener Haut und weißen Adern aus Schaum. Auf einmal fühle ich mich so leicht wie damals auf Scariff. Als müsste ich nur die Flügel ausbreiten, um über den Wellen dahinzugleiten. Anna und Mia und das bleierne letzte Jahr sind weit, weit weg. Alles vergessen, ich kann neu anfangen, warum auch nicht?

Ich hole tief Luft. Das Meer riecht so weit. Vielleicht geht das ja, neu anfangen, wenn die Suche beendet ist.

Am Ende der Mole steht ein weißer Leuchtturm. Auf den Steinen davor sitzt eine große, schlanke Frau und schaut aufs Meer hinaus. Sie hat mich nicht bemerkt, scheint tief in Gedanken. Die leichte Brise bewegt ihre langen Haare. Sie erinnern mich an Annas.

Ich sehe sie vor mir, wie sie am Morgen ihres Todes aus der Dusche stieg. »Komm schnell!«, rief sie. Nackt stand sie vor mir und strahlte mich an. Das hatte sie schon lange nicht mehr getan. »Sie bewegt sich!« Vorsichtig legte ich die Hand auf ihren Bauch. Mia streckte mir ihren kleinen Fuß entgegen, doch als ich ihn spürte, zuckte ich zurück. Erschrocken sah Anna mich an, und ich senkte den Blick. Für eine Weile sagte sie nichts, so als wartete sie auf eine Erklärung. Doch ich blieb einfach nur stehen. Was sollte ich auch sagen? Ich freute mich auf Mia und hatte zugleich höllische Angst. Dass sie werden würde wie wir, ziellos und traurig. Wie sollte ich einem Kind Freude geben, wenn ich selbst keine hatte? Anna hatte ihre Lebensfreude auch verloren. Und trotzdem wollte ich das Kind und es versuchen. Und wieder nicht.

»Weißt du überhaupt, worauf du dich einlässt?«, fragte Anna leise. Es klang abgrundtief traurig, und ich konnte ihr nicht antworten. »Ich verstehe nicht mehr, was in dir vorgeht. Wer du eigentlich bist.« Ihre Stimme bebte leicht. »Es kommt mir so vor, als spielst du der Welt eine Rolle vor und bist in Wirklichkeit jemand ganz anderes. Das macht mir Angst, Marc.«

Und du?, dachte ich. Was ist mit dir?

Dann wendete sie sich ab, damit ich nicht sah, dass sie weinte.

»Hey!«, schreit jemand.

Hat Anna das mit der Angst wirklich gesagt? Ich muss es vergessen haben.

»Hey, du!« Die Stimme klingt alles andere als erfreut. Es ist die Frau auf der Mole. Wütend sieht sie mich an.

»Hi! Alles in Ordnung?«, frage ich freundlich.

»In Ordnung? Du stehst da seit fünf Minuten und gaffst mich an. Hast du sie noch alle?«

»Entschuldigen Sie. Ich war in Gedanken.«

»Ach ja?« Sie hält ihr Smartphone in der Hand. Vielleicht hat sie schon die Polizei informiert.

»Ich habe an meine Frau gedacht. Sie ist letztes Jahr gestorben.«

Kurz ist sie still. »Das tut mir leid. Ich fände es trotzdem gut, wenn du dich jetzt vom Acker machst.«

»Alles klar. Ich bin schon weg.«

Nach ein paar Schritten drehe ich mich noch einmal um. Die Frau schaut mir immer noch hinterher. So aus der Ferne sieht sie noch mehr wie Anna aus.

8

Vor drei Jahren

Ich traf Anna während des Bürgerkriegs im Sudan. Schon viel zu lange war ich als Chirurg für Hilfsorganisationen unterwegs gewesen, war wie ein Söldner den Kriegen und Katastrophen hinterhergezogen, quer durch Afrika und Asien, und wenn sich Routine und so etwas wie ein Gefühl von zu Hause einstellte, wurde ich unruhig, dann trieb es mich weiter. Jetzt wollte ich mitten im Nirgendwo ein kleines Buschkrankenhaus leiten.

Die nächstgrößere Stadt, in deren Nähe wir auf einer Lehmpiste landeten, war fast völlig zerbombt. Schlanke, groß gewachsene Männer mit tiefschwarzer Haut trieben ihre Kühe durch die Trümmer. Dinka, so hießen die Menschen, die hier lebten. Zwei Stunden lang fuhren wir in einem Jeep auf einer Holperpiste durch den Busch. Plötzlich hielt mein Fahrer an. Aus einer halb verfallenen Behausung am Wegesrand kroch etwas. Zuerst dachte ich, es wäre ein Tier. Aber es war ein Mann ohne Füße und Hände. Weitere Menschen hinkten und krochen herbei, denen auch Gliedmaßen fehlten. Ich hatte schon einiges gesehen, aber das noch nicht: Wir waren in einem Lepradorf, und der Fahrer brachte ihnen Lebensmittel vorbei. Zum Abschied streckte mir ein Kranker seine fingerlose Hand hin, und nach kurzem Zögern nahm ich sie.

Als wir im Camp ankamen, stellte ich fest, dass das Krankenhaus noch gar nicht einsatzbereit war. Auch der versprochene zweite Arzt fehlte. Die Zelte für OP, Ambulanz und Labor standen leer. Das medizinische Gerät befand sich noch in Containern, die auf dem staubigen Gelände standen und aussahen, als wären sie vom Himmel gefallen.

Am nächsten Mittag erschien eine schwangere Dinka, noch fast ein Mädchen. Vor drei Tagen hatte sie sich mit starken Wehen zu Fuß auf den Weg gemacht. Als sie zu sprechen begann, verlor sie das Bewusstsein. Matthew, ein sudanesischer Pfleger mit weißen Haaren, fing sie auf und trug sie ins leere OP-Zelt. Wir schleppten einen großen Esstisch hinein und spannten ein Bettlaken darauf. Die hellste Taschenlampe wurde zur Leuchte.

Der Blutdruck des Mädchens war kaum noch messbar. Der Kopf des Kindes schaute halb aus der Vagina heraus und ließ sich nicht bewegen. Ob es noch lebte, wussten wir nicht. Ein Kaiserschnitt war nicht mehr möglich, das würde die Frau nicht überstehen. Matthew machte mit seinen Händen eine Bewegung, als würde er einen Kürbis zerquetschen. Ich müsse das Kind töten, um die Mutter zu retten, wollte er mir damit sagen.

»Wir machen es«, sagte ich zu ihm. Zwei Schwestern verließen das Zelt, sie wollten dabei nicht helfen. Nur eine blieb. Wir waren also zu dritt.

Mit einer Art Eispickel zertrümmerte ich den Schädel des Kindes. Sofort trat Gehirnmasse aus. Für einen Moment wurde mir schwarz vor Augen, und die Luft blieb mir weg. Hoffentlich, hoffentlich war es schon tot, dachte ich nur. Lieber Gott, mach, dass es schon tot gewesen ist.

Schweigend entfernten wir Knochen- und Gehirnteile, hebelten irgendwie den Schädel und dann einen Arm aus dem Schoß der Frau. Es war ein Junge gewesen. Jetzt lagen seine Reste zwischen meinen Füßen. Grün schimmernde Schmeißfliegen fielen gierig darüber her. Matthew beseitigte alles in eine Plastiktüte.

Ich starrte auf die Frau. Sie war so jung, höchstens sechzehn. Sie blutete stark, aber wir konnten die Blutung stillen. Wir konnten sie retten.

Als sie aufwachte, sagte sie etwas auf Dinka. Danach herrschte Totenstille. Matthew sah bestürzt zu Boden. Ich fragte, was sie wollte.

»Sie will ihr Kind«, sagte er mit brüchiger Stimme. »Sie will ihm Milch geben und es taufen lassen.«

Ich floh aus dem Zelt. Wie in Trance ging ich zu meiner Hütte. Du hättest es wenigstens taufen müssen, sagte ich zu mir, daran hättest du denken müssen! Warum hast du es verdammt noch mal nicht getauft?

»Du musstest das tun«, meinte Matthew später. Er war zu mir ins Zelt gekommen. »Du hast nichts falsch gemacht. Geh in die Stadt und sprich mit dem Pfarrer. Er wird dir dasselbe sagen.«

Aber das wollte ich nicht. Ich schämte mich so. Wie immer wollte ich mit meiner Schuld allein bleiben.

Wochen später hatte ich mich noch nicht davon erholt. Das war ungewöhnlich. In Sierra Leone hatte ich ähnlich Schlimmes erlebt, hatte dort Hunderte zerschossene und verstümmelte Körper zusammengeflickt: Männer mit Bauchschüssen, Kinder mit von Minen zerfetzten Beinen; Frauen, die erst von einer Kompanie vergewaltigt und denen dann noch Arme, Beine und Kiefer gebrochen worden waren. Und trotzdem kam ich bald darüber hinweg.

Diesmal nicht. Lustlos schleppte ich mich zur Arbeit. Ich war müder als sonst, ausgezehrt, abgestumpft und voller Zweifel. Ich hatte die vierzig gerade erst überschritten, aber wohl zu lange über meinem Limit gelebt. Dass meine Kräfte nachließen, hatte ich schon seit Längerem gespürt.

Und dann kam Anna. Schien wie die Sonne in ein Land der Finsternis. Sie war die versprochene zweite Ärztin und machte mich von einer Sekunde zur anderen wieder lebendig. Ich führte gerade die Visite bei den stationären Patienten durch, als sie plötzlich vor mir stand: groß und schlank, mit selbstbewusstem Blick. Aber darin lag noch etwas anderes. Jedenfalls bildete ich mir ein, etwas zu sehen, das ich von meinem Spiegelbild kannte: dass sie auch auf der Suche war, dass sie ihren Platz im Leben noch nicht gefunden hatte.

»Wir haben dich hier schon sehnlichst erwartet«, sagte ich gespielt vorwurfsvoll.

»Hab ich gehört«, erwiderte sie mit einem herausfordernden Lächeln und verschränkte die Arme vor der Brust. »Jetzt bin ich da. Für die nächsten sechs Wochen.«

Noch am selben Abend fuhren wir mit Matthew durch den Busch zu einem Club. Er war von den Bomben verschont geblieben und wie eine Oase in der zerstörten Stadt. In dem von Palmen überdachten Innenhof wucherten Pflanzen mit fleischigen Blättern die Mauern herab. Es roch nach überreifen Früchten. Wir redeten und tranken Cocktails, viel zu schnell und viel zu viele. Anna und ich tanzten und schwitzten, und irgendwann küssten wir uns, mitten auf der Tanzfläche. Matthew saß direkt vor uns, aber wir hörten nicht mehr auf, und irgendwann lachte und klatschte er mit den anderen Gästen, und alle feuerten uns an.

Auf der langen Rückfahrt schwiegen wir. Ich zitterte vor Erregung. Wir sagten dem grinsenden Matthew gute Nacht, dann führte sie mich in ihre Hütte. Im Stehen zogen wir uns aus. Ihre Haut glänzte und war geschmeidig wie Seide. Ich küsste ihre Brüste, dann schlüpften wir unter das Moskitonetz über ihrem Bett. Von da an besuchte ich sie jede Nacht. Das Bild, wie wir nackt im Bett unter dem Netz in der runden Bambushütte liegen, wie das Mondlicht durch einen Spalt zwischen Wand und Dach fällt, wie ihre Haut glänzt, das werde ich nie vergessen.

Dann kam der große Regen. Das Gelände um unser Camp verwandelte sich in einen schmutzigen See, eine braune Brühe aus Dreck floss um unsere Zelte und Hütten wie um eine Insel. Und mit dem Wasser kamen die Moskitos, hartnäckige und hungrige kleine Teufel. Nach einer Woche bekam ich Halsschmerzen, dann Schüttelfrost und furchtbares Kopfweh, mir wurde kotzübel, zudem schwitzte ich wie verrückt. Es war Malaria, und zwar Malaria tropica, die schlimmste Form.

Für einige Tage war ich wie weggetreten. Manchmal sah ich Anna neben meinem Bett, aber ich wusste nicht, ob ich träumte. Vor mich hindämmernd lag ich in meiner Hütte, hörte dunkle Stimmen und roch fauliges Wasser. Erst nach einer Woche konnte ich wieder halbwegs klar denken. Jemand hatte mir eine Infusion gelegt, das Chinin begann zu wirken. Matthew kam nun regelmäßig, um mich auf einen Eimer zu setzen, bis zur Toilette war es viel zu weit. Ich war fast taub und hatte Angst, mein Gehör für immer verloren zu haben. Nach wie vor erbrach ich alles, was ich an Nahrung zu mir nahm.

Aber ich überlebte. Ich hatte fünfzehn Kilo abgenommen und sah aus wie ein lebender Toter.

»Anna hat dich gerettet«, meinte Matthew, als ich zum ersten Mal wieder aufstand. »Wenn sie nicht gearbeitet hat, saß sie neben deinem Bett und hat dich versorgt. Bis spät in die Nacht, sie hat kaum geschlafen.«

Ich hielt sie ganz fest, als sie zu mir kam. »Danke«, flüsterte ich.

Da fing sie an zu weinen. »Nächsten Monat muss ich zurück.«

Anna hatte eine Facharztstelle in einer Klinik in Frankfurt. Meiner Heimatstadt, ausgerechnet. Eigentlich wollte ich da nie wieder hin. Ich wusste nicht, ob es stimmte, dass sie in Deutschland keine Beziehung hatte. Auch redete ich mir ein, keine Antwort auf meine Briefe zu erwarten.

Aber Anna schrieb zurück. Es waren richtige Liebesbriefe, und bald schrieben wir uns täglich. Und dann, drei Monate später, kehrte ich nach Frankfurt zurück. Ich weiß noch, wie ich aus dem Flugzeug stieg und zum ersten Mal seit Ewigkeiten wieder Winterkälte spürte. Wie ich dastand im Schneeregen, braun gebrannt, mit sonnengegerbter Haut. Beim Anflug hatte mir der Anblick der vertrauten Stadt Angst gemacht.

9

Auf dem Weg zum Motorway rolle ich im Schritttempo durch die vollgepfropfte Stadt. Ständig stockt die Fahrt, drängeln sich Passanten zwischen den Autos durch, aber das ist nicht der Grund, warum mein Puls rast. Michael ist hinter mir, wobei, ganz sicher bin ich mir nicht. Da ist ein grauer Audi, er taucht immer drei, vier Fahrzeuge hinter mir auf und ist dann wieder weg. Und plötzlich wieder da. Hält immer so viel Abstand, dass ich das Nummernschild oder den Fahrer nicht genau erkennen kann. Nur eine Person sitzt im Wagen, eher ein Mann als eine Frau, nicht groß, schmächtig, eben genau wie Michael.

Ich biege ab, das Navi protestiert, fahre kreuz und quer durch enge Straßen, und als ich wieder in den Rückspiegel blicke, ist er weg. Ich parke am Straßenrand, im Halteverbot, lasse das Fenster herunter und stecke mir eine Zigarette an. Es riecht nach Abgasen und Regen.

Ich ziehe den Rauch in meine Lungen. Michael kann also immer noch nicht von mir lassen. Habe ich mich gestern doch nicht getäuscht. Er stand da auf der anderen Straßenseite vor dem Trinity College und starrte mich an. Und war plötzlich wieder weg. Wollte mir nur zeigen, dass er da ist, dass er mich nicht aus den Augen lässt. Aber wie hat er mich gefunden? Gestern auf dem Weg nach Howth hat mich niemand verfolgt, da bin ich mir sicher. Und das billige Hotel dort habe ich abends spontan gebucht. Hat er jemanden auf mich angesetzt? Oder einen Sender an meinem Wagen angebracht? Du spinnst, würde Philipp sagen, das sind Projektionen deiner Schuldgefühle.

Michael, immer wieder Michael. Michael war Annas erste große Liebe. Anna und er kannten sich seit der Schulzeit, wurden mit sechzehn ein Paar, die Eltern waren eng befreundet, alteingesessene Frankfurter Oberschicht mit fetten Villen in Sachsenhausen, hätte nicht besser passen können. Zumal schon im Kindergarten niemand daran gezweifelt hatte, dass Michael später mindestens Chefarzt werden würde. Oder Klinikleiter wie Annas Vater. Nur ein bisschen kleinwüchsig und schmächtig war er, das fehlte zur Perfektion. Und genau daher kam wohl sein krankhafter Ehrgeiz, in allem anderen perfekt zu sein.

Schon zwei Jahre waren sie verlobt, die Hochzeit längst überfällig, als Anna in den Sudan ging. Das war ihre große Flucht, der letzte Ausweg. Anna hatte begriffen, dass ihr Leben bisher darin bestanden hatte, die Wünsche ihres Vaters zu erfüllen, diese aber nicht ihre waren. Hatte gemerkt, dass sie zu schwach gewesen war, sich zu befreien, dass sie bisher ihr Selbstbewusstsein aus der Anerkennung ihres Vaters gezogen hatte. Dass sie Medizin studiert hatte, weil er es sich wünschte. Dass sie Michael heiraten würde, weil es ihrem Vater gefiel. Und auf einmal wollte sie das nicht mehr.

Und traf mich.

Michael habe sich nach ihrem Tod in der Klinik beurlauben lassen, hat Philipp erzählt. Natürlich arbeiteten wir nicht in derselben: Michael im renommierten Universitätsklinikum und ich in einer Provinzklitsche im Nordhessischen. Zurzeit sei er irgendwo im Ausland, wolle sein Leben neu ordnen.

Keiner weiß, wo er ist, nur ich.

Ich habe Michael immer auch beneidet, für seinen Ehrgeiz und dafür, wie er mit beiden Beinen fest im Leben steht. Oder stand, bis Anna starb. Ein Mann, der immer wusste, wo es langgeht und was die richtige Entscheidung ist, der fleischgewordene Traum aller Schwiegermütter, ganz anders als ich. So einen Kompass habe ich nicht, meiner zeigt entweder keine oder alle möglichen Richtungen an. Und Anna hat er aufrichtig geliebt. Tat es noch, als sie die Verlobung aufkündigte und von mir schwanger wurde. Schluckte es, wahrte Fassung, war freundlich, sogar zu mir. Aber wahrscheinlich spürte er Annas Zweifel. Hielt sich zurück, wartete auf seine zweite Chance. Sie würde schon erkennen, dass sie einen Fehler gemacht hatte, und zu ihm zurückkehren. Aber dann habe ich sie umgebracht, daran glaubt er felsenfest. Weil sie von mir wegwollte, ihrem großen Irrtum, und zurück zu ihm.

Und jetzt hat Michael seinen Kompass verloren. Vielleicht, weil er Anna von der Fahrbahn abgedrängt hat. Weil sie nicht zu ihm zurückwollte. Sie hatten eine Aussprache, sie wies ihn ab, er folgte ihr mit dem Wagen, und dann … Ich habe dem Kommissar von meinem Verdacht erzählt. Er hat den Kopf gewiegt und meinte, Michael habe ein sicheres Alibi. Aber vielleicht hat er das nur gesagt, um mich zu beruhigen. Vielleicht ermittelten sie doch gegen ihn.

Ich werfe die Kippe aus dem Fenster und starte den Wagen. Kein grauer Audi hinter mir, aber das Gefühl der Bedrohung bleibt. Kurz vor dem Motorway macht mein Herz einen Sprung. Michael ist wieder da: im vierten oder fünften Wagen hinter mir. Ich lasse mich zurückfallen, er tut es auch. Lautes Hupen, ich gebe Gas, er ebenso. Auf dem Motorway beschleunige ich auf hundertachtzig, obwohl ich nur hundert fahren darf. Und fasse einen Entschluss: In Cork werde ich den Wagen in eine Werkstatt bringen und checken lassen, ob er einen Sender daran angebracht hat.

10

Kate MacMahon, Janes Betreuerin damals in der Entzugsklinik in Cork, wohnt in der Nähe des Cork Lough, eines künstlich angelegten Stadtsees unweit der Universität. Michael war auf der ganzen Fahrt nicht mehr zu sehen, obwohl meine Augen am Rückspiegel klebten. Ich fuhr viel zu schnell, und es ist ein Wunder, dass ich die Nacht nicht in einem irischen Knast verbringen muss.

Um runterzukommen, laufe ich um den See. Wieder ein wolkenverhangener Tag, der feine Nieselregen legt sich als kühler Film auf meine Haut. Eigentlich ist der Lough nur ein Teich, umgeben von betonierten Ufern und schlammig trüb vom Gründeln der unzähligen Enten und Schwäne. Den Teich umgibt ein breiter, von hohen Bäumen bestandener Streifen aus frischem, in dem allgegenwärtigen Grau fast unnatürlich leuchtendem Gras. Ich bin unruhig und aufgekratzt, als würde ich beobachtet, als wäre Michael noch in der Nähe, doch mit der Zeit wirkt die schwere und ruhige Atmosphäre zusammen mit dem Geruch nach verbranntem Torf fast so besänftigend wie ein Pint.

Schließlich stehe ich vor einem ärmlichen, schmalen Reihenhäuschen. Durch den verrußten Putz der Fassade ziehen sich feine Risse wie Sprünge in einem Glas, Rost hat sich ins Regenabflussrohr und das kleine Gittertor gefressen, aber auf den Rabatten des handtuchgroßen Vorgartens blüht ein kleines Flammenmeer aus Tulpen.

Kate MacMahon lächelt nicht, als ich das winzige Wohnzimmer betrete und sie mich bittet, Platz zu nehmen. Eine kleine, dürre, harte Frau mit einer Stimme, als hätte sie Stacheldraht in den Eingeweiden.

»Möchten Sie eine Tasse Tee?«, fragt sie.

»Gern.«

Darauf geht sie in die Küche. Es gibt im Erdgeschoss nur

zwei Räume, neben dem Wohnzimmer noch die Küche. Ein Elektroheizgerät steht neben dem kleinen, anscheinend unbenutzten Kamin. Den schmalen Sims zieren Bilderrahmen mit Fotos von ihr und einem Hund, einem Yorkshire Terrier mit einer rosa Schleife auf dem Kopf. »Sheila«, heißt es in pinkfarbener Schreibschrift darunter. Daneben noch ein sehr kleines Schwarz-Weiß-Foto von einem jungen, gut aussehenden Mann. Ziemlich traurig, denke ich.

»Er war ein Säufer«, meint Mrs. MacMahon, die gerade mit einem Tablett aus der Küche kommt und meinem Blick gefolgt ist. Sie nimmt mir gegenüber Platz. »Und wenn er betrunken war, hat er mich geschlagen. Er war meistens arbeitslos und ein Taugenichts. Ich habe mir im Krankenhaus den Arsch aufgerissen, und er hat das Geld versoffen. Aber schöne Augen hatte er. Und ein loses Mundwerk. Im Bett hat er auch was zustande gebracht, bevor das mit dem Alkohol losging. Das reichte, um ein dummes Mädchen aus Tipperary rumzukriegen. Eine Scheiße, sag ich Ihnen. Heute sind die Mädchen schlauer, hoffe ich. Er war kein Mann, an den man sich gern erinnert. Aber damals galt Scheidung als eine Schande. Bis dass der Tod euch scheidet, meinte der Pfarrer zu mir in der Beichte. Die Bürde hat Gott dir auferlegt. So ein verfluchter Mist, denke ich heute, was habe ich mir da nur erzählen lassen?«

Sie schüttelt den Kopf. Auf das Beistelltischchen passt gerade so das Tablett mit zwei Tassen Tee, einem Kännchen Milch und einem Schälchen Zucker. Auch ein Brief liegt darauf. Sie nickt mir aufmunternd zu, und ich bediene mich. Nirgendwo ist ein Hund zu entdecken, auch kein Korb oder Futternapf. Sheila ist also auch tot. Kate MacMahons Züge sehen hart aus, aber nicht verhärmt.

»Die Tasse Tee kostet fünfzehnhundert Euro«, sagt sie, ohne mit der Wimper zu zucken, als ich die Tasse zum Mund führe. Ich nicke bloß, bevor ich trinke, dann setze ich das teure Stück vorsichtig auf dem Tisch ab.

Ich räuspere mich und hole mein Smartphone aus der Tasche.

Ich zeige ihr drei Fotos von jungen Frauen und frage sie, wer davon Jane ist.

»Die«, antwortet sie, ohne zu zögern, und zeigt auf die Richtige. Es ist nicht das Polizeibild, sondern eines von damals, auf dem sie mit einer Zigarette auf einem Felsen sitzt.

Sie schaut mich erwartungsvoll an. Ich hole den Umschlag aus der Tasche. Sie zählt die Scheine, steht auf und verschwindet in der Küche, wohl um die Beute zu verstecken. Kurz darauf sitzt sie wieder vor mir, nippt an ihrem Tee und fängt an zu erzählen.

»Jane pfiff aus dem letzten Loch, als sie in die Klinik kam. Ein paar Jahre auf Heroin, das hinterlässt Spuren. Und sie ist verprügelt worden, bevor sie bei uns aufgekreuzt ist. Sie hatte Blutergüsse im Gesicht, und ihr Körper war von blauen Flecken übersät. Außerdem war sie unterernährt. In einer Entzugsklinik kriegt man einiges zu sehen, aber das war schon starker Tobak. Sie war ja erst zweiundzwanzig. Und sie sah immer noch aus wie ein Kind, mit diesen grünen Augen und den Sommersprossen. Doch sie war zäh, das habe ich ihr gleich angesehen. Und hübsch. Eine Woche im warmen Bett bei gutem Futter, da ist sie richtig aufgeblüht. Und ihre Augen haben geglänzt.«

»Was hat sie erzählt?«

»Nicht viel. So wie die meisten Junkies. Alles dreht sich um den Stoff, und für den Rest schämen sie sich. Sie hat mit einer Freundin zusammengewohnt, hat sie erzählt. Sie würden sich gegenseitig helfen, um über die Runden zu kommen. Jane hat gebettelt und geklaut. Sie konsumierte alles, was sie in die Finger bekam: Alkohol, Heroin, Zigaretten, Marihuana, Pillen.«

»Hat sie als Prostituierte gearbeitet?«

»Hat sie bestritten. Aber das heißt nichts. Wobei ich ihr geglaubt habe. Zumindest schien sie nicht regelmäßig auf den Strich zu gehen. Sie hatte noch Stolz und Selbstachtung. Mädchen, die sich eine Weile verkauft haben, verlieren das. Sie hatte sich noch nicht aufgegeben. Außerdem: Hätte sie als Nutte gearbeitet, hätte sie wahrscheinlich gut verdient und wäre nicht ganz so heruntergekommen gewesen. Sie war ja hübsch. Aber wer weiß das schon?«

»Hat sie erzählt, warum sie auf der Straße gelandet ist?«

»Nicht direkt. Sie hat nur einmal von ihren Eltern gesprochen. Die mochte sie nicht. Ihre Mutter hat sie regelrecht gehasst.«

»Meinen Sie, dass Jane noch lebt?«

»Das würde ich auch gern wissen. Damals hatte sie jedenfalls noch Hoffnung. Und ein Ziel: Sie wollte den Schulabschluss nachholen, studieren und Sozialarbeiterin werden. Wissen Sie, so reden viele Junkies. Träumen sich was zusammen, damit sie den täglichen Jammer ertragen. Funktioniert wie der Glaube ans Himmelreich. Aber ihr habe ich das abgenommen. Sie war erschöpft, nicht gebrochen. Depressiv, hatte aber keine schwere Depression. Ihre Energie und ihren Willen hatte sie noch nicht verloren.«

»Wie hat sich das gezeigt?«

»Sie war nach ein paar Tagen clean. Sie wollte einen harten Entzug, ohne Medikamente. ›Ich muss wissen, was das Zeug mit mir macht‹, hat sie gemeint. Und sie konnte so richtig schön derb lachen. Wir hatten einen ähnlichen Humor. Einmal kam ich mit einem blauen Auge zur Arbeit. Mein Mann war mal wieder besoffen und übellaunig nach Hause gekommen. Da war sie völlig außer sich und hat gefragt, warum ich ihm nicht die Eier abschneide und sie in der Pfanne brate.«

Kate MacMahon lacht trocken. »Sie konnte auch ziemlich aggressiv werden. Einmal hat ihr ein anderer Patient, ein ziemliches Mannsbild, an den Hintern gegriffen. Da ist sie völlig ausgetickt. Erst ein Tritt zwischen die Beine, dann hat sie ihm das Gesicht zerkratzt. Das Blut ist nur so geflossen. Der Typ war völlig überrumpelt und hat sich überhaupt nicht gewehrt. Ich musste noch einen Pfleger holen, um sie von ihm loszueisen. Ein Wunder, dass sie ihm kein Auge rausgerissen und es aufgegessen hat.«

»Warum ist sie verschwunden? Warum hat sie die Therapie nicht zu Ende gemacht?«

Kate sieht mich lächelnd an. Sie reicht mir den Brief vom Tablett. »Den habe ich eine Woche nach ihrem Verschwinden gekriegt.«

Ich öffne das Kuvert und entfalte das Blatt. Eindeutig Janes Handschrift. Ihr klarer, prägnanter Stil. Dann fange ich an zu lesen.

Entschuldige, Kate. Aber ich muss zurück nach London. Meiner Freundin geht's schlecht. Sie ist krank, und ich muss nach ihr sehen. Sie hat mir einmal das Leben gerettet, jetzt braucht sie meine Hilfe. Lang lebt sie nicht mehr. Aber ich schaff das, mach dir keine Sorgen. Wenn sie tot ist, fang ich ein neues Leben an.
Love, Jane

PS: Dein Mann wird dich erst mal nicht mehr anrühren. Sieh zu, dass es so bleibt.

»Wie ist das PS zu verstehen?«

Kates Lachen klingt wie ein Maschinengewehr. »Jane hat ihn übel zugerichtet, noch in der Nacht, als sie die Klinik verlassen hat. Ich muss ihr einmal von seiner Stammkneipe erzählt haben, einem Pub direkt am Cork Lough. Dort hat sie sich wohl nach ihm erkundigt und lauerte ihm auf, als er nach Hause ging. Zuerst hat sie ihn so richtig verprügelt und dann ins Wasser geworfen. Es war Winter. Sie muss ihm ziemlich Angst gemacht haben. Jedenfalls kam er klatschnass und fix und fertig nach Hause, mit blauen Flecken, blutigen Schrammen im Gesicht und zugeschwollenen Augen, so als wäre er Freddy Krüger begegnet. Mir gegenüber hat er behauptet, eine Gang Jugendlicher habe ihn so zugerichtet. Dass es Jane war, wurde mir erst klar, als ich den Brief bekam. Mein Mann war ein ziemlicher Waschlappen. Als er kurze Zeit später noch eine Lungenentzündung bekam, hat er sich benommen, als läge er im Sterben. Jedenfalls war er dann ein paar Monate zahm.«

»Und wo ist er jetzt?«

»In der Hölle, hoffe ich. Zwei Jahre nach der Geschichte am Lough war er tot. Ist aber nicht Janes Schuld, keine Spätfolgen oder so. Herzversagen im Vollrausch. So einen leichten Tod hatte er nicht verdient. Danach fing mein Leben an. So ein bisschen zumindest. Und Jane hat mir etwas beigebracht. Seitdem habe ich mich nicht mehr von meinem Mann schlagen lassen. Einmal wollte er mich wieder verprügeln, da habe ich mich mit der Bratpfanne gewehrt. Hab sie ihm mit voller Wucht über die Rübe gezogen. ›Denk an die Schlacht vom Cork Lough‹, habe ich gesagt, als er wieder aufgewacht ist. Da hat er mich völlig verblüfft angeguckt. Seitdem hatte er Angst vor mir. Schade, dass mir das nicht früher eingefallen ist.«

Ich muss lachen und schüttle den Kopf. »Und seitdem haben Sie keinen Kontakt mehr zu Jane?«

»Nein«, erwidert sie und schaut mir fest in die Augen.

»Sie wissen wirklich nicht, was mit ihr ist?«

»Ich gäbe viel drum, es zu wissen. Ich hoffe immer noch, dass es eines Tages klopft und Jane vor der Tür steht. Wir hatten so viel Spaß miteinander. Und ich möchte ihr persönlich dafür danken, dass sie meinen Mann vermöbelt und in den Lough geworfen hat.« Sie seufzt. »Kinder waren mir leider nicht vergönnt, aber eine Tochter wie Jane hätte ich gern gehabt.«

Ich schiebe ihr das Frankfurter Foto hin, zusammen mit einer Ausschnittvergrößerung von Janes Gesicht. »Die Bilder sind vom letzten Jahr. Könnte das Jane sein?«

Sie schaut sich die Fotos neugierig an. Ich glaube, dass sie Jane erkennt, sich jedoch nichts anmerken lassen will.

»Puh«, meint sie. »Könnte sein, vielleicht auch nicht. Schwierig zu sagen. Ist ja schon so lange her.«

Sie gibt mir die Fotos zurück, als wollte sie die schleunigst loswerden. Sie schaut zur Uhr. »Tja, Zeit ist um. Ich muss noch mal weg.«

Bevor ich hinausgehe, gebe ich ihr meine Mobilnummer. »Falls Ihnen noch etwas einfällt, würde es mich freuen, wenn Sie mich anrufen. Ich bleibe für eine Weile in Irland.«

»Mach ich. Das kostet dann aber wieder eine Kleinigkeit«, sagt sie und schließt die Tür.

Ich bleibe vor der Haustür stehen und lausche. Vielleicht ruft sie Jane an. Doch nach einer Weile gehe ich leise weg. Ich glaube, sie steht auf der anderen Seite der Tür, lauscht ebenfalls und wartet, dass ich endlich verschwinde.

11

April vor einem Jahr

Einsam stand ich neben Annas Grab. Gerade war der Sarg hinabgelassen worden. Die Trauergäste zogen an uns vorbei. Ein Händedruck, ein mitfühlender Blick, dann der nächste, im Zehn-Sekunden-Takt nahm ich die Beileidsbekundungen entgegen.

Über zweihundert Gäste waren gekommen. Familie, Freunde, Kollegen, Patienten. Die meisten kannte ich nicht. Anna war ein warmherziger, kontaktfreudiger und hilfsbereiter Mensch gewesen. Wird so jemand aus dem Leben gerissen, hinterlässt das bei vielen Wunden.

Wie viele wohl gekommen wären, wenn ich an Annas Stelle im Sarg läge? Wahrscheinlich ähnlich viele, aber fast alle wären wegen Anna da, um Anteil an ihrem Schmerz zu nehmen. Und würden heimlich denken, dass es für Anna gar nicht so schlecht sein würde, dass ich unter der Erde lag. Nomade, so hatte mich Anna einmal genannt.

Wenn ich könnte, würde ich tauschen. Ich würde sofort mein Leben für Annas geben. Sie war ein wertvollerer Mensch, als ich es je sein würde. Und ich hatte sie geliebt wie nichts und niemanden sonst auf der Welt. Genauso wild und verrückt wie damals Jane.

Michael stand bei Annas Eltern. Sie waren nur ein paar Schritte entfernt, aber uns trennte eine unsichtbare Wand. Nichts weiter als ein kurzer Händedruck zur Begrüßung. Nicht ein einziges Mal sahen sie zu mir. Dafür hatte sich Annas Mutter in Michaels Arm eingehängt. Hätte Anna doch nur ihn genommen, dann wären sie jetzt nicht hier, wollte sie allen damit sagen. Und ein paar Schritte neben mir lag Anna in ihrem Grab. Anna und unser Baby in ihrem kalten Bauch.

»Wir bekommen ein Kind«, hatte sie mir nachts ins Ohr geflüstert, vor drei Monaten. Dabei hat sie gleichzeitig geweint und gelacht. Erst konnte ich nichts sagen. Es stand damals nicht gut um uns. Statt miteinander zu reden, gingen wir uns aus dem Weg. Ich spürte, dass sie über Trennung nachdachte, das aber nicht über sich brachte, weil ich ja wegen ihr nach Frankfurt gekommen war. Und jetzt auch noch ein Kind. Aber sie schien sich ehrlich zu freuen. Vielleicht hatten wir noch eine Chance.

»Das ist wunderbar«, hatte ich schließlich geantwortet, und das Verrückte war, dass ich es wirklich so empfand. Dass ich tatsächlich daran glaubte und mich auf das Kind freute. »Wir schaffen das«, sagte ich.

Und jetzt plötzlich kamen mir die Tränen, zum ersten Mal seit Annas Tod, zum ersten Mal seit meiner Jugend, ausgerechnet hier, vor all den Trauergästen. Ich konnte sie nicht zurückhalten. Im nächsten Moment stand Karen Baumann vor mir. Annas beste Freundin, die sie am Tag ihres Todes besucht hatte. Unschlüssig sah sie mich an und reichte mir zögerlich die Hand. Damit hatte ich überhaupt nicht gerechnet. Es rührte mich so, dass ich auf einmal schluchzte und sich mein Oberkörper wie bei einem Krampf schüttelte. Erschrocken zog sie die Hand zurück. Sie war blass, von der Trauer ebenso gezeichnet wie ich. Doch ihr Blick war nicht abweisend, eher mitfühlend und überrascht. Vielleicht habe ich ihr Unrecht getan. Vielleicht sollte ich mit ihr reden.

Zum Abschied gab ich Annas Eltern und Michael die Hand. Sein Atem roch nach Alkohol. Der Vater starrte mich an.

»Ihr habt mich angerufen«, sagte ich. »Einer von euch hat mich in der Nacht von ihrem Tod angerufen. Warum?«

Vater und Michael wechselten kurz Blicke.

»Warum solltet wir dich anrufen?«, sagte Michael kühl. »Keiner von uns hat das Bedürfnis, mit dir zu sprechen.«

»Hör auf«, sagte die Mutter, weiß wie eine Wand.

Ich nickte kaum merklich, während er sich abwandte. »Auf Wiedersehen«, sagte ich, aber er reagierte nicht.

Als sie fortgingen, fing Annas Mutter an zu weinen.

Eigentlich wollte sich Karen Baumann nicht mit mir treffen. Am Telefon musste ich sie lange bitten. Schließlich gab sie nach, und wir verabredeten uns in einem Café in einem der Bankentürme der Frankfurter City.

Mit makellosem Make-up, Liza-Minelli-Frisur und einem schwarzen Chanel-Kostüm saß Annas beste Freundin an einem runden Tisch. Als ich mit meiner alten Jeans, der zerschlissenen Lederjacke und einem bunten Polohemd, auf dem ein Segelfisch aus dem Meer springt, das Lokal betrat, erntete ich abschätzige und mitleidige Blicke von den anderen Gästen, allesamt geschniegelte Businesstypen wie Karen.

Und mit dieser Mischung wurde ich auch von ihr betrachtet. »Ich habe nur eine halbe Stunde Mittagspause«, sagte sie und schaute ostentativ auf die Uhr.

Also kam ich gleich zur Sache. »Warum hast du gegenüber der Polizei behauptet, dass Anna an mir und der Hochzeit gezweifelt hat?«

»Weil es die Wahrheit ist. Weil es ihr in den Wochen vor ihrem Tod nicht gut ging.«

»Und das hat sie dir so gesagt?«

»Das hat sie mir so gesagt.« Sie sah mich ungläubig an. »Willst du mir wirklich erzählen, dass du überhaupt nichts davon mitbekommen hast?«

»Wir hatten eine schwere Phase. Ich kam in Frankfurt nicht klar. Aber seit sie schwanger war, waren wir glücklich, wir freuten uns auf das Kind. Warum ging es ihr denn angeblich nicht gut?«

Sie holte tief Luft. »Vielleicht genau deshalb? Weil du überhaupt nichts bemerkt hast? Weil du viel zu sehr mit dir selbst beschäftigt warst?«

»Das ist Unsinn!«

Karen zuckte zurück. Mein Tonfall war wohl eine Spur zu scharf gewesen. Auch die Leute vom Nachbartisch schauten zu uns herüber.

»Wir müssen das hier nicht tun, Marc«, sagte sie leise. »Ich kann gern wieder gehen.«

Ich schüttelte den Kopf. »Entschuldige. Ich möchte wissen, was sie dir erzählt hat.«

»Du willst das wirklich hören?«

»Ich bitte darum.«

»Also gut.« Sie lehnte sich zurück. »Anna hat schon lange gemerkt, wie dir hier in Deutschland die Decke auf den Kopf gefallen ist. Wie du Panik bekommen hast, dich auf einen Ort und einen Menschen festlegen zu müssen. Und dann auch noch Verantwortung für ein Kind zu übernehmen. Wie du deine Arbeit im Krankenhaus nicht gern gemacht hast. Wie dich das Fernweh gepackt hat, wie es dich immer irgendwann gepackt hat. Du hast versucht, dagegen anzukämpfen, aber es ist dir nicht gelungen.«

Sie machte eine Pause und versuchte, ruhig und verständnisvoll zu klingen. »Du bist ein Mensch, der keine Wurzeln hat. Der sich an nichts und niemanden binden kann.«

»Und das sagst ausgerechnet du? Wo ist denn deine Familie? Wie viele Beziehungen hast du schon hinter dir? Du bist doch beruflich auch ständig unterwegs!«

»Das stimmt. Deshalb verstehe ich dich auch ein Stück weit, weil du mir in dem Punkt ähnlich bist. Anna hat mir erzählt, dass sich deine Mutter umgebracht hat und dass du zu deinem Vater keinen Kontakt mehr hast. Ich weiß nicht, wovor genau du wegläufst, aber du tust es. Schon dein ganzes Leben lang. Du lässt niemanden an dich heran.«

Draußen flogen ein paar Krähen durch die Straßenflucht. Die Fenster des Cafés spiegelten sich in der verglasten Front des gegenüberliegenden Wolkenkratzers.

»Vielleicht war das mal so. Aber ich habe mich verändert. Ich wollte nicht mehr so leben. Du hast recht, ich fühle mich in Deutschland nicht sonderlich wohl. Aber der Punkt ist: Ich bin geblieben. Ich wollte bei Anna bleiben. Und ich habe mich auf unser Kind gefreut.«

Darauf sagte sie nichts. Aber ich wusste, was sie dachte: Das redest du dir ein.

»Denken Annas Eltern auch so wie du? Wollen Sie deshalb nichts mehr mit mir zu tun haben?«

Karen nickte langsam.

»Sie haben Annas Leiche obduzieren lassen. Natürlich ist nichts dabei herausgekommen. Aber das haben sie mit keinem Wort erwähnt. Sie hätten sich wenigstens entschuldigen können. Weißt du, wie weh das tut? Sie geben mir nicht den Hauch einer Chance. Und du auch nicht.«

Karen senkte den Blick.

Ich holte tief Luft. »Warum war sie an dem Morgen bei dir?«

Sie zögerte. »Sie wollte die Hochzeit absagen.«

»Das glaube ich dir nicht.«

»Sie hat mich um Rat gefragt.«

»Und?«

»Ich habe sie bestärkt, es zu tun.« Karens Stimme bebte.

Ich schloss die Augen, während sie sich die Tränen von den Wangen wischte. »Tut mir leid, Marc. Es tut mir wirklich sehr leid.«

Eine Weile saßen wir schweigend da. Dann stand sie auf und strich mit den Händen die Falten aus ihrem Kostüm. Ihr Make-up war leicht verschmiert. »Mach's gut«, sagte sie. »Ich wünsche dir alles Gute.«

Dann wandte sie sich ab und ging wortlos davon. Ich konnte mich nicht rühren, so als hielten mich unsichtbare Hände fest.

12

»Ist dir die Frau weggelaufen?«, fragt der alte Mann neben mir am Tresen. Überrascht sehe ich ihn an. »Damit kenne ich mich aus. Ist mir auch passiert, so vor dreihundert Jahren. Damals war ich genauso durch den Wind wie du.«

»Danke für die Blumen«, sage ich. »Bei mir ist es nur schlimmer.«

»Gibt es was Schlimmeres?«

»Sie ist tot.«

»Heilige Scheiße!«

»Und alle denken, ich hätte sie auf dem Gewissen.«

Da ist der Alte erst mal still und guckt betroffen vor sich hin. Den habe ich zum Schweigen gebracht, denke ich.

Der Pub heißt »The Wake«, die Totenwache, das klang irgendwie passend, deshalb bin ich rein. Außerdem brauchte ich einen Drink. Diesmal nicht nur, um meine Traurigkeit zu bekämpfen, sondern auch, um ein bisschen zu feiern. Das Gespräch mit Kate war vielversprechend. Ich bin Jane Flynn ein kleines Stück näher gekommen.

»The Wake« ist ein kleiner Pub in der Nähe der Universität, mit uralten, schwarz gewordenen Dielen und einem langen, speckigen Tresen. Die Lederbezüge der Barhocker sind rissig, aber man sitzt herrlich weich. Der Wirt sieht aus, als wäre er auch schon einmal in der Hölle gewesen, und die Zapfhähne leuchten wie trügerische Sonnen in einem dunklen Universum. Eine der Sonnen heißt Murphy's, ein Stout aus Cork. Schmeckt genauso gut wie sein Bruder aus Dublin. Schwarzes Gebräu aus den Tiefen des Totenreichs. Es durchspült meinen Körper wie eine reinigende Flut.

»Mannomann, du hast wirklich Durst«, sagt mein Nachbar und hält mir die Hand hin. »Ist ja auch kein Wunder. Ich bin Dean.«

Ich schlage ein. »Freut mich. Marc.«

Dean dürfte an die achtzig sein, und so wie er dasitzt, ist das hier sein Wohnzimmer. Er trägt Tweed, der an den Ellbogen und Knien abgewetzt ist. Fettflecken zieren seine Hose, und eine Stelle an der Wange hat er vergessen zu rasieren. Dean hat wohl keine Frau mehr und ein kleines Alkoholproblem. Willkommen im Club. Zu seinen Füßen liegt ein alter Jagdhund und schläft. Vor ihm steht ein leeres Pintglas.

»Mehr von dem schwarzen Zeug?«, fragt er und zeigt auf mein leeres Glas.

»Nur her damit!«

Er bestellt, und wir warten. Unbeholfene Stille, mir fällt nichts ein, was ich sagen könnte. Auf einem Foto hinter dem Tresen ist der Pub in Schwarz-Weiß abgebildet. Davor ein stolzer Wirt, es könnte der Großvater des jetzigen sein, der gleiche grimmige Ausdruck. »The Wake«, steht da über der Tür und: »Pub and Undertaker«.

Passt, denke ich und frage: »Ist der Wirt hier auch Bestattungsunternehmer?«

Dean lacht. »Leider nein, auch wenn er so aussieht. Aber unter diesen Dielenbrettern würde ich gern meine letzte Ruhe finden.«

»Macht Sinn«, sage ich, »dass derselbe Mann seine Kunden in den Tod und darüber hinaus begleitet.«

»Früher gab es in Irland drei Möglichkeiten, um es zu etwas zu bringen: Alkohol, den Tod und das Leben danach.«

»Und in welchem Geschäftsfeld warst du tätig?«

»Dem letzten.«

»Du bist Priester?«

»War ich. Und bin gefallen, in die Arme eines Engels. Sie arbeitete in meiner Gemeinde.«

»Und der Engel hat dich dann verlassen?«

»Nach einem Jahr und drei Monaten.«

Immerhin, Anna und ich haben es auf fast drei Jahre gebracht. »Das tut mir leid«, sage ich.

»Warum? Wir hatten eine großartige Zeit. Stell dir vor: Ich habe meine Jungfräulichkeit mit fünfzig verloren, an eine Zweiundzwanzigjährige. Und meine liebe Margaret war glücklicherweise nicht mehr Jungfrau.« Dean seufzt voll Wonne.

»Das wird dem Bischof nicht gefallen haben.«

»Hat es nicht. Aber vor ein paar Jahren kam heraus, dass dieser Bischof selbst ein heimliches Kind in den USA hatte. Wenn ich das damals gewusst hätte!«

Die Pints kommen.

»Sláinte«, meint Dean.

Wir trinken.

»Wenn du willst«, sagt er, »kannst du mir die Geschichte erzählen, die mit deiner Frau. Ich habe Zeit. Und ich bin ein guter Zuhörer. Und wenn du willst, kriegst du hinterher auch einen priesterlichen Rat.«

»Muss ich dafür bezahlen?«

»Na klar. In Pints.«

Also fange ich an und erzähle von Anna, dem Unfall, der Beerdigung und dem Gespräch mit Karen. Als ich fertig bin, ist meine Kehle wieder staubtrocken.

»Du glaubst dieser Karen?«

Ich zucke mit den Schultern. »Irgendwie schon. Ich weiß ehrlich gesagt manchmal selbst nicht, ob ich gern mit mir zusammenleben würde. Ich bin verschlossen, keine Frohnatur, ein Einzelgänger und ziemlich auf mich fixiert.«

»Trotzdem wollte Anna dich und euer Kind.«

Wenn ich das nur so genau wüsste, denke ich, während der Wirt zwei neue Pints vor uns auf den Tresen stellt.

»Ihr wart nicht glücklich miteinander?«

Doch, am Anfang schon. Die Zeit im Sudan und als wir zusammen nach Sansibar flogen. Ich erzähle, wie wir bei Sturm durch den Urwald spazierten, wie sich Anna lachend ihr T-Shirt auszog und halb nackt im Regen tanzte. Wie wir zusammen angelten, die Fische am Strand grillten, Dosenbier tranken und uns erst im Sand und dann im Meer liebten. Es tut gut, das zu erzählen, so als würde ich es noch einmal erleben, und es fühlt sich wirklicher an, als wenn man die Bilder nur in seinem Kopf heraufbeschwört.

Jedenfalls war am Anfang alles so leicht, auch noch die Zeit, als sie wieder in Frankfurt war. Wir schickten uns gegenseitig Briefe, weil es im Busch kein Internet gab, und ich schrieb da Dinge, wilde, romantische, schmutzige Dinge, die ich zuvor nie irgendjemandem zu schreiben gewagt hätte, und wenn ich zur Erholung ein paar Tage in einem Hotel verbrachte, hatten wir erotische Videodates.

Und ein Jahr später, erzähle ich, bin ich nach Frankfurt gezogen. Nach der Schule war ich aus meiner Heimatstadt geflohen, aber mit Anna würde es schon klappen, dachte ich. Hat es aber nicht. Ich habe es vermasselt. In Deutschland war ich nicht mehr der smarte Doc, der für alles eine Lösung hat, sondern wurde ein frustrierter Krankenhausarzt. Und ein ziemlich mittelmäßiger. Meine Fähigkeiten lagen darin, im Busch mit einfachsten Mitteln zu improvisieren, im Strahl einer Taschenlampe ein Bein zu amputieren oder auf der Ladefläche eines Pick-ups ein Kind auf die Welt zu bringen, darin war ich unschlagbar. Aber von der Hightechmedizin in deutschen Kliniken hatte ich keine Ahnung. Und mit den strengen Hierarchien und der Bürokratie kam ich nicht zurecht. Ich wurde unzufrieden, begann zu trinken, und sobald ich die Klinik betrat, wurde mir übel vom Geruch, ich wurde ausfällig gegenüber Patienten, machte Fehler, bis mich der Klinikleiter in einem ernsten Gespräch ermahnte, meine Arbeitshaltung grundlegend zu überdenken, weil ich andernfalls ein Sicherheitsrisiko für den Betrieb sei und gehen müsse. Immerhin gewährte er mir diese letzte Chance.

Alles, was ich noch hatte, war Anna, so kam es mir vor, aber die hatte sich von mir entfernt. Ich spürte, dass sie ihre Entscheidung bereute. Ihre Freunde, alles Mediziner, betrachteten mich wie ein skurriles Objekt aus einer fremden Welt. Aber dann wurde sie schwanger und wollte es noch einmal versuchen. Wollte sich noch einmal in mich verlieben. Ich habe mich auch bemüht, auf der Arbeit lief es besser, und wir haben sogar darüber nachgedacht, zusammen mit Mia ins Ausland zu gehen. Nicht nach Afrika, nicht in ein Bürgerkriegsland, aber vielleicht in die Karibik. Für ein paar Wochen sah es so aus, als würde es funktionieren. Und dann war sie tot.

Dean lässt meine Worte sacken und sieht mich voller Mitgefühl an. »Und wegen all dem bist du also nach Irland geflohen.«

Ich seufze. »So sieht es aus.«

Mittlerweile ist der Pub proppenvoll, überall Gespräche und Gelächter. Selbst der Wirt sieht beinahe fröhlich aus.

»Jedenfalls hat mir das hier gerade gutgetan. Danke fürs Abnehmen der Beichte, Vater.«

Dean grinst. Da fängt der Hund an zu winseln. »Margaret muss bald raus.«

»Margaret? Hieß so nicht dein Engel?«

»Es ist nicht zynisch oder so was. Ich sage den Namen einfach gern.«

»Darf ich noch um den priesterlichen Rat bitten?«

Dean wiegt den Kopf. »Ich finde, du solltest erst einmal stolz auf dich sein, dass du überhaupt noch lebst und hier in diesem Pub sitzt. Als meine Margaret mich damals verließ, ging es mir wie dir. Ich dachte, ich hätte nichts mehr, und wollte mich umbringen. Für ein paar Wochen schien das die einzige Option zu sein. Und dabei hatte ich längst nicht so viel verloren wie du, in meinem Städtchen galt ich zwar als Schande der Menschheit, aber Margaret lebte ja noch, wenn auch nicht mit mir. Was ich dir sagen kann: Die Zeit war auf meiner Seite. Der Schmerz ging nie weg, aber er wurde schwächer. Oder ich stärker. Und ich hatte diese wunderbare Zeit mit Margaret, auch wenn sie kurz war. So wie ihr diese wunderbare Zeit im Sudan hattet. Das lasse ich mir nicht nehmen, habe ich mir gesagt. Und dann haben sich tatsächlich neue Wege aufgetan. Es hat ziemlich lang gedauert, aber ich habe mich sogar noch einmal verliebt. Und wenn es dann doch wieder wehtut, komme ich hierher und trinke ein paar Pints. Das mache ich übrigens fast jeden Abend.«

Ich lächle matt. »Wäre mein Traum, so weit zu kommen.«

»Halte es aus. Halte es einfach noch ein Weilchen aus. Es wird schwächer werden, bestimmt. Und schau nicht nur zurück. Ich weiß, man kann erst mal nicht anders, aber du solltest auch nach vorne blicken. Sonst findest du die neuen Wege nicht.«

»Werde ich versuchen«, sage ich. Mir kommen fast die Tränen, dabei hasse ich Sentimentalität. Weil ich so anfällig dafür bin.

»Und ein Letztes: Lass dich von den Schuldgefühlen nicht niederdrücken. Anna war in eurer Beziehung vielleicht unglücklich, aber du wolltest ihr Unglück nicht. Und du hast sie nicht getötet. Du saßt nicht in dem Wagen und hast sie nicht von der Fahrbahn abgedrängt.«

Nein, denke ich, das habe ich nicht. Auch wenn ich es immer wieder träume.

Der Hund winselt wieder, Dean steht auf. »Margaret muss raus. Das war für mich ein besonderer Abend, Marc. Danke für dein Vertrauen. Würde mich freuen, wenn du noch einmal hier vorbeischaust, bevor du zurück nach Deutschland gehst.« Er reicht mir die Hand.

Vor dem »Wake« trennen sich unsere Wege.

Ich schaue nach links und rechts, kein Michael weit und breit. Erleichtert bleibt mein Blick an einem Chipper hängen: »Jackie Lennox, famous Chip Shop, est. 1951«. Und da merke ich, wie ich Hunger habe, Riesenhunger. Unglaublich, seit einem Jahr habe ich mich praktisch nur von Alkohol und Zigaretten ernährt, und jetzt das!

Ich gehe in den Laden und bestelle Chips und Southern Fried Chicken. Drei Teile. Die Bedienung hat wunderbare blaue Augen, und als sie das Wechselgeld holt, schaue ich auf ihren Hintern. Der ist richtig knackig, und in meiner Hose regt sich was. Lebst du also auch noch, denke ich.

»Enjoy«, meint die Schöne und reicht mir ein duftendes Paket aus Zeitungspapier.

»Werde ich.« Mir läuft das Wasser im Mund zusammen. Ich stelle mich an einen Stehtisch und öffne das Zeitungspapier. Krosse, duftende Hühnerteile auf einem Bett aus goldenen Pommes.

Mach!, ruft mein verdorrter Magen. Und dann versenke ich meine Zähne in die knusprige Panade und das saftige Fleisch.

13

Auf dem Weg zum Hotel spüre ich, dass jemand hinter mir ist – als würde mich dessen konzentrierter Blick im Nacken kitzeln –, und meine Sinne sind scharf angesichts der gefühlten Gefahr. Doch wenn ich mich umdrehe, ist niemand zu sehen.

Seit Annas Beerdigung verfolgt mich Michael. Manchmal stand er abends zwischen Büschen am Haus gegenüber und spähte zu meiner Wohnung hinauf. Nicht jeden Abend, aber so oft, dass ich bald regelmäßig nachschaute. Auf ihn wartete. Genau das war seine Absicht: Ich sollte wissen, dass er mich verfolgt. Und ich fühlte mich schuldig, wenn ich ihn dort lauern sah, verantwortlich für sein Leid, weshalb ich nichts tat, statt hinunterzugehen und ihn zur Rede zu stellen. Ihm zu drohen und die Fresse zu polieren.

»Hallo, Marc«, sagt plötzlich jemand hinter mir.

Erschrocken fahre ich herum, und er ist es tatsächlich. Michael steht vor mir, und obwohl ich es wusste, kann ich es kaum glauben. Weil ich immer wieder dachte, dass ich Gespenster sehe.

»Was willst du?«, frage ich.

Aber Michael antwortet nicht, er wirkt fahrig und nervös. Da ist ein gefährliches Flackern in seinen Augen, so habe ich ihn noch nie gesehen. Sicher hat er irgendwas genommen, um die Angst zu besiegen, wie die Soldaten in Sierra Leone. Die pumpten sich mit Speed voll, bevor sie zum Töten gingen.

Wir stehen da wie bei einem Duell, nur ohne Waffen. Er will mich hassen, aber es gelingt ihm nicht, in Wirklichkeit hasst er sich selbst. Ständig redet er sich ein, ich hätte ihm Anna weggenommen. Hätte sie belogen und manipuliert, ihre Gedanken verwirrt und verführt. Aber die Wahrheit ist: Sie hat ihn nie geliebt, und insgeheim hat er das gespürt. Sie hat ihn abgewiesen, den perfekten Mann, der nur etwas zu klein und schmächtig geraten ist.

»Verschwinde«, sage ich laut und gehe auf ihn zu.

Er weicht zurück.

Da sehe ich das Messer in seiner Hand.

»Du hast sie umgebracht«, sagt er voller Zorn. »Du hast ihr Leben ruiniert.«

Ich könnte umdrehen, weglaufen, eine halbe Stunde durch die Straßen spazieren, nüchtern werden und hoffen, dass er dann verschwunden ist. Aber ich will ihn nie mehr sehen. Es muss ein Ende haben.

»Ich habe Anna nichts getan. Ich habe mit ihrem Tod nichts zu tun. Und jetzt will ich, dass du gehst und mich in Ruhe lässt. Fahr nach Deutschland zurück und werde gesund.«

Mit einer blitzschnellen Bewegung stößt er das Messer in meine Richtung. Gerade noch kann ich ausweichen. Nein, nicht ganz, auf einmal spüre ich ein Brennen am Bauch, die Klinge hat mich erwischt. Es fühlt sich an wie ein Riss.

»Du bist verrückt!«, sage ich und gehe zwei Schritte zurück. Das Hemd ist aufgeschlitzt, aber an meiner Hand ist kaum Blut, der Schnitt ging nicht tief. Er ist krank, krank vor Trauer, eine gedemütigte Seele. Da sticht er noch einmal zu, und auf einmal packt mich diese Wut: Seit Monaten verfolgt er mich, und ich habe es mir gefallen lassen, viel zu lang! Er hat gehofft, dass er mich in den Selbstmord treiben kann, indem er zu meinem Schatten wird. Aber vielleicht ist es andersherum? *Er* ist Annas Mörder und versucht, das mit aller Macht zu vergessen.

Wieder ein Messerhieb, ich weiche aus und schlage ihm mit der Faust an die Schläfe. Treffe nicht ganz, aber er taumelt zurück.

Ruhig beobachte ich jede seiner Bewegungen. Meine Wut wird kalt, und ich spüre, dass ich ihm überlegen bin. Er ist zu nervös und unkonzentriert. Die Wirkung des Mittels, das er genommen hat, lässt nach, die Angst kehrt zurück, vibriert in seinen Adern, lähmt seine Gedanken. Ich reagiere nur, weiche den hektischen Stichen aus, was ihn noch zorniger und unvorsichtiger macht, dann landet ein harter Tritt zwischen seinen Beinen. Vor Schmerz schreit er auf, schließt die Augen, während ich seinen Arm packe und auf den Rücken drehe; ich drücke den Arm nach oben, bis er das Messer fallen lässt, und stoße ihn gegen das Geländer, sodass er mit dem Bauch gegen die Stange prallt und fast vornüber in den Fluss kippt. Er fängt sich, dreht sich um, und bevor er das Gleichgewicht wiedergewinnt, prallt meine Faust auf seine Nase. Ich kann hören, wie der Knochen knackt.

»Du willst mich umbringen!«, ruft er entrüstet, während seine Finger über die zertrümmerte Nase fahren, als hätte ich kein Recht dazu, mich zu wehren. Er sinkt auf die Knie, aus seiner Nase fließt Blut, es tropft vom Kinn, auch die Hände sind voll davon.

Verzweifelt rafft er sich auf und greift noch einmal an. Diesmal trifft ihn meine Faust in den Magen. Er würgt und spuckt, ich packe seine Schultern und werfe ihn zu Boden, sodass sein Hinterkopf aufs Pflaster schlägt.

Er ist leicht benommen, und bevor er wieder zu sich kommt, sitze ich auf seinem Bauch und drücke seine Handgelenke auf die Straße. Sehe ihn an, wie er keuchend, blutverschmiert und vernichtet vor mir liegt. Unsere Gesichter berühren sich fast. Sein Blick ist auf einmal trostlos und leer.

»Töte mich doch«, sagt er voller Hohn. Und spuckt mir Blut ins Gesicht. Grinst mich an, als läge ich am Boden und nicht er.

In dem Moment passiert etwas mit mir. Ein Fremder übernimmt die Kontrolle. Meine Faust trifft Michaels Schläfe, und sein Kopf kippt zur Seite. Die Arme leisten keinen Widerstand mehr, die letzte Spannung weicht aus seinen Armen, die Augen sind geschlossen.

Das Messer liegt direkt neben seinem Kopf. Der Griff ist schön kühl. Ein Schnitt, und danach werfe ich ihn in den Fluss.

»Don't«, höre ich plötzlich eine Frauenstimme sagen. »Just don't.« Sie sagt es ruhig und sehr bestimmt. »Tu es nicht!«

Da sehe ich die Klinge, wie ich sie schon an Michaels Kehle gedrückt habe, so fest, dass Blut aus der Haut tritt. Noch etwas mehr Druck und die Haut wird reißen, die Klinge wird ins Fleisch schneiden, die Luftröhre durchtrennen, und Michael wird an seinem eigenen Blut ersticken.

Er sieht mich an, mit diesen fliehenden, flehenden, wahnsinnigen Augen. Und plötzlich verstehe ich: Es ist das, was er will. Ich soll ihn töten und erlösen. Und für seinen und Annas Tod ewig büßen.

Langsam nehme ich das Messer von Michaels Hals.

»Thank God!«, ruft die Frau.

»Er hat mich angegriffen«, sage ich.

»Ich habe es gesehen«, sagt sie und nickt. »Ich kann das bezeugen, wenn du willst. Wir sollten die Polizei rufen.«

Ich nehme das Messer und werfe es in den Fluss. Stehe auf.

»Lass mich von jetzt an in Ruhe!«, sage ich zu Michael.

Da fängt er an zu lachen. »Niemals«, sagt er.

»Sie sollten besser gehen«, sage ich zu der Frau. Es klingt drohend.

***

Der Mann wartet, bis Marc und die Frau verschwunden sind. Als Michael anfängt, sich aufzurichten, geht er zu ihm.

Holt das Kabel aus der Tasche und wickelt die Enden um beide Hände.

Noch hat Michael ihn nicht gesehen. Er ist mit sich selbst beschäftigt, greift sich an die gebrochene Nase und den wunden Hals.

Der Mann setzt eine besorgte Miene auf.

»Kann ich Ihnen helfen?«, fragt er wie ein Samariter.

»Danke, aber mir ist nicht mehr zu helfen«, antwortet Michael und wendet sich ab.

Wie recht du hast, denkt der Mann und zieht das Kabel stramm.

14

Als ich die Augen öffne, fährt ein Blitzschlag in mein Hirn. Ein stechender Schmerz, als hätte jemand mit Hochdruck einen Eiswürfel hineingepresst. Sofort schließe ich die Augen wieder, aber der Eiswürfel ist noch da. Und außerdem Michael und das Messer an seiner Kehle.

Wenig später sitze ich wie ein verbrauchter Soldat im Restaurant des Hotels. Die ganze Nacht über habe ich kaum ein Auge zugetan, nicht nur wegen Michael. Mein überforderter Magen verübte wegen der Chicken & Chips grausame Rache. Doch nach drei Gläsern Grapefruitsaft und einer Kanne Kaffee kehren die Lebensgeister allmählich zurück. Und die drei Schmerztabletten haben den Eiswürfel gesprengt. Schwer und wie betäubt schwimmt mein Hirn in meinem Kopf, wie eine überhitzte und endlich abgestellte Maschine.

Trotz allem habe ich Hunger und fühle mich gut. Der Schnitt am Bauch war nur oberflächlich. Was ich gestern Nacht getan habe, war schon lange überfällig. Zu lange habe ich mich nicht gewehrt. Nur gut, dass die Frau rechtzeitig gekommen ist.

Vor mir auf dem Teller liegen geröstete Speckscheiben und gebratene, mittelfingerlange irische Würstchen. Innen sind sie leicht rosa gefärbt. »Was ist das?«, habe ich Jane damals beim ersten Frühstück im Hostel gefragt. »Affenpimmel«, meinte sie trocken. Für den Bruchteil einer Sekunde habe ich ihr geglaubt, dafür hat sie mich eine Woche lang ausgelacht. Es sieht wunderbar aus, wie das Sonnengelbe der beiden Spiegeleier zwischen den gerösteten Würstchen und Speckscheiben verläuft.

Am späten Vormittag fahre ich noch einmal zu Kate MacMahons Reihenhaus. Ich werde das Gefühl nicht los, dass sie mehr über Jane weiß, als sie mir gesagt hat; dass sie weiß, wo sie ist. Und wenn ich ihr mehr Geld biete, verrät sie es mir vielleicht.

Ich parke den Wagen direkt vor ihrem Haus. Klopfe mehrmals an die Tür, aber niemand öffnet. Also setze ich mich auf die Stufen und warte. Und klopfe nach zehn Minuten erneut. Nichts.

Dann drücke ich die Klinke hinunter.

Die Tür geht auf.

Sie muss vergessen haben abzuschließen.

»Mrs. MacMahon?«

Erschrocken bleibe ich stehen. Jemand war hier, die Wohnung ist durchsucht worden. Die Polster der Sessel wurden herumgedreht, der Teppich zur Seite geschoben, die wenigen Bücher aus den Regalen genommen und auf dem Boden gestapelt. Die Fotos auf dem Kaminsims fehlen, sie liegen umgedreht auf dem kleinen Couchtisch. Jedes einzelne wurde aus dem Rahmen genommen.

Mein Puls beschleunigt sich. Jemand hat sehr gründlich gesucht. Nach etwas Kleinem, das hinter einem Foto oder in einem Buch versteckt sein könnte. Nach Geld. Dem Geld, das ich ihr gegeben habe. Der Duft eines Parfüms liegt in der Luft. Der war gestern noch nicht hier.

»Mrs. MacMahon? Ich bin es, Marc Wegener«, rufe ich noch einmal. Ich sollte umdrehen und die Polizei verständigen. Aber vielleicht ist ihr etwas passiert, und sie braucht meine Hilfe.

Ich schließe die Wohnungstür und gehe in die Küche. Auch dort hat sich der Einbrecher zu schaffen gemacht. Mehl und Salz wurden in die Spüle geschüttet, die Hängeschränke geöffnet, ein Stapel Zeitungen liegt auf dem Tresen. Sicher hat er das Geld gefunden, wo auch immer sie es versteckt hat. Aber woher wusste er davon? Kate MacMahon ist zu abgebrüht, um so etwas herumzuerzählen.

Eine schmale Stiege führt nach oben. Vielleicht ist sie da, versteckt sich und traut sich nicht herunter.

»Marc Wegener hier. Ich will Ihnen helfen, Kate. Sind Sie oben?«

Nichts. Die Stiege knarrt bei jedem Tritt. Mein Blick verschwimmt, und meine Knie werden weich. Auch der Einbrecher könnte oben sein und sich dort verstecken, vielleicht wartet er mit einem Messer hinter der Tür. Der Puls hämmert in meinen Schläfen, aber ich gehe weiter. Eine Geisterhand schiebt mich hinauf. Denn ich weiß, was dort oben ist. Ich habe das schon einmal erlebt.

In dem winzigen Zimmer ist kein Platz, um sich zu verstecken. Wie erstarrt bleibe ich stehen. Kate MacMahon liegt reglos in ihrem Bett, als ob sie schliefe. Aber sie schläft nicht. Sie liegt auf dem Rücken, ihre Augen sind geöffnet, es riecht nach Kot und Urin. Sie ist bis zum Hals zugedeckt, der Kopf liegt auf einem weißen Kissen. Sie sieht aus wie eine große Puppe.

Als Arzt habe ich schon so viele Leichen gesehen und gerochen, aber plötzlich geben meine Beine nach, ich lehne meinen Rücken gegen die Wand, damit ich nicht falle, und sinke zu Boden.

Sie liegt genauso da wie meine Mutter.

Meine Mutter lag damals auch auf dem Rücken. Doch sie sah wirklich aus, als ob sie schliefe, ihre Augen waren geschlossen, sie ist im Schlaf gestorben. Trotzdem wusste ich sofort, was los war. Ich stand da und konnte nicht zu ihr gehen. Warum bringt sie sich um, obwohl sie weiß, dass ich komme? Wie kann sie das tun? Wie kann eine Mutter ihrem Kind das antun? Und warum? Aus Gleichgültigkeit. Rache. Hass. Damit ich mich schuldig fühle. Sie hatte mir sogar noch den Zweitschlüssel für die Wohnung zugeschickt. Eigentlich hatte ich den Kontakt zu meinen Eltern abgebrochen, doch nach einem Jahr rief sie an. Weinte am Telefon, wollte mich sehen. Sie kam sogar für einen Tag nach Hamburg, wo ich damals studierte. Wir gingen essen, redeten über Alltägliches, und es fühlte sich nicht schlecht an. An diesem Abend fühlte ich mich nicht mehr so allein. Danach besuchten wir uns gegenseitig, nicht allzu oft und immer nur für einen Tag, aber immerhin. Und dann wollte ich ein ganzes Wochenende bei ihr in Frankfurt verbringen. Vielleicht, dachte ich, können wir auch über die Vergangenheit sprechen …

Sie *wusste*, dass ich kommen würde. Sie *wusste*, dass ich sie so finden würde!

Dann zwang ich mich doch zu ihr hin, obwohl ich es gar nicht wollte, schon gar nicht sie anfassen. Ich weinte nicht, warum auch, es fühlte sich so an, als wäre ich gar nicht da. Widerwillig fasste ich an ihren Hals, obwohl ich es besser wusste, natürlich schlug ihr Puls nicht mehr, sie war bereits kalt. Neben dem Bett stand eine Flasche Gin, eine teure Marke, The Illusionist Dry, mit einer Spinne und einem Auge auf dem Etikett. Die Spinne und das Auge, sie sind immer noch da! Hat sie sich also zu ihrem Tod etwas Feines gegönnt. Ein kleiner Rest ist noch drin. Hast du den für mich übrig gelassen? Doch so viel? Daneben zwei leere Packungen Valium. Wahrscheinlich hat mein Vater sie auf diese Droge gebracht.

Ich dachte: Gebe Gott, dass es das Fegefeuer wirklich gibt. Und dass sie darin schmort und schreit bis zum Jüngsten Gericht. Ich dachte es, aber ich fühlte es nicht. Sah sie an wie eine Fremde. Die Haare hatte sie lange nicht mehr nachgefärbt, der Haaransatz war weiß. Zudem waren sie fettig und ungekämmt. Ihre Haut war faltig und verlebt. Eine zu frühzeitig gealterte Frau.

Ich rief den Notarzt an. Dann setzte ich mich ins Wohnzimmer und wartete. Ich wollte nicht mehr in ihrer Nähe sein. Dort stand eine weitere Flasche Gin, eine billige Marke, und ich trank einen Schluck. Die ganze Wohnung machte einen trostlosen Eindruck. Sie lebte in einer Zwei-Zimmer-Wohnung in einem Betonblock neben der Autobahn. Im zehnten Stock, die Frankfurter Skyline zeichnete sich am Horizont ab, und der Anblick hatte etwas zutiefst Beklemmendes.

Immer noch fühlte ich nichts, obwohl ich weitertrank, keine Wut, keinen Zorn, nicht so wie jetzt. Die Schalen hatten sich geschlossen. Ich spürte nichts mehr, nur eine Schwere und Leere, die Welt zog an mir vorbei, als gehörte ich nicht dazu.

Noch immer kauere ich auf dem Boden, als wäre ich gelähmt. Seit Ewigkeiten habe ich diese Bilder nicht mehr gesehen. Habe gedacht, sie wären für immer verschwunden. Läge jetzt meine Mutter statt Kate vor mir im Bett, ich glaube, ich würde schreien.

Da bricht die Sonne aus den Wolken und scheint ins Zimmer.

Die Gardinen vor dem Fenster sehen auf einmal aus wie flüssiges Silber. Kates Haare sind schneeweiß und leuchten. Gestern hat sie eine Perücke getragen. Sie sieht wirklich wie eine Puppe aus.

Ich raffe mich auf, schiebe mich an der Wand hoch, gehe zum Bett und fühle Kates Puls am Hals, wie damals bei meiner Mutter. Ihr Puls schlägt nicht mehr, aber ihr Körper ist noch nicht ganz kalt. Sie ist erst vor Kurzem gestorben. Ich hole ihren dünnen Arm unter der Decke hervor. Halte die knochige Hand mit den knotigen Fingern und schaue ihr ins Gesicht.

Meine Mutter war schön, viel schöner als du, auch noch als verlebte Frau, aber ich hätte lieber dich als Mutter gehabt. Du warst stark und hast dich nicht unterkriegen lassen. Auf dich hätte ich mich verlassen können.

Sanft streichen meine Finger über ihre Wange.

Auf dem Nachttisch stehen zwei Bilder. Eins zeigt die Hündin Sheila, das andere Kate und Jane. Ich setze mich neben Kate aufs Bett und nehme das Foto.

Es muss entstanden sein, als Jane in der Entzugsklinik in Cork war. Arm in Arm stehen die beiden auf einer Brücke über dem River Lee. Kate lächelt glücklich in die Kamera, ohne Falten und mit braunen Haaren. Damals war sie ungefähr so alt, wie ich es jetzt bin. Jane lächelt auch, aber sie sieht elend aus, ausgezehrt und fahl. Krank, sterbenskrank. Ihre grünen Augen sind ohne jeden Glanz. Wie bei jemandem, der gerade so überlebt hat.

Auch Kates Augen sind jetzt leer und ohne Glanz. Und Jane ist wohl doch tot. Jedenfalls hatten sie keinen Kontakt mehr miteinander. Denn sonst hätte Kate bestimmt ein neueres Foto auf den Nachttisch gestellt. Jane muss wie eine Tochter für sie gewesen sein. Vielleicht spazierte Kate regelmäßig zu dieser Brücke und dachte an sie, wie sie ihren Mann verprügelt und dann in den Cork Lough geworfen hat. Wie sie zusammen gelacht und sich umarmt haben.

Ich nehme das Foto aus dem Rahmen und stecke es ein. Niemand wird es vermissen. Dann schließe ich Kates Augen.

Noch einmal gleitet mein Blick durch ihre Puppenstube. Das passt nicht, denke ich, das Chaos unten und die friedliche

Tote hier oben im Bett. Warum sollte sie im Bett bleiben, wenn unten jemand die Wohnung durchwühlt?

Ich betrachte ihren Arm und schiebe den Ärmel des Nachthemds nach oben. Dann schlage ich die Decke zurück. Sofort erfüllt der beißende Geruch ihrer Exkremente den Raum. Das war kein Tod im Schlaf! Ihre Ober- und Unterarme sind voller Hämatome. Jemand hat sie gepackt, es gab einen Kampf, er saß auf ihr und hat sie in die Matratze gedrückt. Und dann erstickt, vielleicht mit dem Kissen, auf dem jetzt ihr Kopf liegt. Aber wie ist er hereingekommen? Kate muss ihm die Tür geöffnet haben.

War es Michael? Ist er mir doch gefolgt und hat versucht herauszufinden, was ich von Kate wollte? Doch sie hielt dicht oder wollte Geld, da hat er sie gepackt und in seiner Verzweiflung umgebracht. Er wollte es nicht, aber sie gab nicht nach, und da überkam ihn eine teuflische Wut. Aber warum hat er dann die Wohnung so systematisch durchsucht? Weil er einen Einbruch vortäuschen wollte. Und jetzt bin ich hier. Und vielleicht weiß er das.

Er hat die Polizei gerufen, und gleich sind sie da! Vorsichtig schiebe ich die Gardinen zur Seite und schaue aus dem Fenster. Niemand ist draußen, noch nicht. Mein Wagen parkt direkt vor dem Haus, ich saß vor der Tür, sicher haben mich Nachbarn gesehen. Vielleicht hat sich einer das Kennzeichen notiert. Und wenn herauskommt, dass Kate ermordet worden ist … Sie werden Fragen stellen, wie schon nach Annas Tod … Ich muss hier weg, sofort. Meine Spuren sind überall, unten im Wohnzimmer, im Bett, auf ihrem Körper!

Schnell decke ich Kate wieder zu. Plötzlich ein Geräusch, irgendwo im Haus ist eine Flasche umgekippt. Ich höre auf zu atmen, drehe mich langsam um und blicke die Stiege hinab. Michael ist noch da! Er hat mein Klopfen gehört und sich im Hof versteckt. Er hat Kate umgebracht, und dann habe ich ihn beim Vortäuschen des Einbruchs gestört. Er ist noch nicht fertig gewesen, deshalb war Kates Zimmer noch nicht durchwühlt. Und jetzt steht er unten und wartet auf mich.

Im Haus nebenan geht die Dusche an. Die Wände sind dünn wie Pappe. Soll ich schreien? Doch vielleicht kam das Geräusch von dort, und er ist doch schon weg. Er muss sehr leise gewesen sein, damit niemand von nebenan etwas bemerkt.

Und dann renne ich los, poltere die Stufen hinunter, an der Küche vorbei, durchs Wohnzimmer und hinaus.

Schweißgebadet stehe ich draußen. Niemand hat mich aufgehalten. Eine Frau mit Kinderwagen nähert sich auf dem Bürgersteig und schaut mich verwundert an. Ohne darauf zu achten, ob mich noch jemand sieht, steige ich in den Wagen und fahre los.

Am Ende der Straße, im Vorbeifahren, fällt mein Blick auf ein parkendes Auto. Darin sitzt ein Mann, der mich ansieht. Anstarrt. Er kennt dich, denke ich, während sich unsere Blicke begegnen. Seiner ist voller Kälte. Auf seinem Hals hat er ein Tattoo, eine Art Vogel. Nur schnell weg, denke ich und fahre weiter, fahre und fahre, keine Ahnung, wohin, durch die Stadt, immer weiter, einfach fort.

Endlich im Hotelzimmer hole ich alle kleinen Whiskeyflaschen aus der Minibar und gieße den Inhalt zusammen in ein großes Glas – Whiskey, Scotch und Bourbon –, setze mich aufs Bett und stürze die wilde Mischung in einem Schluck herunter.

Es gibt auch noch Wodka, und nachdem ich den ins Glas geschüttet habe, zünde ich mir eine Silk Cut an. Das brennende Papier knistert, während ich den Rauch in mich hineinsauge. Fünf, sechs tiefe Lungenzüge, dann ist sie aufgeraucht. Den Rest schnippe ich durchs gekippte Fenster hinaus. Mein Zimmer liegt im fünften Stock, ich blicke auf schmutzige Hinterhöfe, graue Häuser, den dunklen River Lee und die spitzen Türme der Corker Kathedrale. Dann schaue ich auf meine alten Hände. Immerhin, sie haben aufgehört zu zittern.

Ich muss die Polizei anrufen, das bin ich Kate schuldig, jemand muss von ihrem Tod erfahren, sonst verwest sie in ihrer Puppenstube. Aber sie werden mich verdächtigen, behaupten, ich hätte die Frau unter Druck gesetzt, hätte geglaubt, dass sie mehr über Jane weiß, und die Nerven verloren, als sie sich widersetzt hat. Und die deutsche Polizei wird ihnen von Annas Tod erzählen. Schon wieder eine Tote, die auf ungeklärte Weise stirbt? Was genau wollten Sie von Jane Flynn? Wie erklären Sie uns das alles, Herr Dr. Wegener? Niemand wird glauben, dass es Michael war, der perfekte Michael, selbst wenn sie Spuren von ihm finden.

Ich zünde mir die nächste Silk Cut an, nehme das Handy und wähle Brians Nummer. Er geht sofort ran. Ich sage ihm, dass er jetzt sofort kommen muss, dass etwas Schlimmes passiert ist, dass ich dringend seine Hilfe brauche. Und dass ich für alle Unkosten aufkomme.

Für einen Moment ist er still. Meine Stimme klang viel zu drängend und verzweifelt. Dieser Wegener ist verrückt, wird er denken.

»Okay«, sagt er dann. Die Sorge in seiner Stimme klingt echt. »In vier Stunden bin ich da. Wo muss ich hin?«

Ich gebe ihm die Anschrift des Hotels.

Er wird mich abholen. »Warte am besten solange in deinem Zimmer. Und mach keinen Unsinn«, sagt er noch.

15

Fünf Stunden später betreten wir einen Pub am Cork Lough. Bevor Brian kam, habe ich eiskalt geduscht, um wieder halbwegs nüchtern zu werden. Aber Brian kann man nichts vormachen. »Riecht nach riskanter Selbstmedikation, Herr Doktor«, meinte er schnuppernd. Dabei hatte ich das Fenster für eine halbe Stunde sperrangelweit geöffnet.

Auf der Fahrt durch die Stadt erzählte ich ihm, was passiert war. Er hörte aufmerksam zu und stellte keine Fragen. Langsam fuhren wir in seinem Wagen an Kates Haus vorbei. Keine Polizei, alles ruhig, die Tür war geschlossen. Wären Einbruch und Mord bemerkt worden, meinte Brian, wären Kriminaltechniker vor Ort, oder zumindest wäre die Wohnung versiegelt.

Ich bestelle zwei Murphy's. »The Lough« ist ein ruhiger Vorortpub mit schweren Möbeln, dunklen Holzwänden und dickem Teppich. Die Sitzbänke und die Barhocker haben einen weinroten Samtbezug. Bestimmt die Stammkneipe von Kates totem Mann, in dem er den kargen Lohn seiner Frau versoffen hat. Ein paar Männer in Anzügen sitzen am Tresen und reden leise miteinander. Wie es aussieht, ist für sie ein normaler Arbeitstag zu Ende gegangen. Nach ihrem Pint werden sie nach Hause zu ihren Familien gehen und einen gemütlichen Abend verleben. Jemand wartet auf sie, hoffentlich wissen sie ihr Glück zu schätzen. Kates Mann wusste es nicht.

Wir setzen uns an einen kleinen Tisch. Während ich trinke, mustert mich Brian aufmerksam.

»Und jetzt?«, fragt er.

»Ich möchte, dass du für mich die Polizei informierst. Ich erzähle dir alles, was ich gesehen habe, so genau wie möglich. Verfasse einen Bericht, aber verschweige bitte meinen Namen.«

Er sieht mich fragend an, mit diesen smarten Augen.

»Ich habe meine Gründe. Darüber möchte ich nicht sprechen.«

Er nickt und leert sein Pint zur Hälfte. Sein Bauchspeck schwappt über die Hose, die Hemdsärmel hat er hochgekrempelt.

»Warum suchst du Jane Flynn wirklich?«

»Das habe ich dir doch schon erzählt.«

Er seufzt und leckt sich den Schaum von den Lippen. »Ich verstehe, wenn ein Mann seine erste große Liebe wiederfinden will. Aber ich kann nicht verstehen, warum ein gut aussehender Arzt einen Haufen Geld aus dem Fenster wirft, um eine abgewrackte Obdachlose zu finden.«

»Wir wissen nicht, ob das stimmt. Ich bezweifle das.«

Brian schüttelt den Kopf. »Wenn du möchtest, dass ich dir helfe, musst du in diesem Punkt ehrlich zu mir sein. Ich muss einschätzen können, worauf ich mich einlasse.«

Ich fahre mit der Hand über meinen Mund. Dann erzähle ich von Anna und den ungeklärten Umständen ihres Todes. Und was ihr Tod mit mir gemacht hat. Wie ich die Tage in der Klinik gerade so überlebte und mir zu Hause als Erstes eine Flasche Rotwein geöffnet habe. Wie ich danach ins Wohnzimmer ging, den Fernseher einschaltete und mir Fotos von Anna ansah, von uns. Ich ließ die Bilder immer über den Fernseher laufen, so konnte ich ihr Gesicht viel größer zoomen, als es in Wirklichkeit war. Die ersten waren eine Erleichterung, der Rest eine Qual, aber ich konnte trotzdem nicht aufhören. Dabei rauchte ich ununterbrochen, zündete mir mit der zu Ende gerauchten Zigarette die nächste an und trank, bis ich nichts mehr fühlte. Und dabei wusste ich genau, was ich tat.

»Es war das, was ich wollte: sterben und Anna folgen.«

Brian senkt den Blick. Für eine Weile sagt er nichts.

»Das tut mir sehr leid«, meint er dann. Da ist ein leichtes Beben in seiner Stimme. Seine Rührung kommt mir fast schon übertrieben vor.

»Das Schlimmste war, was Karen gesagt hat, dass Anna die Hochzeit absagen wollte, das hat mich völlig aus der Bahn geworfen. Denn ich dachte, dass wir wieder halbwegs glücklich waren, dass wir es schaffen würden. Aber jetzt sah es so aus, als wäre sie nach dem Gespräch mit Karen so abgelenkt von ihrem Kummer gewesen, dass sie nicht aufgepasst hat und deshalb von der Fahrbahn abgekommen ist. Zumal die Polizei meinte, dass Zweifel an der Glaubwürdigkeit des Zeugen bestünden. Seine Aussagen wären widersprüchlich, möglicherweise war er ein Wichtigtuer. Vielleicht gab es also gar keine Fahrerflucht. Du bist schuld, war der Gedanke, mit dem ich fortan aufwachte und einschlief. Manchmal bin ich herumgefahren und habe Brücken gesucht, von denen ich springen könnte, aber dazu fehlte mir der Mut. Also habe ich gehofft, der Alkohol erledigt das für mich. Hat er aber nicht.«

Ich hole tief Luft. »Auf der anderen Seite war da dieses Gefühl, dass jemand Anna getötet hat. Dass es womöglich Michael gewesen ist. Vielleicht hat er sie verfolgt, so wie er mich verfolgt hat. Ich habe es vor mir gesehen, wie er sie überholt, zu ihr hinübersieht und die Nerven verliert.«

»Scheiße«, meint Brian. »Du bist wirklich durch die Hölle gegangen.«

»Nein«, sage ich. »Ich stecke mittendrin.«

Ich hole die Fotos aus der Tasche und lege sie auf den Tisch: das aus Frankfurt mit Anna und Jane, die nachgeschärfte Ausschnittvergrößerung von ihrem Gesicht und dann noch eins von damals, wie sie auf einem Felsen auf Scariff Island sitzt.

»Tja, und dann entdecke ich eines Abends Jane auf diesem Foto. Meine Jugendliebe sieht mich nach einer Ewigkeit plötzlich wieder an. Zusammen mit meiner Frau. Wenige Tage vor ihrem Tod. Es ist eindeutig sie. Verstehst du? Dieses Foto hat mich aus allem herausgerissen. Auf einmal hatte ich ein Ziel: Ich musste herausfinden, was Jane in Frankfurt wollte.«

Brian betrachtet die Bilder aufmerksam. Er lässt sich Zeit mit seiner Antwort. »Hast du noch weitere Fotos aus Frankfurt von dieser Frau?«

»Nein. Ich habe natürlich jedes einzelne genau untersucht und vergrößert. An diesem Tag haben wir viele Fotos gemacht, aber Jane ist definitiv auf keinem anderen zu sehen.«

Er nickt bedächtig. »Ich kenne diese Jane Flynn nicht. Ja, sie könnte es sein. Vielleicht. Aber genauso gut jemand anderes. Tut mir leid, ich erkenne nicht mehr als eine vage Ähnlichkeit.«

»Siehst du die Zigarette in ihrer Hand? Und neben ihr liegt eine Schachtel Purple Silk Cut. Das waren früher schon ihre Lieblingszigaretten.«

»Das ist eine der beliebtesten Marken bei uns.«

»Wie sie dasitzt: genau wie auf dem Foto hier von früher!«

»Viele Frauen sitzen so da.«

»Wie sie den Kopf zur Seite neigt!«

»Tun wir das nicht alle, wenn wir locker auf dem Boden sitzen?«

»Das Gesicht! Sie schaut in unsere Richtung, direkt in die Kamera.«

»Ihr beide wart ein schöner Anblick. Du hast das Glück, ein attraktiver Mann zu sein. Und diese Anna war eine hübsche Frau. Ich hätte euch auch beobachtet und dabei wahrscheinlich ziemlich neidisch ausgesehen.«

»Du willst es nicht sehen!«

»Marc, kann es sein, dass du diese Jane Flynn unbedingt auf diesem Foto erkennen *willst*? Warum sollte sie, fünfundzwanzig Jahre nachdem ihr euch das letzte Mal gesehen habt, nach Deutschland kommen?«

»Genau das will ich herausfinden.«

»Hast du das Foto der Polizei gezeigt?«

Ich schüttle den Kopf. »Die hätten mich ausgelacht. Für die bin ich immer noch ein möglicher Täter. Und jetzt sind meine Spuren überall in Kates Haus und auf ihrer Leiche. Ich muss dir nicht erklären, was die für Schlussfolgerungen ziehen werden: der verrückte Witwer, der den Mord an seiner Frau nicht verwindet, im Wahn nach Irland reist und die Nerven verliert.«

Brian lehnt sich zurück. »Warum, Marc? Warum willst du Jane auf dem Foto sehen? Diese Frage solltest du dir stellen.«

»Weil es Jane ist. Ich will sie finden, und sie soll mir sagen, warum sie in Frankfurt war. Dafür gibt es bestimmt eine plausible Erklärung. Und vielleicht hat sie etwas gesehen, sie scheint uns ja verfolgt zu haben, vielleicht weiß sie etwas.«

»Was ist, wenn unsere Suche im Sand verläuft?«

»Dann habe ich wenigstens alles versucht.«

»Und wenn Jane etwas mit Annas Tod zu tun hat?«

Darauf habe ich keine Antwort.

»Kann es sein, dass du Jane immer noch liebst?«

»Wir hatten eine wunderbare Zeit zusammen. Es tut gut, mich daran zu erinnern.«

»Es ist ein gefährliches Spiel, Marc. Es klingt nicht vernünftig.«

»Brian, ich weiß, wie das alles klingt. Aber dieses Foto hat mir das Leben gerettet. In den letzten Tagen, seitdem ich in Irland bin, habe ich ein paarmal gespürt, dass ich noch lebe, da war nicht mehr nur diese bleischwere Leere, dieser kalte, lähmende Nebel aus Scham und Schuld. Und jetzt will ich verdammt noch mal Jane finden. Ich muss wissen, was mit ihr geschehen ist, was sie macht, wie es ihr geht. Und warum sie in Frankfurt war. Ich muss sie finden. Verstehst du das nicht?«

»Ich würde aufhören, wenn ich du wäre.«

»Das kann ich nicht. Wohin soll ich denn? Da ist nichts, zu dem ich zurückkehren kann. Keine Wohnung, keine Arbeit, kein Zuhause, keine Hoffnung. Ich würde in dem Sumpf versinken, aus dem ich gerade krieche.«

Besorgt sieht er mich an, in mein graues Gesicht, meine unruhigen Augen und auf meine nervösen Hände. Er denkt, dass ich hier an meinem Wahn zugrunde gehe, mich entweder zu Tode saufe oder von einer Klippe springe.

»Setz dir eine Frist. Zwei Wochen. Ich verspreche dir, mit Hochdruck zu ermitteln. Wenn wir dann nichts herausgefunden haben, solltest du aufgeben, nach Hause gehen und nach vorne blicken.«

»Ich habe kein Zuhause.«

Ärgerlich sieht er mich an.

»Okay«, sage ich schließlich. »Aber ich gebe mir sechs Wochen.«

Er lächelt matt und hält mir die Hand hin. »Vier Wochen. Und dein Geld reicht so lange?«

»Hoffe ich doch!« Ich schlage ein. Er nickt und holt einen Schreibblock hervor.

»Heißt das, du redest mit der Polizei?«

»Ich mach es. Weil du verrückt bist und weil ich Verrückte mag und weil jemand auf dich aufpassen muss. Tja, und du weißt ja, außerdem liebe ich gute Steaks.«

Ich zögere. »Was ist, wenn Kates Tod etwas mit unseren Nachforschungen zu tun hat?«

»Das erscheint mir unwahrscheinlich. Kaum jemand weiß, dass wir Jane finden wollen. Jedenfalls habe ich niemandem etwas davon erzählt. Und offenbar wurde ja nach Geld gesucht. Für mich sieht das wie ein unglücklicher Zufall aus. Auch in Irland passiert es inzwischen gar nicht so selten, dass alte Frauen überfallen und ausgeraubt werden. Die katholische Kirche hat den Zugriff auf die Menschen und ihre Moralvorstellungen verloren. Und ein ziemlich übles Viertel befindet sich ganz in der Nähe von Kates Haus. Vielleicht hat sie jemandem von dem Geld erzählt, einer Freundin zum Beispiel, und deren Sohn hat es dann mitgekriegt und seinen Freunden erzählt. Oder sie wurde von dem Einbrecher beobachtet, wie sie sich etwas Teures kaufte, der ist ihr bis nach Hause gefolgt, hat sich Zutritt zur Wohnung verschafft … Diese Leute sind manchmal sehr clever.«

»Das klingt plausibel.«

Dann erzähle ich detailliert alles, was sich in Kates Wohnung zugetragen hat. Am Schluss noch von dem Mann in dem Wagen. Aber außer an den eisigen Blick, die schwarzen Haare und das Tattoo auf dem Hals kann ich mich an nichts erinnern.

Brian macht sich Notizen.

Michael erwähne ich lieber nicht.

»Ein Kennzeichen hast du nicht? Oder weißt du, um welches Fabrikat es sich handelte?«

»Darauf habe ich nicht geachtet. Ich war ziemlich in Panik.«

»Sieht für mich nicht so aus, als ob dieser Mann etwas mit der Sache zu tun hat. Denn in dem Fall wäre er dir in die Wohnung gefolgt, um seinem Komplizen zu helfen.«

»Aber dieser Blick, wie er mich angestarrt hat! Ich hatte den Eindruck, dass der Mann mich kennt.«

»Es gibt viele Verrückte in Cork.«

»In Dublin nicht?«

Brian lacht. »Das darfst du einen Dubliner nicht fragen!«

Er nippt an seinem Murphy's, meins ist schon lange leer. »Ist gar nicht so schlecht, dieses Corker Gebräu. Wenn auch nicht ganz das Original.«

»Sag das hier besser nicht so laut.«

Brian grinst. »Eins interessiert mich noch. Wo hast du Jane eigentlich kennengelernt?«

»In einem Hostel in Kerry. Da fahre ich morgen hin. Vielleicht weiß man dort etwas über sie.«

»Ich kann das für dich übernehmen. Oder dich begleiten, wenn du magst.«

»Nein. Ich will selbst dorthin, allein. Es ist ein besonderer Ort für mich, den ich seitdem nie mehr gesehen habe. Da möchte ich erst einmal niemanden bei mir haben.«

Auf der Fahrt zurück zum Hotel reden wir wenig. Brian sieht nachdenklich aus. Ich möchte gar nicht wissen, was dieser Mann von mir denkt.

16

Ein paar Stunden später meldet sich Brian bei mir. Er ist noch immer in Cork. Gerade rief ihn ein Inspector zurück. Kate sei tot in ihrem Bett gefunden worden, genau wie ich es beschrieben habe, im Moment untersuche die Spurensicherung das Haus. Die Polizei sei nicht begeistert gewesen, dass ich nicht mit ihnen sprechen wollte, würde sich aber bei weiteren Fragen an Brian wenden.

»Sie ist bereits die fünfte ältere Dame in Cork, bei der in diesem Jahr eingebrochen wurde«, fährt Brian fort. »Das Muster ist immer gleich. Die Einbrüche erfolgen tagsüber, keiner bemerkt etwas, die Wohnungen werden systematisch durchsucht. Allerdings ist Kate die Erste, die dabei getötet wurde. Wahrscheinlich hat sie sich gewehrt, würde ja zu dem passen, was du von ihr erzählt hast. Das Ganze hat wohl nichts mit dir oder Jane zu tun. Du musst dir also keine Vorwürfe machen.«

Er hält kurz inne. »Kann ich dich heute wirklich allein lassen? Ich könnte die Nacht hierbleiben und auf einen Whiskey vorbeischauen. Kostet auch nichts extra.«

Ich stutze. So viel Hilfsbereitschaft bin ich nicht gewohnt.

»Das ist nett«, sage ich mit einer Dankbarkeit, die nicht gespielt ist, »aber ich komme klar. Morgen fahre ich nach Kerry, da will ich früh ins Bett. Ich melde mich dann.«

Doch an Schlaf ist nicht zu denken. In weiser Voraussicht habe ich mir eine Flasche Whiskey und eine Stange Purple Silk Cut gekauft. Ich sitze auf einem Stuhl vor dem Fenster, trinke und rauche und schaue hinaus auf die Lichter der Stadt. Ich trinke und trinke, damit Kate verschwindet. Noch eine ganze Weile sehe ich sie, wie sie in ihrer Puppenstube liegt, sehe die silbernen Gardinen vor ihrem Fenster, und dann sehe ich Jane, wie wir uns das erste Mal trafen.

Stundenlang war ich mit meinem Backpacker-Rucksack am Lough Currane entlanggelaufen und dachte schon, ich würde das Hostel nie finden. Sie saß vor dem Haus an einem Tisch und schrieb. Vor dem alten, weiß getünchten Bauernhaus blühten Fuchsien. Ihre Blüten hingen wie schwere Blutstropfen von den Ästen, als würden sie im nächsten Moment herabfallen und zerplatzen. Im Hintergrund lag der See, eingefasst von grünen Berghängen, und er war so unverschämt blau, als hätte er irgendetwas wiedergutzumachen. Überall ragten Felsen wie brüchige Knochen aus dem Wasser. Es war so friedlich und schön. Hier will ich nie mehr weg, dachte ich.

»Hallo«, sagte ich, als ich vor ihr stand. Sie fuhr zusammen, so konzentriert hatte sie geschrieben. Eine große Sonnenbrille verdeckte das halbe Gesicht.

»Hi!«, sagte sie, noch ein wenig abwesend, und legte den Stift weg. Vielleicht ein Liebesbrief, dachte ich und war eifersüchtig. Ihr rotblondes Haar stand in alle Richtungen ab, als wäre sie gerade erst aus dem Bett geschlüpft.

»Tut mir leid, wir sind voll«, sagte sie.

»Das ist mein Todesurteil.«

Sie grinste, schob ihre Sonnenbrille über die Stirn und sah mich noch mal an, jetzt so richtig. Direkt in meine Augen. Ein Blick wie ein wilder Kuss.

»Ich bin Jane.« Ihre Stimme war tief, sehr tief, wie eine verlockende Düsternis.

»Marc«, brachte ich heraus und wischte mir den Schweiß von der Stirn. Sie war barfuß, ihre Zehen spielten mit dem Kies, sie waren schlank und feingliedrig.

Ich sah ein bisschen zu lange hin.

»Alles klar?«, fragte sie.

»Ganz schön heiß«, meinte ich.

Sie trug ein schwarzes Pogues-T-Shirt.

»Ich liebe die Pogues«, sagte ich.

Sie schmunzelte. »Gut für dich. Kommst du von Waterville?«

Ich nickte.

»Du bist das alles gelaufen?«

»Kein Auto weit und breit.«

»Wow!« Wieder dieser Blick. »Setz dich. Ich hol dir was zu trinken.«

Ich sah ihr zu, wie sie ins Haus ging. Sie war genau mein Typ: sehr schlank, fast zierlich, mit kleinen Brüsten und einem jungenhaften Po. Ob sie dort auch Sommersprossen hatte, wie sonst überall? Ich bot dem Teufel meine Seele an, wenn er mich das herausfinden lassen würde.

Während sie im Haus war, kramte ich meinen »Lonely Planet« aus dem Rucksack und tat so, als wäre ich darin vertieft. Sie kam mit zwei Gläsern Zitronenlimonade zurück. Die hatte sie selbst gemacht, für mich.

Wir tranken.

Ich seufzte. »Das Beste, das ich je getrunken habe.«

Sie verdrehte die Augen.

»Du hast mir gerade das Leben gerettet«, sagte ich.

»Wenn du willst, kann ich dich zurück nach Waterville fahren.«

Im Hof stand ein kleines, rostiges Auto.

»Das Hostel da ist auch voll. Der Mann hat mich hierhergeschickt.«

»Dann sieht es ziemlich schlecht aus für dich.«

Sie kramte ein Päckchen Tabak aus ihren Shorts und drehte sich eine Zigarette. Ich blieb still. Vielleicht würde ihr ja noch eine Idee kommen.

»Willst du auch eine?«, fragte sie.

Wollte ich. Sie reichte mir Tabak und Papier. Als sie mir Feuer gab, berührten ihre Finger meine Hand, und es verschlug mir den Atem.

»Wie es aussieht, wirst du in der Wildnis übernachten müssen. Du weißt, dass es hier in der Gegend Wölfe gibt? Du hast kaum eine Chance, die Nacht zu überleben.«

»Ich werde an dich denken, wenn sie mich fressen.«

Sie lachte trocken und zupfte sich Tabakkrümel von den Lippen. »Wenn dir das nichts ausmacht, könntest du auf einer Matratze im Wohnzimmer schlafen. Ist nicht so bequem, aber es geht.«

Ich verstand das Wort »mattress« nicht. Sie musste das ein paarmal wiederholen, bis ich es kapierte. Es war das Beste, was jemals jemand zu mir gesagt hatte.

Danach redeten wir bis zum Abend. Tranken Tee und drehten uns Zigaretten. Die anderen Gäste kamen hinzu, ein paar Joints gingen herum, und irgendwann saßen nur noch Jane und ich in der Nacht. Darauf hatte ich gehofft. Es war warm, und irgendwo war eine Querflöte zu hören. Das wäre die Fee von Edere, meinte Jane, sie spiele jeden Abend, ob ich sie mal sehen wolle? Klar wollte ich, also kletterten wir auf einen Felsen überm See. Vor uns das silbrige Wasser im Mondschein, am anderen Ufer die goldenen Lichter von Waterville, und die warme Luft roch nach Meer. »Die Fee ist heute nicht da«, meinte Jane, und ich sagte »Doch« und nahm ihre Hand. Sie drehte sich zu mir um und lächelte und …

Was ich fühlte, war neu. Echt und überwältigend. Es waren nicht nur ihre grünen Augen, die Sommersprossen und ihr blütenweißer Po, aber natürlich auch. Gott, ich war praktisch Jungfrau und Jane nicht, sie kannte Tricks. Ich hatte keine Ahnung, dass Sex so athletisch sein kann. Wir konnten nie aufhören und schliefen erst ein, wenn die Vögel erwachten.

Eines Morgens lagen wir erschöpft und zufrieden nebeneinander, und sie sagte ganz unvermittelt, dass sie den Eindruck habe, ich bestünde aus mehreren Schichten. An der Oberfläche sei ich ruhig und souverän, aber darunter liege etwas anderes, etwas Zerbrechliches und Dunkles, wie bei einem Soldaten, der zu lang im Krieg gewesen sei. Ich war sprachlos; das hatte bisher noch nie jemand zu mir gesagt, nicht einmal Philipp. Also erzählte ich ihr von meinen Eltern. Nicht viel, das war nicht nötig, sie verstand es auch so und weinte sogar, als ich davon erzählte, und nahm mich in den Arm, und dann weinte ich auch. Es war das erste Mal, dass ich deswegen weinte, dass ich überhaupt jemandem davon erzählt hatte. Dass ich mit meiner Trauer nicht allein war. Und ich konnte nicht glauben, dass Jane das, was sie entdeckt hatte, nicht abstieß, sondern anzog.

Weit nach Mitternacht verlasse ich das Hotel. Die Erinnerungen an Jane waren plötzlich weg, als hätte ich sie leer gesaugt, und Kates Puppenstube kehrte zurück. Es ist mir völlig egal, ob Michael oder der Mann mit dem Tattoo draußen auf mich warten, sollen sie nur kommen. Mit der Whiskeyflasche in der Hand laufe ich drauflos, flussaufwärts am River Lee entlang, immer weiter. Laufe aus der Stadt heraus, durch einen Park. Und plötzlich bleibe ich erschrocken stehen.

Die Fußgängerbrücke, ich erkenne sie sofort. Es ist die, von der das Foto mit Kate und Jane stammt. Sie schwankt leicht, als ich sie überquere. In der Mitte der Brücke bleibe ich stehen und setze mich hin, starre aufs Geländer und trinke einen Schluck. Der Blick durch die Gitterstäbe ist wie der aus einer Gefängniszelle, dahinter liegt Finsternis. Ich schalte die Taschenlampe meines Smartphones an und hole die Fotos von Jane heraus. Sie mit Kate auf dieser Brücke. Kate würde vielleicht noch leben, wäre ich nicht nach Irland gekommen. Sie könnte weiterhin ihre Spaziergänge machen und darauf hoffen, dass sie Jane eines Tages hier trifft.

Dann das Foto von damals, auf dem Jane genauso dasitzt wie die Frau letztes Jahr in Frankfurt: angewinkelte Beine, der Kopf zur Seite geneigt, die Ellenbogen auf die Knie gestützt, eine Zigarette in der Hand. Sie sitzt wirklich genau so da! Und so jung sieht sie aus, fast noch wie ein Kind. Damals hatten wir gerade miteinander geschlafen, es war auf Scariff Island, ein heißer Augusttag, wir lagen nackt auf einer Decke in den Klippen.

Ich sehe sie vor mir, ihre Augen mit noch etwas Ekstase im Blick, Schweißperlen auf der Stirn, wie der Wind das rotblonde Haar vor die Augen schiebt, die weichgeküssten Lippen und die Sommersprossen. Freckles, das englische Wort hat sie mir beigebracht. Sie lächelt verschmitzt, setzt sich auf, zieht ihr T-Shirt und ihren Slip an, obwohl wir die Einzigen auf der Insel sind, und sucht nach ihrem Tabak. Jane sucht immer nach ihrem Tabak. Sie dreht sich eine Zigarette, dünn wie ein Zahnstocher, leckt am Papier, ein paarmal bläst der Wind das Feuerzeug aus, dann inhaliert sie tief und sieht mich dabei an. Ich mache dieses Foto, wie sie dasitzt mit der Zigarette in der Hand.

Auf dem Rückweg komme ich an einer alten Fabrik vorbei. Musik dringt nach draußen, junge Menschen stehen davor, lachen und rauchen. Ich überlege nicht lange, Punkrock war schon immer meine Musik. Der Ordner am Eingang zögert kurz, lässt mich dann aber rein.

Ich gehe zur Bar und bestelle zur Abwechslung Wodka. Die Musik ist böse, laut und schnell, so wie ich es mag. Den Wodka kippe ich sofort herunter, mir ist egal, was die Leute denken, mich kennt ja niemand hier. Wie damals als Student in Hamburg, nach dem Sommer mit Jane, bevor meine Mutter starb, als ich wie ein Besessener lernte, da floh ich jede Samstagnacht in solche Clubs. Trank und tanzte, bis ich nicht mehr konnte. Irgendwann machte es klick, und ich wurde eins mit der Musik, wenn auch nicht unbedingt mit dem Rhythmus, ich fühlte mich leicht und frei, für ein paar Stunden konnte ich fliegen.

Es dämmert bereits, als ich erschöpft und verschwitzt den Club verlasse. Es ist Ebbe, der Lee fließt träge zwischen den alten Kaimauern. Es riecht nach Moder, wie damals die Elbe. Wenn ich in der Frühe heimkam, warf ich mich aufs Bett und fiel in einen komatösen Schlaf. So tief und traumlos war er sonst nie. Vielleicht schlafe ich heute genauso fest. Das ist es, was ich jetzt brauche, einen Schlaf wie einen kurzen Tod.

Auf dem Weg zum Hotel laufe ich durch eine schwach beleuchtete Gasse. Die Häuserwände sind voller Graffiti. Auf einem Wandbild ist ein Mann zu sehen, der sich eine Maske vom Kopf zieht. Gebannt bleibe ich stehen. Das Verstörende ist, dass die Maske ein Gesicht darstellt und der Mann, der darunter zum Vorschein kommt, eine zweite, schwarze Maske mit Schlitzen für Augen und Mund trägt. Während die Augen auf dem Gesicht, das sich der Mann gerade vom Kopf streift, warm und traurig wirken, sind die zwischen den Schlitzen voller Schmerz und Zorn. Der Mund ist aufgerissen wie bei einem Schrei. Wie wohl der Mann hinter der Maske aussieht? Ist es überhaupt ein

Mann? Oder folgen dahinter noch weitere Masken? Ob überhaupt jemals ein echtes Gesicht zum Vorschein kommt?

Das bin ich, denke ich. Das Gesicht, das sich der Maskenmann vom Kopf streift, sieht aus wie meins. Es sind meine Augen.

Plötzlich höre ich Schritte hinter mir, erschrocken fahre ich herum. Es ist eine Frau. Sie wirkt völlig überdreht, kichert und entschuldigt sich, dass sie mich erschreckt hat, und bittet um Feuer. Aufdringlich berührt sie meine Hand, als sie sich die Zigarette anzündet. Ihre Finger sind schmutzig. Ich betrachte ihr Gesicht im Schein des Feuerzeugs. Sie sieht verwahrlost aus, abstoßend, mit strähnigen Haaren und fahler Haut. Ihr Haar ist viel zu dünn, die Kopfhaut schimmert überall durch, und sie benutzt ein penetrantes Parfüm, das ihren Schweißgeruch aber nicht überdeckt. Sie bedankt sich überschwänglich und fragt, woher ich komme, aber ich will nur weg. Als ich schon weitergehe, sagt sie, dass sie auch Sexarbeit anbieten würde.

Ich beginne zu laufen. Auf der kurzen Strecke zum Hotel falle ich ein paarmal aufs Pflaster. Der Nachtportier will meinen Ausweis sehen, als ich mich zum Aufzug schleppe. Meine Hose ist dreckig und nass, ich habe mir die Knie aufgeschlagen, und der Stoff ist von Blut durchtränkt.

Lass sie nicht so aussehen, denke ich, als ich mit dem Aufzug nach oben fahre und mich im Spiegel betrachte. Lass Jane nicht so heruntergekommen sein wie diese Frau.

17

»Donoghue's Garage« liegt in einer Querstraße zum River Lee. In der alten, weiß getünchten Halle riecht es nach Reifen und Lack. Als ich das Auto vor zwei Stunden vorbeibrachte, konnte ich mich kaum auf den Beinen halten. Heute Morgen war es so, als wäre mein Gehirn in ein Nadelkissen gewickelt worden: eine falsche Bewegung, und es stach. Ein höllischer Schmerz. Trinker kennen alle möglichen Arten von Kopfschmerzen und haben ein ganzes Reservoir an Metaphern dafür. Mittlerweile haben die Tabletten ihre Wirkung halbwegs entfaltet.

»Hiya!«, meint Martin, der Besitzer. Er sollte meinen Wagen nach einem Sender filzen. Mit öligen Fingern sitzt er am Tisch und isst ein schneeweißes Sandwich mit Eiern und Mayonnaise.

»Want a coffee?«, fragt er mich. Starker Cork-Akzent. »It's a lovely day.« Stimmt. Im Moment regnet es nicht, und es hat immerhin vierzehn Grad. Im Mai.

»Haben Sie was gefunden?«

Martin lacht, als hätte er mich mit einer Frau im Bett erwischt. »Nein, kannst aufatmen. Kein Sender, nichts. Dein Auto ist so rein wie die Heilige Jungfrau. Deine Gattin oder wer auch immer schnüffelt nicht hinter dir her.«

»Ganz sicher?«

»Du hast ganz schön Schiss, was? Aber wir haben in den letzten Winkel geleuchtet und jede Schraube überprüft. Nichts.«

»Das sind gute Neuigkeiten«, sage ich.

»Die kosten dich aber eine Kleinigkeit.«

Die Fahrt von Kenmare auf den Ring of Kerry ist wie der Übertritt in eine andere Welt. Genau auf dieser Straße bin ich vor einem Vierteljahrhundert mit dem Bus gefahren. Das richtige Irland, fand ich schon damals, das karge, wilde, einsame, magische, beginnt erst hier im Westen.

Zunächst geht es auf einer schmalen Straße durch einen

engen Graben aus hohen Büschen und Bäumen, durch einen verschlungenen Dschungel aus Eschen, Ahorn, Weißdorn und mannshohen Farnen. Ab und zu, nur für einen Augenblick, öffnen sich die schattigen grünen Mauern, und ich sehe ein altes Herrenhaus, ein Stück manikürten Rasen mit üppigen Rhododendren und kugelförmigen Hortensien, doch sofort schließt sich der Graben wieder, und ich werde von der Wildnis verschluckt.

Dann plötzlich, auf einen Schlag, öffnet sich der Tunnel. Vor mir zur Linken schläft die Bucht von Kenmare, nur ein Steinmäuerchen trennt mich vom Meer, es ist zum Greifen nah und der Atlantik so glatt wie ein windgeschützter See. Auf der anderen Seite steigt die Beara Peninsula aus dem silbergrauen Wasser: Sanft, sehr sanft rollende Hügel und Berge, da ist nichts Kantiges oder Schroffes, und die von Gräsern bedeckten Hänge sehen aus wie schimmernde Drachenhaut.

Jane hat mir die Geschichte von Tír na nÓg erzählt, eine keltische Geschichte über die Anderswelt, und so wie hier habe ich sie mir vorgestellt, genauso atemberaubend schön, so entrückt von allem. Tír na nÓg ist die Insel der ewigen Jugend, dort gibt es weder Alter noch Tod, auch keine Tränen oder lautes Gelächter. Es ist das Land des Glücks und des Vergessens, denn solange man auf der Insel ist, erinnert man sich nicht. In der Geschichte geht es um eine Fee, die sich in einen Krieger verliebt und ihn mit auf die Insel nimmt. Auf ihrem weißen Pferd reiten sie übers Meer, durch Nebel und vorbei an den übers Wasser irrenden Seelen der Toten. Sie liebten sich von dem Moment an, als sie sich sahen. Sie leben glücklich dort und sind voller Zärtlichkeit füreinander, sie schweben in der Zeit, als wäre sie ein niemals endender süßer Traum. Doch eines Tages geht der Krieger allein spazieren und sieht von einem Felsen aus Irland. Der Nebel, der die Insel sonst immer umhüllt, hat sich gelichtet. Und sofort kommen die Erinnerungen und damit die Schuld, weil er seine Familie verlassen hat.

Der Krieger glaubt, nur drei Jahre fort gewesen zu sein, doch die Fee sagt, es seien dreihundert gewesen. Aber das will er nicht glauben. Auf dem Pferd der Fee kehrt er zurück, doch als er das Haus seiner Eltern erreicht, ist es verlassen und eine Ruine. Wie er die Gräber seiner Eltern sieht, springt er ergriffen vom Pferd, obwohl die Fee ihn gewarnt hat, dass er nie den Boden berühren dürfe. Er altert in Sekundenschnelle, ihm wächst ein weißer Bart, der bis zum Boden reicht, seine Haut trocknet und reißt, die Augen werden zu dunklen Höhlen, und im selben Moment ist er nichts als Staub.

Je weiter ich fahre, umso karger und felsiger wird die Landschaft und umso unruhiger die See. Raue Felsen tauchen aus dem Wasser, es schimmert türkis wie vor den Stränden Afrikas, und die Wellen verwandeln sich an den schwarzen Klippen zu weißem Schaum.

Hinter Caherdaniel, an der Westseite der Halbinsel, schraubt sich die Straße hinauf in die Berge. Alles ist hier vom Wind geformt, Gräser und Büsche kämpfen mit nacktem Fels. In die Küste sind kleine Buchten geschnitten, mit Sandstränden zwischen zerklüfteten Klippen, am Straßenrand leuchten die Blüten der Ginsterbüsche wie kleine Flammen.

Und plötzlich taucht im Westen Scariff Island aus dem Dunst auf. In meinen Erinnerungen habe ich den Ort so oft besucht, dass er zu einer Art Traumland geworden ist, und jetzt fühlt es sich an, als sähe ich etwas, das in der realen Welt nicht existiert. Vor Scariff liegt noch eine kleinere Insel, zwei schwarze Berge vor einer gleißenden Sonne in einer endlosen, glitzernden Ebene.

Ganz oben auf dem Bergrücken sieht es aus wie auf dem Mond, nur dass alles braun und ockergelb ist, es sind die Farben des abgestorbenen Heidekrauts – heather – und der Torfgräser vom letzten Jahr. Tief unten liegt Waterville mit seinen bunten Häuschen und dem breiten kupferfarbenen Strand in einer von Bergen umgebenen Meeresbucht.

Dann führt die Straße hinunter, hinaus aus der Anderswelt.

Vor dem Orteingang steht ein Hotel. Ein älterer Herr in Shorts und rosafarbenem Hemd steigt gerade mit seinem Golf-

Equipment aus einem Helikopter, der auf der Wiese vor dem Hotel parkt, als wäre er der König von Kerry. Er wurde wahrscheinlich vom nächstgelegenen Flughafen per Luftshuttle hergebracht. Das neue Irland, würde Brian sagen. Großartig, wäre meine Antwort.

Vor dem Zentrum biege ich in die schmale Straße Richtung Hostel, und mein Herz klopft vor Aufregung. Die Straße sieht noch genauso aus wie damals, keine Billigbungalows oder B&B-Lodges, die sich sonst in Kerrys Berge gefressen haben, säumen sie, und kein Mensch ist unterwegs. Und kein grauer Wagen und kein Tattoomann sind hinter mir her, auch das Nadelkissen in meinem Kopf ist weg. Ich bin frei! Dazu scheint die Sonne. Ich öffne das Fenster, lasse den milden Fahrtwind meine Haut streicheln. Wer weiß, vielleicht sitzt Jane wie damals auf dieser Bank vor dem Hostel und hat ein Glas Zitronenlimonade für mich.

18

Da sind der Lough Currane mit den zerklüfteten Inseln, die sanften Berge und der Fichtenwald. Nach ein paar hundert Metern ist plötzlich Schluss, eine Barrikade aus übereinandergefallenen Bäumen versperrt mir den Weg. Aber jetzt lasse ich mich nicht mehr aufhalten.

Ich steige aus, klettere über eine flache Stelle der Baumbarrikade und gehe zu Fuß weiter. Auch wenn Jane nicht mit einer Zitronenlimonade auf mich warten wird, muss ich wissen, was aus dem Hostel geworden ist. Doch das Vorankommen ist beschwerlich in dieser Wildnis. Aus den dicht stehenden Fichtenstämmen ragen trockene Äste, die meine Arme zerkratzen. Überall liegen Baumstämme, über die ich klettern muss. Die Bäume sind kahl bis hinauf zu den Kronen, manche von gräulich weißen Flechten bewachsen, als hätte sie Schimmel befallen. Und nichts zu hören, keine Vögel, kein Summen von Insekten, nur das Knacken und Brechen der Äste unter meinen Füßen. Das einzige Lebenszeichen ist ein Ameisenhaufen mit Ausmaßen, wie ich sie nicht für möglich gehalten hätte. Trotzdem tut es gut, sich hier so zu verausgaben, der Schweiß läuft aus allen meinen Poren, und all das Gift der Exzesse des letzten Jahres, stelle ich mir vor, fließt und dunstet aus mir heraus.

Dann endlich das Ufer. Das Wasser ist wie schwarzes Glas. Spinnenweben kleben in meinem Gesicht, überall brennt und juckt es, dazu habe ich höllischen Durst. Das Wasser hat die Farbe von Tee und schmeckt bitter. Dann weiter, aber hier komme ich auch nicht besser voran: Der Boden ist sumpfig, das Gras hoch, andauernd bleibe ich irgendwo hängen und versinke bis zum Knie im Moor. Meine Schuhe sind ruiniert, brauner Torf umgibt sie wie eine zweite Haut. Dann geht es endlich hinauf, das müsste die Anhöhe sein, von der aus man das Hostel sehen kann, aber jetzt stellen sich mir Stechginster und meterhohe Farne in den Weg.

Endlich liegt der Dschungel hinter mir. Die Sonne steht schon tief und blendet mich. Vor mir der See als glitzernde Silhouette. Hey, Jane, ich bin da! Hohe Kiefern verdecken die Sicht aufs Hostel, die gab es damals noch nicht. Dann gehe ich hinunter, als käme ich nach Hause.

Doch der Anblick ist wie ein Schlag ins Gesicht. Das Hostel ist eine Ruine, die Fenster zerbrochen, der Putz abgeblättert, im Dach klafft ein Loch. Es ist auch viel kleiner als in meiner Erinnerung und der Vorplatz, auf dem Jane am Tisch saß, unter Gräsern und Sträuchern verschwunden. Es ist schwül und stickig unter den Kiefern, zudem liegt ein faulig süßer Geruch in der Luft, wie von verrottendem Obst. Dreh um, hau ab, ruft es in mir, aber dafür ist es zu spät.

Durch die zerbrochenen Scheiben blicke ich ins Wohnzimmer, in dem ich in den ersten Nächten geschlafen habe. Nichts ist mehr da, Schutt und Scherben liegen auf herausgerissenen Dielenbrettern, Fetzen verblichener Tapete hängen wie abgestorbene Haut von den Wänden. Und der Raum ist so klein, so viel kleiner als in meiner Erinnerung! Früher standen zwei Sofas und mehrere Sessel darin, wir saßen hier manchmal zu acht, tranken und lachten, und meine Phantasie hat eine Art Salon daraus gemacht.

Ich schaue hinüber zum Wohnwagen, in dem wir uns jede Nacht bis zur Erschöpfung geliebt haben: ein rostiges Wrack, das einmal gebrannt haben muss, abgestützt durch einen massiven Stamm, damit es nicht einstürzt. Dieser Wohnwagen war für mich ein Ort der Liebe und des Lichts, jetzt ist er nichts als ein Haufen Schrott.

Der schmale Steinweg hinunter zum See ist von Farnen überwachsen, man würde ihn nicht sehen, wüsste man nicht, wo er ist. Der Pier ist viel kürzer und schmaler als in meiner Erinnerung. Wenn es heiß war, sonnten wir uns darauf, jetzt ist er völlig verwittert. Wind und Wellen haben am Zement genagt, ganze Stücke sind herausgebrochen. Einmal haben wir hier nachts mit den anderen Gästen gefeiert. Jane hatte einen Kassettenrekorder mit heruntergebracht, die Pogues spielten, und wir tanzten auf dem schmalen Pier.

Ich kehre zur Ruine zurück. Eins muss ich noch wissen, bevor ich gehe, aber die Haustür ist verschlossen. Also klettere ich durch ein Fenster mit zerbrochenen Scheiben. Im Rahmen stecken noch Glasstücke, sodass ich aufpassen muss, wohin ich greife. Im Wohnzimmer gehe ich zu der Ecke, wo früher ein Sofa stand, und schiebe mit der Hand den Schutt zur Seite. Es ist noch da, das Herz, das ich in eine der Holzdielen geritzt habe – »Forever Love«. Ich setze mich in den Dreck, den Rücken an die Wand gelehnt. Genau wie damals in unserer letzten Nacht. Da musste ich wieder im Wohnzimmer übernachten, weil ihre Eltern überraschend gekommen waren. Als sie sich endlich ins Bett begeben hatten, schlich sich Jane zu mir. Ihr Kopf lag in meinem Schoß, wir sahen uns an und weinten. Ich streichelte ihre Wange.

»Weihnachten bin ich wieder hier«, sagte ich.

Sie lächelte und schloss die Augen. »Das wäre schön.«

Doch ich kam nicht zurück.

Ich würde sterben für eine Flasche Whiskey. Es ist, als hätte man mir das Herz aus dem Leib gerissen und vor mir in den Dreck geschmissen, ich kann jeden Glassplitter und jedes Stück Zement spüren, sie stechen wie spitze Nadeln hinein. Meine Hände falten sich wie zum Gebet, und meine Augen wandern durch die zerbrochene Fensterscheibe zum Himmel, als gäbe es da einen Gott. Ich bitte Jane um Verzeihung, für alles, als wäre das hier ihr Grab und ich ihr Mörder, und ich flehe Gott an, dass sie doch noch lebt und es ihr gut geht.

Keine Ahnung, wie lang ich dort saß. Meine Augen blieben offen, gleichzeitig kam es mir vor, als würde ich schlafen. Als ich aufwache, fühle ich mich besser, irgendwie leichter, und die Luft riecht frischer, der faulige Geruch ist fort. Und mein Herz schlägt auch wieder in meiner Brust. Beten hilft, denke ich, sogar Gottlosen wie mir.

Ich stehe auf. Schutt und Glassplitter knirschen unter meinen Schritten. Das gibt es nicht, denke ich, als ich das nächste Zimmer betrete. Es ist sauber, der Schutt beiseitegekehrt, eine

Staffelei mit Leinwand steht darin, daneben ein Stuhl mit einer Palette Ölfarben. Die Leinwand ist leer, als hätte gerade jemand mit dem Malen beginnen wollen. Eddie. Ist Eddie hier?

Eddie war Janes Onkel und für Jane wie ein Vater. Ein kleiner, sanfter Mann mit grauen Locken und zerfurchtem Gesicht. Es gefiel ihm, dass wir ein Paar waren, oft setzte er sich zu uns, wenn wir mit den anderen Backpackern am See oder auf dem Vorplatz saßen. Er trank nie einen Schluck und schwieg. Manchmal nahm er seine Gitarre und sang Folksongs, seine hohe Stimme war voller Sehnsucht, alle wurden dann still und hörten zu. Normalerweise lebte er in dem Wohnwagen. Für uns zog er in ein kleines Zimmer im Hostel. »Meine Eltern würden ihn umbringen, wenn sie das wüssten«, meinte Jane.

»Eddie! Bist du hier? Ich bin es, Marc!«, rufe ich.

Keine Antwort.

In der Küche wurde der Herd aus der Wand gerissen, aber auch hier ist der Schutt zusammengekehrt, und auf dem Boden liegt ein Schlafsack. Auf einem Plastiktisch Konserven und ein Campingkocher, Marmelade und abgepacktes Brot.

Plötzlich habe ich Gänsehaut. Jemand ist hier und versteckt sich. Vor mir.

Jemand ist in der Nähe. Ich muss hier weg.

Oben auf der Anhöhe, keuchend und schwitzend, drehe ich mich noch einmal um. Für den Bruchteil einer Sekunde sehe ich eine Bewegung zwischen den Ästen der Kiefern.

Jemand schlüpft ins Haus.

Jemand hat sich tatsächlich dort unten vor mir versteckt.

19

Ich sitze direkt oberhalb des Felsstrandes von Waterville an einem Tisch auf einer Wiese. Meine Haut saugt an der Sonne wie ein hungriges Tier, dazu das sanfte Rollen der Brandung, die Schreie der Möwen und das Geplauder an den Nachbartischen. Es ist Ebbe, rostbrauner Tang liegt zwischen den nassen Steinen. Hinter mir die Straßenzeile bunter Häuschen entlang des Atlantiks, vor mir die von Bergen umgebene Bucht. All die Kratzer an meinen Armen und Beinen brennen, doch die warme Brise wird den Schweiß bald getrocknet haben.

Ich bin erschöpft und ausgelaugt, aber auch wie losgelöst, als hätten meine Dämonen ihren Griff für einen Moment gelockert. Es riecht nach Meer und frischem Kaffee. Das Café war früher einmal jenes Hostel, dessen Besitzer mir den Weg zu Jane wies. Er hieß Paul und war ein Freund von Janes Onkel Eddie. Hier am Straßenrand verkaufte Eddie seine Landschaftsbilder, die er unter großen Sonnenschirmen aufstellte. Mit dem Verkauf seiner Gemälde und den Einnahmen aus dem Hostel hielt er sich im Sommer über Wasser. Ob es diesen Paul noch gibt? Vielleicht weiß er etwas von Jane. Vorhin hat mich eine junge Frau bedient.

Aber da sehe ich ihn. Ich erkenne ihn sofort. Er muss Ende fünfzig sein und ist viel hagerer, als ich ihn in Erinnerung hatte. Außerdem hat er eine Glatze, aber die hellblauen Augen sind noch so flink wie früher. Er merkt, dass ich ihn beobachte, und kommt an meinen Tisch.

»Darf es noch etwas sein?«

»Gern noch einen Kaffee. Dieser Käsekuchen ist übrigens eine Sensation.«

»Danke, freut mich! Ich backe alle Kuchen selbst.« Er mustert mich. »Kennen wir uns?«

»Haben wir mal. Ist aber schon lange her. Ich hab damals im Hostel gewohnt, bei Eddie und Jane. Wir haben in der ›Lobster

Bar‹ ein paar Pints zusammen getrunken. Mein Name ist Marc. Und du bist Paul, stimmt's?«

Er sieht mich zögernd an. »Stimmt. Aber tut mir leid, ich kann mich gerade nicht an dich erinnern.«

»Ist auch schon ein Weilchen her. Ich war grad drüben auf der Edere Peninsula. Vom Hostel ist ja nicht mehr viel übrig.«

»Du hast dich durch den Urwald gekämpft? Hast du daher die ganzen Kratzer im Gesicht?«

»Ist es so schlimm?«

»Als hätte dich eine Banshee in den Fingern gehabt.«

»Eine was?«

»Eine Todesfee. Hört man ihren Schrei, wird am nächsten Tag jemand sterben.«

»Und die gibt es hier am See?«

»Haufenweise. Jede alte Familie hat ihre eigene Banshee. Und hier gibt es viele alte Familien. Übrigens: Wer den Schrei der Banshee hört, wird auch noch verrückt. Sagt man zumindest.«

»Na, zum Glück habe ich keinen Schrei gehört.«

Paul sieht mich schmunzelnd an. »Doch, jetzt weiß ich, wer du bist. Du bist dieser deutsche Junge. Jane und du, ihr wart ein Paar. Du hattest schulterlange braune Haare und warst ziemlich schlaksig. Ich muss sagen, du hast dich gemacht.«

»Danke sehr!«

»Jane und du, ihr klebtet zusammen wie Pech und Schwefel. Habt ständig Händchen gehalten und euch geküsst. Das pure Glück, war schrecklich mit anzusehen. Was machst du in Irland? Wandeln auf den Spuren der Vergangenheit?«

»Auch. Aber eigentlich bin ich zum Angeln hier. Ich will auf Lachse und Meerforellen auf dem Lough Currane.«

»Hast du schon ein Boot und einen Guide?«

»Paul?«, ruft die junge Bedienung genervt.

»Tut mir leid, die Arbeit ruft. Aber falls du Lust hast: Später gehe ich in die ›Lobster Bar‹. Die gibt es noch. Komm vorbei auf ein Pint, wenn du willst. So gegen acht?«

»Ich werde da sein, bestimmt!«

Ich schiebe mir noch ein Stück von Pauls Käsekuchen in

den Mund. Ich kann mich nicht erinnern, jemals einen so guten gegessen zu haben. Bei jedem Biss schmelzen zehn süße Sahnezitronen auf meiner Zunge.

Mein Smartphone meldet sich. Eine Nachricht von Brian. Er hat eine Seite aus einer Corker Tageszeitung abfotografiert. In dem Artikel wird vom Raubüberfall und Mord an Kate MacMahon berichtet. Die Polizei sieht die Tat im Zusammenhang mit ähnlichen Einbrüchen in diesem Jahr. Hinweise auf die Täter gibt es nicht. Keiner der Nachbarn hat etwas Ungewöhnliches bemerkt. Die Spuren vom Tatort würden noch ausgewertet.

Erleichtert atme ich auf. Kates Tod hat also nichts mit mir oder Jane zu tun. Und niemand hat mich gesehen.

Über dem Meer gleiten weiße Möwen. Meine Augen folgen ihrem Flug, und ich fühle mich fast so leicht wie sie.

20

Die »Lobster Bar« ist voller Leben. Draußen über dem Eingang hängt wie früher der riesige rote Hummer und hält ein Pint Guinness in den Scheren. Auch den wuchtigen Tresen aus dunklem Holz gibt es noch. Die Wände sind in einem frischen, hellen Grün gestrichen. Statt eines dunklen Teppichs bedecken helle Holzdielen den Boden. Aber sonst ist es wie früher. Würde mich nicht wundern, wenn Jane und Eddie an der Bar säßen. Paul ist da und redet mit einem kleinen, kräftigen Herrn.

»Hey, Marc, komm zu uns!«, ruft er, als er mich sieht. »Das ist Peter. Er vermietet Boote auf dem Currane.«

Peter hat ein rundes rotes Gesicht. »Ich hätte eins für dich, schon für morgen«, sagt er mit geschäftstüchtigem Blick und Fistelstimme. »Ein Holzboot mit Sechs-PS-Motor. Liegt perfekt in der Drift.«

»Geht denn im Moment was auf dem Currane?«

Peter wiegt den Kopf. »Ist nicht ganz so einfach. Sommerlachse sind noch nicht allzu viele da, und bei den Meerforellen sind die Fänge in den letzten Jahren zurückgegangen. Aber es sind definitiv Fische im System, in den letzten Tagen wurde ganz gut gefangen. Wenn du willst, kann ich dir auch einen guten Ghillie organisieren. Der weiß, wo die Fische gerade stehen.«

»Das wäre vielleicht nicht schlecht.«

»Einer sollte bald hier sein. Ist ein Cousin von mir. Den kannst du dann gleich fragen. Allerdings ist er ziemlich ausgebucht. Wenn es nicht klappt, suchen wir dir einen anderen.«

»Hey, Peter«, meint Paul, »Marc war vor langer Zeit schon einmal hier. Und stell dir vor: Da hat er mit Jane Flynn angebandelt.«

»Um Himmels willen!«, ruft Peter, und seine hohe Stimme klettert noch höher. »Ich hoffe, du bist rechtzeitig vernünftig geworden und hast den Teufelsbraten nicht geheiratet? Wobei, dann wärst du wahrscheinlich nicht mehr am Leben.«

Paul lacht. »Damals hat Marc das Teufelchen gebändigt, würde ich sagen. Jane war nie so entspannt wie in jenem Sommer.«

»Wir haben uns danach leider aus den Augen verloren. Aber was hat sie denn angestellt, dass ihr so schlecht auf sie zu sprechen seid?«

Peter verdreht die Augen. »Sie war wie ein wilder Sturm, der jeden Sommer über unser Städtchen hereinbrach.«

»Na ja, so schlimm war es auch wieder nicht«, meint Paul.

»Ha! Erinnerst du dich noch an die Sache mit Dominik?«

»Klar.«

Peter wendet sich zu mir. Sein Gesicht ist noch röter geworden. »Das Miststück hat in Dominiks kleinem Laden einen Rucksack voll Zigaretten mitgehen gelassen. Dabei hat er sie erwischt. Sie wollte sich befreien und hat geschrien und um sich geschlagen, als hätte sie der Leibhaftige am Schlafittchen, aber Dominik hat sie nicht losgelassen, bis die Polizei kam. Die hat sie dann rüber zum Hostel gefahren, und zwar in Handschellen! Anders war das kleine Biest nicht ruhig zu kriegen. Die Eltern mussten die Zigaretten bezahlen und haben ihr wohl ziemlich die Hölle heißgemacht. Tja, und eine Woche später war die Scheibe von Dominiks Laden eingeschlagen. Ein großer Stein lag im Schaufenster. Aber das konnte man ihr nicht nachweisen. Im Jahr darauf wurde Dominiks Wagen gestohlen. Man fand ihn ausgebrannt an den Klippen.«

»Es ist nie geklärt worden, ob wirklich Jane dahintersteckte. Sie war damals gerade erst vierzehn«, entgegnet Paul.

»Ach was, das war doch klar wie Kloßbrühe. Ich habe selbst gesehen, wie sie in dem Sommer in der Rostlaube ihres Onkels rumgekurvt ist.«

»Tja«, sagt Paul, »Jane hat unser Städtchen wirklich ganz gut aufgemischt. Bei Dominik hat sie nicht zum ersten Mal geklaut. Und im Sommer zuvor hat man sie beim Kiffen und Rumknutschen mit dem Sohn des Besitzers vom altehrwürdigen Skellig Islands Hotel erwischt. Das war ein ziemlicher Skandal. Ein anderes Mal, da war sie elf oder zwölf, hat sie nachts die Gatter von ein paar Viehweiden in der Umgebung aufgemacht und die Kühe auf die Straßen gescheucht. Dabei wurde sie zufällig gesehen. Die Bauern haben einen Tag gebraucht, um die Tiere wieder einzufangen. Eine Kuh ist so in Panik geraten, die ist über eine Klippe ins Meer gestürzt und ertrunken.«

»Den Arsch hätte man ihr versohlen müssen, und zwar so richtig!«, schimpft Peter.

Ich kann mir das Grinsen nicht verkneifen und schüttle den Kopf. »Armes Tier. Aber ich habe Jane ganz anders in Erinnerung. Freundlich und warmherzig.«

»Ein elendes Miststück war sie, sonst nichts!«, sagt Peter und nippt zornig an seinem Pint.

»Hey, Jungs!«, ruft eine hübsche blonde Frau hinter der Bar. »Lust auf was Feines zu essen?«

Peter und Paul schauen sie ehrfürchtig an, wie eine Madonna.

»Was empfehlen Sie mir denn?«, frage ich.

»Die Lammhaxen schmoren seit ein paar Stunden vor sich hin. Und den Kartoffelbrei haben wir gerade frisch gemacht. Mit schön viel Milch und Butter.«

»Die Lammhaxen sind hier das Beste vom Besten«, meint Paul und zwinkert mir zu.

»Klingt hervorragend. Nehme ich.«

Peter und Paul wollen nichts essen, und die Frau ist wieder auf dem Weg zur Küche.

»Das ist Mary«, meint Paul andächtig. »Sie schmeißt den Laden seit letztem Jahr.«

»Und hat ihm neues Leben eingehaucht«, ergänzt Peter. »Mit der ›Lobster Bar‹ war es zuvor steil abwärtsgegangen. Tolle Frau, heller Kopf.«

»Und diese Lippen!«, seufzt Paul. »Sind bestimmt so weich und süß wie meine Käsekuchen.«

»Du solltest sie mal zu dir ins Café einladen.«

»Habe ich doch schon etliche Male versucht. Da beiß ich auf Granit.«

Kurz sind die beiden still. Ihre Blicke haben sich wieder auf

Mary geheftet, die gerade Bier zapft. Alle Männer am Tresen schauen sie an.

»Wisst ihr, was mit ihr passiert ist? Ich meine, mit Jane?«

Paul senkt den Blick und sieht dann kurz zu Peter hinüber. »Ich weiß nur, dass sie vor vielen Jahren verschollen ist. Keine gute Geschichte.«

»Ja, das hat niemand verdient«, stimmt Peter mit belegter Stimme zu.

»Wem gehört das Grundstück jetzt eigentlich?«, frage ich.

»Nach dem Tod von Janes Eltern ging es an Eddie, soweit ich weiß. Der zog dann aber in die USA. Seitdem habe ich keinen Kontakt mehr zu ihm. Der ist irgendwie auch verschollen.«

»Ich habe gehört, dass es einer Amerikanerin gehört«, meint Peter. »Den Namen kenne ich nicht. Vielleicht hat Eddie es ihr verkauft. Die hat offenbar kein Interesse daran, scheint es aber auch nicht weiterverkaufen zu wollen. Eine Schande, finde ich. Aus dem Grundstück könnte man was machen. Wäre ein wunderbarer Ort für ein Hotel.«

»Dafür müsste man allerdings erst einmal den Weg freiräumen. Ich war heute Nachmittag da und habe mich durch den Urwald gekämpft. Überall liegen Stämme kreuz und quer herum. Räumt da niemand auf?«

»Den Wald aufräumen?« Paul schüttelt den Kopf. »Ihr Deutschen! Recht ihr im Herbst das Laub in euren Forsten zusammen und schichtet es auf saubere Haufen? Könnte ich mir jedenfalls vorstellen. Der Edere Forest gehört der Forstbehörde. Er wurde zur Neubewaldung gepflanzt und wird ansonsten einfach in Ruhe gelassen. Ich finde das toll. Vor ein paar Jahren gab es einen schweren Sturm, seitdem ist der Weg blockiert. Früher war ganz Kerry von Wäldern bedeckt. Nicht Fichtenwälder wie heute, sondern wunderschöne Eichenwälder. Jedenfalls ist der Edere Forest ein Rückzugsort für Hirsche und andere Viecher.«

»Wie Banshees«, sage ich.

»Genau!« Paul lacht.

»Ist dennoch eine Schande, dass der Ort so verkommt«, meint Peter. »Außerdem treiben sich da immer wieder merkwürdige Leute herum. Hat mir ein Bauer erzählt, der in der Nähe wohnt. Manchmal brennt dort im Sommer nachts Feuer, und Stimmen und Musik sind zu hören. Einmal ist er selbst dorthin und hat neben der Feuerstelle gebrauchte Spritzen gefunden. Das hat ihn ziemlich schockiert.«

Ich bestelle noch eine Runde. Da kommt ein älterer, stämmiger Mann mit weißem Strickpulli, Brille und Schnauzbart zu uns an den Tresen.

»Hey, Frank!«, sagt Peter.

»Fuckin' otr!«, ruft Frank wütend, und ich verstehe kein Wort. Kerry-Akzent. Er betont das u wie im Deutschen. Einer seiner Vorderzähne ist aus Gold.

»Sorry?«, frage ich.

»Das ist mein Cousin Frank. Manche sagen, er sei der beste Ghillie am Currane, aber ich halte das für maßlos übertrieben«, frotzelt Peter.

Frank blickt ihn entrüstet an.

»Hi, ich bin Marc. Und fuckin' was? Ich hab's einfach nicht verstanden.«

»Otr. Fuckin' otter!«

»Was ist denn mit dem Otter?«

»Das Mistvieh hat meinen Hummerkorb ruiniert. Ich war grad draußen in der Bucht und habe meine Körbe eingeholt. Statt Hummer oder Krebsen steckte dieser Otter drin. Hat den Korb völlig zerstört, dieser verfluchte Scheißotter! Immerhin ist er dabei ersoffen.«

»Frankie, hast du die nächsten Tage noch was frei? Marc würde gern raus zum Fischen.«

»Da hast du Glück«, erwidert Frank. »Zwei Gäste haben gestern abgesagt. Deshalb war ich heute auch draußen zum Körbesetzen und nicht auf dem Currane. Die nächsten zwei Tage wäre ich frei.«

»Perfekt!«

»Dann morgen um halb zehn bei Peter im Hafen.«

Paul hebt sein Glas. »Trinken wir auf die unsterbliche Seele des armen Otters.«

»In die Hölle soll er fahren!«, ruft Frankie.

Da bringt Mary die Lammhaxe und stellt den dampfenden Teller auf den Tresen. Duftet herrlich, und ich habe wieder einen Wahnsinnshunger.

21

»Und? Einen Lachs gefangen?«

Verdutzt schaue ich in zwei große, mandelförmige Augen. Sie sind genauso schwarz wie diese Seen im Hochmoor und lächeln mich neugierig an. Ich habe gar nicht bemerkt, dass sich eine Frau zwei Plätze neben mir an den Tresen gesetzt hat. Paul, Frank und Peter sind schon vor einer Weile gegangen.

Die Frau ist schön, wirklich schön. Schwarze Haare und ein heller Teint. Eddie hat mir damals erzählt, dass vor langer Zeit viele Kelten aus Spanien nach Irland gekommen seien, deshalb gebe es so viele schwarzhaarige Iren. Bestimmt hat diese Frau einen heißblütigen keltischen Krieger als Urahn.

Ich schlucke nervös. Solche Blicke von schönen Frauen bin ich nicht mehr gewohnt. Und woher weiß sie das mit dem Lachs? Klar, das Angelmagazin in meinen Händen. Ich lege es vor mich auf den Tresen.

»Leider nicht. Ich habe noch nie einen Lachs gefangen.«

»Das tut mir leid. Warum nicht? Ist das so schwer?«

Sie spricht mit einem starken Akzent. Vor ihr steht ein Glas Cider.

»Ich fange erst morgen an zu angeln«, antworte ich. »Aber es ist wirklich schwer, einen Lachs zu fangen.«

»Warum?«

»Das ist nicht so leicht zu erklären.«

»Okay?« Sie sieht mich erwartungsvoll an.

Ich deute auf den freien Platz zwischen uns. »Darf ich?«

»Klar!«

Ich reiche ihr meine Hand. Sie ist etwas feucht.

»Ich bin Marc.«

»Hi. Caitlin.« Ihre ist warm und hat einen kräftigen Griff. Zwischen ihren Vorderzähnen klafft eine kleine Lücke. Ich mag den Geruch ihres Parfüms.

»Dein Akzent – du bist nicht aus Kerry, oder?«

Sie lacht mich an. »Nein, West Cork. Und dein Englisch hat auch einen leichten irischen Akzent. Lass mich raten: Du bist Deutscher mit einem Semester am UCD oder Trinity College?«

»So ähnlich. Nach dem Abitur habe ich hier mal ein paar Monate gelebt. Ist allerdings schon ein Weilchen her.«

Sie tut überrascht. »Ach wirklich?«

Ich muss lachen und bestelle uns etwas zu trinken. Sie will noch einen Cider. Den trank Jane auch am liebsten.

Dann soll ich endlich erzählen, warum es so schwer ist, einen Lachs zu fangen. Sie grinst mich an. Ich weiß nicht genau, ob sie mich auf den Arm nimmt.

»Also«, fange ich an. »Eigentlich ist es ein Wunder, dass man überhaupt einen fängt. Denn wenn die Lachse aus dem Meer ins Süßwasser kommen, fressen sie nichts mehr. Ihr Magen kann wegen der Umstellung nichts mehr verdauen.«

»Und warum beißen sie dann an?«

»So genau weiß das keiner. Theorien gibt es viele. Weil der Köder sie ärgert und aggressiv macht. Weil sie spielen wollen oder sich langweilen. Weil der Köder einen Beißreflex auslöst oder weil sie einfach neugierig sind. Wenn ein Fisch etwas anfassen will, muss er es ins Maul nehmen.«

»Und was glaubst du?«

Die Drinks kommen. Ich nehme einen großen Schluck. »Wahrscheinlich stimmt alles. Aber jetzt erzähle ich dir meine Lieblingstheorie: dass die Lachse sich erinnern. Als kleine Fische lebten sie schon in dem Gewässer, in das sie zum Laichen und Sterben zurückkommen. Ich habe einmal an einem Fluss beobachtet, wie ein großer Lachs direkt unter der Oberfläche stand und winzige Fliegenlarven aus der Strömung gepickt hat. Eigentlich macht das keinen Sinn. Zum einen würde ein so großer Lachs niemals von kleinen Larven satt werden, zum anderen kann er sie nicht verdauen. Aber als kleiner Lachs hat er sich auf diese Weise ernährt. Vielleicht hat dieser Fisch sich daran erinnert. Vielleicht hat er im Meer davon geträumt.« Ich räuspere mich. »Jedenfalls finde ich diese Erklärung schön.«

»Das ist sehr romantisch: träumende Lachse.« Ihre weißen

Zähne schimmern zwischen den roten Lippen. »Wie du das erzählst, sind Lachse ziemlich irisch: müssen ihr Zuhause verlassen und haben dann ständig Heimweh.«

»So habe ich das noch nicht gesehen. Aber diese Theorie habe ich tatsächlich von einem Iren.«

»Und was hängst du an den Haken? Einen dicken Wurm?«

»Nein. Ich mache Fliegenfischen. Damit steigert man seine Chancen noch, keinen Fisch zu fangen.«

»Fliegenfischen? Ist das so wie in dem Film mit Brad Pitt? Wo man eine Art Wäscheleine durch die Luft wirft und mit Federbüscheln am Haken fischt?«

Wieder muss ich lachen. »Genauso ist das.« Ich hole eine kleine Dose mit Fliegen aus meinem Rucksack und zeige sie ihr. »Ich bastle mir die Federbüschel normalerweise selbst. Die habe ich hier gekauft. Sie imitieren Insekten. Man kann mit ihnen auf Lachse oder Forellen fischen.«

Sie pickt eine kleine heraus. Sie ist so groß wie ein Fingernagel. Caitlins sind dunkelrot lackiert. »Die gefällt mir. Ein schlichtes kleines Kunstwerk. Wie heißt die?«

»Red Arsed Green Peter.«

»Red Arsed Green Peter?« Sie lacht und betrachtet die Fliege genau. »Die hat ja wirklich einen roten Arsch. Hast du dir den Namen ausgedacht?«

Ich werde rot. »Leider nicht. Dieser rote Punkt kann manchmal entscheidend sein, dass der Fisch die Fliege nimmt.«

»Vor allem, wenn man fest dran glaubt, oder?«

Ich muss lachen.

»Und dann stehst du stundenlang im Wasser, wirbelst die Fliege mit dem roten Hintern an der Wäscheleine durch die Luft und fängst nichts?«

»So ungefähr. Ziemlich verrückt, oder?«

»Finde ich nicht. Umso toller ist es dann wohl, wenn einer beißt. Wenn das Unmögliche wahr wird, sozusagen.«

»Das ist genau der Punkt.«

Caitlin schüttelt leicht den Kopf und lächelt mich an. Ich glaube, ihr gefällt, was ich erzähle. Zumindest ein bisschen. »Du hast also ein Hobby, bei dem Scheitern das Wahrscheinliche ist.«

»So kann man es sagen.«

»Wer das macht, muss viel Glaube und Hoffnung haben.«

»Auf jeden Fall Ausdauer und Zähigkeit.«

»Jetzt hätte ich auch mal Lust, keinen Lachs zu fangen.«

Ich sehe sie an. »Ich kann dir gern eine Einführung geben. Ich bin für ein paar Wochen in Kerry. Also, wenn du willst.«

Sie schmunzelt. »Warum nicht? Mal sehen. Vielleicht!«

Ich schreibe ihr meine Handynummer auf einen Zettel.

»Machst du hier Urlaub?«, fragt sie.

»So was in der Art. Sagen wir es so: Ich habe mir eine Auszeit genommen.«

Sie fragt nicht weiter. Kurz sind wir still und blicken vor uns hin. Sie steckt den Zettel ein, und ich bestelle noch eine Runde.

»Und was macht jemand aus West Cork am äußersten Rand von Kerry?«, frage ich dann.

»Ich brauchte frische Luft und Berge. Ich komme öfter hierher. Morgen habe ich noch einen Flug von Kerry Airport.«

Caitlin ist Flugbegleiterin und lebt in der Nähe von Kinsale, einer kleinen Stadt am Meer, eine knappe Autostunde von Cork entfernt. Ich kenne Kinsale. Bevor ich damals Jane traf, hatte ich am Old Head, einer Halbinsel in der Nähe, ein paar Tage gefischt. Den »Spaniard« gebe es immer noch, erzählt sie. Das ist ein Pub mit Blick auf die fjordartige Mündung des River Bandon. Dort habe ich nach dem Angeln mein Pint getrunken, bevor ich in die Jugendherberge ging.

So mühelos läuft die Unterhaltung, die Zeit vergeht wie im Flug. Meine Verlegenheit ist fort. Während wir reden, fühle ich mich wieder so leicht wie vor ein paar Tagen auf der Mole in Howth. Als Mary »Last order« ruft, kann ich gar nicht glauben, wie spät es schon ist.

Schweigend gehen wir auf die Straße. Draußen rollt die Brandung über den Strand. Ich begleite Caitlin noch zu ihrem Wagen. Sie wohnt in einem Hotel ein paar Kilometer weiter.

Dann dreht sie sich zu mir um. »Das war ein wunderschöner Abend«, sagt sie mit einem Lächeln.

»Das finde ich auch. Kannst du überhaupt noch fahren?«

»Mein Auto kennt den Weg.«

»Es würde mich freuen, wenn ich dir einmal das Fliegenfischen beibringen dürfte.«

Sie lächelt, sagt aber nichts, als sie ins Auto steigt. Auf einmal wirkt sie scheu und zurückhaltend.

»Kriege ich deine Nummer?«, frage ich.

Sie überlegt kurz und schreibt sie auf einen Zettel.

Dann fährt sie los.

Ich winke ihr nach.

Wäre schön, sie wiederzusehen.

22

Peter ist schon da, als ich an dem kleinen Hafen ankomme. Gerade lenzt er Wasser aus einem der Holzboote.

»Ist ein wunderbarer Morgen«, sagt er und lacht mich an. »Bedeckter Himmel, Nieselregen, milder Südwestwind, später soll ab und zu die Sonne durchkommen. Müsste gut werden! Bist du fit und ausgeschlafen?«

»Ich habe geschlafen wie ein Baby. Keine Träume, nichts!«

»Gut! Lust auf einen Tee? Frank müsste gleich hier sein.«

»Gern.«

Wir betreten einen großen Schuppen. An den Wänden hängen Angelruten, verstaubte Spinnweben und Fotos von Gästen mit großen Fischen. Auf manchen vergilbten sind Peter und Frank als junge Männer zu erkennen. Neben dem Schreibtisch steht ein alter Bootsmotor, und es riecht nach Öl. Aus einer alten Thermoskanne schenkt uns Peter Tee ein.

»Wo wohnst du eigentlich?«, fragt Peter.

»In einem Cottage am Cloonaghlin Lough.«

»So weit draußen? Was willst du denn da?«

»Ich habe beim Buchen nicht so genau auf die Entfernungsangabe geguckt. Ich habe einfach ›Cottage‹ und ›Lough Currane‹ eingegeben. Eigentlich sind es nur fünf Kilometer bis Waterville, aber auf diesen schmalen Straßen durchs Moor sind es gefühlt dreißig.«

»Da draußen hast du wenigstens deine Ruhe.«

»Heute Morgen hat mich dann allerdings ein markerschütternder Schrei geweckt. Keine Ahnung, was das war.«

Peter schmunzelt. »Das war bestimmt der Geist von Jane Flynn. Würde mich nicht wundern, wenn sie die Gegend immer noch heimsucht.«

»Ich habe eher an eine Banshee gedacht.«

»Du kennst dich ja schon gut aus mit den Gefahren der irischen Wildnis. Sehr gut. Pass also auf.«

Draußen holpert ein alter Pickup über den Schotterweg.

»Das ist Frank«, meint Peter, und wir gehen hinaus.

»Das ist ein guter Morgen«, sagt Frank lächelnd beim Aussteigen, und ich kann seinen Goldzahn sehen. »Was willst du fangen? Lachse oder Meerforellen?«

»Ich habe beides noch nie gefangen. Was ist heute besser?«

»Meerforellen. Sind ein paar große da. Du kannst Fliegenfischen?«

»Ja. Aber die letzten zehn Jahre habe ich nur vor Afrika gefischt.«

»Ach ja? Davon musst du mir nachher erzählen. Kennst du Lochstyle-Angeln?«

»Hab ich bisher nur drüber gelesen.«

»Du wirst es schnell raushaben.« Während Frank seine Rute montiert, erklärt er mir die Technik. »Willst du eine bestimmte Fliege nehmen?«

Ich hole meine Fliegendose hervor. »Diese Red Arsed Green Peter habe ich mir gestern gekauft. Die bringt mir Glück.«

»Gute Wahl. Nimm noch die Bibio und die Claret Bumble dazu.«

Kurz darauf sind wir auf dem See.

Der Wind ist stärker geworden, perfekt für diese Art der Fischerei. Ich bin so voller Jagdfieber wie schon lange nicht mehr. Das schiefergraue Wasser ist aufgeraut, und erste Schaumkronen zeigen sich auf den Wellen. Es riecht nach See und feuchter Erde.

Wir driften im Ostteil des Currane, der Grund ist zerklüftet, deshalb gibt es auch so viele Inseln. Gerade treiben wir zwischen Church und Grass Island, wie mir Frankie erklärt. Obwohl die meisten Inseln des Currane klein sind und manche nur aus ein paar Felsbrocken bestehen, haben sie alle Namen.

Auf dem Wasser ist Frank ein ganz anderer Mann als gestern in der »Lobster Bar«. Er redet wenig und leise und wirkt viel sanfter. Er ist hoch konzentriert, ständig gleitet sein Blick über die Wasseroberfläche, auf der Suche nach Fischen, die sich vielleicht zeigen. Während ich angle, korrigiert er mit vorsichtigen

Ruderschlägen die Drift. Er scheint genau zu wissen, wie der Grund unter dem Boot aussieht, wo markante Felsen, Gräben oder Spalten liegen, in deren Nähe Forellen stehen könnten. Wahrscheinlich läuft in seinem Kopf ein Film ab wie bei einem Echolot.

Beim Lochstyle-Fischen wirft man drei Fliegen ständig aus. Zehn, zwölf Meter mit dem Wind vors Boot, mehr nicht. Nachdem die Fliegen aufs Wasser gefallen sind, wartet man kurz, dann strippt man die Leine mit den Fingern ein; je stärker man driftet, desto schneller.

»Dort!«, flüstert Frank. Gerade sehe ich noch, wie eine große Schwanzflosse unter der Oberfläche verschwindet.

»Lachs?«

»Meerforelle«, meint er. »Eine große.«

Vorsichtig rudert er auf die Höhe des Fisches. In wenigen Minuten müssten wir den Ort erreicht haben. Vielleicht ist die Forelle dann noch in der Nähe.

Bald weiß ich nicht mehr, wie viele Würfe ich schon gemacht habe oder wie viel Uhr es ist. Ich habe meinen Rhythmus gefunden. Werfen, kurz warten, einstrippen, abheben und erneut werfen, das alles läuft wie geschmiert. Ich bin frei und gelöst und gleichzeitig voll hoffnungsvoller Spannung, voll der zehrenden Sehnsucht, dass endlich eine Forelle die Fliege schnappt. Und dann muss man sofort reagieren: Spürt man einen kleinen Ruck beim Einstrippen oder sieht den Schwall eines angreifenden Fisches, muss man nach einem kurzen Moment die Rute anheben, um den Haken zu setzen. Verpasst man den Biss, ist die vielleicht einzige Chance des Tages vertan. Also denke ich an nichts als den nächsten Wurf und warte gespannt auf einen Schwall oder Ruck.

»Du fischst gut«, meint Frank. »Dafür, dass du zum ersten Mal Lochstyle fischst. Wie fühlt es sich an?«

»Phantastisch!«

»Ich war noch nie in Afrika. Eigentlich habe ich mein ganzes Leben lang nur diesen See befischt. Ist die Angelei besser am anderen Ende der Welt?«

»Anders. Die Fische sind größer und stärker. Aber das hier fühlt sich gerade hervorragend an.«

Und dann passiert es. Beim Abheben. Die Fliege ist schon über Wasser, als eine Forelle direkt vor dem Boot nach ihr springt. Ein gedrungener silberner Körper, der sich urplötzlich vor mir aus dem Wasser schraubt. Und die Fliege verfehlt.

»Noch mal!«, zischt Frankie.

Ich werfe in den Schwall.

Und sie packt wieder zu, eine große Meerforelle, die sich gierig auf die Fliege stürzt.

So ein Anbiss verändert alles. Die Welt wird ganz klein, es gibt nur noch den Fisch, sonst zählt rein gar nichts, und wenn ich ihn verliere, ist alles aus! Bei jedem Ruck, den ich in der Angelrute spüre, macht mein Herz einen Sprung. Da schießt die Forelle aus dem Wasser, bestimmt vierzig Meter vor dem Boot, und ich bin wie elektrisiert.

Eine Viertelstunde später liegt sie im Kescher. Sie hat die Red Arsed Green Peter geschnappt. Wenn Caitlin das wüsste! Ich bin erschöpft, mit den Nerven am Ende, wunschlos glücklich und so stolz, als hätte ich ein Wunder vollbracht. Meine allererste Meerforelle liegt vor mir auf den Planken, ein Männchen mit einem großen Schädel. Ein frischer Fisch mit dem blauen Glanz des Atlantiks auf den silbernen Flanken. Frank schlägt mit einem Stock fest auf den Hinterkopf, um das Tier zu betäuben, und sticht ihm dann ins Herz.

»Wie wäre es mit einem Picknick?«, fragt er.

»Hervorragende Idee!«

23

Wir machen unser Picknick auf Church Island. Auf der Insel befindet sich die Ruine einer achthundert Jahre alten Kirche. Frank hat zwischen Steinen ein kleines Feuer gemacht und eine Teekanne darüber gestellt. Dazu gibt es Sandwiches und Kekse. Wir liegen im Gras. Ich muss an Scariff Island denken. Auch dort befand sich unser Lager bei der Ruine einer Kirche.

»Bist du jeden Tag draußen beim Fischen?«, frage ich.

Frank nickt. »Von März bis Oktober eigentlich jeden Tag. Im Winter gehe ich mit meinen Kunden zum Jagen. Das mache ich so seit fünfzig Jahren. Es hält mich jung.«

»Und packt es dich immer noch wie vor fünfzig Jahren?«

»Ist wie in einer guten Ehe: Die Leidenschaft ist nicht mehr immer da, es gibt Hochs und Tiefs, aber die Liebe bleibt.«

Frank schenkt mir Tee ein. In der Ferne kann ich die Edere Peninsula sehen. »Da drüben, war da nicht das Hostel der Flynns?«

»Das stimmt«, antwortet Frank und grinst. »Peter hat mir erzählt, dass du mal was mit dem kleinen Wildfang hattest.«

»Du kanntest Jane?«

»Die kannte hier jeder. Rotzfreche kleine Göre! Ich habe dort schon gefischt, als sie ein Kind war. Vor dem Hostel gibt es einen großen Felsen, und darunter liegt oft ein Lachs. Aber immer, wenn sie mich entdeckt hat, kam sie ans Ufer gerannt und hat Steine ins Wasser geworfen. Ich habe gedroht, dass ich nachts kommen und sie aufessen würde, aber da hat sie mir die Zunge rausgestreckt. Das hat sie überhaupt nicht beeindruckt. Ein richtiger kleiner Teufel.«

»Weißt du, wem das Grundstück jetzt gehört?«

»Keine Ahnung. Einer Amerikanerin, heißt es. Interessiert es dich?«

»Warum nicht? Wäre kein schlechter Altersruhesitz. Ich frage mich nur, warum es so heruntergekommen ist.«

»Es liegt ziemlich abgeschieden. Und man müsste einiges reinstecken. Außerdem hat der Ort kein gutes Karma. Es gab eine Art Unfall dort. Da redet hier keiner gern drüber.«

»Was ist passiert?«

»Wenn ich dir das erzähle, willst du das Grundstück bestimmt nicht mehr kaufen.«

»Ich kaufe das Ding nicht, bevor ich die Geschichte kenne!«

Frank lacht. »Nun, so schlimm ist es auch wieder nicht. Das Haus ist schon lang verlassen. Die Flynns haben das Hostel Anfang der nuller Jahre geschlossen. Der Bruder der Frau hat jeden Sommer dort gelebt, ist dann aber in die USA ausgewandert. Er hieß Eddie.«

»Ich kenne Eddie, ein netter Typ.«

»Und ein guter Landschaftsmaler. Ich habe ein Gemälde von ihm im Wohnzimmer hängen. Niemand hat sich danach um das Grundstück gekümmert. Dort stand auch ein alter Wohnwagen. Eines Nachts hat der gebrannt. Erst in den frühen Morgenstunden ist das jemandem aufgefallen. Als die Feuerwehr kam, war der Wagen bereits ausgebrannt. Das Schreckliche war, dass man eine Leiche darin fand, die verkohlten Reste einer Frau. Ist nicht viel von ihr übrig geblieben.«

»Wer war das?«

»Eine Frau aus Dublin. Eine Helen Patterson, glaube ich. Jedenfalls hieß es, dass die Frau sich umgebracht hat. Das war damals für Monate Dorfgespräch. Sie hat den Wohnwagen selbst in Brand gesetzt. Eine alte Gasflasche stand noch darin, die hat sie aufgedreht und davor ein paar Kerzen angezündet. Schlimme Sache. Einer der Polizisten, der damals in dem Fall ermittelt hat, ist ein Stammkunde von mir. Die Frau war verheiratet und nach Aussage ihres Mannes seit Längerem depressiv. Warum sie von Dublin nach Waterville gefahren ist, um sich umzubringen, konnte nicht ermittelt werden.«

»Wann genau war der Unfall?«

»Lass mich überlegen. Sechs Jahre ist das her, glaube ich.«

Frank schenkt noch mal Tee ein. »Und, willst du das Grundstück immer noch kaufen?«

»Darüber muss ich in der Tat nachdenken.«

»Habe ich dir ja gesagt.«

»Gab es denn eine Verbindung zwischen dieser Frau und den Flynns?«

»Nicht dass ich wüsste. Die Flynns hatten damals das Hostel schon eine Weile nicht mehr betrieben. Es stand leer.«

»Als ich gestern am Hostel war, habe ich dort jemanden gesehen.«

»Kann sein. Peter hat es ja erzählt: Da treiben sich immer wieder Leute herum und schlafen in der Ruine. Keiner kümmert sich um das Grundstück.«

»Ich glaube, er war Künstler. In einem der Zimmer stand eine Staffelei, und in der alten Küche lag ein Schlafsack. Könnte es nicht sein, dass es Eddie ist?«

»Das kann ich dir nicht beantworten. Seit er nach Amerika ausgewandert ist, hat er keinen Kontakt mehr zum Dorf. Und jetzt ist Schluss mit den alten Geschichten. Trink deinen Tee, dann gehen wir wieder auf den See. Eine Meerforelle fangen wir noch!«

Später sitzen wir in der »Lobster Bar«. Wir haben tatsächlich noch eine Meerforelle erwischt, allerdings eine kleinere. Die größere habe ich Frank geschenkt, die kleinere werde ich mitnehmen. Sie würde für Caitlin und mich reichen. Ihr Fleisch ist krebsrot, wie der Hummer draußen über dem Eingang.

Frank sieht mich an. »Diese Geschichte mit der Brandleiche, die ging dir ziemlich unter die Haut, stimmt's?«

Ich nicke und erzähle ihm, was ich Brian am Anfang erzählt habe, dass ich auf der Suche nach meiner ersten großen Liebe bin. Und was Brian mir über Janes Leben erzählt hat.

»Und jetzt bist du auf der Suche nach ihr?« Frank schüttelt den Kopf. »Es geht mich ja nichts an, aber warum tust du das? Alles, was du herausfindest, ist ziemlich deprimierend. Habt ihr keine hübschen Frauen in Deutschland?«

»Doch, schon. Aber das mit Jane war etwas Besonderes. Ich würde sie zumindest gern wiedersehen und wissen, wie es ihr geht.« Ich seufze. »Ich glaube, so genau weiß ich selbst nicht, was ich will.«

»Dann solltest du die Finger davon lassen.«

»Weißt du denn immer, was du willst?«

Frank lacht in sich hinein. »Guter Punkt. Nein. Deshalb mache ich das, was ich schon immer gemacht habe und was ich gut kann. Im Frühling und Sommer gehe ich fischen, im Herbst und Winter jagen. Abends in den Pub und danach heim zu meiner Frau. Damit bin ich bis jetzt ganz gut gefahren.«

»Darum beneide ich dich. Mich hat es immer hinaus in die Welt gezogen.«

»Und jetzt hast du Heimweh nach Irland? Wegen dieser Jane? Willst du deshalb hier ein Haus kaufen?«

Ich zucke mit den Schultern. »Der Tag heute war wie im Paradies. So gut habe ich mich seit Langem nicht mehr gefühlt. Das würde ich gern öfter erleben.«

Frank sieht mich besorgt an. »Ich hatte einmal einen Stammkunden, er hieß Christopher, ein Fotograf aus Edinburgh. Passionierter Angler und eingefleischter Junggeselle. Als der Ruhestand begann, ist er hierhergezogen. Er war schon seit zwanzig Jahren jedes Jahr im Mai und September für einen Angelurlaub nach Waterville gekommen. Es ist immer sein Traum gewesen, hier zu leben.«

»Das klingt doch gut.«

»War es aber nicht. Nach zwei Jahren war er Alkoholiker. Er ging kaum noch zum Fischen, saß schon mittags im Pub und bald nur noch in seinem Haus. Nach vier Jahren starb er an Herzversagen. Hat sich zu Tode gesoffen.«

»Warum?«

»Es ist etwas anderes, ob du hier Urlaub machst oder hier lebst. Kommst du als Gast, tun die Leute alles, damit du eine gute Zeit hast. Sie wollen ja an dir verdienen, Waterville lebt vom Tourismus. Aber wenn du hier wohnst, bist du einer, der nicht richtig dazugehört. Nur wenige schaffen es, wirklich Teil des Dorfs zu werden. Und jeden Tag angeln und trinken, das ist ein gefährlicher Lebensstil. Sosehr ich den See und das Fischen liebe, ich würde es nicht jeden Tag machen, wenn ich damit nicht mein Geld verdienen würde. Und dann das Trinken: Eine Zeit lang habe ich auch zu viel gesoffen, aber ich habe meine Frau, die nach mir sieht. Ich trinke immer noch täglich, mein Hausarzt schimpft wegen meiner Leberwerte, aber es ist noch gerade so im Rahmen, meint er, und das Rauchen habe ich mir vor dreißig Jahren abgewöhnt. Christopher hatte niemanden, der auf ihn aufpasst.«

»Er hätte doch fotografieren können. Licht und Landschaft sind perfekt.«

»Ich glaube, Christopher ist vor etwas davongelaufen. Aber es hat ihn hier schnell wieder eingeholt. Und einen Winter in Kerry hatte er als Urlauber nie erlebt. Die sind lang, dunkel, kalt und nass. Christopher war gebildet und kultiviert. Unser Städtchen war für ihn kein passendes Umfeld. Er kam mir vor wie ein Lachs in einem Dorfteich.«

Ich denke an meinen verregneten Ankunftstag in Dublin. »Kann es sein, dass du mir etwas sagen willst?«

»Kauf das Grundstück nicht. Hör auf, nach dieser Jane zu suchen. Du bist ein ähnlich melancholischer Typ wie Christopher. Irland zieht solche Leute an. Aber du hast hier keine gute Perspektive. Fahr zurück nach Deutschland, wo du Wurzeln hast, wo du Leute kennst. Ein Mensch braucht eine Heimat. Mit fünfzig kriegst du keine neue mehr. Zumindest ist das ziemlich schwierig.«

»Ich habe aber in Deutschland keine Heimat. Meine Wurzeln habe ich gekappt. Ich war meistens in der Welt unterwegs und nie länger als ein paar Monate an einem Ort.«

»So ein Leben kann ich mir nicht vorstellen.«

»Es war nicht so schlecht. Ich habe mich halbwegs frei dabei gefühlt.«

»Wenn du mich fragst, brauchst du eine Frau. Vielleicht findest du dann auch noch eine Heimat. Aber du solltest aufhören, nach Jane Flynn zu suchen. Sie war kein guter Mensch. Glaub mir, dafür habe ich einen Blick: Sie war aggressiv, manipulativ und bösartig. Schon als Kind. Alle im Dorf sagen das.«

»Jeder Mensch hat seine dunklen Seiten.«

»Aber manche haben keine hellen.«

Ich bestelle noch eine Runde, und wir wechseln das Thema. Ich erzähle von der Angelei auf Segelfische vor Afrika. Morgen wollen wir es auf Lachs versuchen. Frank meint, er habe heute ein paar gesehen. Bald darauf geht er nach Hause.

Mir graut vor dem Haus am See und der Einsamkeit dort. Ich bestelle noch ein Pint, dann rufe ich Brians Mobilnummer an. Er meldet sich gleich.

»Hast du sie gefunden?«, fragt er neugierig.

Ich erzähle ihm vom Hostel und dem Brand. »Könntest du herausfinden, was genau damals passiert ist? Und ob es eine Verbindung zwischen dieser Helen Patterson und Jane gibt? Vielleicht lässt sich auch klären, wem es jetzt gehört.«

Außerdem soll er zu Janes Onkel Eddie recherchieren, ob er wirklich in den USA lebt und eine Adresse zu finden ist. Brian will gleich loslegen und sich in den nächsten Tagen melden.

Dann fällt mir noch etwas ein. »Der Tod von Janes Eltern: Weißt du, woran sie gestorben sind?«

»Der Mann hatte einen Unfall. Die Frau starb ein Jahr später.«

»Was für einen Unfall?«

»Puh. Ich weiß es nicht mehr. Das muss ich nachschauen. Ich melde mich dann gleich. Geht es dir denn gut?«

»Auf jeden Fall deutlich besser.« Ich erzähle ihm von Frank und dem Tag auf dem See.

»Freut mich zu hören. Pass auf dich auf!«

Ich zahle und setze mich ins Auto. Ich wähle Caitlins Nummer, würde gern ihre Stimme hören und ihr von der Meerforelle erzählen, aber niemand hebt ab. Gestern Abend habe ich es auch schon versucht, ich ließ es lange klingeln, aber niemand ging ran, auch kein Anrufbeantworter. Dann habe ich ihr per SMS gute Nacht gewünscht. Auch darauf hat sie sich nicht gemeldet.

Vielleicht fand sie das mit dem Angeln doch nicht so interessant.

24

Die fünf Kilometer zum Cottage sind endlos. Die schmale Straße durchs Moor ist nur für ein Auto breit genug, weshalb ich immer auf der Hut sein muss, ob mir jemand entgegenkommt. Nicht so einfach, wenn man zu viele Pints intus hat. Stockend fahre ich durch die Dunkelheit und bremse vor jeder Kurve ab, doch mir kommt niemand entgegen. Das Moor erscheint so einsam und verlassen, nirgendwo sind Lichter zu sehen, nur die Schatten verkrüppelter Birken beugen sich über die Straße. In der Ferne die dunklen Silhouetten der Berge, als wären sie das Ende der Welt. Ich kriege Caitlin nicht aus dem Kopf, ihre Moorseeaugen und ihr warmes Lächeln, auf dem Wasser habe ich immer wieder an sie gedacht. Irgendwann tun sich neue Wege auf, meinte Dean aus dem »Wake«. Vielleicht passiert das gerade. Jedenfalls würde ich sie gern wiedersehen.

Beim Aussteigen atme ich die kühle Nachtluft ein. Kein Wind regt sich, ein silberner Halbmond steht über den Bergen und taucht die Welt in ein gespenstisches Licht, das sich auf dem glatten See spiegelt. Die Umrisse der Bäume sehen wie Schattenwesen aus. Es ist so still, als wäre die Welt eingefroren. Irgendwas stimmt nicht. Mein Herz schlägt schneller, und ich habe eine Gänsehaut. Jemand lauert da draußen in der Düsternis. Besser, ich gehe ins Haus.

In der Küche stelle ich den Wasserkessel an. Sein Fauchen vertreibt die Stille. Ich gehe ins Bad und werfe zwei Kopfschmerztabletten ein. Das Haus kommt mir kalt vor, als hätte ich heute Morgen ein Fenster nicht geschlossen. Leise gehe ich durch die Wohnung. Das im Wohnzimmer ist zu, auch das im Bad und in der Küche, aber das im Schlafzimmer steht offen.

In dem Moment stellt sich der Wasserkocher ab.

Oder jemand hat ihn abgestellt.

Für ein paar Sekunden stehe ich reglos da. Ein Schauer läuft meinen Rücken herunter. Nichts knackt, alles still, wie in den Weiten des Universums.

Langsam drehe ich mich um. Jemand ist hier. Bestimmt steht Michael in der Küche und wartet auf mich, mit einem noch größeren Messer. Aber da ist niemand. Trotzdem schlägt mein Herz immer noch bis hinauf zum Hals. Ist er im Wohnzimmer? Dort scheint Mondlicht durch das große Fenster. Mein Blick gleitet durch den Raum. Der ist leer, nur hinter den schweren Vorhängen könnte jemand stehen. Mit zitternden Händen schiebe ich sie zur Seite.

Nichts.

Erleichtert atme ich auf.

Sonst gibt es im Haus kein Versteck. Aber jemand war hier, eindeutig. Er lauert draußen, wie er das auch in Frankfurt getan hat. Ich nehme den Schürhaken vor dem Kamin und klettere im Schlafzimmer aus dem Fenster. Drücke mich an der Hauswand entlang und spähe um die Ecke, hinunter zum See. Wenn er irgendwo lauert, dann dort, wo er ins Wohnzimmer blicken kann.

Aber ich finde ihn nicht. Er könnte überall sein, hinter jedem Busch, den knorrigen Eichen am Ufer oder hinter der Steinmauer. Langsam gehe ich zu den Eichen, dort hätte er Deckung. Und von dort kann er das Wohnzimmer perfekt beobachten.

Dann sehe ich ihn. Er steht regungslos neben einem Busch und sieht in meine Richtung. Vor Schreck kann ich mich nicht bewegen. Im Schatten der Bäume ist sein Gesicht nicht zu erkennen, aber er hat Michaels Statur. Ich sehe ihn vor mir, wie er auf der Straße liegt, das Messer an seiner Kehle.

»Hallo, Michael!«, rufe ich und umklammere den Schürhaken mit beiden Händen. Mit dem ersten Schlag werde ich seine Rippen zertrümmern. Dieses Mal ist er zu weit gegangen. Als hätte er ein Recht, mich zu quälen. Und warum traut er sich nicht, mir entgegenzutreten? Warum bleibt er im Verborgenen? Weil ihn selbst die Schuld zerfrisst. Weil *er* in dem Wagen saß und Anna von der Fahrbahn gedrängt hat.

Langsam gehe ich los. Und er bleibt stehen, damit hat er

offenbar nicht gerechnet. Ich werde seine Rippen brechen und seinen Schädel zertrümmern. Ich will Michael sterben sehen.

Da läuft er los. Hastig und planlos wie in Panik. Er spürt meine Wut. Hat kapiert, dass er um sein Leben laufen muss.

Das Gelände ist unwegsam, das Gras hoch, dazwischen liegen Felsen. Immer wieder stolpere ich, genau wie er, trete in ein sumpfiges Loch oder stoße mich an einem Stein. Plötzlich rutscht mir der Schürhaken aus der Hand und verschwindet im hohen Gras. Aber ich muss weiter, den werde ich nicht brauchen, ich werde ihn mit bloßen Händen erwürgen.

Bald wird das Ufer steil, große Felsplatten fallen zum See hin ab. Wir kraxeln auf allen vieren, ein paar Meter über dem Wasser. Ein falscher Schritt, und ich stürze ab. Kleine Steine lösen sich, springen über die Felsen und platschen in den See.

Stück für Stück hole ich auf, unser Abstand verringert sich, Michael hat mich unterschätzt. Er erträgt es nicht, dass Anna ihn verlassen hat. Deshalb wollte er sie bestrafen, krank vor Zorn, bis ins Mark erniedrigt, krank vor verletzter Eitelkeit, krank vor Selbstmitleid und von einer Liebe, die zu Hass geworden war.

Bald habe ich Seitenstechen, dazu der Alkohol im Blut, mir wird schwindlig. Jeder Atemzug tut weh. Er folgt einem Bachlauf, der vom See in die Berge führt. Zwischen großen Felsblöcken geht es steil hinauf. Überall Schatten. Plötzlich ist er verschwunden, er könnte sich einfach hinter einem Felsen verstecken und mich dann erschlagen, aber schon taucht er wieder auf. Er hat Angst, Todesangst. Inzwischen bin ich nass geschwitzt, der Puls hämmert in meinen Schläfen, dazu das Rauschen des Bachs und das Stechen in der Seite, immer wieder verschwimmt mein Blick, und ich habe kaum mehr Kraft. Aber ich muss weiter. Ich *muss* ihn kriegen.

Jetzt quert er den Bach, und ich folge ihm durchs Wasser. Es geht mir bis zum Bauch und ist so kalt, dass mir kurz die Luft wegbleibt. Wieder am Ufer ist meine Hose nass und schwer, und bei jedem Tritt machen meine Schuhe ein schmatzendes Geräusch.

»Warte!«, keuche ich. »Michael!«

Aber er ist fort. Ich kann ihn nicht mehr sehen. Meterhohe Felsen liegen am Ufer, hinter einem hat er sich versteckt. Wartet, lauert, wird gleich hervorspringen und mir ein Messer in die Brust rammen. Ich nehme einen Stein und bleibe stehen.

Mir ist heiß und kalt, mein Atem dampft in kleinen Wolken aus meinem Mund, aber Michael greift mich nicht an. Das verfluchte Rauschen des Baches schluckt jedes Geräusch.

Keuchend lehne ich mich an einen Felsen. Der Schweiß läuft meine Schläfen herab, obwohl ich friere. Meine Beine sind eiskalt von der nassen Hose, zudem sehe ich kaum mehr was. Mir wird schwarz vor Augen, als hätte jemand das Licht ausgeknipst. Jetzt kann er kommen und mich töten, meine Beine werden schwach, tastend schleppe ich mich hinter den Felsen, dann muss ich mich setzen, nur kurz, nur mal durchatmen. Ich lege mich hin, spüre noch die Steine am Rücken und …

25

Die Kälte weckt mich auf. Mein Körper zittert, und die nasse Hose klebt an meinen Beinen. Draußen auf dem Balkon höre ich die Schritte meines Vaters. Meine Mutter liegt auf einer Matratze in meinem Zimmer. Sie kommt fast jede Nacht zu mir herüber und räumt die Matratze am Morgen gar nicht mehr weg. Sie weint und denkt, dass ich schlafe. Und draußen vor dem Fenster geht mein Vater auf und ab, immer wieder auf und ab, weil sie nicht bei ihm im Bett ist. Ich höre seine Schritte und wie der Atem meiner Mutter zittert, wie sie das Weinen unterdrückt, damit er es nicht hört und ich schlafen kann. Manchmal bleibt er stehen, tritt eine Zigarette aus und steckt sich die nächste an. Dann steht er vor dem Fenster und schaut herein. Meine Mutter traut sich nicht einmal, die Rollläden herunterzulassen. Immer wieder glimmt kurz Glut auf und erhellt schwach sein Gesicht.

Kreidebleich steht er am Grab meiner Mutter. Außer uns sind nur zwei Frauen zur Beerdigung gekommen, die aussehen, als hätten sie genauso traurige Leben wie sie. Seine Augen sind gerötet, wahrscheinlich hat er trotz Tabletten kaum geschlafen und zu viel getrunken. Die Haut ist aschgrau, und er wirkt, als hätten ihn nächtelang Zweifel gemartert. Ist er so blass, weil er seine Verantwortung an ihrem Tod endlich erkannt hat? Hat er verstanden, was ihr Kampf ums Sorgerecht für mich bedeutete? Vielleicht, denke ich, wird er dich nachher um Verzeihung bitten. Vielleicht können wir Frieden schließen.

Später sitzen wir beide in einem Restaurant. »Das hätte nicht passieren dürfen«, sage ich.

»Dass sie dir das angetan hat«, erwidert er und schüttelt langsam den Kopf.

Du sagst *dir* und meinst *mir*, denke ich.

»Es war also alles ihre Schuld? Und du hast keinen Anteil daran?«

Überrascht sieht er mich an. »Woran denn? Ich habe nichts

falsch gemacht. Wobei: Ich hätte härter sein sollen. Dann wärst du damals zu mir gekommen. Und sie wäre dann auch zu mir zurückgekrochen. Das wäre das Beste für dich gewesen. Ich wollte immer nur dein Bestes, Marc.«

Er lächelt, und das Lächeln zeigt alles, seinen Hass auf meine Mutter wie auch die enttäuschte Liebe, die tiefe Verletzung und das Selbstmitleid.

Er sagt: »Jetzt hat sie nicht nur mein Leben zerstört, sondern auch deins.«

Verwirrt, ungläubig sehe ich ihn an. Nicht der leiseste Hauch eines Zweifels ist in seiner Miene zu erkennen.

»Ich musste so handeln, um dich zu schützen. Eines Tages wirst du das verstehen, wenn du dich von ihren Lügen über mich befreit hast. Daran musst du arbeiten.«

Für eine Weile sitze ich reglos da, dann stehe ich auf. Es gibt nichts mehr zu sagen. Er glaubt alles von dem, was er sagt. Ohne ihn eines Blickes zu würdigen, gehe ich hinaus. Ich will dich nie wieder sehen, denke ich. Seine Nähe kann ich keine Sekunde länger ertragen.

Ich höre das Rauschen des Baches. Öffne die Augen. Es dämmert schon. Mein Kopf und mein Rücken schmerzen von den harten Steinen. Doch es sind gar keine Steine, um mich herum ist alles voller Knochen. Ich habe auf Knochen geschlafen! Sie leuchten matt im Morgenlicht. Schenkelknochen, Becken, Rippen, auch Schädel mit Zähnen umgeben mich. Neben mir liegt Anna und sieht mich an, mit dem Bluterguss unter dem rechten Auge und den Schnittwunden an der Stirn. Den blutverschmierten Strähnen auf der blassen Haut.

Doch ihre Augen sind geöffnet. »Du hast mich getötet«, sagt sie.

Es war doch Michael, will ich antworten.

Annas Blick ist ein einziger Vorwurf. »Du hast mir etwas vorgespielt, Marc. Du hast mich betrogen. Hast dich vor mir versteckt.«

»Das stimmt. Ich konnte mich dir nicht öffnen, weil ich

Angst davor hatte, was du finden würdest. Wie du auf das, was du findest, reagieren würdest. In mir gibt es dunkle, gefährliche Strömungen, die hast du gespürt. Ich bin bisher immer vor ihnen weggelaufen.«

»Du hast uns getötet, Marc.«

»Du bist unglücklich gewesen, und daran bin ich schuld. Wenn ich im Nachhinein etwas ändern könnte: Ich hätte dir damals nicht aus dem Sudan geschrieben. Wir hätten es bei unseren zauberhaften Wochen dort belassen. Ich hätte wissen müssen, dass ich einer Frau kein Partner und einem Kind kein Vater sein kann. Ich habe gedacht, ihr könnt mich heilen, aber das kann ich nur selbst tun. Das weiß ich jetzt. Doch ich habe dich nicht von der Fahrbahn abgedrängt, Anna. Du bist losgefahren, du hast am Steuer gesessen. Du bist losgefahren, obwohl es dir nicht gut ging.«

Verwundert sieht sie mich an. Öffnet die Lippen, so als wolle sie etwas sagen, aber sie weiß nicht, was.

»Ich werde mich jetzt mir selbst stellen, Anna. Das kann ich dir versprechen. Das ist alles, was ich tun kann.«

Anna verschwimmt in der Morgendämmerung, mit diesem verwunderten Gesichtsausdruck, wie ein Traumbild, wie ein Geist.

Langsam richte ich mich auf. Meine Glieder sind steif. Die Knochen sind die von Schafen, wild verstreut liegen sie zwischen den Felsen, an manchen hängt noch Haut, und es riecht nach verwesendem Fleisch. Der Ort sieht aus wie eine Kultstätte. Wer hat die Tiere getötet und hierhergebracht? Ist das irgendein perverses Zeichen?

Mein Blick fällt auf den Bach. Wild schäumend schießt er einen kleinen Fall hinab, vom torfigen Wasser ist der Schaum schmutzig braun. Direkt vor mir liegt ein tiefer Gumpen, und knapp unter der Oberfläche schwebt ein Lachs im dunklen Wasser. Seine Flanken schimmern wie Messing, die Kiemendeckel öffnen und schließen sich, langsam und gleichmäßig. Ein schlanker Körper voller Kraft und Entschlossenheit, er hat sich vom Meer bis hier heraufgekämpft, für ihn gibt es nur diesen einen Weg. An der Seite trägt er eine klaffende Fleischwunde, von einer Robbe oder einem Tölpel.

Ein paar Schritte bachaufwärts liegt ein kleiner See, aus dem der Bach entspringt. Er sieht aus wie ein Kratersee, von drei Seiten wird er von hohen, steilen Felshängen umstellt. Dort will er hin, nur noch ein letzter Sprung, und er hat es geschafft, dann ist er zu Hause, wo er sterben wird.

Halb verdurstet schleppe ich mich zum Seeufer. Das Wasser ist kalt und klar und schmeckt leicht bitter. Die Felswände umgeben den See wie eine graue Festung, halten Wind und Sonne von dem schwarzen Wasser fern. Aber darüber schimmert der Morgen, ein zartes, rosafarbenes Licht. Ich wasche Hände und Gesicht, ein bisschen Kraft kehrt zurück. Ich muss mich bewegen, um warm zu werden. Mein Blick gleitet über die Steilhänge und das Seeufer, aber es ist niemand zu sehen.

Und auf einmal weiß ich, wo ich bin. Mein Herz zieht sich zusammen. Ich war schon einmal hier, mit Jane. Wir sind vom Hostel aus zu diesem See gewandert. Allerdings kamen wir über den Berg und sind einen dieser steilen Hänge hinabgeklettert. Es war heiß, wir waren erschöpft und verschwitzt, und als Erstes sind wir in den See gesprungen. Das Wasser war herrlich kühl. Danach lagen wir im Gras in der Sonne und küssten uns, aber plötzlich hörte der Wind auf, und sofort fielen Wolken winziger schwarzer Mücken über uns her. Ihre Bisse machten uns wahnsinnig, sie waren überall, wir konnten nichts anderes tun, als wegzulaufen. Aber die Biester verfolgten uns, kaum blieben wir stehen, hatten sie uns eingeholt. Uns blieb nichts anderes übrig, als wieder in den See zu springen. Erst lachten wir, doch bald wurde es kalt. In dem moorigen Wasser hatten unsere Körper die Farbe von Kupfer. Irgendwann setzte der Wind wieder ein und rettete uns. Die Mücken hätten schon Menschen um den Verstand gebracht, meinte Jane. Manche seien von Klippen gesprungen, um die Biester loszuwerden. Ich glaubte ihr aufs Wort.

Das ist kein Zufall. Sie ist hier. Ich habe gestern Nacht nicht

Michael, sondern Jane verfolgt. Die schlanke, kleine Statur – es könnte eine Frau gewesen sein.

»Jane!«, rufe ich laut übers Wasser. »Ich weiß, dass du hier bist!«

Die Berge werfen ein Echo zurück, ihr Name hallt mehrmals über den See, dann ist es wieder still. Plötzlich geht mir ein schriller Laut durch Mark und Bein. Derselbe, der mich gestern aufgeweckt hat. Ein kurzer Schrei, aber nicht von einem Menschen. So muss eine Banshee klingen, denke ich. Ich beginne zu laufen, den Bach abwärts, zwischen Felsen und über Stein. Da fällt kurz ein Schatten auf mich, erschrocken schaue ich hoch und sehe einen Adler direkt über mir. Sein Kopf ist weiß, das Gefieder dunkelgrau. Er ist ziemlich weit hinabgeflogen, als wollte er mich vertreiben. Die Knochen, natürlich, ich habe auf einem seiner Fressplätze geschlafen, deswegen lagen sie dort überall verstreut. Eine Weile kreist er tief über mir, doch als ich weit genug weg bin, fliegt er fort zu einem Felsen. Kaum ist er gelandet, kann ich ihn in der Steinwüste nicht mehr erkennen.

Es ist acht Uhr, als ich das Cottage erreiche. Ich schwitze und stinke nach Schweiß, eigentlich müsste ich noch duschen, aber ich lege mich sofort ins Bett. Ich nehme noch mein Handy und wähle Franks Nummer. Die Mailbox springt an, zum Glück hat er nicht abgehoben, ich will mit niemandem sprechen. Ich sage für heute ab und behaupte, mich erkältet zu haben. Während ich mich noch vor den Träumen fürchte, schlafe ich ein.

Gegen Mittag weckt mich das Handy. Ich brauche eine Weile, bis ich zu mir komme. Draußen ist es sonnig und windstill. Ich habe geschlafen wie ein Toter.

Die Rufnummer ist unterdrückt, aber ich weiß genau, wer es ist.

»Hallo? Hier ist Marc«, melde ich mich mit brüchiger Stimme.

»Ich bin es.«

Für einen Moment bleibt mein Herz stehen. Ich erkenne die dunkle Stimme sofort. Sie ist noch tiefer geworden, und etwas

Fremdes ist hinzugekommen, etwas Distanziertes, Kühles. Feindseliges. Ich kann nichts sagen, kann nicht glauben, dass wirklich Jane Flynn am anderen Ende spricht.

»Du willst mich sehen?«

»Ja, unbedingt. Wie geht es dir, Jane?«

»Wo bist du?«

»In Waterville. Ring of Kerry.«

Für einen Moment ist es still. Woher hat sie meine Nummer? Ich höre, wie sie auf eine Tastatur tippt. Ihre Schroffheit ist schwer zu ertragen, trotzdem will ich nichts mehr, als sie zu sehen.

»Maloney's Hotel in Killarney. Heute um sechzehn Uhr.«

»Kannst du mir deine Telefonnummer geben? Für den Fall der Fälle?«

»Bis später, Marc. Und du kommst allein. Wenn nicht, triffst du mich nicht. Außerdem erzählst du keinem von diesem Gespräch und davon, dass du mich triffst. Kann ich mich darauf verlassen?«

»Natürlich.«

Dann legt sie auf.

Keine Ahnung, was ich denken soll und was hier gerade passiert. Unser erstes Gespräch nach fünfundzwanzig Jahren hatte ich mir jedenfalls anders vorgestellt.

26

Mir verschlägt es den Atem, als sie plötzlich die Terrasse des Hotels betritt. Sie hat sich ziemlich verspätet, und ich habe schon nicht mehr daran geglaubt, dass sie noch auftaucht. Wahrscheinlich habe ich überhaupt nie wirklich daran geglaubt, sie jemals wiederzusehen. Und jetzt steht sie da und kommt mir vor wie ein Geist. Ob ein guter oder böser, weiß ich noch nicht.

Noch hat sie mich nicht entdeckt. Ihr Blick gleitet prüfend über die Terrasse. Sie sieht ganz anders aus, als ich es mir vorgestellt habe. Ich hatte nur dieses Foto aus Frankfurt und die wenigen von früher. Und daraus habe ich eine neue Jane gebastelt, und diese imaginäre Jane war die wirkliche für mich, sie sah ich, wenn ich an sie dachte, und jetzt steht da jemand anderes. Nicht völlig anders, das ist das Verwirrende, sie ähnelt meiner Jane, aber doch anders. Meine war eine Frau, der man ihre Vergangenheit zumindest auf den zweiten Blick ansieht, die unsicher, zurückhaltend, ausweichend ist. Doch die Jane hier wirkt selbstsicher und stark. Eine Frau, die Respekt einflößt.

»Jane!«, rufe ich, viel zu überschwänglich und zu laut. Beim Aufstehen stoße ich an den Tisch. Es rumst, und mein Cappuccino schwappt über. Kurz ist es still, die Leute an den Nachbartischen schauen auf. Ich lächle entschuldigend, und sie kommt mir entgegen.

Sie sieht aus, wie ihre Stimme am Telefon klang, viel kühler und distanzierter als früher. Dieses Neugierige, Unmittelbare ist verschwunden. Aber vielleicht hält sie es nur verborgen. Sie ist sehr schlank, wie früher, schlanker als die Frau auf dem Foto. Der Gang ist anders als damals, elegant, wie eingeübt. Die junge Jane kümmerte sich nicht darum, wie sie aussah. Sie trug Shorts, bedruckte T-Shirts, verknitterte Hemden oder staubige Espadrilles. Diese Frau weiß genau, wie sie wirkt mit ihrer hellgrauen Leinenhose, der blauen Seidenbluse und dem Blazer.

Dann steht sie vor mir, und ihr Blick trifft meinen. Kurz muss ich schlucken. Diese Pupillen: ein Mosaik aus Grün, Gold, Gelb, Blau, Grau und Braun. Genau wie in meiner Erinnerung. Und es geht mir wie damals: Je länger ich sie ansehe, umso weniger kann ich sagen, welche Hauptfarbe ihre Augen haben, ob nicht doch mehr Dunkelgold oder Himmelblau als Eidechsengrün, als würde sie ständig wechseln.

Die Haare sind anders als auf dem Foto, schulterlang und hellbraun. Das Rotblond stand ihr viel besser. Ist es ergraut? Sie trägt einen hellroten Lippenstift und etwas schwarze Wimperntusche, sonst nichts. Durch die Sommersprossen wirkt die Haut wie marmoriert. Jane verbirgt die Spuren des Alters nicht, die ersten Falten unter den Augen, um die Mundwinkel und am Hals. Was sie noch anziehender macht. Ihre Brüste zeichnen sich unter der blauen Bluse deutlich ab. Jane war kein Model, aber ihre Brüste waren die schönsten von den wenigen, die ich in meinem Leben zu Gesicht bekommen habe. Die kleinen Spitzen drücken leicht durch die schimmernde Seide. Ich konnte nie genug davon kriegen, sie zu küssen. Ihre Haut war ganz weiß, wie ihr Hintern, wie frisch gefallener Schnee.

Ohne zu lächeln sieht sie mich an, aber nur für einen Augenblick. Wie fertig und alt er aussieht, wird sie denken, die letzte Nacht und das letzte Jahr stecken mir noch in den Knochen. Mein Herz pocht wie verrückt, ob ihres das auch tut? So sieht sie nicht aus, aber vielleicht täusche ich mich.

»Hi! Ich freue mich, dich zu sehen!« Mein Tonfall klingt viel zu fröhlich und bemüht.

»Hallo, Marc.« Die Andeutung eines Lächelns, ein kurzes Nicken, mehr nicht.

Sie möchte den Blazer ausziehen. Ich trete hinter sie und helfe ihr dabei. Sie lässt mich gewähren. Ich atme ihren Duft ein und sehe, dass auch sie Witterung aufnimmt. Damals trug sie nie Parfüm. Aber vielleicht stimmt das nicht, an ihren Geruch konnte ich mich bald nicht mehr erinnern. Kurz schaue ich auf ihre schmale Taille und die straffen Hüften. Am liebsten würde ich mit meinen Händen darüberstreichen.

»Danke«, sagt sie mit dem Hauch eines Lächelns.

Ein Schauer geht durch mich hindurch. Ihre Stimme ist wirklich noch dunkler und rauer als früher. Noch sinnlicher. Ich kann meine Augen nicht von ihr lassen, als wir uns setzen. Unmöglich, dass diese Frau für Jahrzehnte auf der Straße gelebt hat.

Sie holt eine Packung Purple Silk Cut aus der Handtasche, fischt eine Zigarette heraus, steckt sie zwischen die Lippen und zündet sie an. Es macht klick, die Flamme springt auf, und ich erinnere mich, wie sie exakt diese Bewegungen jeden Morgen nach dem Frühstück in der Küche des Hostels ausgeführt hat, mit verstrubbelten Haaren, Schlaf in den Augen und einer Tasse Tee vor sich. Es sind dieselben Bewegungen, wie sie die Zigarette locker zwischen den Fingern hält, zu ihren Lippen führt und die Mundwinkel nach unten zieht, während sie inhaliert.

Keine Ahnung, ob man hier auf der Terrasse rauchen darf. Aschenbecher stehen jedenfalls nicht auf dem Tisch. Typisch Jane, dass sie sich nicht darum schert.

»Du machst das immer noch genau wie früher«, sage ich.

»Was?«

»Das Rauchen.«

»Ist das so?« Sie bläst den Rauch nach oben. Dann bestellt sie einen Cappuccino. Die Kellnerin schaut kritisch auf ihre Zigarette, sagt aber nichts. Jane schnippt die Asche auf den Kies.

»Hast du mich also gefunden«, sagt sie, ohne Freude, aber auch ohne Zorn. Es ist eine nüchterne Feststellung. Sie blickt mich forschend an. »Warum hast du mich gesucht, Marc?«

»Ich weiß es nicht genau. Vor einem Jahr ist meine Frau gestorben. Es war ziemlich schlimm für mich, mein Leben ist völlig aus der Spur geraten. Wenn so etwas passiert, denkt man über sich nach. Und erinnert sich. Ich habe mir die Fotos von unserem Sommer angeschaut und Sehnsucht bekommen. Und ich war neugierig, wie es dir geht.«

Sie sieht mich skeptisch an. Ich habe keine Ahnung, was sie von meinen Nachforschungen weiß. Ob Patrick McGrath oder

Kate sie über meine Besuche informiert haben? Beide haben gesagt, sie hätten keinen Kontakt mehr zu ihr. Aber es würde erklären, warum sie meine Telefonnummer hat.

»Und dann war ich vor ein paar Tagen am Hostel. Ich bin erschrocken, es ist ziemlich heruntergekommen. Aber all die Erinnerungen kamen wieder. Es war schön, sich zu erinnern. Ich musste dich einfach sehen.«

Ich breche ab, schweige für einen Moment, dann sehe ich sie wieder an. »Ich habe oft an dich gedacht, die ganzen Jahre über. Ich habe dich nie vergessen.«

Sie mustert mich kühl. Ich habe den Eindruck, dass sie mir kein Wort glaubt. »Mir geht es gut. Ich bin verheiratet und habe einen Beruf, der mir Spaß macht. Ich stehe morgens gern auf und freue mich abends aufs Bett.«

»Das klingt prima! Was arbeitest du? Es war nicht leicht, etwas über dich herauszufinden.« Mein Tonfall ist immer noch viel zu überdreht.

Sie sieht mich an, ohne zu antworten.

Feindselig, denke ich. Sie will dich loswerden.

»Und das Hostel? Es würde mich interessieren, warum es leer steht.«

»Keine Ahnung, wem das Grundstück jetzt gehört. Es ist ein Ort meiner Kindheit, er bedeutet mir nicht mehr viel. Ich war seit Jahrzehnten nicht mehr dort.« Sie blinzelt kurz. Unterhalb ihres rechten Auges entdecke ich eine kleine Narbe.

»Das Herz ist noch da. Auf dem Dielenbrett. Ich habe es gesehen.«

»Welches Herz?«

»Das wir ins Holz geritzt haben. Damals, an unserem letzten Abend. Im Wohnzimmer?«

»Tut mir leid, daran kann ich mich nicht mehr erinnern.«

Ich glaube ihr kein Wort. »Ich war auch am Pier unten. Und auf dem Felsen, wo ich die Fee von Edere geküsst habe.«

Sie schaut weg und drückt die Zigarette in der Untertasse aus. »Was willst du?«

»Einfach mit dir sprechen. Wissen, wie es dir geht.«

Sie sieht mich an. »Tut mir leid. Ich kann mich zwar nicht an dieses Herz erinnern, aber ich weiß, dass wir eine schöne Zeit miteinander hatten. Doch das ist sehr lange her. Ich habe mich verändert. Ich bin jetzt anders und fühle anders. Ich möchte keinen Kontakt zu dir.«

Ich blicke vor mich auf den Tisch. Es klingt hart, was sie sagt und wie sie es sagt, aber ich zweifle daran, dass sie es wirklich so meint.

»Entschuldige meine Offenheit, Marc. Ich mag es überhaupt nicht, verfolgt und bedrängt zu werden. Du hast einen Detektiv auf mich angesetzt. Damit kann man ziemliche Verwirrung im Leben anderer Leute stiften. Hast du dir eigentlich überlegt, was du damit auslösen kannst? Bei mir? Meinem Mann?«

Ich werde rot. »Das war nicht meine Absicht. Ich habe wohl zu wenig darüber nachgedacht.«

Jane nickt. »Dieser Detektiv war sehr hartnäckig und hat ziemlich viele Leute kontaktiert. Irgendwann fällt das auf.«

»Das tut mir leid. Es war nur – du hast sonst nirgendwo Spuren hinterlassen. Ich habe das Internet durchforstet, in den sozialen Netzwerken gesucht. Der Detektiv meinte, du hättest nie geheiratet. Er hat überhaupt nichts zu dir gefunden. Und für die Polizei giltst du als verschollen.«

»Wie du siehst, geht es mir gut. Und damit das so bleibt, möchte ich dich bitten, mich in Ruhe zu lassen und mir nicht mehr nachzustellen. Lass mir mein Leben, Marc. Sag vor allem diesem Detektiv, dass er seine Ermittlungen sofort beenden soll.«

Ich nicke. »Okay. Tut mir leid.«

Sie nippt an ihrem Cappuccino und leckt sich den Schaum von den Lippen.

»Und ihr seid glücklich, dein Mann und du?«

»Wir sind seit fünfzehn Jahren zusammen.«

»Das freut mich. Wo wohnst du jetzt? Habt ihr Kinder?«

»Ich möchte mit dir nicht über mein Leben sprechen.«

Sie packt ihre Zigaretten ein.

»Hör zu, Jane. Ich habe die Botschaft verstanden. Ich werde

dich nicht mehr behelligen. Aber können wir nicht wenigstens heute ein wenig plaudern? Um der alten Zeiten willen? Du hast von mir nichts zu befürchten.«

Jane antwortet nicht, so als wäre schon alles gesagt. Sie winkt der Kellnerin und zahlt für uns beide. Als sie aufstehen will, greife ich nach ihrem Handgelenk.

»Habe ich dich damals so verletzt? Mir war das nicht bewusst. Der Detektiv hat mir von deinem Leben auf der Straße erzählt. Bei unserem letzten Telefonat klang es so, als wäre die Trennung für dich nicht so schlimm. Als hättest du selbst auch darüber nachgedacht.«

»Lass mich los!«, sagt sie schneidend.

Sofort ziehe ich meine Hand zurück. Das Paar am Nebentisch sieht uns erschrocken an. Jane hat den Blick eines Raubtiers, dem man viel zu nah gekommen ist.

Ein kurzes, abschätziges Lachen. »Du weißt nichts. Aber wenn du ein schlechtes Gewissen hast: Glaub mir, ein Ferienflirt hat mein Leben nicht aus der Bahn geworfen. Ich bin zäh, du solltest mich besser kennen.«

Sie steht auf. »Wir hatten ein paar schöne Wochen, Marc. Aber die sind vorbei.«

»Habe ich verstanden. Nur eine Sache noch.«

Ich lege das Foto auf den Tisch.

»Bist du das? Warst du letztes Jahr in Frankfurt?«

Widerwillig nimmt sie das Bild und mustert es. Ich beobachte sie genau, aber ihre Mimik verrät nichts. Perfektes Pokerface.

»Da ist eine gewisse Ähnlichkeit, du hast recht. Aber ich war noch nie in Deutschland. Und so eine Jacke und diese Frisur – das ist nicht mein Stil.«

»Dann habe ich mich wohl geirrt.«

Nicht die kleinsten Anzeichen von Nervosität sind zu erkennen.

Sie legt das Foto auf den Tisch und sieht mich fest an. »Vergiss nicht: Du hast mich nie getroffen. Sage auf keinem Fall diesem Detektiv etwas davon und auch sonst niemandem. Und informiere unter keinen Umständen die Polizei. Jane Flynn bleibt verschollen. *Sie muss verschollen bleiben.* Kann ich mich darauf verlassen?«

Ich nicke. Sie hat eine neue Identität angenommen, und sie hat ganz offensichtlich große Angst. Warum? Weil jemand sie verfolgt?

»Dann mach es gut, Marc.«

Ich schaue ihr nach, wie sie fortgeht. Gerade will ich den Blick senken, da dreht sie sich noch einmal um, und da ist plötzlich etwas ganz anderes in ihrem Ausdruck: Trauer, Wärme und Schmerz. Doch schon wendet sie sich ab und geht hinaus.

Unwillkürlich stehe ich auf und folge ihr. In der Hotellobby ist sie nirgends zu sehen. Auch draußen nicht. Eigentlich unmöglich, dass sie so schnell verschwunden ist. Als hätte sie sich in Luft aufgelöst.

Die Sonne ist sehr warm. Viele Leute sind unterwegs, doch ich kann Jane nirgendwo entdecken. So wie sie mich behandelt hat, schroffer geht es kaum, aber sie hat natürlich recht, ich habe sie regelrecht gestalkt, ihr Leben im Verborgenen gefährdet, und jetzt ist sie verschwunden. Wahrscheinlich hat sie einen neuen Namen angenommen, und ich werde sie niemals wieder finden.

Jane hätte heute alles mit mir machen können, mit mir schlafen, mich heiraten, mich schlagen oder mich töten. Ich hätte alles geschehen lassen. Ich hätte alles gewollt. Sie hätte mich ganz in ihrer Hand gehabt.

Der Verkehr in Killarney fließt nur zäh. Wie betäubt sitze ich im Auto. An der nächsten Ampel sehe ich sie. Ihr Wagen steht direkt neben meinem. Sie sitzt in einem grauen Ford und starrt ausdruckslos vor sich hin.

Ich warte, bis sie losgefahren ist. Dann fahre ich rechts ran und notiere mit zitternden Händen ihre Autonummer.

27

Sinéad parkte ihr Auto so weit von seinem entfernt, dass im dichten Nebel noch gerade so die Umrisse sichtbar waren. Außer ihren standen keine weiteren auf dem Parkplatz, heute gab es hier auch nichts zu sehen. Nach ihrem Navi waren sie direkt am Meer. Sie wusste nicht, was er hier wollte, und sie zitterte vor Anspannung. Seit zwei Wochen verfolgte sie ihn, so wie in den Jahren zuvor, fuhr morgens hinter ihm zur Arbeit und kehrte abends hinter ihm zurück. Sie hatte gehofft, dass sie diesmal endlich ihre Chance bekommen würde. Denn seine Frau lag im Sterben.

Vorgestern war Sinéad ihm ins Krankenhaus gefolgt. Der Krebs fraß seine Frau langsam, quälend langsam auf. Eine bessere Krankheit hätte Gott ihr gar nicht schenken können. Etwa eine Stunde blieb er dort und kehrte dann heim. Ein einsames, armseliges Leben, so hatte er es verdient, aber ob er es auch so empfand? Wen quälte er jetzt, wo seine Frau fort war? Sich selbst? Hoffentlich sich selbst. Aber das glaubte sie nicht.

Gestern, als er bei der Arbeit war, ging sie allein ins Krankenhaus. Wartete, bis der Gang leer war, und öffnete dann leise die Tür zu ihrem Zimmer. Die Alte bemerkte gar nicht, dass sie eingetreten war. Ihre Haut war grau und von Falten zerschnitten, das Haar licht, sie war schnell gealtert, der Körper dürr und ausgemergelt und ihre Züge gezeichnet von Leid und Schmerz. Teilnahmslos starrte sie vor sich hin. Offensichtlich schritt der Krebs mit einer wunderbaren Grausamkeit voran. Sinéad wünschte, dass er sich noch viel Zeit nahm und ihre Qualen immer weiter wachsen ließ.

Sie hätte die kraftlose Alte töten können, einfach ein Kissen nehmen und es auf ihr Gesicht drücken, aber warum? Der Krebs erledigte diese Arbeit besser als sie. Schmerzhafter, erniedrigender. Außerdem sollte diese Teufelsbraut noch mitbekommen, was mit ihrem Mann geschah. Als Sinéad gehen wollte, schaute die Todgeweihte plötzlich auf, und auf einmal wurde ihr trüber Blick klar, als hätte die Erkenntnis sie elektrisiert. Da verließ Sinéad schnell den Raum. Die Alte würde glauben, ein Traumgespinst hätte sie heimgesucht. Hoffentlich.

Der Mann stieg aus, öffnete den Kofferraum und holte Wanderschuhe heraus. Sinéad konnte ihr Glück kaum fassen. Es war nicht so, dass sie keine Möglichkeit gehabt hätte, ihn zu töten. Aber sie wollte seine Leiche für immer verschwinden lassen. Oder ihn so sterben lassen, dass es wie ein Selbstmord oder Unfall aussah.

Aber das hatte sich bisher nicht ergeben. Fenster und Türen des kleinen Reihenhauses hielt er Tag und Nacht fest verschlossen. Lange hatte sie diese Phantasie, ihn mit einem stinkenden Sack überm Kopf im Keller einzusperren und dort frieren und sich vollscheißen zu lassen, bevor sie ihm die Pulsadern aufschnitt. Aber ein Einbruch würde entdeckt werden. Und es wäre nicht so einfach, seine Leiche unbemerkt aus dem Haus zu schaffen. Man würde im Keller ihre Spuren finden.

Ansonsten war er auf Arbeit, im Krankenhaus oder in der Kirche. Ausgerechnet er ging immer noch jeden Sonntag zur Messe und mehrmals in der Woche abends zum Beten dorthin. Einmal hatte sie sich ein paar Reihen hinter ihn gesetzt, mit ihrer Perücke, und beim Verlassen schritt er, ohne sie zu beachten, gedankenverloren an ihr vorbei. Dabei brannte der Hass in ihr. Ob er Gott angefleht hatte, dass seine Frau noch lange litt? Die beiden hassten sich wie die Pest, aber sie hatten sonst nichts, womit sie ihre erbärmlichen Existenzen füllen konnten.

Sinéad packte die Perücke aus der Tasche und setzte sie auf. Blickte in den Rückspiegel und zupfte sie zurecht. Das Make-up hatte sie schon vorher angelegt, so wie jeden Tag. So würde er sie nicht erkennen, falls etwas schiefgehen sollte.

Ihr Herz klopfte, kurz schloss sie die Augen und spürte, wie eine neue Welle des Hasses sie durchströmte, kraftvoll und belebend, wie eine kühle Flut ein ausgetrocknetes Flussbett. Aber da war auch Angst, die hatte sie nie verlassen. Sie wusste, wie gnadenlos er sein konnte. Wie er ohne jede Hemmung zuschlagen und sie töten würde.

Er schloss den Kofferraum und sah sich um. Ob er ihr Auto im Nebel erkannte? Dem schien nicht so zu sein, jedenfalls blieb sein Blick nicht daran hängen.

Sinéad betrachtete sich im Spiegel. Ihr Blick war hart, erfüllt von wilder Entschlossenheit, wie sie nur Menschen kannten, die ihr Leben bedingungslos einer Sache verschrieben hatten und kurz vor der Vollendung standen.

Er ging los, mit festem Schritt. Sie musste sich beeilen, denn der Nebel hatte ihn schon verschluckt. Leise schob sie die Autotür ins Schloss. Sinéad hatte keine Karte, kein Handy. Seine Silhouette war ihre einzige Orientierung. So bestimmt, wie er marschierte, kannte er sich hier aus. Folgte einem Pfad, der als solcher kaum zu erkennen war; sie musste glauben, dass es ihn gab, sonst würde sie ihn nicht sehen.

Sie hielt so viel Abstand, dass seine Umrisse gerade noch zu sehen waren; hörte in der Stille seine harten Schritte auf dem felsigen Grund. Sie trug Turnschuhe und bewegte sich fast lautlos. Mit der Zeit hatte sie Übung darin bekommen, Menschen unbemerkt zu verfolgen; sie hatte einen siebten Sinn entwickelt und spürte, wenn die Menschen sich beobachtet fühlten und den Eindruck hatten, dass etwas nicht stimmte.

So wie jetzt. Noch bevor er stehen blieb, wich sie zurück. War sie schnell genug gewesen? Oder hatte er ihren Schatten noch erblickt, bevor der Nebel sie umschloss? Angestrengt lauschte sie in die Stille. Kein Laut war zu hören. Also hatte er Verdacht geschöpft. Auch er hatte diesen siebten Sinn, er war ein Mann mit zwei Leben und hatte es perfektioniert, seine dunkle Seite vor aller Welt zu verbergen. Wie sie war er immer auf der Hut.

Da ging er weiter. Sinéad atmete auf. Hörte das Meer, es grollte tief unter ihr. Immer dichter wurde der Nebel, zumindest kam es ihr so vor. Sie schlich näher an ihn heran, um ihn nicht zu verlieren. Er lief direkt an der Abbruchkante der Klippen, spazierte am Abgrund. Es schienen mächtige Wellen zu sein, die dort unten gegen die Felsen brandeten.

Da blieb er wieder stehen. Sofort fiel sie zurück. Zu spät, dachte sie. Er hat mich gesehen, sah genau in meine Richtung, als ich zurückgewichen und im Nebel verschwunden bin. Sie griff in die Hosentasche und holte das Messer heraus. Doch er kam nicht. Hatte sie noch einmal Glück gehabt? Oder er wartete auf sie. Oder war leise weitergegangen. Und sie hatte keine Ahnung, wo sie war.

Und wenn er schon die ganze Zeit wusste, dass sie ihn verfolgte? Wenn er sie in den Nebel geführt hatte? Er könnte sie die Klippen hinunterstürzen, und alle Welt würde meinen, sie hätte sich umgebracht.

Das Rauschen des Meeres war direkt unter ihr.

Mit einem kurzen, metallischen Laut sprang die Klinge aus dem Griff. Langsam ging sie weiter, am Abgrund entlang, alle Sinne geschärft wie bei einem Raubtier auf der Jagd. Aber im Moment wusste sie gar nicht, was sie war, ob Jägerin oder Gejagte. Da war die Lust, ihn zu töten, und die Angst, von ihm verschlungen zu werden. Sinéad ging ein paar Schritte, verharrte, lauschte, spähte in alle Richtungen, und weiter.

Als sie schon nicht mehr daran glaubte, sah sie einen Schatten. Er stand am Rand der Klippen, scheinbar in Gedanken versunken, starrte hinunter, dorthin, wo normalerweise tief unten das Meer zu erblicken ist. Er will sich umbringen, dachte sie, deshalb hat er sich diesen Nebeltag ausgesucht, damit er den Abgrund nicht sieht, wenn er springt. Aber das würde sie nicht zulassen. Einen selbstbestimmten Tod hatte dieser Teufel nicht verdient. Sie spürte sie noch, seine Schläge; wachte nachts auf und glaubte, im Keller zu sitzen. Konnte den stinkenden Sack auf ihrem Kopf spüren. Ihn riechen, sodass sie würgen musste. Und noch schlimmer war der Blick: seine kalte Freude, der sadistische Genuss. Und am allerschlimmsten war, dass sie ihm geglaubt hatte. Dass er das tun musste, weil sie böse war, dass sie alles falsch machte, sie, die missratene Kreatur.

Noch immer starrte er hinab, die Hände vor dem Schritt verschränkt, wie im Gebet. So leise wie möglich trat sie auf, schlich weg von der Klippe, hinter ihn, kam näher, bis sie keine zehn

Schritte mehr von ihm trennten. Würde er sich jetzt umdrehen, sähe er sie.

Da ging Sinéad in die Knie und legte das Messer weg.

Lief los, lautlos wie ein Luchs.

Er fuhr herum, als sie kurz vor ihm war.

»Hey, Vater!«, rief sie voller Verachtung, als sie ihn mit beiden Händen und mit all ihrer Kraft vor die Brust stieß.

Die Wucht des Schlags und der Zorn in ihrer Stimme rissen ihn aus seiner Versenkung. Sein Körper verstand noch vor seinem Geist. Er fiel durch den Nebel, schnell, hörte das Meer, sah ihr Gesicht, und als er begriff, wer sie war, prallte sein Körper auf die Felsen, sie brachen seine Knochen und zerschnitten sein Fleisch.

Sie konnte weder den Aufprall hören noch seinen Körper unten liegen sehen. Doch diesen Sturz hatte er gewiss nicht überlebt. Da war nur das dumpfe Grollen des Meeres, als wäre er gar nicht hier gewesen. Er hatte sie erkannt, im letzten Moment, sie hatte es an seinen Augen gesehen.

Der Nebel legte sich wie ein kühler, feuchter Atem auf ihre Haut. Ihr Körper zitterte noch. Die Angst war verschwunden, die Anspannung ließ nach. Aber wo blieb der Rausch, dieses pure Glück, das orangefarbene Licht? Vielleicht würde es gleich kommen. Aber auch wenn es nicht kommen würde, darum ging es nicht.

Und sie war noch nicht fertig.

Er war nicht der Letzte, der sterben musste.

28

»Ich soll was?«, fragt Brian ungläubig.

»Aufhören, nach Jane zu suchen. Du hast richtig gehört.«

Kurz ist er still. Ich kann sein erstauntes Gesicht mit dem Doppelkinn vor mir sehen.

»Und woher kommt der Sinneswandel?«

Ich seufze. »Weil mich die Suche nach ihr kaputtmacht. Weil ich nachts nicht mehr schlafen kann. Weil ich in jeder heruntergekommenen Frau auf der Straße Jane sehe. Du hast recht, genau wie mein Freund Philipp: Diese Suche zerstört mich. Ich habe mich ja schon fast ruiniert. Und dabei weiß ich nicht einmal, was genau ich von ihr will.«

Wieder ist er still. Er glaubt mir nicht.

Also rede ich weiter. »Ich werde nach Deutschland zurückfahren und neu anfangen. Ich glaube, dass ich jetzt die Kraft dazu habe. Tja, und dann habe ich hier jemanden kennengelernt.«

»Ach ja?«

»Ich fahre sie morgen besuchen«, lüge ich.

Brian lacht in sich hinein.

»Okay«, meint er nach einer kurzen Pause. »Bist du also endlich vernünftig geworden. Eigentlich schade, ich hatte mich schon an dich gewöhnt.«

Ich muss lächeln. »Ich bleibe ja noch ein Weilchen hier. Ich will noch ein paarmal mit Frank zum Angeln raus. Und mir dabei überlegen, wie es mit mir weitergeht. Aber vor meiner Rückreise können wir in Dublin noch einmal in diesem Pub zusammen zu Abend essen. Ich nehme dann auch so ein Riesenrumpsteak, wenn du das für mich klarmachen kannst. Du kannst also schon mal die Rechnung schreiben.«

»Das klingt gut. Mal sehen, ob du danach noch genug Geld für die Fähre hast. Ich habe übrigens noch einiges zusammengestellt wegen Janes Eltern und dem Hostel. Interessiert dich das noch?«

Ich mache eine Pause. »Warum nicht? Schick es mir einfach, wenn ich schon dafür bezahle.«

»Du hast es gleich per Mail. Mach's gut, Marc. Schön, dass du vernünftig geworden bist.«

Ich zünde mir noch eine Zigarette an und warte auf Brians Mail. Ich parke am Strand von Waterville direkt vor der »Lobster Bar«. Der Himmel ist dunkelblau und violett wie das Meer, mit einem Hauch von Pink. Ich glaube, Brian hat es geschluckt, dass ich die Suche nach Jane aufgeben will. Wovon natürlich keine Rede sein kann. Ich will, ich muss diese Frau wiedersehen, auch wenn es keinen vernünftigen Grund dafür gibt. Die Schuldgefühle hätte ich mir nicht machen müssen, sie hat es selbst gesagt. Sie hat einen Job und einen Mann, und was auch immer sie auf die Straße gebracht hat, ich war es nicht. Sie hatte keinen Grund, nach Frankfurt zu reisen, und die Frau auf dem Foto sieht anders aus. Außerdem will sie mich gar nicht sehen. Sagt sie zumindest.

Ich nehme den Zettel mit dem Kennzeichen von Janes Wagen. Ich könnte ihn zerreißen und aus dem Fenster werfen oder noch besser herunterschlucken, dann wäre diese Spur für immer verloren. Aber ich habe mir die Ziffern schon längst eingeprägt. Um mich vor meiner eigenen Vernunft zu schützen.

Jane zieht mich an wie das Licht die Motte. Gesund ist das nicht. Eine Kraft, die stärker ist, als Vernunft je sein kann. Aber seit ich nach ihr suche, ist Annas totes Gesicht nicht mehr das Erste, was ich morgens sehe. Heute früh, auf diesem Bett aus Knochen, habe ich verstanden, dass ich zwar eine Mitschuld an ihrem Unfall trage, aber ich habe sie nicht umgebracht. Schon allein dafür hat sich die Reise nach Irland gelohnt.

Da macht es »pling«, Brians Mail ist da. Janes Mutter, schreibt er, starb vor vier Jahren an Krebs, der Vater ein Jahr zuvor. Im Anhang finde ich ein paar kurze Zeitungsberichte. Darin wird vom Fund einer männlichen Leiche in den Klippen südlich von Dundalk berichtet. Die Artikel vom nächsten Tag weisen den Toten als einen Thomas F. aus und erwähnen alle die Vermutung der Polizei, dass der Mann beim Wandern abgestürzt ist. Thomas F. sei zwar ein erfahrener Wanderer gewesen, doch habe zur Zeit des Unglücks dichter Nebel geherrscht. Möglicherweise sei er vom Weg abgekommen, zu nah an die Klippen geraten und dann auf einem nassen Felsen ausgerutscht. Dass seine Tochter zu der Zeit bereits seit vielen Jahren verschollen war, wird in keinem Bericht erwähnt.

Alles wird immer mysteriöser. Erst taucht Jane ab, dann stirbt der Vater, und zwar ein Jahr nachdem eine weibliche Leiche auf dem ehemaligen Grundstück der Flynns gefunden wurde. Haben die Eltern nichts davon mitbekommen? Und warum wird von keiner Zeitung ein Selbstmord des Mannes in Betracht gezogen? Aber vielleicht ist die irische Presse diskret. Vielleicht wollte man Rücksicht auf die Ehefrau nehmen, die zu der Zeit wahrscheinlich schon an Krebs erkrankt gewesen war.

Was mir Brian zur Toten am Hostel schickt, entspricht dem, was Frank mir berichtet hat. Die Polizei ging damals von einem Suizid aus. Warum sie von Dublin nach Waterville fuhr, um sich umzubringen, konnte nicht ermittelt werden. Brian schreibt, er habe auch versucht, einen Zusammenhang zwischen Helen Patterson und den Flynns herzustellen, aber es gab keine Berührungspunkte.

Auch drei Nachrichten von Philipp sind angekommen. Seit ich in Irland bin, habe ich meine Mails nicht mehr gecheckt. Er macht sich Sorgen und will wissen, wo ich stecke. Ich antworte ihm sofort und entschuldige mich, dass ich mich noch nicht gemeldet habe; zur Auflockerung berichte ich von meinen Angeltrips mit Frank. Von Kate, Michael und Jane erzähle ich nichts. Er wird mir dasselbe sagen wie Brian und Frank: Lass die Finger von der Sache, komm heim, vergiss Jane.

Es dauert keine zwei Minuten, bis seine Antwort da ist.

»Du Mistkerl fängst dicke Meerforellen, ohne mir etwas davon zu erzählen? Hör zu, ich könnte übernächste Woche ein paar Tage freimachen. Meinst du, dieser Frank hat Zeit? Kannst du ihn für uns buchen? Ich flieg dann rüber!«

Ich muss lachen, trotz allem. Warum eigentlich nicht?

»Lass mir noch ein bisschen Zeit«, antworte ich. »Ich muss

noch ein paar Dinge klären, und dann melde ich mich. Weißt du was Neues von Michael? Ich dachte, ich hätte ihn in Dublin gesehen.«

Kurz darauf ist die Antwort da. »Also gut. Aber fang mir nicht alle Meerforellen weg, okay? Zu Michael: Ich kenne einen Arzt aus seiner Klinik. Michael ist verschollen, hätte schon längst wieder seinen Dienst antreten müssen. Keiner weiß, wo er steckt. Der Arzt meinte, dass er seit Annas Tod nicht mehr arbeitsfähig war. Gut möglich, dass er hinter dir her ist. Also pass auf dich auf. Du solltest vielleicht die Polizei informieren.«

»Ich werde darüber nachdenken«, antworte ich.

Ich steige aus dem Wagen. Am Horizont glimmt noch ein wenig rubinrote Glut, doch bald wird die Nacht sie verschluckt haben. Ein Paar küsst sich auf der Promenade am Strand, zwei Männer in Anglerkleidung sind auf dem Weg in die »Lobster Bar«. Kein Michael weit und breit. Ob es doch er war, der mich gestern verfolgt hat?

Die »Lobster Bar« ist wieder voller Leben. Mary steht am Zapfhahn und lächelt mich an. Ich gebe ihr ein Zeichen, und sie zwinkert mir zu. Auf einer Silberschale neben dem Eingang liegen ein paar große Meerforellen, der Fang von heute. Einige der Gäste sind Angler, ihre Gesichter sind noch gerötet von dem Tag in der frischen Luft. Deutsch, Französisch und Englisch sind zu hören, und es wird viel gelacht. Ich warte auf mein Pint am Tresen und höre zu. Die Gespräche drehen sich um Fliegenmuster, Hakengrößen, Schnüre, die großen Fische, die verloren gingen, und die Fangplätze, über die keiner die Wahrheit sagt. Das Leben könnte so einfach sein, aber das ist es eben nicht. Am liebsten würde ich in diesem Pub den Rest meines Lebens verbringen. Und ab und zu mit Frank zum Angeln gehen.

Ich finde ihn in der Back Bar. Er hat mir gestern erklärt, warum es die gibt. Als Irland noch britische Kolonie war, durften nur Engländer im vorderen Teil des Pubs ihr Bier trinken, die Einheimischen mussten mit der kargen Back Bar, also quasi dem Hinterzimmer, vorliebnehmen. Auch die Lachsgewässer gehörten den Engländern. Fischen auf Lachs war Iren verboten, wer dabei erwischt wurde, musste mit dem Leben dafür bezahlen. Weshalb früher jeder irische Ghillie seinen englischen Herrn am liebsten im Currane versenkt hätte, während er ihm freundlich ins Gesicht lächelte.

Über Frank hängen die Trophäen eines riesigen Lachses und einer kapitalen Meerforelle an der Wand.

»Traumfische«, sage ich.

»Habe beide ich erwischt.« Frank lächelt stolz. Er trägt seinen weißen Strickpulli, an dem zwei Fliegen hängen, eine Claret Bumble und eine Bibio, und wischt sich den Schaum vom Guinness aus seinem Seehundschnauzer.

Er schüttelt den Kopf.

»Du siehst aus wie schon mal gegessen«, sagt er trocken.

»Ich fühle mich ein kleines bisschen besser als das.«

»Wo zum Teufel warst du?«

»Krank. Hast du meine Nachricht nicht gekriegt?«

»Doch. Ich bin heute zu dir rausgefahren.«

»Den ganzen Weg? Warum? Wegen dem Geld? Ich zahle dir den Tag natürlich.«

»Quatsch. Ich hab mir Sorgen gemacht. Du klangst ziemlich desolat auf dem Anrufbeantworter. Und die Geschichte mit dem Wohnwagen hat dir ganz schön zugesetzt. Ganz zu schweigen von der Einsamkeit da draußen. Du hast mich für heute gebucht, da fühle ich mich ein bisschen für dich verantwortlich.«

»Das ist nett.«

»Was ich dir noch wegen dieser Jane sagen wollte: Meine erste Freundin hat auch mit mir Schluss gemacht. Das verfluchte Flittchen hat mit einem Hotelbesitzer aus Cahersiveen angebandelt. Aber ich habe trotzdem überlebt und mein Leben auf die Reihe gekriegt. Wenngleich ich sie damals hätte umbringen können. Und den Typ habe ich ordentlich vermöbelt.«

»Kommt daher die Zahnlücke?«

»So ist es.« Frankie grinst breit, damit ich sie sehen kann. »Bin stolz drauf. Inzwischen habe ich noch einmal mit meinem Stammkunden, dem Polizisten, gesprochen. Er hat rausgekriegt, wem das Grundstück auf der Edere Peninsula gehört: einer

Jackie Williams aus Tennessee. Die ist mit den Flynns weder verwandt noch verschwägert. Vielleicht hat sie es Eddie abgekauft. Jedenfalls ging nach dem Tod der Eltern das Grundstück an ihn. Und diese Jackie Williams scheint nicht zu wissen, was sie damit anfangen soll. Vielleicht spekuliert sie damit, Waterville boomt ja gerade. Das Städtchen kann sich vor reichen amerikanischen Golfern mit irischen Wurzeln kaum retten.«

Da kommt mir eine Idee. »Meinst du, dieser Polizist könnte mir einen Gefallen tun?«

»Und der wäre?«

»Ich brauche den Namen einer Fahrzeughalterin aus Galway. Ihr Auto hat gestern meins gestreift, als es aus einer Parklücke gefahren ist. Die Frau ist einfach weitergefahren. Ich habe sie zufällig gesehen, als ich aus Pauls Café kam. Eigentlich ist das Fahrerflucht, und ich müsste sie anzeigen, aber ich will das so mit ihr regeln.«

»Das ist sehr edel von dir, hoffentlich weiß die Dame das zu schätzen. Sollte kein Problem sein, ich ruf ihn nachher an. Kostet dich allerdings ein Pint. Übrigens habe ich gehört, dass du hier vorgestern mit einer Frau geflirtet hast.«

»Nicht geflirtet. Wir haben uns einfach blendend unterhalten. Ich habe sie auch noch mal angerufen, aber sie hat nicht geantwortet.«

»Ich hoffe, du hast ihr nichts von dieser Jane erzählt.«

»Nein, es ging ums Angeln. Sie hat sich ausgiebig erkundigt, deshalb dachte ich, das interessiert sie. Aber sie fand es wohl doch nicht so spannend.«

29

Das Herz kriecht hinauf in meine Kehle, als ich klingle. Am Morgen hat mich Frank angerufen. Sein Stammkunde, der Polizist, hat für ihn die Halterin des Wagens ermittelt. Sie heißt Sinéad Mulligan und hat ein Haus in Galway gemietet, lebt aber in New Orleans. Der Ford ist ein Mietwagen. Ich habe ihren Namen in eine Suchmaschine eingegeben, ein Foto von ihr war nicht zu finden, dafür etwas über ihre Arbeit. Sie betreut Jugendliche in Krisensituationen. Könnte passen, dachte ich.

Über der Tür ist eine Kamera angebracht. Sie ist es nicht, denke ich, als die Tür aufspringt. Der in einem kalten Gelb gestrichene, überdimensionierte Fertighaus-Bungalow, der kurz geschorene Rasen, die streng gestutzte Hecke: Nichts passt hier zu Jane. Vor mir liegt ein langer Flur mit kahlen hellgrünen Wänden. Niemand erwartet mich.

»Hallo? Mrs. Mulligan?«

Meine Stimme hallt im Gang. Niemand antwortet, genau wie bei Kate. Am anderen Ende des Flurs faucht ein Wasserkessel. Vielleicht sollte ich umdrehen und verschwinden.

In der Küche steht Jane am Herd. Sie hat mir den Rücken zugewandt und gießt heißes Wasser in eine Tasse.

»Du lässt nicht locker, hm?«, meint sie, ohne sich umzudrehen. Ihr Tonfall drückt weder Freude noch Ärger aus.

»Ich kann nichts dagegen tun.«

»Das habe ich gemerkt. Auch einen Tee?«

Sie wirkt ganz anders als gestern in Killarney, nicht so vornehm und distanziert. Sie ist barfuß und trägt Jeans, darüber ein etwas zu großes, verknittertes schwarzes Hemd.

Dann stehe ich dicht hinter ihr. Unglaublich, denke ich. So ein ähnliches Hemd hatte sie damals auch. Es war meines, und ich hatte es ihr geschenkt, obwohl es ihr viel zu groß war. Aber sie liebte es und trug es die ganze Zeit, mit hochgekrempelten

Ärmeln. Und genauso wie jetzt stand sie an unserem ersten Morgen beim Teemachen in der Küche des Hostels. Ich kam aus dem Bad und ging zu ihr. Stand hinter ihr, sie roch nach Zigaretten, so wie jetzt, und ich legte meine Hände auf ihre Schultern.

Ich tue es wieder, und sie lässt es geschehen, ohne sich umzudrehen, wie damals auch. Erinnert sie sich daran, dass wir das schon einmal erlebt haben? Ich beuge mich vor und küsse ihren Hals. Ihre Haut ist warm, und mit meinen Lippen kann ich spüren, wie sich ihr Puls beschleunigt.

Sanft drücke ich sie an mich, sie lehnt ihren Kopf an meine Brust und schließt die Augen. Ihr abweisendes Verhalten in Killarney, es war nicht echt, das habe ich gespürt. Ihr Herz schlägt schnell und fest, genau wie meins. Meine Hände schlüpfen unter ihr Hemd. Sie trägt keinen BH. Ihre Brüste sind warm und weich, die Haut glatt, die Spitzen steif. Als meine Finger über sie streichen, zittert ihr Atem. Dann dreht sie sich um. Sie ist ungeschminkt, ihre Lippen sind blass, und sie blickt mir direkt in die Augen. Ihre funkeln vor Verlangen. Gold, Braun und Grün, an diese Augen kann ich mich erinnern.

Sie streichelt mein Gesicht, ich küsse ihre Fingerspitzen und will etwas sagen, aber sie macht nur »Shhh«. Dann küsst sie mich, sehr zärtlich und sehr tief, ihre feuchten Lippen und ihre warme Zunge heißen mich willkommen.

Sie knöpft mein Hemd auf, langsam, Knopf für Knopf. Ihre Hände fahren über meine Brust, ganz sacht, als könnte sie zerbrechen, sodass ich Gänsehaut bekomme. Dann küsst sie meine Haut, kostet sie mit ihrer Zunge, so wie sie das damals in der ersten Nacht im Wohnwagen gemacht hat. Da spüre ich ihre Hand zwischen meinen Beinen, wie sie den Knopf öffnet und die Jeans über meinen Hintern streift.

Nackt knien wir auf dem Bett im Schlafzimmer. Immer wieder gleiten ihre Augen und Hände über meinen Körper, als suchten sie nach etwas, so wie gerade eben meine Lippen: Jeden Quadratzentimeter ihrer Haut, jede Sommersprosse und all die weichen Härchen zwischen ihren schlanken Beinen habe ich mit Küssen bedeckt. Es ist, als würden wir schweben und dabei vor Verlangen sterben.

Keuchend, schweigend liegen wir später nebeneinander. Im Rausch konnten wir nicht voneinander lassen, nur für kurze Pausen, in denen wir uns schwitzend umarmten, bevor wir uns wieder suchten. Ich weiß nicht, wie lange es ging, jetzt scheint der Hunger vorerst gestillt. Und auf einmal ist die Nähe fort. Es kommt mir so vor, als läge eine Fremde neben mir. Und ihr geht es ähnlich, das kann ich spüren. Als wären wir kurz in die Vergangenheit getaucht und aus dem Hostel zurück in die Gegenwart geworfen worden, in dieses Schlafzimmer, das so gar nicht zu Jane passt.

Das Bett ist riesig, genau wie der Spiegelschrank gegenüber, aber dies ist kein Ort, an dem man sich liebt. Ich fühle mich wie in einem Möbelhaus, als wären die Möbel nur zur Besichtigung ausgestellt. Ganz anders als damals der Wohnwagen: Das Bett hatte den winzigen Raum ganz eingenommen, es war eng und unordentlich und stickig, es roch nach Schweiß, Sex und Zigaretten, sodass wir manchmal kaum Luft bekamen. Das kleine schmutzige Fenster ließ sich nur einen knappen Spaltbreit öffnen. Und Jahre später hat sich eine Frau darin umgebracht.

Jane krabbelt aus dem Bett und geht in die Küche. Sie hat keine Zigaretten mehr. Ihr Körper ist immer noch schön, aber er hat sich verändert, genau wie ihr Gesicht. Er ist derselbe und doch anders, ihre Brüste sind nicht mehr ganz so fest und ihre Hüften schmaler, als ich sie in Erinnerung hatte. Ihre Haut am Bauch ist leicht faltig, genau wie meine, genau wie die an meinen Händen, am Hals und im Gesicht. Die Sonne der Tropen hat mich schneller altern lassen, die Jahre haben sich in unsere Körper eingeschrieben. Es ist wie früher, nur dass wir erwachsen geworden sind. Aus dem Spiegelschrank sieht mich kein schlaksiger Junge mit verträumten Augen mehr an, sondern ein Mann, der das Träumen fast verlernt und seine besten Jahre hinter sich hat.

Ich schaue auf die Uhr neben dem Bett. Es ist schon nach

drei. Ich weiß nicht, ob bald ihr Mann nach Hause kommt, ob sie Kinder hat, ob ich gehen soll. Ich habe völlig den Überblick verloren. Aber gerade eben, das war wunderbar, es gab nur Jane und mich, sonst nichts.

Mit zwei angezündeten Zigaretten zwischen den Lippen und zwei Tassen Tee kommt sie zurück. Sie hustet, während sie sich neben mich aufs Bett setzt, dabei zittern ihre Brüste. Am liebsten würde ich schon wieder nach ihnen greifen.

»Wie hast du mich gefunden?«, fragt sie, als sie mir eine der beiden Zigaretten gibt.

Ich nehme einen tiefen Zug und erzähle ihr dann von Frank und seinem Stammkunden.

»Und du bist sicher, dass er dir das geglaubt hat?«

»Ja.«

»Und dein Detektiv sucht auch nicht weiter nach mir?«

»Bestimmt nicht.«

Jane nickt erleichtert. »Wir sollten trotzdem nicht tun, was wir gerade tun.«

»Gegen manche Dinge kann man sich nicht wehren.«

Sie lächelt. »Wahrscheinlich.«

»Warum hast du es dann versucht, gestern in dem Hotel?«

»Weil ich meinen Mann liebe. Und weil ich ihn nie betrügen wollte.«

»Tut mir leid.«

»Muss es nicht. Offenbar habe ich es ja gewollt. Sonst wäre es nicht passiert.« Sie inhaliert und bläst den Rauch zur Decke. »Und jetzt?«, fragt sie.

»Keine Ahnung. Ich weiß es wirklich nicht. Mein Plan ging nur ungefähr bis hierher.«

»Dein Plan?«

»Dich zu finden.«

Sie sieht mich an. »Mein Mann ist bis nächste Woche nicht da. Er ist auf Geschäftsreise in Norwegen. Wir haben also dieses Wochenende. Aber *nur* dieses Wochenende. Wir reden, wir machen uns eine schöne Zeit, wir haben Sex, sooft wir wollen, und dann trennen wir uns, wie damals. Wie gesagt, ich liebe meinen

Mann, ich habe ihn noch nie betrogen, jetzt ist es geschehen, aber ich will das nur dieses eine Mal tun.«

»Und wir bleiben hier in diesem Haus?«

Sie schüttelt den Kopf. »Ich habe ein kleines Cottage in Connemara. Es liegt ziemlich einsam, es gibt keine Nachbarn, niemand wird uns dort sehen oder stören.«

Sie lächelt dieses verschmitzte Jane-Lächeln mit den aufeinandergepressten Lippen und prostet mir mit der Tasse zu. »Auf unser kleines, geheimes, schmutziges Wochenende.«

So hatte sie damals unsere Tage auf Scariff Island auch genannt.

Eine Dreiviertelstunde später haben wir die letzten Vororte Galways hinter uns gelassen. Die Stadt zieht sich endlos, wie ein Krebsgeschwür hat sie sich weit in die Landschaft gefressen. Überall sind Häuser einzeln oder in unzusammenhängenden Gruppen in die Landschaft gebaut, meist Fertighäuser von der Stange. Hätte es vor ein paar Jahren keine Wirtschaftskrise gegeben, hätte inzwischen ganz Irland den Charme von Janes Neubaugebiet.

In einem Supermarkt haben wir fürs Wochenende eingekauft. Jane sitzt am Steuer. Sie wollte, dass wir ihren Wagen nehmen. Wegen der Nachbarn lief ich voraus, parkte meinen ein paar Straßen weiter und stieg dann zu. Sie wollte schon früher immer fahren, mit der rostigen Karre von Onkel Eddie, obwohl sie gar keinen Führerschein hatte.

Ich werde aus dieser Frau nicht schlau. Einerseits scheint sie besorgt, dass Bekannte sie entdecken, dann kommt es mir so vor, als wäre das, was wir gerade machen, für sie das Selbstverständlichste von der Welt. Sie wirkt leidenschaftlich und hingebungsvoll und dann wieder kontrolliert und kalkulierend. Ich weiß auch nicht, ob sie sich frisch in mich verliebt hat oder ob sie einfach nur mit mir schlafen will, weil unser Wiedersehen sie an eine aufregende Zeit erinnert. Ob ich gerade sie verführt habe oder sie mich. Und ständig schaut sie nervös in den Rückspiegel.

Es wird Zeit, dass wir reden. Ich muss meine Fragen stellen. Aber ich weiß nicht, wie ich beginnen soll.

Jane sieht mich aus den Augenwinkeln an. Gerade fahren wir durch Oughterard. Eine Silk Cut steckt zwischen ihren Lippen. »Was willst du wissen?«

»Alles.«

»Geht das genauer?«

»Warum hast du damals die Schule abgebrochen? Warum hast du Dublin verlassen?«

»Wie gesagt, es hatte nichts mit dir zu tun.«

»Ich würd's trotzdem gern verstehen.«

Jane öffnet das Fenster und wirft die Kippe hinaus. Sofort fischt sie eine neue Zigarette aus der Packung und zündet sie an. »Du warst nicht mein erster Freund. Mit dreizehn habe ich das erste Mal mit einem Jungen geschlafen. Ich hatte drei Freunde, bevor ich dich kennenlernte. Und mein letzter hat ein paar Wochen vor den Sommerferien mit mir Schluss gemacht. Er hieß Jason, war neunzehn und hat einmal im Hostel Urlaub gemacht. Er war auch so ein dunkler und nachdenklicher Typ wie du. Und ziemlich gut aussehend. Dann zog er von Dublin nach Belfast. Kaum hatte er dort einen Job bekommen, hat er mit mir Schluss gemacht. Ich war ziemlich sicher, dass er eine neue Freundin hatte, und fühlte mich ziemlich tief unten. Immerhin waren wir über ein Jahr zusammen gewesen. Er war alles für mich. Na ja, und dann kamst du. Und ich habe mich in dich verliebt.«

»Hast du diesen Jason gesehen, wenn du mit mir zusammen warst? Wenn du mich geküsst hast?«

»Willst du das glauben? Dann tu es.«

Ich zünde mir auch eine Silk Cut an. Jane war alles für mich, aber ich nur ein Platzhalter, der Schatten eines anderen. Hat sie auch eben an diesen Jason gedacht, während ich mir eingebildet habe, sie will mich so dringend wie ich sie?

»Als ich damals zum ersten Mal zum Hostel kam, warst du gerade dabei, einen Brief zu schreiben. War der an ihn?«

»Kann sein.«

»Und dann habe ich dich auch verlassen, genau wie er.«

»So ist es. Aber das war es nicht. Als ich nach den Sommerferien zurück nach Dublin kam, warteten da ein paar Briefe von ihm. Jason bereute die Trennung. Er hatte Sehnsucht und wollte mich wiedersehen. Zwei Wochen habe ich nicht reagiert. Da warst ja du, und ich hatte mich in dich verliebt.«

Sie sieht mich kurz an. »Wirklich verliebt, Marc. Aber dann habe ich diese Briefe gelesen. Ich habe viel für dich empfunden, aber mit Jason war ich über ein Jahr zusammen gewesen. Er war der erste Mann, den ich wirklich geliebt hatte. Und dann habe ich ihn besucht. Ich habe meinen Eltern erzählt, dass ich bei einer Freundin übernachte, und bin nach Belfast. Wir hatten ein leidenschaftliches Wochenende, aber wir merkten beide, dass es vorbei war. Es war zu viel passiert. Mein Vertrauen war zerstört. Wir hatten uns verändert, ich hatte mich verändert, meine Gefühle waren andere, wir waren uns fremd geworden.«

Jane ist kurz still und räuspert sich dann. »Ich war keine drei Wochen aus Belfast zurück, da riefst du mich an. Du bist mir zuvorgekommen. Ich hätte auch mit dir Schluss gemacht, aber mir hat der Mut gefehlt. Trotzdem hat es ziemlich wehgetan. Geschieht mir nur recht, dachte ich, bestimmt hat Marc etwas gemerkt. Immerhin hatte ich dich ja schon nach ein paar Wochen betrogen.«

»Und dann bist du nach London?«

»Ich habe es zu Hause nicht mehr ausgehalten. Meine Eltern haben herausgefunden, dass ich nicht bei meiner Freundin war. Meine Mutter hat mich geschlagen. Wenigstens das hatte sie nicht mehr getan, seit ich dreizehn war. Ich habe zurückgeschlagen, zum ersten Mal in meinem Leben, und ihr dabei die Nase gebrochen. Es hat mir überhaupt nicht leidgetan, im Gegenteil, ich war stolz, dass ich mich endlich gewehrt hatte. Mich hielt nichts mehr in Dublin, die Schule nicht und meine Eltern schon gar nicht. Eine Freundin war schon ein halbes Jahr früher nach London abgehauen. Wir hatten losen Kontakt. Sie schrieb mir von Partys und Clubs, der großen Freiheit. Das schien mir genau das zu sein, was ich brauchte. Spaß haben, keine Verpflichtungen, alles vergessen. Und ich war dumm genug, ihr zu glauben.«

Wir fahren durch ein einsames Tal. Die Wolken hängen tief und haben die Gipfel der Berge verschluckt. See reiht sich an See, von Schilf umstanden und von Felsen eingefasst, das Wasser ist schwarz wie der Himmel. Kein Haus ist hier, nichts als Wasser und Moor und Schafe, die sich zwischen den Krüppelbirken zusammenkauern.

Ich kann nichts mehr fragen, ich weiß einfach nicht, was. Als wäre alles gesagt. Auch Jane schweigt, auch sie ist in Gedanken versunken. Ob sie an Jason denkt? Wenigstens weiß ich jetzt, was ich für sie war, ein schwacher Trost in einer traurigen Zeit. Was mache ich überhaupt noch hier? Da blicke ich zu ihr, sie bemerkt es und lächelt. Ich sehe diese sich ständig verändernden Augen und wie ihre Zunge über die Lippen fährt.

30

Nora hatte geschrieben, sie wohne mitten im Zentrum, man könne in ein paar Minuten zum Piccadilly Circus laufen. Aber Jane lief schon über eine Stunde, und nach dem Stadtplan war es immer noch ein gutes Stück.

Hier in Hackney sah es noch übler aus als in den übelsten Ecken Dublins. Es war ein frostiger, sonniger Februartag, und die Helligkeit zeigte die Verkommenheit der Gegend nur umso schonungsloser. Die Häuser waren voller Graffiti, viele Geschäfte verbarrikadiert, und am Horizont ragten graue Betonwohntürme aus der Tristesse wie die Finger eines Skeletts. Wahrscheinlich die Heimat der schäbigen Männer, die am Straßenrand standen, weil sie sonst nichts zu tun hatten, und die sie mit abschätzigen Blicken belauerten. Als einmal niemand zu sehen war, nahm sie die zweihundert Pfund aus ihrer Hosentasche und steckte sie unter ihrem Pulli in den BH. Die Scheine hatte sie in einer Kommode ihrer Mutter gefunden. Das Geld, Noras Adresse und der Rucksack mit ein paar Habseligkeiten waren alles, was sie hatte.

Nach jedem Block hoffte sie, dass es plötzlich anders aussehen würde, so wie sie es sich vorgestellt hatte, eine belebte Straße voller junger Leute, cooler Shops und netter Cafés. Aber diese Straße kam und kam nicht.

Sie hatte ständig versucht, Nora anzurufen, aber wahrscheinlich funktionierte ihr Telefon nicht. Und wenn Nora gar nichts von ihr wissen wollte? Doch Nora war ihre beste Freundin, sie waren wie Zwillinge. Nora würde sie nicht im Stich lassen, niemals. Sie ließ sich von keinem etwas sagen, deshalb war sie auch von der Schule geflogen. Trotzdem konnte sie immer über alles lachen. Sie hatte genauso Scheißeltern wie sie und war schon vor einem Jahr abgehauen. Ihr Vater habe sie einmal angefasst, hatte sie an einem Abend erzählt, als sie ziemlich betrunken gewesen waren.

Jane las die Adresse wieder und wieder, als sie vor dem heruntergekommenen Apartmentblock stand. Er lag hinter einer Autowerkstatt, die wie ein Schrottplatz aussah. Ein betrunkener Schwarzer lehnte reglos an einem Stapel alter Reifen. Vorne auf seiner Jeans war ein großer dunkler Fleck.

Doch die Adresse stimmte. Als Jane Noras Namen auf dem Klingelschild entdeckte, war ihre Kehle wie zugeschnürt. Die Klingel funktionierte nicht, doch die Haustür ließ sich aufdrücken. Im Gang roch es nach Pisse. Ein schmutziger alter Mann mit Jogginghose und Plastiktüten in den Händen kam ihr entgegen und gaffte sie an, als sie an ihm vorbeiging.

Auch die Klingel an der Wohnungstür funktionierte nicht. Vielleicht war das ein Zeichen, und sie sollte besser verschwinden. Sie hatte ja noch die zweihundert Pfund. Morgen könnte sie wieder zu Hause sein und irgendwas erfinden, und mit etwas Glück hatte ihre Mutter noch gar nicht bemerkt, dass ihr Geld verschwunden war.

Beim Klopfen schlug ihr Herz bis zum Hals. Sie wollte schon kehrtmachen, als die Tür plötzlich aufging. Vor ihr stand eine halb weggetretene, verwahrloste junge Frau. Es dauerte eine Weile, bis sie Nora erkannte.

Der Anblick verschlug ihr den Atem. Sie war so schockiert, dass sie nichts sagen konnte. Nora war wie eine Sonne für sie gewesen, der hellste Stern von allen, der niemals unterging. Eine starke junge Frau, die immer strahlte, egal was passierte. Und jetzt? Noras langes rotes Lockenhaar fiel fettig und verfilzt über ihre Schultern. Ihre Haut war fahl und voller Abszesse. Um ihren Körper hatte sie eine versiffte Wolldecke gewickelt.

Ich muss hier weg, dachte sie.

»Jane?«, rief Nora dann. »Bist du das?« Sie lallte. Sie musste betrunken sein oder auf Drogen, dabei war es erst früher Nachmittag. Aber Nora bemerkte offenbar das Entsetzen in Janes Augen, jedenfalls senkte sie beschämt den Blick.

»Komm her«, sagte Nora mit einem scheuen Lächeln und breitete die Arme aus. Sie umarmten sich. Noras Körper stank so sehr nach kaltem Schweiß, dass Jane nur durch den Mund atmete, solange sie in ihren Armen lag.

Dann ließ Nora sie los. »Komm rein!« Sie hatte Tränen in den Augen.

Ich kann hier nicht bleiben, dachte Jane, als sie eintrat. Es roch nach Schimmel und Müll.

Nora führte sie in die Küche, sie wollte Tee machen, fand aber keinen. Es gab auch keinen Strom für heißes Wasser – »Ist gerade abgestellt« – oder ein sauberes Glas. Auf dem Tisch standen Flaschen mit billigem Wodka und leere Tabakpackungen, der Fußboden diente als Aschenbecher.

Sie habe im Moment viel um die Ohren, meinte Nora, als sie Janes Blick sah. Aber sie könne einen Wodka oder ein Wasser haben. Jane nahm ein Wasser, Nora den Wodka.

Es war kalt. Die Fensterscheibe in der Küche war zerbrochen, das Loch mit einer Plastiktüte zugeklebt. Von der Küche konnte man ins Wohnzimmer blicken. Es gab keine Möbel, auf dem Boden lagen mehrere Matratzen mit Schlafsäcken und überall verstreut Pappbecher, leere Weinflaschen, umgekippte Aschenbecher, Pizzaschachteln und aufgerissene Süßigkeitentüten.

»London ist echt geil«, sagte Nora, aber sie klang nicht so, als glaube sie das wirklich. Ihre Pupillen waren so groß wie Haselnüsse. Auf einmal kratzte sie sich fest am Arm, als wollte sie die Haut wegreißen. Jane entdeckte die Einstiche in der Armbeuge, Nora sah ihren bestürzten Blick und brach in Tränen aus.

Nachdem sie eine Weile schweigend nebeneinandergesessen hatten, klopfte es an der Tür.

»Bleib einfach hier«, meinte Nora, als sie aufstand, die Decke weglegte und sich die Tränen wegwischte. Sie schloss die Augen und unterdrückte das Schluchzen. »In zwanzig Minuten bin ich wieder bei dir.«

Ihr Blick war plötzlich noch trostloser und leerer, so voller Verzweiflung und Scham, dass Jane ahnte, wer da vor der Tür stand. Sie hörte, wie Nora kurz mit einem Mann sprach und die beiden dann in einem Zimmer verschwanden. Als Jane ihn kurz darauf laut stöhnen hörte, schlich sie aus der Wohnung.

Sie lief den ganzen Weg zurück. Sie brauchte über eine Stunde bis zum Piccadilly. Es war schon fast dunkel, als sie ankam. Sie wusste nicht, was sie tun sollte, es gab keinen Plan B. Für Stunden ließ sie sich mit den Menschen treiben, zum Leicester Square, nach Covent Garden und zur Oxford Street. Wurde es ihr zu kalt, ging sie in einen Shop, um sich aufzuwärmen. Aber sie gab kein Geld aus, sie wollte die zweihundert Pfund nicht anbrechen. Sie lief und lief, als hätte sie ein Ziel, niemand sollte merken, dass sie keins hatte. Sie könnte in eine Jugendherberge oder in ein B&B, aber die würden vielleicht die Polizei anrufen, sie war noch keine achtzehn und sah genau nach dem aus, was sie war, eine Ausreißerin. Aber wohin sonst? Zurück nach Dublin? Nein, da würde sie lieber in die Themse springen.

Und Nora brauchte sie, da gab es keinen Zweifel. Nora war auf Heroin und ging dafür anschaffen. Sie war nicht mehr der Stern, der alles überstrahlte. Aber vielleicht könnte sie das wieder werden, wenn Jane ihr half. Wenn sie früher Stress gehabt hatte, war Nora für sie dagewesen. Sie hatten sich immer in einem leer stehenden Haus getroffen. Nora wollte nicht, dass sie ihre Eltern traf, genauso wenig wie Jane wollte, dass Nora ihren begegnete. Dort hatten sie auf einem ausrangierten Sofa liegend geredet, Musik gehört und sich in den Armen gehalten. Bis Noras Vater eines Tages vor ihnen stand. Er war seiner Tochter heimlich gefolgt und sah sie mit kalten Augen an. »Ich dachte schon, du bist ein Flittchen und triffst dich hier mit Jungs«, sagte er. Was für ein furchtbarer Mann, hatte Jane gedacht, so wie ihr Vater. Er verbot Nora, sich weiterhin mit ihr zu treffen, aber natürlich hielt sie sich nicht daran. Sie fanden ein anderes Versteck.

Nora hatte immer Zeit gehabt, wenn Jane sie brauchte. Und jetzt musste sie für Nora da sein. Und sie brauchte eine Bleibe, zumindest für ein paar Nächte. Sie könnte damit anfangen, Noras Saustall auf Vordermann zu bringen.

Als Jane spät in der Nacht zurückkam, schlief Nora fest, aber die Tür war geöffnet. Im Wohnzimmer waren drei der vier Matratzen besetzt. Es roch nach Gras, und neben Noras Bett lag

Spritzbesteck. Jane legte sich auf die leere Matratze und starrte an die Decke. Einer der Männer schnarchte. Schlafen konnte sie nicht.

Jane benötigte drei Tage, um die Wohnung sauber zu kriegen. Das Bad war so verdreckt, dass sie zuerst eine Wagenladung voll WC-Reiniger auf die Fliesen und ins Klo kippte, einfach nur, damit es nicht mehr so stank. Sie füllte zwei große Müllsäcke mit dem, was herumlag, kaufte von den zweihundert Pfund einen Staubsauger, Duschgel, Zahnputzzeug, zwei Bettdecken und die Zutaten für ein Irish Stew. Nora verschlang das Stew, als hätte sie jahrelang nur von Wodka und Heroin gelebt. Sie wusch sich und ging zum Friseur. Und sie lachte wieder.

»Du bist meine gute Fee«, meinte Nora. »Und wenn du bleiben willst: Du musst einfach nur da sein und nach der Wohnung sehen. Und nach mir. Du machst Stew und passt auf, dass die Bude nicht verdreckt. Den Rest mach ich. Ich besorg das Geld für uns.«

31

Wir steigen aus dem Wagen, die Dämmerung hat eingesetzt. Der Wind pfeift um das verlassene Cottage. Alles wirkt gespenstisch, unheimlich, nicht von dieser Welt. Der Lough Nafooey liegt in einem Tal, umringt von kargen Bergen, und hat die Form eines riesigen Grabes. Am Westufer des Sees ist ein breiter Sandstrand zu erkennen, das einzige Helle in dieser Düsternis. Und Janes Cottage mit den kleinen Fenstern und den dicken grauen Steinen liegt mitten darin.

Jane sieht sich um, als suche sie nach etwas oder jemandem. Immer ist sie wachsam, sogar hier. Ist es ihr Mann, von dem sie sich verfolgt fühlt? Offenbar braucht sie sogar ein eigenes Haus, um ihm gelegentlich zu entfliehen.

Sie tritt neben mich und nimmt meine Hand.

»Was ist?«, fragt sie.

»Ich muss mich noch daran gewöhnen, ein Schatten von diesem Jason gewesen zu sein.«

»Warum willst du das glauben? Was bin ich denn für dich? Ein Schatten deiner toten Frau? Deshalb bist du doch hier, du kommst über den Tod dieser Anna nicht hinweg, und da denkst du dir, du suchst einfach nach deiner ersten großen Liebe und vertreibst mit ihr die Einsamkeit und die dunklen Gedanken.«

»So ist das nicht.«

»Siehst du?« Sie lächelt. »Die Jane vor und die nach London sind zwei völlig verschiedene Personen.«

»Heißt du deshalb jetzt Sinéad?«

»So ist es. Ein neuer Name für ein neues Leben. Sinéad ist nicht Jane.«

»Ich versuche mal, das zu verstehen. Du wirst mir nicht sagen, aus welchen anderen Gründen du deine Identität gewechselt hast?«

»Nein. Das weiß niemand, nicht einmal mein Mann.«

»Du hast Angst, dass jemand hinter uns her ist, stimmt's? Denkst du, es ist dein Mann, der dich verfolgt?«

Jane lächelt unbestimmt und blickt in die Ferne. Sie zeigt zu einem Berg am Horizont, dessen Gipfel in den Wolken liegt.

»Das ist der Devilsmother Mountain. Morgen könnten wir da hinaufsteigen, wenn du Lust hast. Ich kann mich gut daran erinnern, dass wir damals viel zusammen gewandert sind. Und vielleicht treffen wir da oben die Mutter des Teufels.«

»Klingt riskant. Aber ich habe ja die Fee von Edere dabei, die mich beschützt.«

Sie hebt kurz die Brauen und lächelt. »In der Tat.«

»Hast du das Haus ausgesucht?«

»Jemand hat es für mich in seinem Namen gekauft.«

»Und du kommst oft her?«

»So oft ich kann. Neil mag den Ort nicht besonders. Er erinnert ihn zu sehr an das alte, arme Irland. Deshalb habe ich das Haus in Galway gemietet. Für die Zeit, wenn er kommt.«

»Geld scheint nicht euer Problem zu sein.«

Sie lacht und zwinkert mir zu.

Wir gehen hinein. Die Einrichtung trägt eindeutig ihre Handschrift. Ich fühle mich sofort zu Hause und muss an das Hostel von damals denken. Kleine Zimmer, niedrige Decke, alles ist schlicht und geschmackvoll eingerichtet. Die Wände hängen voller kleiner Gemälde, und ich bilde mir ein, einige schon einmal gesehen zu haben. Jedenfalls zeigen manche den Lough Currane.

»Sind die von Eddie?«

»Einige schon.«

Da entdecke ich eins vom Hostel, als Ruine. Sofort geht es mir unter die Haut. Es ist sehr realistisch gemalt, fast wie ein Foto. Aber das Haus ist in einem noch schlimmeren Zustand als in Wirklichkeit. Teile des Daches sind wie weggerissen, die Hauswände verkohlt und brüchig, als hätten sie gebrannt. Der Wohnwagen fehlt. Die magische Landschaft mit dem See, das zarte Violett des Wassers und das dunkle Orange der untergehenden Sonne stehen in einem beklemmenden Kontrast zur finsteren Ruine. Aus den Trümmern wächst ein Baum, eine

Birke mit einem weißen Stamm, aber auch sie scheint tot zu sein, im Gegensatz zu den anderen Bäumen im Hintergrund tragen die Äste keine Blätter. Neben dem Hostel sitzt eine dunkle Gestalt auf einem Stück Mauer. Man kann nicht sagen, ob es ein Mann oder eine Frau ist, aber ich fühle genau das, was sie fühlt: tiefe Trauer darüber, was verloren gegangen ist und nie mehr so sein wird.

»Das Bild ist sehr gut.«

»Finde ich auch.«

»Wie gut es ist, weiß man allerdings nur, wenn man den Ort kennt.«

»Findest du?« Janes Stimme ist belegt.

Wir sehen uns an. Sie holt tief Luft, ihr Atem zittert dabei.

»Hat Eddie das gemalt?«

»Nein. Es ist von einem jungen Maler aus Waterville. Ich habe es vor einiger Zeit auf einer Vernissage in Galway gekauft.«

Ich muss an die Staffelei in der Ruine denken und die Person, die sich vor mir versteckt hat.

»So ganz hast du den Currane also nicht vergessen.«

»Wie könnte ich?« Sie reibt ihre Hände aneinander. »Mir ist kalt. Ich hole Torf aus dem Schuppen, und du übernimmst das Kochen, okay?«

»Ja, Chef.«

Sie lacht ihr dunkles Lachen. »Wie früher, oder?«

Während sie Feuer macht, kümmere ich mich ums Essen. Es gibt Salzkartoffeln mit Bohnen und Lammkoteletts. Später sitzen wir an dem kleinen Wohnzimmertisch im Warmen. Die Glut flackert im Kamin und vertreibt die Traurigkeit. Es riecht nach brennendem Torf, Fleisch und Knoblauch.

Jane probiert vom Lamm. »Hmm! Das hast du gut hingekriegt. Ich muss sagen, du hast nach wie vor deine Qualitäten.«

»Danke sehr!« Ich schenke ihr ein Glas Rotwein ein. »Hast du eigentlich noch Kontakt zu Eddie? Die Leute in Waterville haben mir erzählt, dass er nach Amerika ausgewandert ist.«

»Er hat dort sein Glück gefunden. Warte, ich zeig es dir.«

Sie geht ins Schlafzimmer und kommt mit einem Foto zurück. Sie reicht es mir und setzt sich wieder an den Tisch. Das Bild zeigt Eddie mit einer Frau. Sie ist einen Kopf größer als er und ziemlich dick. Sie wirkt wie jemand, der weiß, wo es im Leben langgeht, und der ein großes Herz hat. Eddies Haare sind weiß, seine Augen immer noch so sanft und traurig wie früher, aber seine Haut ist braun gebrannt, und an der Art, wie er die Frau im Arm hält, kann man sehen, wie sehr er sie liebt. Ich beneide ihn um sein Glück.

Jane erzählt, dass Eddie und sie nur noch losen Kontakt hatten, nachdem sie nach London gegangen war. Er wollte ihr helfen und bot ihr an, zu ihm nach Dublin zu ziehen, aber das wollte sie nicht. Eddie war ein trockener Alkoholiker und hatte ein paar Jahre auf der Straße gelebt. Eine Nichte auf Abwegen wäre da ein gefährlicher Umgang für ihn gewesen. Das Hostel wollte Eddie nicht mehr betreiben. Er zog sich zurück, hörte auf zu malen, fuhr tagsüber Taxi und lebte nachts im Internet, verlor sich in Computerspielen und Chatrooms. Es gab auch einen Rückfall. Doch dann lernte er im Netz Jackie aus Tennessee kennen. Sie chatteten für ein paar Monate, er besuchte sie ein paarmal, dann zog er dorthin. Sie lebt in Gatlinburg am Rande des Smoky Mountain National Park. Dort hat sie einen Souvenirshop mit Café. Eddie fing wieder an zu malen, irische Landschaften voller Sehnsucht. Die Gemälde verkaufte er in Jackies Shop und im Internet.

»Er war ziemlich erfolgreich«, sagt Jane und lächelt stolz. »Die Amerikaner liebten seine romantischen Bilder. Wir haben uns manchmal gegenseitig besucht. Und Jackie ist klasse.«

»Ihr habt jetzt keinen Kontakt mehr?«

»Eddie ist gestorben. An Lungenkrebs. Zwei Jahre ist das jetzt her. Mit dem Rauchen hat er nie aufhören können.« Sie seufzt. »So ein Schicksal blüht mir wohl auch.«

»Schade. Ich hätte ihn gern noch einmal getroffen.«

»Er hatte gute Jahre mit Jackie. Er ist als glücklicher Mann gestorben. Was kann man sich mehr vom Leben wünschen?«

»Vor ein paar Tagen war ich mit Frank O'Sullivan beim Angeln auf dem Currane.«

Jane schmunzelt. »Den alten Haudegen gibt es noch? Früher hat er getrunken wie ein Fisch.«

»Das tut er immer noch und ist putzmunter dabei. Ich habe auch Paul getroffen. Aus seinem Hostel hat er ein Café gemacht. Sein Käsekuchen ist der beste der Welt. Und die ›Lobster Bar‹ hat eine neue Wirtin. Der Laden ist mindestens so gut wie damals.«

»Ich war Jahrzehnte nicht mehr in Waterville.« Ihre Stimme hat einen traurigen Klang. »Eigentlich sollte ich mal wieder dorthin.«

»Das könnten wir ja zusammen machen.«

Sie lächelt, nimmt ein Lammrippchen in die Finger und nagt es ab.

»Eine Frau ist übrigens am Hostel ums Leben gekommen.«

»Ach ja?«

»Sie ist verbrannt, im Wohnwagen. War wohl Selbstmord.«

»Wer war das?«

»Sie hieß Helen Patterson. Als ich davon hörte, dachte ich zuerst, das wärst du. Der Wohnwagen ist nur noch ein rostiges Wrack.«

»Den Namen habe ich noch nie gehört.« Sie legt den Knochen weg.

»Der Todesfall ging damals durch die Presse«, sage ich.

»Wann war das?«

»Vor sechs Jahren. Ein Jahr später starb dein Vater.«

»Dein Detektiv hat gut recherchiert.«

»Was glaubst du, was passiert ist?«

Jane zuckt mit den Schultern. »Er ist tödlich verunglückt.«

»Vielleicht hat er sich auch umgebracht.«

Sie sieht mich überrascht an. »Du meinst, mein Vater hat von der Leiche im Hostel gelesen, sich an seine arme Tochter erinnert und sich dann, von Schuldgefühlen gepeinigt, die Klippen hinabgestürzt?« Sie lacht kurz auf. »Vergiss es! Zu Schuldgefühlen war weder er noch meine Mutter fähig. Sein Tod hat mir übrigens nicht viel ausgemacht. Genauso wenig wie der meiner Mutter. Ich war auch nicht auf ihren Beerdigungen. Ich weiß nicht einmal, auf welchem Friedhof sie liegen.«

Erstaunt sehe ich sie an, während sie einen großen Schluck Wein trinkt.

Sie holt tief Luft. »Ich weiß, das klingt hart. Aber manchmal muss man die Liebe zu seinen Eltern töten, um selbst zu überleben.« Sie hält mir ihre fettigen Finger hin. »Ich geh mal Hände waschen. Und wenn ich wiederkomme, wechseln wir das Thema, in Ordnung?«

Ob Jane das geschafft hat, ihre Liebe zu den Eltern zu töten? Mir ist das nie gelungen, ich hätte es gern gekonnt.

Kurz darauf steht Jane hinter mir und küsst meinen Hinterkopf. Ihre warmen Hände streichen über meine Brust.

»Damals hattest du noch nicht so breite Schultern. Die fühlen sich gut an.«

»Freut mich, dass sie dir gefallen.«

»Lust auf Nachtisch?«

»Unbedingt!«

»Dann komm!«, flüstert sie mir ins Ohr.

Wir brauchen ein bisschen, bis wir uns finden, doch dann wird alles wieder leicht, verspielt und zärtlich. So als erinnerten sich unsere Körper mit jeder Berührung ein wenig mehr aneinander, wie bei einem Tanz, den man seit Ewigkeiten nicht mehr getanzt hat, die ersten Versuche sind noch holprig, doch bald vergisst man, dass man jemals aufgehört hat, dass seit dem letzten Mal überhaupt Zeit vergangen ist.

Nackt liegen wir nebeneinander. Auch hier im Schlafzimmer flackert ein Torffeuer im Kamin. Draußen fegt der Wind ums Haus. Wir rauchen, keine Selbstgedrehten wie damals, aber sonst ist es fast wie in dem Wohnwagen, heiß und stickig, der Schweiß glänzt auf unserer Haut, und ich fühle mich ihr so nah. Etwas Dunkles erfasst mich, ein starker Strom, der mich mit sich zieht.

Damals auf Scariff Island führte sie mich einmal zu einem Felsspalt, unten wogte das Meer, bestimmt fünfzig Meter fielen die Wände senkrecht ab. Wir legten uns auf dem Bauch direkt an die Klippen und sahen hinunter. Wir waren beide still, und ich glaubte zu wissen, was sie dachte. »Ich kann nicht mehr lange runterschauen«, sagte ich. »Ich weiß. Mir geht es genauso. Ich würde springen.«

Später wache ich auf. Reste vom Torf glimmen noch im Kamin, und durch das Fenster fällt nur schwaches Licht. Jane schläft tief und fest. Ihre Züge sind entspannt, der Mund ist leicht geöffnet. Sie sieht aus wie sechzehn und im nächsten Moment wie eine alte Frau, als wäre sie tot.

Am Morgen trete ich ans Fenster. Es ist kalt, das Feuer längst erloschen. Wolken hängen hoch über dem Tal, aber der Wind hat aufgehört, unten liegt der See ruhig und glatt. Keine Fische, die nach Fliegen schnappen oder einfach so aus dem Wasser springen – als gäbe es kein Leben darin. Auf der gegenüberliegenden Seeseite fällt ein steiler Hang zum Ufer hinab, der die Sonne, sollte sie hier jemals scheinen, für die meiste Zeit des Tages vom See fernhalten dürfte.

Jane tritt von hinten an mich heran und legt ihre Arme um meine Brust. Ihr Körper ist noch warm und schwer vom Schlaf.

»Warum hast du ausgerechnet dieses Haus gekauft?«, frage ich. »Es ist so karg hier. So trostlos.«

»Für mich ist es das nicht. Für mich ist diese Landschaft sanft und wohltuend, wie ein Freund, der mich schon lange kennt und dem ich nichts vormachen muss. Ich fühle mich hier zu Hause. Und warte mal ab, wenn die Sonne scheint.«

Nach dem Frühstück wandern wir zur Mutter des Teufels. Der Himmel ist noch immer wolkenverhangen, aber der Gipfel frei. Wir folgen einem kleinen Bach den steilen Berg hinauf. Für Stunden laufen wir über braunes Heidekraut. Bei jedem Tritt gibt der Boden leicht nach, als liefe man auf einem lebendigen Körper, als wäre das Heidekraut Fell und der Torf eine dicke Haut. Es ist mild, feiner Nieselregen benetzt mein Gesicht. Wir laufen schweigend, Jane geht voran, und es fühlt sich gut an, denselben Weg und dasselbe Ziel zu haben.

Von oben haben wir einen weiten Blick auf Connemara. Tief unten liegt Killary Harbour. Wie eine schwarze Schlange ruht der schmale Fjord zwischen den grauen Bergen. Ich sitze an einen Felsen gelehnt, und Jane liegt in meinen Armen.

»Du hast gestern mit einer Hure geschlafen«, sagt sie aus heiterem Himmel. »Aber vielleicht hat dein Detektiv das auch schon herausgefunden. Ich dachte, du solltest es wissen. Ich weiß nicht genau, wie viele Männer es waren, aber es werden wohl mehrere tausend gewesen sein.« Ihre Stimme ist plötzlich voller Bitterkeit.

Für einen Moment kann ich nichts antworten. »Nein«, sage ich dann. »Ich habe mit einer wunderbaren Frau geschlafen. Ganz gleich, ob sie jetzt Jane oder Sinéad heißt und was sie früher einmal gemacht hat. Und ich hoffe, dass es nicht das letzte Mal gewesen ist.«

Da schließt sie die Augen und beginnt zu erzählen.

32

In den folgenden Nächten lagen Nora und Jane Arm in Arm auf einer Matratze unter einer Decke. Jetzt, wo die Wohnung nicht mehr so schäbig aussah und sie Noras Freunde kennengelernt hatte, war es gar nicht so schlecht, fand Jane. Denn ein paar von ihnen waren wirklich nett, vor allem einer. Er hieß John, hatte breite Schultern, sanfte Augen und ein zartes Lächeln. Er kam aus Jamaika und wollte Schauspieler werden. Er war schon dreißig und bekam kleine Rollen in Zimmertheatern. Er konnte auch gut singen und Gitarre spielen, und wenn er nicht proben musste, also meistens, verdiente er sich sein Geld als Straßenmusiker. Jane spürte, dass er es nicht mehr schaffen würde. Auch wenn er es zu verbergen versuchte, hatte er den Glauben an sich selbst verloren. Gleichzeitig ahnte sie, dass er nicht stark genug war, um seinen Traum aufzugeben. Er behauptete, kein Heroin zu nehmen, aber bald wusste sie, dass auch das eine Lüge war. John würde sich langsam zugrunde richten und mit seinem Traum sterben.

Aber wenn es dunkel war und sie Leute zu Besuch hatten, wenn sie Kerzen anzündeten, Spaghetti aßen und dann auf den Matratzen hockten, Musik hörten, redeten und den Rotwein oder einen Joint kreisen ließen, wenn man die Welt im Kerzenschein und vom Marihuana gefiltert sah, da verschwand die Armseligkeit ihrer Wohnung und die Verlogenheit ihrer aller Leben.

Fast. Denn immer kam der nächste Morgen, und das zerbrochene Fenster war wieder zu sehen, der versiffte Teppich und Noras Spritzbesteck. Einmal klingelte es früh an der Tür – Jane hatte die Klingel repariert –, und ein widerwärtiger alter Sack mit einem schmierigen Grinsen stand in der Wohnung und wollte Nora ficken, gern auch Jane oder alle beide, er würde zahlen, aber Nora ging dann mit ihm allein ins Zimmer. Jane hörte immer mit dem Walkman laut Musik, solange ein Freier da war, oder sie verließ das Haus, um zu vergessen, wie Nora ihr Leben finanzierte.

Jane erwachte inzwischen meistens in Johns Armen, er wohnte praktisch bei ihnen, sie schliefen in dem Zimmer, in dem Nora tagsüber die Freier empfing. Manchmal weckte Nora sie, weil schon jemand klingelte. Im Morgenlicht sah John viel älter aus, manchmal kam er ihr wie ein alter Mann vor, und Jane musste sich zwingen aufzustehen.

Sie schaffte es ein knappes Jahr, kein Heroin zu nehmen. Sie rauchte mehr Gras und trank mehr Wodka, wenn die anderen in die Küche gingen, um sich einen Schuss zu setzen. Nur wegen ihr taten sie das nicht mehr im Wohnzimmer. Inzwischen unterstützte Jane ihren gemeinsamen Haushalt durch Diebstähle in kleinen Läden. Dort gab es keine Kaufhausdetektive, irgendwann war jeder Besitzer einmal abgelenkt, und dann griff sie zu.

Doch bald wurde Nora immer öfter krank. Und wenn sie Grippe hatte oder eine schwere Erkältung, konnte sie nicht arbeiten, und es kam kein Geld ins Haus. Jane wusste nicht, dass die häufigen Krankheiten Symptome von Aids waren. Nora ahnte es schon, wie sie ihr später erzählte, aber einen Test machte sie nicht.

Sie mussten die Miete bezahlen und Noras Heroin; ihre Medikamente, das Essen, den Alkohol und das Gras. John konnte nicht helfen, er brauchte inzwischen selbst mehr für Drogen, als er als Straßenmusiker verdiente. Nora bediente nur ihre Stammkunden zu Hause, ansonsten ging sie auf den Straßenstrich.

»Du sollst das nicht tun!«, sagte sie matt, als Jane sich eines Abends zurechtmachte, und packte sie an den Schultern. »Ich will, dass wenigstens eine von uns nicht kaputtgeht.«

Sie sagte das wirklich: *Dass eine von uns nicht kaputtgeht.* Aber Jane wusste, dass sie stark genug sein würde, und es wäre ja nur für kurze Zeit, bis Nora wieder ganz gesund war. Sie zog mit einer Freundin von Nora los. Die gab ihr Tipps, was man für welchen Job verlangen konnte und worauf man achten musste, wenn man zu einem neuen Kunden ins Auto stieg.

Ihr erster Freier war schüchtern und stotterte. Sie sollte ihm mit der einen Hand einen runterholen und gleichzeitig mit der anderen einen Stock nehmen und seinen Arsch versohlen. Sie erledigte das in einem verlassenen Fabrikgelände, danach fuhr der Mann sie wieder zurück. Für den Rest des Tages klebte der Schwanzgeruch an ihrer Hand, aber abgesehen davon hatte sie Glück gehabt, denn das arme Würstchen hatte sie halbwegs mit Respekt behandelt. »Perverse« und »Transen«, lernte sie bald, waren fast immer angenehmer als die *normalen* Kunden.

Geschlechtsverkehr kam für sie nicht in Frage, das hatte sie John versprochen. Er wollte nicht, dass sie anschaffen ging, nahm aber das Heroin, mit dem sie abends heimkam. Die Hauptsache waren Blowjobs, zehn bis fünfzehn Stück am Tag, und damit verdiente sie zwischen hundertfünfzig und zweihundert Pfund. Jane war begehrt auf dem Strich, sie war jung, attraktiv, unverbraucht. Noch.

Sechs Wochen später – Nora litt an einer leichten Lungenentzündung – schnupfte Jane zum ersten Mal Heroin. Das Gras und der Wodka brachten sie nicht mehr genug runter. Sie wollte die gierigen Augen, die blassen Bäuche und die haarigen Schenkel wenigstens abends nicht mehr sehen. Drei Monate später brauchte sie täglich Heroin, um kurz zu vergessen, dass sie sich Männern verkaufte, doch um den Stoff zu bezahlen, musste sie es immer wieder tun.

Eines Tages hielt sich ein Freier nicht an die Absprache und vergewaltigte sie. Schon öfter hatten Kunden Finger in ihren Hintern gesteckt, sie gebissen oder so fest an ihren Brustwarzen gesaugt, dass sie bluteten, aber noch Schlimmeres hatte sie bisher abwehren können. Jetzt hatte ein Mann sie mit Gewalt zum Geschlechtsverkehr gezwungen, sie noch mehr gedemütigt als ohnehin schon und beim Davonfahren auch noch höhnisch gelacht. Danach war der Bann gebrochen. Jetzt ließ Jane die Männer alles tun, und sie zahlten gut dafür.

Jane hörte nicht auf, als Nora wieder gesund war. Sie wollten sich die Last teilen. Inzwischen hatte Jane auch genügend Stammkunden, die sie in der Wohnung empfing. Nur wenn das

Geld nicht reichte, ging sie auf den Straßenstrich. Meist war John in der Wohnung, wenn sie Kunden hatten, er passte dann auf. Auch er brauchte dringend das damit finanzierte Heroin.

Jane zündet sich eine Zigarette an. Ihr Rücken lehnt noch immer an meiner Brust. Ihre Geschichte hat sie in einem ruhigen, kühlen Tonfall erzählt, ohne mich dabei anzusehen. Sie wirkt wieder so kontrolliert und unnahbar wie vor ein paar Tagen in dem Hotel in Killarney. Dass es in ihr drin ganz anders aussieht, weiß ich jetzt.

»So ging das ein paar Jahre. Ich weiß nicht mehr, wie ich es ausgehalten habe. Und weißt du, was das Schlimmste ist? Schlimmer als der ganze Ekel, den du empfindest, wenn fremde Männer deinen Körper benutzen, und der nie mehr verschwindet? Schlimmer als die Gewalt und schlimmer als die Angst, die du jedes Mal hast, wenn du zu einem Kunden ins Auto steigst oder er deine Wohnung betritt? Du bist eine Ausgestoßene, das ist das Furchtbarste. Du fühlst dich schmutzig und wertlos, jede Sekunde an jedem Tag. Du verlierst dein Selbstwertgefühl, auch wenn du noch so stark bist. Du weißt, dass die Gesellschaft dich verachtet, wie dich auch die Kunden verachten, selbst wenn sie mit deiner Arbeit *zufrieden* sind. Denn sie wissen ja, dass du es nur fürs Geld tust und dass du sie eigentlich verabscheust. Sie wissen auch, dass es ihrer eigenen Seele schadet, wenn sie sich Frauen kaufen. Deshalb hassen und verachten die Männer dich, wie du sie auch hasst und verachtest. Und deshalb musst du dich betäuben, sonst hältst du diesen Lebensstil nicht aus. Drogen und Prostitution gehören untrennbar zusammen, und je stärker du beidem verfällst, umso schlimmer wird es. Du verheimlichst, was du tust, nicht nur vor anderen, sondern auch vor dir selbst. Du versuchst es von dir abzuspalten wie deinen Körper, wenn wieder irgendein stinkendes Arschloch zwischen deinen Beinen liegt, aber das funktioniert nur mit starken Drogen und auch nur für eine kurze Zeit. Es gibt keine glücklichen Huren, das ist eine Lüge, das war ich nur, wenn ich high war und für ein paar Tage keinen Freier nehmen musste.«

»Aber du hast es geschafft, da rauszukommen.«

Jane lächelt matt.

»Du hast studiert, einen guten Job und einen Mann. Die schlimme Zeit liegt hinter dir, Jane. Du kannst stolz auf dich sein.«

»Das bin ich auch. Aber was geschehen ist, ist geschehen. Es steckt in mir drin und geht nie mehr weg. Wie eine Krankheit, mit der du leben musst.«

Sie dreht sich zu mir um. »Du weißt jetzt mehr über mich als mein Mann. Er weiß, dass ich eine schwere Zeit hatte, aber er hat keine Ahnung, dass ich eine drogenabhängige Prostituierte gewesen bin.«

»Warum erzählst du es ihm nicht?«

»Es würde nicht mehr aus seinem Kopf gehen. Wahrscheinlich würde er sich bald vor mir ekeln. Er würde Phantasien entwickeln, wie ich es mit seinen Freunden treibe. Wenn er hässliche, fette Männer auf der Straße sieht, wird er sich vorstellen, wie sie auf mir liegen. Irgendwann wird er an meiner Treue zweifeln. Und das Gleiche wird mit dir passieren.«

»Nein. Ganz sicher nicht.«

»Die Bilder werden kommen, darauf kannst du dich verlassen.«

Dann gehen wir zurück, laufen schweigend nebeneinander. Und auf einmal reißt der Himmel auf. Gleißende Sonnenstrahlen brechen durch die Wolken und erwecken die Landschaft zum Leben. In einem Augenblick kehren die Farben mit einer Kraft zurück, als hätten sie hundert Jahre geschlafen, taufrische Grüns, Blaus und Brauns, und was vorher kalt und düster wirkte, ist auf einmal ein Fest aus Wärme und Licht. Der Strand am See leuchtet wie ein Band aus schimmerndem Gold.

»Feenlicht«, sagt Jane und nimmt meine Hand. Sie lächelt.

Ein paar Minuten, dann ist der Zauber verschwunden, und die Wolken haben den Himmel wieder fest verschlossen. Wir gehen weiter, und für den Rest des Weges lassen wir einander nicht mehr los.

33

An unserem letzten Morgen scheint die Sonne. Jane schläft noch, ich stehe wieder am Fenster und schaue auf den See. Heute ist er tiefblau, das Licht hat ihn wachgeküsst, Fische zeigen sich, eine warme Brise hat die Oberfläche in Bewegung gesetzt und zeichnet schraffierte Muster aufs Wasser. Sie verändern sich ständig, so wie meine Gedanken, wie es weitergehen soll.

Die letzte Nacht war anders. Wieder konnten wir kaum voneinander lassen, aber es war nicht mehr verspielt und zärtlich, sondern wild und zornig. Und ich sah diese Bilder, wie Jane es prophezeit hatte, die schmutzigen Männer mit ihren schwitzenden Händen, ich sah Philipp zwischen ihren Beinen liegen. Und bei diesen Phantasien küsste ich Jane umso gieriger, presste ihren Leib noch stärker an meinen, bis es ihr wehtat, weil ich wütend auf mich war, weil mich ihr Körper zugleich abstieß und anzog, ich wollte sie schlagen und verschlingen und ganz und nur für mich.

Danach lagen wir nebeneinander, erschöpft und leer, die Nähe war fort, auch weil ich mich schämte. Und Jane spürte, was in mir vorging, sie wusste die ganze Zeit über, was geschehen würde. Auch sie war voller Lust, wenn sich unsere Körper wieder suchten, aber es war ein kaltes Begehren, es hatte nichts mit mir zu tun oder nur zum Teil, es war geboren aus Selbsthass und Janes unstillbarem Drang zu vergessen, die Vergangenheit auszulöschen und auch sich selbst.

Beim Frühstück reden wir kaum, sehen uns nur ab und zu verstohlen an, so als wären wir über Nacht wieder Fremde geworden. Nachher werden wir zurück nach Galway fahren, Jane will es so. Sie wirkt nervös, kühl, als wollte sie so schnell wie möglich weg von mir. Und ich verstehe sie. Sie hat ihre Arbeit, ihren Mann, eine neue Heimat. Jane hat sich zurück ins Leben gekämpft.

»Es war schön mit dir«, sagt sie. »Die vorletzte Nacht und der gestrige Tag waren so wie damals. Aber es hat keine Zukunft.«

»Warum nicht?«, frage ich, obwohl ich die Antwort kenne.

»Weil ich zurück in mein Leben will. Weil ich mich dort halbwegs sicher und geborgen fühle. Dieses Wochenende – es war ein Traum. Unser Traum. Aber es ist nicht real.«

Sie klingt so bestimmt, dass ich nichts darauf erwidere. Ihr Blick ist nach innen gekehrt, vielleicht denkt sie an ihren Mann.

Meine Reise, meine Flucht ist zu Ende. Was ich wissen wollte und zu erleben hoffte, habe ich erfahren. Meine Zukunft liegt woanders, ich weiß nur nicht, wo. Aber vielleicht fällt es mir jetzt leichter, das herauszufinden. Und ich habe das Gefühl, weitergekommen zu sein. Jane hat mich befreit.

Sie zündet sich eine Zigarette an und bläst den Rauch in mein Gesicht, ohne dass sie es merkt.

»Da ist noch etwas«, sagt sie plötzlich. »Und das ist sehr real. Du hast einen Sohn. Wir haben ein Kind.«

Ich bin so perplex, dass ich nicht antworten kann.

»Als du damals mit mir Schluss gemacht hast, war ich schwanger. Da wusste ich es seit drei Wochen.«

Fassungslos sehe ich sie an. Ihr Blick ist distanziert und selbstbewusst, ohne auch nur den Hauch von Verwirrtheit oder eines schlechten Gewissens.

»Jetzt willst du wissen, warum ich es dir nicht gesagt habe? Ich habe mir das damals lange überlegt. Die Antwort ist, ich wollte keinen Mann, der mit mir zusammen ist, weil er sich verpflichtet fühlt. Den ich außerdem betrogen habe. Der wie ich selbst noch ein halbes Kind ist. Und ich wollte nicht, dass du dich in meine Entscheidungen einmischst. Nach deinem Anruf war es nur noch mein Kind, nicht mehr unseres.«

»Findest du? Wir beide haben ein Kind, und das geht mich nichts an? Und was du mir da gestern erzählt hast, die schöne Geschichte vom Marsch nach Hackney, wie du bei dieser Nutte gelebt hast, waren das alles Lügen? Was stimmt überhaupt von dem, was du sagst? Und woher soll ich wissen, ob ich wirklich der Vater bin? Könnte es nicht auch dieser Jason sein? Oder dieser gescheiterte Schauspieler, diese verkrachte Existenz, wie hieß er doch gleich, war es Jim? Oder einer von den ganzen anderen?«

Noch während des Redens bereue ich, was ich sage. Janes Blick ist so voller Zorn wie in dem Hotel in Killarney, als ich nach ihrer Hand griff.

»*Bei dieser Nutte?* Nenne Nora nie mehr so. Nenne überhaupt niemals eine Frau so. Denn du hast keine Ahnung, wovon du redest. Nora hat mich schwanger bei sich aufgenommen, obwohl sie selbst bis zur Nase in der Scheiße steckte. Sie hat mein Kind und mich geschützt, solange sie konnte. Sie hat mehr Größe und Stärke gezeigt als du, ganz egal, wie viele Körper du in Afrika zusammengeflickt hast. Ich dachte wirklich, das würdest du verstehen. Und Nora hat mich mit John zusammengebracht, der mich geliebt hat und dessen Wärme und Zärtlichkeit ich damals brauchte wie die Luft zum Atmen. Wie kannst du dir anmaßen, über Menschen wie ihn oder Nora zu urteilen? Und was glaubst du denn, was du getan hättest, wenn ich dir von dem Kind erzählt hätte? Wärst du nach London gekommen? Hättest du das Kind mit zu dir nach Deutschland genommen? Ich glaube nicht. Du hättest mir geraten, abzutreiben oder das Kind zur Adoption freizugeben. Du hättest in Zweifel gezogen, dass es dein Kind ist, so wie gerade eben. Du warst selbst noch ein Kind, wie hättest du da Verantwortung für eins übernehmen können?«

Ich lege meine Hände vor die Augen. »Es tut mir leid, ich wollte das nicht sagen. Und ich meine es auch nicht so. Das ist nur alles grad ein wenig viel. Es ist einfach zu viel.«

Nachdenklich und immer noch zornig sieht sie mich an.

»Rede weiter, bitte«, flüstere ich.

Es dauert eine halbe Zigarettenlänge, bis Jane sich dazu durchringt.

Ihre Mutter hatte den Schwangerschaftstest im Müll gefunden. Ihre Eltern wollten, dass sie abtreibt. Sie würde ihr Leben ruinieren, ein uneheliches Kind mit achtzehn, und das im katholischen Irland! Aber es ging nur darum, den Schein zu wahren. Sie wollten sich nicht vor den Nachbarn schämen müssen, dass ihre missratene Tochter *so* tief gefallen war. Was für eine Schande! Welche Schmach! Wie konnte Jane ihnen das nur antun? Und statt ihr zu helfen, machten ihre Eltern Druck, wollten wissen, wer der Vater war. Sie ahnten natürlich, dass es im Hostel passiert war, und sie wollten den Namen des Vaters, aber Jane sagte nichts. Auch Eddie hielt dicht. Allerdings war es der letzte Sommer, in dem er das Hostel betreiben durfte. Jeden Tag fingen sie damit an: Wer ist es? Wie heißt er? Er wird zahlen! Er muss zahlen! Und Jane sollte bloß niemandem von der Schwangerschaft erzählen, weil sie sich so jämmerlich für ihre Tochter schämten. Abtreibung war illegal in Irland, also wollten sie Jane die Fahrt nach London und den Eingriff bezahlen. Es muss weg, du solltest uns danken, meinte die Mutter.

Für Jane wurde es unerträglich. *Darum* ging sie nach London. Und Nora nahm sie auf. Auch sie riet Jane abzutreiben, sie hatte das schon einmal hinter sich gebracht, aber Jane konnte das nicht. Sie rührte keine Drogen an, bis das Baby kam, nur deshalb hielt sie so lange durch. Dann gab sie das Kind zur Adoption frei. Und danach wollte sie alles vergessen.

Ich schaue zum Fenster. Es ist halb geöffnet, draußen zwitschern die Vögel.

»Ich habe ihn Aidan genannt und direkt nach der Geburt abgegeben. Wenigstens den Namen sollte er von mir haben. Er kommt vom gälischen Wort ›aodh‹, und das heißt ›Feuer‹. Ich habe gedacht, das wird er in seinem Leben brauchen. Nora kannte eine Sozialarbeiterin, die mir geholfen hat. In dem Adoptionsverfahren bestanden die neuen Eltern darauf, dass ich auf das Recht verzichte, Aidan zu sehen und mit ihm zu sprechen. Ich akzeptierte, auch weil ich völlig durch den Wind war. Aber ich wollte den Namen der neuen Eltern, das war meine Bedingung. Für den Fall, dass ich meine Meinung einmal ändern würde.«

Janes Blick ist leer. Ich denke an die vorletzte Nacht, wie nah wir uns da gekommen sind. Daran, wie verliebt wir waren, als Aidan gezeugt wurde, vielleicht im Wohnwagen oder unter den Sternen auf Scariff Island.

In den ersten Wochen nach der Adoption fühlte sich Jane wie befreit. Aber bald kamen Zweifel. Und Sehnsucht. Doch Kontakt zu den Eltern suchte sie nicht.

»Ich hab mich viel zu sehr geschämt für mein Leben. Und wenig später ist John gestorben. Nora war zu der Zeit wieder im Krankenhaus. Er hat sich in unserer Küche eine Überdosis gesetzt, als ich mit einem Kunden im Zimmer nebenan war. Ich hab ihn gefunden, als der Mann am Gehen war. John atmete noch, und der Typ sollte mir helfen, aber das Arschloch wollte nur weg. Er hatte seinen Fick gekriegt, ein sterbender junger Mann war ihm scheißegal. Ich versuchte, ihn aufzuhalten, und da hat mich das Schwein verprügelt. Während John nebenan starb. Als ich zu ihm kam, war es zu spät.«

Sie sieht mich an. »Tja, da musste ich erst mal weg, sonst hätte ich mir auch eine Überdosis gesetzt. John war tot, und Nora würde es bald sein. Da bin ich in die Entzugsklinik nach Cork. Dorthin waren Aidans neue Eltern umgezogen. Die Frau war Irin. Ich wollte Aidan nicht sehen, aber in seiner Nähe sein. Ich setzte mich oft an Spielplätze und stellte mir vor, dass eins der Kinder Aidan wäre, dass er mich plötzlich erkennen und lachend in meine Arme laufen würde. Aber das, sagte ich mir, sollte erst passieren, wenn ich clean sein und ein anständiges Leben führen würde. Und diese Vorstellung hat mir beim Entzug geholfen. Ohne sie, ohne Aidan hätte ich es wohl nicht geschafft. Und eigentlich wollte ich auch nicht mehr nach London zurück. Doch nach ein paar Wochen erfuhr ich, dass Nora aus dem Krankenhaus entlassen worden war. Sie wollte nicht zurück nach Dublin zu ihren Eltern, sondern in unsere Londoner Wohnung. ›Nach Hause, um zu sterben‹, schrieb sie. Da musste ich zurück. Ich wollte für sie sorgen, bis sie starb.«

Jane holt etwas aus ihrer Handtasche und reicht mir ein Fotoalbum. »Da drin sind Fotos. Von unserem Sohn.«

Ich zögere, bin unsicher, ob ich es jetzt sofort öffnen soll, und lege es dann vor mich hin.

»Bitte erzähl weiter. Ich schau es mir nachher an, wenn ich allein bin.«

»Später, als ich clean war, bin ich in die USA gegangen. Ich wollte neu anfangen. Von dort flog ich manchmal für ein paar Tage nach Cork und beobachtete ihn, so zwei-, dreimal im Jahr. Ich folgte ihm in seinem Alltag, ohne dass er es merkte. Ich wurde ziemlich gut darin, einen Menschen zu verfolgen, machte heimlich Fotos von ihm, damit ich etwas hatte, wenn ich wieder in New Orleans war. Tja, von mir aus hätte ich nicht den Kontakt gesucht, aber als er achtzehn wurde, verrieten seine Adoptiveltern ihm meinen Namen. Er fing an zu recherchieren und stieß auf Eddie. Er hat mich informiert, auch darüber, dass Aidan sich überhaupt nicht mit seinen Adoptiveltern versteht. Aber das hatte ich sowieso schon gemerkt. Aidan war kein glücklicher junger Mann. Und er wollte mich unbedingt sehen. Also haben wir uns in Cork getroffen. Er meinte, er hätte immer geahnt, dass seine Eltern nicht die wirklichen Eltern waren. Genauso, wie es mir ergangen war. Nur lag er mit seiner Vermutung richtig. Aber es war kein gutes Treffen.«

Sie sieht mich an, getroffen und verletzt. »Er hat meine Wildheit und deinen Charme. Aidan ist ein kreativer junger Mann, der frei sein will, aber noch keinen Halt im Leben gefunden hat. Er hat mir Vorwürfe gemacht, wie ich ihn als Baby verlassen konnte. Wie ich ihn bei seinen Adoptiveltern lassen konnte. Da war ein Zorn in ihm, der mir Angst gemacht hat. Und er wollte wissen, wer sein leiblicher Vater ist.«

Sie seufzt. »Ich habe ihm nicht die Wahrheit gesagt. Ich habe ihm erzählt, dass es ein One-Night-Stand gewesen sei, ein netter, gut aussehender Deutscher namens Marc. Aber ich hätte weder Nachnamen noch Foto oder Telefonnummer. Wir hätten uns in einer Disco in Dublin kennengelernt, zu viel getrunken und in einem Park miteinander geschlafen.«

»Warum hast du gelogen?«

»Weil ich nicht wollte, dass er dich trifft und abgewiesen wird.«

Ich schlucke herunter, was ich sagen will. Sie gibt mir einen Zettel. Darauf steht eine Adresse in Cobh, einer kleinen Hafenstadt in der Nähe von Cork.

»Nimm mir die Frage nicht übel, aber bist du dir sicher, dass das Kind von mir ist?«

»Marc! Warum sollte ich dich belügen? Ich will kein Geld von dir oder dich zu irgendwas verpflichten. Schau dir die Fotos an, und du weißt Bescheid. Pass auf, wenn du ihn triffst. Aidan hat kein einfaches Leben. Er ist Künstler, er hat auch ein bisschen Erfolg, aber mit dem Leben ist er überfordert.«

Wie seine Eltern, denke ich.

»Er hätte einen guten Vater verdient, und ich glaube, das könntest du sein.«

»Er ist erwachsen.«

»Einen guten Vater braucht man sein ganzes Leben lang.«

»Weiß er mehr über deine Vergangenheit als ich?«

»Nein. Nur dass seine leibliche Mutter unter allen Umständen verschollen bleiben muss.«

34

Es gab eine Zeit, da glaubte Jane wirklich, dass alles gut werden würde. Dass sie alles vergessen könnte. Eine Zeit, in der sie noch Hoffnung hatte, dass die Wunden heilen würden.

Es war ihre zweite Chance, eine Art Wiedergeburt. Sie konnte zwischen verschiedenen Orten wählen und entschied sich für New Orleans. Das war weit weg von London und Irland, und außerdem hatte sie die Stadt, die sie aus den Romanen von James Lee Burke kannte, immer angezogen. Und sie hatte sich richtig entschieden, das French Quarter war voller Leute wie sie, solchen, die anders waren, die sonst nirgendwo reinpassten und ein spezielles Biotop zum Überleben brauchten. Das fand sie in den Bars und Clubs der Stadt. Mit ihren neuen Freunden unternahm sie Ausflüge in die Sümpfe. Und die schattigen Wälder mit dem schwarzen Wasser, den bunten Inseln aus Wasserhyazinthen, den Alligatoren und turmhohen Sumpfzypressen kamen ihr wie ein Abbild ihrer Seele vor.

Sie studierte Sozialarbeit, und ihr Geist saugte alles auf wie ein trockener Schwamm, weil sie die Vergangenheit vergessen wollte und sie ein Wissensdurst erfüllte, den sie bisher nicht von sich gekannt hatte. Neil gefiel das. Wie sie war er älter als die anderen Studierenden. Er war ihr schon einige Male aufgefallen, er studierte eigentlich Maschinenbau, hatte irische Wurzeln und schaute gern über den Tellerrand hinaus.

Eines Tages sprach er sie nach der Vorlesung an. Er hatte große, sanfte Augen wie ein Bernhardiner und strahlte dieselbe unerschütterliche Ruhe aus. Sie mochte ihn sofort und dachte, er wäre der Mann, mit dem ein neues Leben vielleicht möglich sein würde. Aber sie zögerte, ging auf Distanz. Männliche Körper widerten sie an, sie konnte sich nicht vorstellen, Neil zu küssen, ohne sich übergeben zu müssen. Und sie war eine Frau ohne Vergangenheit. Sie würde ihm nie erzählen, was sie erlebt hatte. Durch welche Hölle sie gegangen war.

Aber Neil ließ nicht locker. Also ging sie eines Abends mit ihm in einen Club. Sie war nervös und trank zu viel. Ein fremder Mann sah ihr mit einem aufdringlichen Lächeln beim Tanzen zu. Starrte sie an wie früher die Freier, mit diesem halb gierigen, halb kalkulierenden Blick, was ihr Körper zu bieten hatte und wie hoch sie mit dem Preis gehen würden. Da ging sie zu ihm hin und schrie, dass er das gefälligst lassen soll. Er forderte sie mit gespielter Ruhe auf, sich nicht so anzustellen, und schürzte seine Lippen, als wollte er sie küssen. Daraufhin schlug sie ihn, ohne Warnung, ein Hieb mit voller Wucht unters Kinn. Der Mann fiel zu Boden, sie kippte ihren Cocktail auf ihn, und Neil konnte sie nur mit Mühe davon abhalten, ihm die Gedärme aus dem Bauch zu treten.

Aber nicht einmal das schreckte Neil ab. Es weckte seinen Beschützerinstinkt. Neil war Jäger und meinte, schießen würde ihr guttun. Er hatte recht, sie liebte es. Bald nahm sie an Wettkämpfen teil, und wenn sie sich ihren Vater oder irgendwelche abgefuckten Freier als Ziel vorstellte, traf sie immer ins Schwarze. Sie fing auch mit Boxen an und wurde nie müde im Ring. »Da muss ja verdammt viel aus dir raus«, meinte die Trainerin zu ihr.

Es dauerte fast ein Jahr, bis sie Neil das erste Mal küsste, und es war nicht so schlimm wie gedacht. Als sie das erste Mal miteinander schliefen, empfand sie nichts, aber sie ekelte sich auch nicht vor ihm. Sie tat es für ihn, spielte ihm etwas vor, stöhnte und verdrehte die Augen, wie damals bei den Freiern, aber diesmal tat sie es aus Liebe. Nach einiger Zeit machte es ihr wieder Spaß, und sie log nicht, wenn sie ihn lustvoll an sich drückte. Nur manches ging nicht, ihm einen blasen oder sich von hinten nehmen lassen, das kam nicht in Frage, und er schlug auch weder das eine noch das andere vor.

Nach dem Studium bekam Neil einen gut bezahlten Job in der Ölindustrie und sie einen schlecht bezahlten beim Jugendamt. In New Orleans mit seiner krassen Armuts- und Kriminalitätsrate ging die Arbeit für Sozialarbeiter nie aus. Sie mieteten ein kleines Haus am Rand der Stadt. Nach außen hin war alles gut, sie hatten Freunde, gingen zusammen zum Jagen, fuhren mit Kajaks in die Sümpfe, aber was wirklich in ihr vorging, diese gefährlichen Strömungen, die sie trieben, die dunklen Schatten der Sumpfzypressenwälder, verschwieg sie ihm.

Eines Abends fragte er nach ihrer Vergangenheit. Er kenne sie nicht, er wisse nichts von ihr, warum vertraue sie ihm nicht? Neil sah verzweifelt aus. Sie meinte, dass er sich damit abfinden müsse, mit einer Frau zusammenzuleben, über deren Vergangenheit er nichts wisse. Dass es Teile ihres Lebens gebe, von denen er nie etwas erfahren werde. Sie sagte, sie habe alles in ein Verlies gesperrt und den Schlüssel weggeworfen, sie habe das tun müssen, sonst wäre sie nicht mehr hier. Sie würde verstehen, wenn er das nicht ertragen und daher nicht länger mit ihr leben könne. »Aber wenn du mich willst, musst du das akzeptieren«, sagte sie.

Das war viel verlangt, und dabei konnte sie ihm nicht einmal treu sein. Es war verrückt: Bis sie Neil kennengelernt hatte, hatte sie wie eine Nonne gelebt. Mit Neil, dank Neil kam die Lust zurück oder vielmehr ein wilder Drang, und es gab Tage, da wuchs er ins Unermessliche, es war wie ein schwarzer Sog, die Sucht nach einer Droge, von der man weiß, dass sie einen ins Verderben reißt.

Wenn Neil auf Geschäftsreise war, ging sie in Clubs, gabelte irgendwelche Männer auf und ließ sich in Hotels von ihnen ficken. Tat Dinge, die sie bei Neil abstoßen würden, aber mit den Fremden wollte sie genau das, empfand ein krankes Vergnügen dabei, sich von Männern, die sie anwiderten, erniedrigen zu lassen. Danach fühlte sie sich so schäbig und schmutzig wie früher, wie ein Stück Dreck, und heftigste Schuldgefühle marterten sie; sie nahm sich vor, damit aufzuhören, schaffte es aber höchstens ein paar Monate, dann zog sie wieder los.

Ein paarmal ging sie zu einer Therapeutin, merkte aber schnell, dass das die Dinge nur schlimmer machte. Denn was sie antrieb, war schon zu tief in ihr verwurzelt, ein Geschwür, das sich in ihre Seele gefressen hatte, und schnitt man es heraus, würde sie sterben. Es war untrennbar mit ihrer Persönlichkeit verbunden, also blieb ihr nichts übrig, als damit zu leben. Es im Zaum zu halten.

Neil merkte, dass etwas nicht stimmte. Dass ihr Selbstbewusstsein, ihr Witz, ihr Charme und ihre Fröhlichkeit zwar keine Maske, aber nur die eine Seite ihres Wesens waren. Manchmal war sie für Wochen die Sinéad, in die er sich verliebt hatte, aber irgendwann wurde sie wieder zu Jane, zur brütenden, schweigsamen Jane, die Kleinigkeiten zur Weißglut trieben, die ohne ersichtlichen Grund von Weinkrämpfen geschüttelt wurde und zu viel trank, die die Frau von Neils bestem Freund eine »ignorante Fotze« nannte, weil sie sich über Transsexuelle lustig gemacht hatte.

Und Jane merkte, dass er sich von ihr entfernte. Seine Mutter mochte sie nicht, spürte das Zerstörerische in ihr, ahnte, dass sie eine Gefahr für das Seelenheil ihres Jungen war. Außerdem wollte Jane keine Kinder mehr, das kam für sie nicht in Frage, wie sollte sie mit ihren Abgründen und Verwundungen, mit ihrer verkorksten Sexualität und ihrem Drang zur Selbstzerstörung jemals ein gesundes Kind aufziehen können? Aber so konnte sie das Neil nicht sagen. Er würde nicht mit ihr leben können, wenn er wüsste, was sie getan hatte. Was sie mit fremden Männern trieb, wenn er weg war.

Dann fuhren sie gemeinsam nach Irland. Jane dachte, es würde eine Katastrophe, aber das Gegenteil war der Fall. Die Reise zu ihren Wurzeln schweißte sie zusammen. Neils Familie – kleine Farmer, die Irland noch während der großen Hungersnot verlassen hatten – stammte aus einem kleinen Ort in Tipperary, und dort fuhren sie hin. Neil war noch nie in Irland gewesen, aber er passte hinein wie ein Fisch ins Wasser, als wäre er dort aufgewachsen. Er sprach die Sprache der Einheimischen, und sie konnte fühlen, wie sehr er sich in den Pubs und auf den kleinen Bauernhöfen seiner entfernten Verwandten zu Hause fühlte, mehr als sie. In Dublin waren sie nur kurz, aber Jane zeigte ihm Kerry und Connemara und spürte, dass dieses Land trotz allem ihre Heimat war. Zurück in den USA besuchten sie Eddie in Tennessee. Neil und er verstanden sich sofort, und Jane hoffte, dass vielleicht doch alles gut werden könnte.

Wurde es aber nicht. Sinéad verblasste immer mehr, und die alte Jane kehrte zurück, die dunkle, grübelnde, gefährliche Jane. Und sie merkte, wie stark Neil litt. Er hätte sie nie verlassen, dafür war er zu loyal, dafür liebte er sie viel zu sehr. Doch er wollte so gern Kinder, vor allem brauchte er eine andere Frau, eine, die nicht jeden Tag auf Messers Schneide balancierte.

Also verließ sie ihn, um ihn zu schützen. Die Grausamkeiten ihres Vaters, die kalte Ignoranz ihrer Mutter, die verlorene Nora und der sterbende John, all die Männer, denen sie sich verkauft, und der Moment, in dem sie Aidan weggegeben hatte, würden immer ein Teil von ihr sein. Dabei wünschte sie sich nichts sehnlicher, als dass diese Erinnerungen verschwinden würden, aber das taten sie nicht, sie lauerten im Verborgenen und wuchsen zu Dämonen. Und an manchen Tagen warfen sie Schatten aus den Tiefen, die sie jagten.

Schweigend saßen sie in ihrem Haus.

»Ich bin nicht die Frau, die du brauchst«, sagte sie.

Erstaunt, entsetzt sah er sie an. »Wie kannst du das sagen?«, brachte er heraus.

Da erzählte sie ihm, was sie trieb, wenn er unterwegs war, sie musste das tun, sonst würde er sie nicht verstehen. Erzählte, dass sie sich dafür verachtete, aber nicht anders konnte, dass das nie aufhören würde, dass sie nur so das prekäre Gleichgewicht ihrer Existenz aufrechterhalten konnte.

»Ich muss dich verletzen, um zu überleben«, sagte sie.

Er wehrte sich, wollte ihr nicht glauben, dass es keinen Ausweg gab, brachte Therapien ins Spiel, aber sie spürte, dass er verstanden hatte, dass all die warnenden Stimmen in ihm allmählich die Oberhand gewannen.

Wenig später zog sie aus, in eine kleine Wohnung im French Quarter. Viel brauchte sie nicht, sie hatte ihre Arbeit und ihre Freunde aus der Szene. Sie wusste jetzt, dass sie niemals in einer festen Beziehung würde leben können. Und sie fühlte sich auch freier, als sie wieder allein lebte, das Bedürfnis nach diesen widerlichen Eskapaden ließ nach, wenn es auch nicht ganz verschwand. Einsam war sie nicht, in der Queer-Kultur der Stadt gab es genügend Leute wie sie, mit denen sie reden konnte, die sie verstanden. Aber in ihr drin blieb es so wild, traurig, düster und gefährlich wie in Louisianas Sümpfen.

35

Die Tür geht auf, überrascht sieht er sie an. Jane hat sich die Perücke aufgesetzt, die kennt er noch nicht.

»Hi«, sagt er mit einem schmierigen Lächeln und bittet sie mit einer ausladenden Geste herein.

So gefällt sie ihm, mit dieser fuchsroten Perücke und dem aufdringlichen Make-up, das hat sie sich schon gedacht. Mit dem Mini und der dünnen Bluse, die mehr zeigt, als sie verbirgt. Eigentlich passt sie nicht in sein Beuteschema, obwohl sie zwanzig Jahre jünger ist als er: Gene Patterson liebt richtig junges Fleisch, mit glatter Haut und Augen, aus denen noch ein Kind schaut. Vier Wochen ist sie ihm gefolgt, hat seine Gewohnheiten und Vorlieben studiert, und da stehen hübsche, blutjunge Frauen, die sich verkaufen, ganz weit oben. Aber die kommen nur, wenn er zahlt, und die Kätzchen können ihren Ekel vielleicht noch nicht immer so gut verbergen. Schlecht fürs Ego, und da trifft er plötzlich eine, die ihn will. Noch dazu verheiratet und halbwegs frisch.

»Hi!«, sagt sie und lächelt ihn vielversprechend an. »Ein schönes Fleckchen hast du uns da ausgesucht.«

Sein Aftershave ist abstoßend, aufdringlich, dazu trägt er ein kurzärmeliges Seidenhemd, die oberen Knöpfe sind offen, seine Haut ist nicht mehr jung, aber haarlos, frisch epiliert. So wie er sie ansieht, wäre es ihm am liebsten, wenn sie sofort vor ihm in die Knie geht und seinen Schwanz aus der Hose holt.

Sie soll vorausgehen ins Wohnzimmer. Unterwegs dorthin spürt sie seine verschlingenden Blicke auf ihrem Hintern.

»Wow!«, sagt sie, als sie das Wohnzimmer betritt. Die monströse Villa wurde rücksichtslos in einen Waldhang gesetzt, neureiche Maßlosigkeit mit zu hohen Räumen, einem gewaltigen Lüster und einem Esstisch wie in einem Rittersaal, aber mit atemberaubendem Blick über Connemaras karge Einsamkeit. Das Abendlicht kitzelt jedes Quäntchen Farbe aus dem Lough

Inagh, dem Gras und den Fichtenwäldern, den Berghängen und Felsen, als gäbe es noch Hoffnung.

»Das beste Stück, das ich gerade im Angebot habe«, sagt Gene voller Stolz. Er ist Immobilienmakler, von ihm hat sie dieses schreckliche Haus in Galway gemietet, nur um an ihn heranzukommen. Ihr Mann, sagte sie, nachdem sie die Förmlichkeiten geklärt hatten, arbeite zurzeit in Norwegen, sie wollten hier zusammen Urlaub machen. Aber, seufzte sie, er komme erst in zwei Wochen. Bis dahin sei sie allein.

Also, meinte Gene, er sei häufiger in Galway, und es wäre ihm eine große Freude, sie einmal zum Essen einzuladen und ihr die Stadt zu zeigen. Das wäre ganz wunderbar, sagte sie, aber vielleicht nicht in Galway? Wo sie doch ziemlich viele Leute kenne. So was könne ja zu Missverständnissen führen. Ein kokettes Lächeln. Er schluckte. Er hätte da was, ein echtes Traumschloss in der Wildnis, stünde zum Verkauf. Wenn sie ihn dort einmal besuchen wolle?

Wollte sie. Und jetzt sind sie hier. Und sie ist fast am Ziel. Gene ist derjenige, der den Tod am meisten verdient, aber … Es ist anders als beim letzten Mal, sie ist unsicher, und es fehlt die Jagdlust, der Zorn. Der besessene Glaube, dass es unverzichtbar ist, was sie tut. Bei Genes Frau Helen war das noch anders. Da hat sie jede Sekunde genossen. Es war nicht schwer gewesen, Helen zu manipulieren: eine einsame Frau ohne jedes Selbstbewusstsein, die sich hinter einer mühsam aufrechterhaltenen Fassade der Kälte und Ignoranz verschanzte. Eine erbärmliche, selbstmitleidige, von Gene kontrollierte und gedemütigte Frau, die all ihre Schuld verdrängt hatte. Es war schwierig, mit ihr in Kontakt zu treten, denn sie war misstrauisch gegenüber allem und jedem, aber bald fraß sie Jane aus der Hand, war Wachs in ihren Händen. Denn das kannte Helen nicht mehr, dass sich jemand für sie *aufrichtig* interessierte. Sie war Jane völlig ergeben. Lass uns nach Kerry zum Campen gehen, schlug sie vor, nur wir beide! Ich kenne da einen wunderbaren Ort, aber sag deinem Mann nichts davon.

Beim ersten Glas Champagner erzählt Gene von seinem

steilen Aufstieg und davon, wie er das neue Irland liebt, das Land der unbegrenzten Möglichkeiten. Vor dem Boom hatte er einen öden Job ohne Aussicht auf Beförderung, dann stieg er ins Immobiliengeschäft ein. Genau in dem Moment, als die Iren zum ersten Mal in ihrer traurigen Geschichte zu Geld kamen und sich Häuser kauften. Viel zu große, viel zu teure, die sie sich gar nicht leisten konnten, tja, und dann kam der Crash, weshalb es jetzt solche Häuser wie das hier oder das in Galway zu mieten gibt. Aber da war er längst ein gemachter Mann.

»Das Haus hier habe ich der Familie, der ich es verkauft hatte, wieder abgekauft, und zwar für weniger als den halben Preis. Aber so konnte ich den Mann vor dem Bankrott bewahren, die arme Sau. Die Preise steigen gerade wieder, aber ich warte noch und vermiete in der Zwischenzeit.«

Sie hört nur halb zu. Der Hass – wo ist er? Dieser Gene Patterson verkörpert alles, was sie abstößt, er ist schmierig, protzig, lüstern, kalt. Ein Mann, der nur um sich und seine Gier kreist. Der sich junge Frauen kauft und dem es scheißegal ist, warum sie es tun und wie es ihnen hinterher geht. Sie hat diese Frauen gesehen, fast noch Mädchen, mit welchen Blicken sie an seiner Tür klingelten. Und wie sie aussahen, wenn sie wieder rauskamen. Da wusste sie, was er mit ihnen gemacht hatte. Manche hatten sich mit Drogen betäubt, aber diese Leere, die Erniedrigung, die Verzweiflung, die konnten sie aus ihren Blicken nicht tilgen. Sie würden sich in ihre Körper fressen und ihr Gift allmählich verbreiten.

Er schenkt die Gläser wieder voll. Er spiele viel Golf, erzählt er, sei im Rotary Club, er wolle was abgeben von seinem Geld, wolle was tun für Volk und Vaterland. Er wisse, dass es nicht allen gut geht. Seine Frau habe sich vor einem Jahrzehnt davongemacht, sei einfach verschwunden, und er habe keine Ahnung, wo sie steckt.

»Oh«, sagt Jane und senkt den Blick. Soll er nur denken, dass sie ihm für diesen verlogenen Schwulst gleich besonders innig einen bläst. Sie kennt Männer wie ihn, sie brauchen das

Gefühl der Dominanz, müssen andere unterwerfen, damit ihr schwacher Geist sich stärker fühlt.

Von Männern wie ihm gibt es zu viele. Marc ist anders, sie muss ständig an ihn denken, an ihre Gespräche und die zwei Nächte am Lough Nafooey, an diese Geborgenheit und Vertrautheit, die Zärtlichkeit und auch ihre Leidenschaft. Marc muss keinem etwas vorspielen, er ist stark genug, um sich zu seiner Schwäche, seiner Trauer und Angst zu bekennen. Auch er kreist um sich wie alle, aber er weiß, dass er es tut, und schämt sich dafür, und diese Mischung aus Ehrlichkeit und Unsicherheit zieht sie so an, das war bereits damals so.

Sie leert ihr Glas, Genes ist schon wieder leer.

»Noch eins?«, fragt er.

Sie nickt. Er holt die Flasche und schenkt ein. Irgendwann wird er auf Toilette gehen müssen, hoffentlich bald, das winzige Fläschchen hat sie unter ihrer Perücke versteckt.

Gene will sich aufs Sofa setzen. Er trinkt und rückt näher. Seine Beine berühren sie fast. Er schielt auf ihre nackte Haut und lügt weiter über sein Leben, sie hört kaum zu. Aber sie hat gelernt, wie man solche Männer anschaut, unterwürfig, als würde man sie bewundern, ihren Lügen Glauben schenken. Du wirst heute sterben, denkt sie, aber was ist dann?

Er will es jetzt, verdammte Scheiße, beugt sich zu ihr, und sie schließt die Augen. Spürt seine Lippen und seine Zunge kaum. Die Hand, die unter ihren Rock schlüpft. Ihre Hand, die seine Hose öffnet. Sie kann es noch, hat es tausendmal gemacht, so was verlernt man nicht: sich selbst abzuschalten, den Geist vom Körper abzuspalten und gleichzeitig so zu tun, als wäre sie voller Lust; als wäre das, was er will, für sie das Schönste auf der Welt.

Sie kniet sich zwischen seine Beine; lieber so, als ihn ganz in sich zu haben.

Hinterher geht er zufrieden aufs Klo. Das sei ganz wunderbar gewesen, säuselt er, während sie den widerlichen Fischgeschmack mit Champagner fortspült. Er habe zwei Lobster im Kühlschrank, ruft er, die bereite er gleich zu. Braves Kätzchen, jetzt kriegst du was fürs Blasen.

Der Spermageschmack geht nicht weg, sie schiebt sich ein Pfefferminzbonbon in den Mund und zieht das Fläschchen unter ihrer Perücke hervor. Wenn sie das jetzt in sein Glas schüttet, muss sie den Weg zu Ende gehen, dann gibt es kein Zurück. Sie hat nie wirklich gezweifelt, weder bei Helen noch bei ihrem Vater. Es ist Marc, er hat alles verändert, hat etwas in ihr geweckt, das sie für längst gestorben gehalten hatte.

Als Gene zurückkommt, reicht sie ihm das gefüllte Glas. Gibt ihm einen Kuss, als hätte sie ihn vermisst, und stößt mit ihm an.

»Lass uns die Gläser tauschen«, sagt er plötzlich.

Auf einmal ist seine Stimme hart.

»Was?«

»Ist das für dich ein Problem?« Seine Augen sind voller Häme und Bosheit.

»Warum?«

»Warum?«, äfft er sie nach. »Hast du kleine Schlampe gedacht, ich erkenne dich nicht?«

Blankes Entsetzen, sie will aufspringen, doch da hat er sie schon am Arm gepackt. Es kann nicht sein, er hat sie nur ein einziges Mal gesehen, damals in dem leer stehenden Haus. Sie kratzt ihm die Haut an den Wangen auf, er reißt ihr mit der anderen Hand die Perücke vom Kopf. Sie schlägt ihm ins Gesicht, da wirft er sie zu Boden. Sie rutscht rückwärts nach hinten, zum Tisch, wo ihre Handtasche steht, da tritt er ihr in die Seite, so fest, dass sie keine Luft mehr kriegt.

»Dich hätte ich damals schon gern mal durchgefickt. Dafür machen wir es jetzt so richtig. Und je mehr du dich wehrst, umso besser gefällt mir das.«

Er will sie an den Haaren packen, doch sie rollt blitzschnell zur Seite. Er stolpert, taumelt, während sie sich aufrafft und mit ihrem spitzen Schuh zwischen seine Beine tritt. Er stöhnt auf, und während er wie benommen dasteht, holt sie das Messer aus der Tasche, und die Klinge springt heraus.

»Du dumme Fotze«, zischt er noch, da sticht sie zu, blitzschnell, voller Wucht in den Hals. Die Klinge verschwindet bis zum Schaft in seinem Fleisch. Er reißt die Augen auf, voller Erstaunen, als würde das alles gar nicht passieren, während das Blut aus der Wunde spritzt.

Sie zieht das Messer aus seinem Hals, tritt zurück, hört seinem Röcheln zu, blickt hasserfüllt in sein Gesicht. Sie kann ihn wieder spüren, den Hass und den Zorn, endlich, wenn auch nicht so stark wie zuvor.

Er torkelt durch den Raum; sein teures Seidenhemd und die frisch epilierte Haut sind voller Blut, so ein Jammer! Da geht er in die Knie, schaut sie an, ungläubig und flehend, sackt zu Boden, und sie beobachtet, wie er stirbt. Speichert die Bilder für die kommende Zeit in ihrem Hirn: wie er zuckt, mit bluttriefenden Fingern die Wunde zuzudrücken versucht, das Blut aber weiter unaufhaltsam aus seinem Hals rinnt und auf den Fliesen zu einer Pfütze wächst.

Er hat ihre Augen, denkt sie, als das Leben aus ihnen weicht, er hat die Augen seiner Tochter.

36

Sie wartet, bis es dunkel ist. Sitzt auf dem Sofa vor seiner Leiche und wartet, bis diese schwere, bleierne Ruhe zurückkehrt, die sie sonst durch die Tage trägt. Aber sie will nicht kommen.

Gene liegt auf den weißen Fliesen in einer Pfütze aus Blut. Seine toten Augen sind auf die Stuckdecke gerichtet. Sinéad empfindet keine Reue, aber wo bleibt die Freude? Die Genugtuung? Da ist kein warmes Licht, das sie erfüllt.

Der Mann war ein Monster, hat für seine Lust das Leben seiner Tochter zerstört. Nora ist gestorben, weil er ihr die Würde genommen, weil er sie gebrochen hat. Es ist richtig, dass er tot ist, dass er nicht noch mehr Frauen brechen kann. Denn niemand sonst hätte ihn aufgehalten, niemand ihn gerichtet. Er wäre weiter seiner Gier gefolgt, hätte sein schmutziges Leben weitergeführt und sich eingebildet, es wäre gut und glücklich. Hätte sich weiter für den Starken gehalten, der sich nehmen darf, wonach ihm ist. Gab es Zweifel? Reue? Wohl nicht. Sie hat ja gesehen, wie er die jungen Frauen zu sich bestellte wie Fast Food, und nachdem er sie verschlungen hatte, spie er die Reste wieder aus. Solche Freier kannte sie auch. Erst verzehren sie sich nach dir, und wenn sie dich benutzt haben, wollen sie dich sofort wieder loswerden. Du ekelst sie an, sie sehen in dir ihre eigene primitive Gier und Maßlosigkeit, ihre kranke Lust.

Dieser Mann musste gestoppt werden. Sein kurzes Leid wird das von vielen verhindern. Nein, eine andere Möglichkeit hat es nicht gegeben.

Draußen ist niemand zu sehen, die Nacht so still, die Luft riecht nach Frühling, und der Kies knirscht unter ihren Schritten.

Sinéad parkt Genes Auto direkt vor der Haustür und zieht die Leiche zum Wagen. Hievt ihn auf die Rückbank, deckt ihn zu. Danach ist sie voller Blut, aber sie hat Kleider zum Wechseln mitgebracht. Sie zieht sich um, wäscht sich in dem königlichen

Bad, macht sich frisch für die Fahrt. Es sind ein paar Stunden bis nach Mayo. Sie weiß genau, wo sie das Schwein beseitigen wird.

Auf der Fahrt ist sie wie in Trance, ihre Gedanken sind woanders. Mädchen wie sie haben nie wirklich eine Chance. Vielleicht kommst du, wenn du Glück hast, so halbwegs durchs Leben, ohne dich umzubringen, aber das Schwere, Drückende, es ist immer da, lauert im Dunklen und schlägt plötzlich seine Klauen in dein Herz.

Sie drückt ihre Zigarettenkippe an Genes Leiche aus und spürt – nichts. Auch wenn er noch leben und vor Schmerz schreien würde, da wäre keine Genugtuung. Sie hat Monster gejagt und ist dabei selbst zu einem geworden. In den letzten Tagen mit Marc, da hat sie sich noch einmal in eine Frau verwandelt. Da sind sie zusammen noch einmal nach Tír na nÓg gereist. Da hat sie noch einmal die Liebe geschmeckt. Wie sie riecht und wie man schwebt, wenn sie einen umfängt.

Die Straße im Norden Mayos, an der sie parkt, ist einsam. Nur Nacht, Fels und Moor, als gäbe es keine Menschen mehr. Die Klippen hier gehören zu den höchsten Irlands, fallen senkrecht ab und formen einen Überhang, sodass Gene direkt ins Meer fallen wird. Aber auch wenn er zwischen Felsen liegt, sie sind so hoch, dass niemandem ein Körper auffallen wird, bis die Krebse und Möwen ihn verschwinden lassen.

Draußen ist nichts zu hören als der Wind, er riecht so frisch wie ein Versprechen, aber das gilt nicht ihr. Kein Auto, kein Haus ist zu sehen, niemand wird sie stören.

Gene ist nicht allzu schwer, sie kann ihn ohne viel Mühe aus dem Auto ziehen und durchs Gras und über die Felsen schleifen. Im Keller seines Hauses hat sie noch ein Seil und einen alten Bootsanker gefunden, den holt sie jetzt aus dem Kofferraum.

Tief unten tost das Meer. Auf seiner Wunde am Hals hat sich eine schwarze Kruste gebildet. Sie bindet den Anker ans Seil und das Seil an seinen Knöchel. Noch einmal sieht sie ihn an. Sie zögert kurz. Soll sie ihm die Augen schließen?

Dann schiebt sie ihn über den Rand, der Anker fliegt hinterher. Sinéad hört und sieht nicht, wie der Körper in der Dunkelheit aufschlägt.

Es wird Wochen dauern, bis sie ihn finden. Wenn sie ihn überhaupt finden. Gene Patterson ist Geschichte, ein totes Monster, und keine Spur wird je zu ihr führen.

Dafür muss sie aber noch einmal zurück.

Von dem Forstweg aus sieht Jane hinüber zum Hang. Noch ist alles dunkel, aber bald müsste es so weit sein. Zuerst hat sie seinen Wagen im Lough Inagh versenkt. Über das Navi hat sie eine Slipanlage entdeckt und den Wagen mit geöffneten Fenstern in sein Grab rollen lassen. Das Dach schaute noch heraus, aber Polster und Böden waren unter Wasser.

Dann ist sie zu Fuß zurück zur Villa, was über eine Stunde dauerte. Sie hat Kissen, Decken, Laken und Kaminholz, alles, was brennt, im Wohnzimmer verteilt. Im Keller fand sie einen Kanister Benzin und leerte ihn auf den Fliesen aus. Bevor sie ging, hat sie die Kerzen angezündet. Und das Gas aufgedreht. Denn die Villa muss brennen, all ihre Spuren müssen verschwinden. Und sein Blut. Und dann muss sie fort, zurück nach New Orleans. Dort sind all die Mädchen, die auf sie warten, denen sie helfen muss, den Riss, der durch ihre Seele geht, jeden Tag aufs Neue zusammenzuflicken. Diese Mädchen werden ihre Zukunft sein. Zu ihnen will sie zurück. Doch wird sie für sie noch die einfühlsame, zugewandte Sinéad sein können? Die zuhören, Trost spenden, einen Weg zurück ins Leben weisen kann? Vor Helen Patterson hatte sie ein zwar krankes, aber reines Herz. So wie Marc. Das ist jetzt anders.

Auf einmal blitzt ein heller Lichtschein auf. Kurz darauf ein Knall, als hätte ein Meteorit eingeschlagen. Flammen lodern aus dem Haus, und sie stellt sich vor, wie Schauer aus Glassplittern durch die Nacht regnen.

Aber das Feuer zündet nicht in ihr. Kein orangefarbenes Licht, keine Wärme, die sie erfüllt. In ihr sieht es aus wie hier: karg, kalt, dunkel, leer, obwohl sie doch eigentlich brennen müsste.

Da fallen Tränen aus ihren Augen, aber sie spürt sie nicht. Aidan hat gesagt, dass er sie nie mehr wiedersehen will. Eine kaputte Hure, eine besessene Mörderin – jemand wie sie kann keine Mutter sein. Jemanden wie sie sollte es überhaupt nicht geben.

37

Vor mir liegt diese schmale, steil abfallende Straße in Cobh, in der mein Sohn leben soll. »Mein Sohn«, wie sich das anhört, irgendwie falsch. Ich hatte eine Tochter, sie hieß Mia und lebte für drei Monate in Annas Bauch. Wir hatten Ultraschallaufnahmen von ihrem Gesicht, sie ähnelte Anna, und ich malte mir aus, wie sie als Baby aussehen und was für eine wunderschöne Frau sie einmal werden würde.

Ein Kind zu bekommen, hatte ich nie ernsthaft vorgehabt. Ein Kind braucht ein Vorbild, einen Vater, der gern lebt und sich insgesamt gut zurechtfindet, was beides für mich nur sehr bedingt gilt. Dann war Anna schwanger, und ich wollte es probieren, für Anna und für mich. Habe mir vorgestellt, wie ich mit Mia am Main oder durch den Zoo spazieren würde. Ich würde ihr abends Geschichten vorlesen und hatte schon begonnen, Schlaflieder auswendig zu lernen. Ich freute mich auf sie, obwohl ich nachts oft keinen Schlaf fand, gequält von der Angst, der Verantwortung nicht gewachsen zu sein. Und dann ist sie gestorben, ohne die Welt je erblickt zu haben.

Das Album mit den Fotos von Aidan liegt neben mir auf dem Beifahrersitz. Ich habe es immer noch nicht geöffnet. Denn sobald ich es öffne, habe ich einen Sohn. Die Fotos von ihm kriege ich nie mehr aus dem Kopf, und ich weiß nicht, ob ich das will. Trotzdem bin ich hergefahren. Ich hoffe, dass Jane mich angelogen hat, und dann auch wieder nicht.

Die Straße heißt West View. Das Autofenster ist halb geöffnet, unten ist ein Stück des Hafens zu sehen. Es riecht nach Meer, Öl und Chemieindustrie. Die aneinandergedrängten kleinen Reihenhäuschen lehnen sich schräg an den Hang, so als müssten sie sich gegenseitig stützen, um nicht abzurutschen und ins Meer zu stürzen. Alle sehen gleich aus, nur die Farbe ist bei jedem anders.

Meine Hände zittern leicht, als ich aussteige. Wenn er mir jetzt entgegenkommt, könnte ich immer noch so tun, als gäbe es keinerlei Verbindung zwischen uns. Sein Haus erkenne ich sofort. Es ist türkisfarben wie das Meer vor Afrika. Offenbar mögen wir dieselben Farben. Eine Plastik steht hinter dem Fenster, die detailgetreue Nachbildung eines gewaltigen Lobsters aus Metall. Drohend streckt er mir die mächtigen Scheren entgegen. Mit einem Schnitt könnte er meine Halsschlagader durchtrennen.

Mit pochendem Herzen stehe ich vor der Haustür und will klopfen, aber da drehe ich mich doch wieder um und gehe zum Auto zurück. Mir ist heiß und kalt zugleich, besser, ich fahre wieder weg. Als ich die Autotür schließe, lauert das Album neben mir auf dem Sitz. Ich greife zum Zündschlüssel. Keiner hat mich gesehen. Er wird mit mir genauso wenig zu tun haben wollen wie mit seiner Mutter, wie soll es anders sein? Er wird hämisch lachen und die Augen verdrehen, wenn er vom grandiosen Leben seines Erzeugers erfährt. Dem Mann, der immer weggelaufen ist.

Da stockt mir der Atem. Ein junger Mann kommt von unten aus der Stadt. Ich weiß sofort, dass er es ist. Dass er mein Sohn ist. Lange dunkle Haare bis zur Schulter, so eine ähnliche Frisur hatte ich früher auch; er ist hager, knochig und kaum größer als seine Mutter. Trägt eine Lederjacke, schwarze Stiefel und zerrissene Jeans.

Zügig kommt er näher, mit Kopfhörern und Piercings in Ohren, Nase und Lippen. Bestimmt ist die Musik zornig und laut. Die Wut, die Spannung, die er in sich trägt, ich kann sie durch die Windschutzscheibe spüren. Er hat meine Augen, mein Gesicht. Kein Zweifel, es ist mein Sohn. Auch wie er sich bewegt, ist mir so vertraut, als würde ich ihn tatsächlich kennen.

Vor seiner Haustür bleibt er stehen. Kramt den Schlüssel aus der Tasche, öffnet die Tür und wirft die brennende Zigarette auf die Straße. Da stürmt ein kleiner Hund aus dem Haus, eine Promenadenmischung mit zu langem Körper und zu kurzen Beinen, und springt bellend an ihm hoch. Aidan lacht, streichelt ihn und spricht in einem übertrieben deutlichen Tonfall, so wie ein Vater mit seinem Kind.

Dann ist er im Haus, und ich stelle mir vor, wie er die Jacke aufs Sofa wirft und sich ein Bier aufmacht. Er gibt dem Hund etwas zu fressen und schiebt sich eine Tiefkühlpizza in den Ofen. Aber da steht er schon wieder in der Haustür, der Hund ist noch aufgeregter und hüpft um ihn herum. Aidan hat eine Hundeleine in der Hand. Sie gehen los, den Hang hinauf, an mir vorbei. Der Hund zerrt an der Leine. Beim Vorübergehen blickt Aidan kurz zu mir, mein Herz bleibt stehen, ich schaue weg, starre auf das Album, er hat mich nicht erkannt. Im Rückspiegel beobachte ich, wie er sich entfernt, ohne sich noch einmal umzudrehen. Aufatmend wische ich mir den Schweiß von der Stirn.

Später, nachdem er zurückgekehrt ist, klopfe ich an seine Haustür. Ein Schiffshorn tönt so laut vom Hafen, dass ich zusammenzucke. Im selben Moment steht Aidan vor mir und schaut mich fragend an.

»Hallo. Mein Name ist Marc Wegener. Ich bin …«

»Mein Vater«, sagt er kühl und blickt mir direkt in die Augen. »Ich weiß.«

38

Wir sitzen in dem kleinen Wohnzimmer, jeder mit einer Dose Bier in der Hand. Die Möbel sehen aus, als kämen sie vom Sperrmüll. Aidan scheint weder Geld noch Sinn für Ordnung zu haben. Ich sitze in einem Sessel mit verblichenem und fleckigem Stoffbezug, er gegenüber auf einem abgewetzten Ledersofa. Der Hund hat den Kopf auf Aidans Oberschenkel gelegt und lässt sich kraulen. Meine Hose ist voller Hundehaare, auf dem Couchtisch stehen überquellende Aschenbecher, leere Weinflaschen und Bierdosen. Es sieht genauso aus wie bei mir nach Annas Tod. Es riecht nach Zigarettenrauch, Bratfett und Hund. Ich will gar nicht wissen, welches Chaos in der Küche herrscht. Offenbar lebt er allein.

Ich schaue ihn an und weiß überhaupt nicht, was in ihm vorgeht. Ich spüre nur diese mühsam gebändigte Spannung.

Aidan beugt sich vor und greift nach dem Tabak. Er dreht sich eine hauchdünne Zigarette und macht das ähnlich wie sie.

»Das ist ein freundlicher Hund. Wie heißt er?«

»Tricks. Ist mir zugelaufen. Absolut unerziehbar. Tagsüber muss ich sie leider einsperren. Die Polizei sucht inzwischen nach streunenden Hunden. Früher habe ich sie einfach rausgelassen, und irgendwann ist sie wiedergekommen, manchmal erst nach mehreren Tagen. Dabei hatte sie überhaupt kein schlechtes Gewissen. Keine Ahnung, wo sie sich rumgetrieben hat. Sie liebt ihre Freiheit.«

»Du warst am Hostel, als ich dort war, stimmt's?«

Er nickt und zündet die Zigarette an.

»Wusstest du da schon, wer ich bin?«

Er mustert mich, während er inhaliert. Dann steht er wortlos auf und geht zu einem Schrank. Kurz darauf hält er mir ein Foto hin. Mein Hals ist wie zugeschnürt. Es ist ein Bild von Jane und mir. Von damals. Ich weiß noch genau, wann es entstanden ist, auf Scariff Island an unserem letzten Tag, nachdem wir zusammen in den Abgrund geblickt haben. Wir umarmen uns und lächeln. Jane hatte diese Sofortbildkamera. Wir haben das Foto mit Selbstauslöser gemacht. Man kann die Liebe in unseren Blicken sehen, all die Hoffnung und Freiheit von Scariff Island.

»Wo hast du das her?«

Er beobachtet mich genau. »Gefunden. Im Hostel. Unter einer Diele im Wohnzimmer. Darauf war ein Herz eingeritzt, ›Forever Love‹ stand darin.«

Ich muss schlucken und kurz die Augen schließen, um die Tränen zurückzuhalten. Jane muss das Foto unter die Diele geschoben haben. War ich doch mehr für sie als Jasons Schatten?

Noch immer mustert er mich. Distanziert, skeptisch.

»Woher wusstest du von dem Hostel?«

Er erzählt, was auch Jane berichtet hat. Dass seine Adoptiveltern ihm Janes Namen nannten, er sich dann auf die Suche machte und auf Eddie stieß.

»Er hat mir vom Hostel erzählt. Er meinte, dass meine Mutter an diesem Ort glücklich gewesen ist. Als ich das Bild fand, wusste ich, wer mein Vater ist. Du sahst mir früher ziemlich ähnlich. Jane hat behauptet, sie hätte dich in Dublin kennengelernt. Ein schneller Fick nach einer durchkifften Nacht in einem Club.«

»So hat sie das gesagt?«

»Das war die Message.«

»Und du hast ihr das Bild gezeigt?«

»Ja. Sie meinte, das wäre jemand anderes. Ein Urlaubsflirt, nicht weiter von Bedeutung. Aber sie war so durcheinander, ich wusste sofort, dass es eine Lüge war. Warum lügt deine Mutter dich an?, hab ich mich gefragt. War dein Vater so ein beschissener Typ? Das frage ich mich bis heute.«

»Ich weiß erst seit gestern, dass es dich gibt.«

»Tatsächlich?«

Für einen Moment herrscht Schweigen.

»Du scheinst das Hostel zu mögen.«

»Dort habe ich meine Ruhe. Obwohl Jane meint, dass der

Ort kein gutes Karma hat und ich dort nicht hinsoll. Aber ich kann da gut malen. Ich mag Cobh, ich kenne ein paar Leute hier, Cork ist in der Nähe, aber zu Hause fühle ich mich am Currane. Und mittlerweile weiß ich ja auch, warum.«

Er lächelt schwach und trinkt einen Schluck. »Ich habe dich damals beobachtet, wie du über das Grundstück gelaufen bist. Und gleich vermutet, dass du es bist.«

»Bist du in mein Cottage eingebrochen? Habe ich dich in der Nacht verfolgt?«

Aidan nickt.

»Warum bist du weggelaufen?«

»Du warst ziemlich aufgebracht und hattest diesen Schürhaken in der Hand. Dann hast du mich auf Deutsch angeschrien wie ein Verrückter. Außerdem wusste ich nicht, ob ich wirklich deine Bekanntschaft machen will.«

Für einen Moment sind wir beide still.

»Und plötzlich warst du nicht mehr hinter mir«, fährt er fort. »Erst dachte ich, dass du mir irgendwo auflauerst. Dann bekam ich Angst, dass du einen Herzinfarkt erlitten hast oder so was. Ich habe ziemlich lange nach dir gesucht, dich aber nicht gefunden. Irgendwann bin ich zurück. Ich dachte mir, dass du aufgegeben hast und umgedreht bist.«

Ich stecke mir auch eine Zigarette an. Schweigend sitzen wir da und rauchen.

»Ich weiß nicht, was du heute vorhast. Aber wenn du Lust hast, könnten wir zusammen in einen Pub. Ich lade dich ein.«

Er lacht abschätzig. »So einfach stellst du dir das vor? Platzt in mein Leben, lädst mich zum Essen ein, und alles ist gut?«

»So ist das nicht gemeint. Ich weiß, dass es nicht einfach ist.«

»Für dich schon. Für dich ist doch alles gut. Du wusstest von nichts. Jetzt hast du mich gefunden, hast einen Sohn, ohne jemals Verantwortung übernommen zu haben. Was auch immer mit mir passiert, du wirst sagen können: Dafür kann ich nichts, damit habe ich nichts zu tun.«

»Was hätte ich anders machen sollen?«

»Du hast Jane gefickt und dich aus dem Staub gemacht. Eine

heiße Affäre mit einer Eingeborenen, dann zurück und alles vergessen.«

»Hat sie dir das so erzählt?«

»Sie hat mir rein gar nichts erzählt.«

»Ich habe deine Mutter geliebt.«

»Für ein paar heiße Nächte in den Ferien. Für ein paar Sommerficks am Strand. Und dann warst du weg.«

»Ich war jung.«

»Das war sie auch.«

»Ich wusste nicht, dass sie schwanger war.«

»Und wenn du es gewusst hättest?«

Kurz bin ich still. Sein Ton ist aggressiv. Seine Hände zittern, während er sich die nächste Zigarette dreht.

»Wäre ich wohl weggelaufen. Darin bin ich ziemlich gut. Wahrscheinlich hätte ich dich nicht sehen wollen, und du wärst genauso zur Adoption freigegeben worden. Ich hätte nichts von dir wissen wollen und versucht, dich zu vergessen. Damals war ich viel zu sehr mit mir selbst beschäftigt. Und wahrscheinlich bin ich das immer noch. Aber jetzt bin ich gekommen, *weil* ich weiß, dass es dich gibt. Obwohl ich vorhin fast wieder die Flucht ergriffen hätte.«

Er blinzelt kurz und schaut dann zu Tricks. »Ihr macht es euch leicht. So geht das heute, nicht wahr? Es tut einem alles schrecklich leid, man bekennt, einen schlimmen Fehler begangen zu haben, ist reumütig und verständnisvoll und hat sich sehr, sehr schlüssige Erklärungen zurechtgelegt, warum man versagt hat, und dann soll alles vergeben und vergessen sein.«

»Das erwarte ich nicht. Absolut nicht. Und glaub mir, in Sachen Schuldgefühle bin ich nicht zu schlagen.«

»Verdammte Scheiße! Ihr hättet es nicht schlimmer anstellen können.«

»Du machst auch Jane Vorwürfe?«

»Dass sie mich auf die Welt gebracht und dann verschenkt hat? Dass sie mich meine ganze Kindheit und Jugend über bei zwei Arschlöchern gelassen hat, weil ich ihr offensichtlich scheißegal war?«

»Das warst du nicht. Sie konnte dich nicht treffen, weil es dich in Gefahr hätte bringen können.«

»Bullshit.«

»Gib uns eine Chance, Aidan.«

Aidan öffnet ein ledernes Etui. Es ist ein Kokainbesteck. Ich sage nichts. Er legt sich zwei Bahnen, zieht sich das Pulver in die Nase und lehnt sich zurück.

»Aidan, es tut mir leid, was gerade passiert. Aber es tut mir nicht leid, dass ich dich gefunden habe. Das sollst du wissen. Ich war nicht da, als du mich gebraucht hast. Aber jetzt bin ich da. Immer, bis ich sterbe. Wenn du das willst.«

Er sieht mich an, sichtlich bewegt.

»Du weißt nichts«, meint er.

»Wovon?«

»Meinem Leben. Ich krieg es nicht auf die Reihe. Ohne das Zeug stehe ich keinen Tag durch. Für meine Bilder habe ich vielleicht noch ein paar Jahre Kraft. Für meinen Zorn, meinen Schmerz, meine Angst. Aber sonst? Ich weiß nicht, ob du das Gefühl kennst: dass du kein normales Leben führen kannst und es wohl auch nie können wirst, obwohl du dich danach sehnst. Weil zu viel passiert ist, was du nicht erträgst.«

»Ich kenne das Gefühl, auch die Sehnsucht. Ich hatte es schon als Kind. Aber es war nicht immer gleich stark. Manchmal ist es fast verschwunden. Und ich glaube immer noch daran, dass es eines Tages ganz verschwinden wird. Aber auch, wenn nicht: Man kann lernen, es auszuhalten. Man wird stärker. Und lernt, das Schöne zu genießen.«

Aidan hat sich noch eine von diesen Zahnstocher-Zigaretten gedreht und sieht mich an. Seine Augen sagen: Nein, kann man nicht.

Ich erzähle von Dean, dem gefallenen Priester aus dem »Wake« in Cork. Und von den neuen Wegen, die sich auftun können. Dass unsere Beziehung so ein Weg sein könnte.

»Ein Königreich für deine Hoffnung«, meint er.

Er schaut wieder zu Tricks und krault ihren Hals.

»Ich würde gern ein paar Bilder von dir sehen. Ein paar kenne ich schon. Jane hat einige von dir gekauft und sie mir gezeigt. Sie hängen in ihrem Haus in Connemara. Und diese Skulptur von diesem Lobster draußen im Fenster ist großartig. Allerdings auch ziemlich furchteinflößend.«

Er schaut mich unsicher an. Ich kann sehen, wie er mit sich ringt. Es geht ihm jetzt genau wie mir. Er kann das Fotoalbum wegwerfen. Oder öffnen.

»Dann komm mit«, meint er und steht auf.

39

In dem winzigen Hof hinterm Haus steht ein baufälliger Holzschuppen mit schmutzigen Fenstern zwischen hohen Mauern: Aidans Atelier. Er macht Licht und holt zwei weitere Bierdosen aus einem kleinen Kühlschrank, der so laut dröhnt, als würde er jeden Augenblick explodieren. Aidan tritt dagegen, und sofort wird er leiser. Hier herrscht ein buntes Durcheinander: Staffeleien stehen herum, halb fertige Bilder lehnen an der Wand, auf einem von Farbklecksen übersäten Tisch liegen Paletten und unzählige Pinsel. Dazwischen volle Aschenbecher und leere Bierdosen. Das gleiche Chaos wie drüben im Haus, es riecht nach Ölfarben, Zigaretten und Gras, und von der Decke baumelt eine verdreckte Neonröhre, die jeden Moment herunterkrachen könnte.

Aidan holt ein paar Bilder aus einer Mappe. Sie zeigen Szenen aus Cobh und vom Lough Currane. Ich glaube, dass er spürt, wie beeindruckt ich bin. Wir reden über die Orte, die Techniken, er ist erstaunt, dass ich vieles erkenne. Manche Landschaften erinnern mich an Turner, man ahnt mehr, als man sieht, andere sind abstrakte Farbexplosionen. Dann zeigt Aidan mir einen Schwarm raubender Makrelen, und ich kann erst gar nicht glauben, dass es keine Fotografie ist.

Aidan wirkt hier in seinem Atelier wie ein anderer Mensch. Die Distanz zwischen uns ist nicht aufgehoben, aber weniger stark. Er lächelt öfter, wirkt viel selbstbewusster, wie befreit von einer schweren Last. Für den Moment bin ich ziemlich glücklich. Er erzählt, dass die Eltern einer Freundin eine kleine Galerie am Hafen hätten und seine Bilder an Touristen verkauften, dass ihn das Geld aber nicht sonderlich interessiere. Er ist wie Eddie, denke ich. Und wie ich. Auch mir hat Geld nie viel bedeutet.

Da fällt mein Blick auf eine Schwarz-Weiß-Zeichnung.

»Das gibt es nicht!«, sage ich.

Ich kenne das Motiv, es sieht aus wie dieses Graffiti, das ich in Cork gesehen habe: der Maskenmann, der sich sein Gesicht vom Kopf zieht, das mich an meines als junger Mann erinnert hat. Es ist der gleiche Stil, die gleiche Präzision.

»Du machst Street-Art, stimmt's? Ich kenne das Motiv, ich habe es in Cork an einer Hauswand gesehen.«

Aidan lächelt. »Wie fandest du es?«

»Es ging mir unter die Haut. Das bin ich, habe ich gedacht.«

»Weil du dich so fühlst?«

»Ja. Und weil ich mich in dir erkannt habe. Ich dachte, jemand hätte mich als jungen Mann gemalt.«

Wir sind wieder im Wohnzimmer. Tricks begrüßt sein Herrchen, als wäre er ein Jahr fort gewesen. Aidan wird wieder ernst und geht auf Distanz. Zeit zu gehen.

»Danke, dass du mir die Bilder gezeigt hast«, sage ich und gehe zur Tür. Ich gebe ihm einen Zettel mit meiner Telefonnummer. »Falls du mal Lust auf ein Pint hast: Ich bleibe noch eine Weile in Irland. Ich habe keine Ahnung, wie es mit meinem Leben weitergehen soll. Meine Frau ist vor einem Jahr gestorben, und seitdem weiß ich nicht, wo mir der Kopf steht. Ich wohne in der Nähe vom Currane. Aber das weißt du ja schon.«

»Okay«, meint er, als ich nach draußen trete.

»Bis vielleicht bald«, sage ich.

»Mal sehen«, sagt er.

Draußen blendet mich das Abendlicht, sodass ich die Augen zusammenkneifen muss. Ohne mich noch einmal umzudrehen, gehe ich die steile West View hinab zum Hafen. Die bunten Häuser von Cobh und die Fischerboote leuchten in kräftigen Farben. Leute spazieren an der Promenade und scheinen keine Sorgen zu haben. Das Meer schimmert violett, rosa und orange, als läge ein Ölfilm darauf. Die Wellen plätschern aufgeregt gegen den Kai, und nicht einmal die Windräder, Strommaste und Fabrikgebäude am anderen Ufer stören die Idylle.

Vor einer kleinen Galerie bleibe ich stehen. Im Schaufenster steht ein großformatiges Gemälde von Aidan. Das Bild ist fast abstrakt, eine Landschaft am Morgen mit wenigen, zudem verschwommenen Konturen. Es dauert eine Weile, aber dann erkenne ich das so kunstvoll verschleierte Motiv: Es ist beim Hostel, der Blick vom Pier auf den Lough Currane. Früher Morgen, auf dem Wasser spiegelt sich ein hauchzartes, rosafarbenes Licht, darüber schwebt ein feiner Dunst, hinter meinem Rücken geht die Sonne auf. Ich kann es fühlen, als stünde ich dort. Die knochigen Inseln, die geschwungenen Silhouetten der Berge, der Himmel – kaum mehr als ineinanderfließende Ahnungen. Es ist Aidans Heimat, die er nie hatte. Es ist Janes Heimat, die sie verlor. Und meine, die ich vielleicht hätte haben können.

»Alles in Ordnung?«, fragt eine junge Frau, die plötzlich in der Tür der Galerie steht.

»Was?«, frage ich.

Sie ist mollig und klein und hat blau gefärbte, kurze Haare. Und die Arme vor der Brust verschränkt. Wahrscheinlich ist es Aidans Freundin, die Tochter der Galeristen. Wie er trägt sie eine schwarze Lederjacke und einen Haufen Metall im Gesicht.

»Das Bild ist großartig«, sage ich, mit bebender Stimme und feuchten Augen.

»Ich weiß. Deshalb habe ich es ins Schaufenster gestellt.«

»Kann ich es kaufen?«

»Natürlich können Sie das Bild kaufen. Das ist eine Galerie.«

Mein Sohn hat es gemalt, hätte ich beinahe gesagt.

Danach setze ich mich draußen auf eine Bank vor einem Pub, trinke ein Pint und einen Whiskey. Aidan hat schwere Probleme, wie soll es auch anders sein bei den Eltern? Aber er ist auch zäh und stark, so wie Jane und ich. Leidensfähig. Und er hat Talent, echtes Talent. Er kann seinen Schmerz in Schönheit verwandeln. Hoffentlich kann ihn das retten.

Das Murphy's und der Jameson schmecken, als hätte ich sie mir verdient. Und vielleicht habe ich das auch. Warum? Weil ich diesmal nicht weglaufen will. Weil ich Aidan liebe. Und so stolz auf ihn bin.

Die Fischerboote schaukeln auf den Wellen, als würden sie sich für mich freuen. Ein schwerer Tanker fährt Richtung Cork.

Ich hole mir noch ein Pint, um die Zweifel und Sorgen noch ein Weilchen auf Abstand zu halten.

Da klingelt mein Handy. Es ist Jane.

»Wie war es?«, fragt sie.

»Ich habe einen Sohn. Was soll ich sagen?«

»Wie fühlt es sich an?«

»Ich bin glücklich. Wirklich glücklich.«

Ich erzähle von dem Gespräch. Und dass ich gerade ein Bild von Aidan gekauft habe.

»Das ist gut. Ich freue mich für euch. Aber lass ihm Zeit.«

Sie klingt abwesend, so als würde sie noch an etwas anderes denken.

»Verfolgt mich dieser Detektiv eigentlich noch?«

»Natürlich nicht. Ich habe ihm gleich nach unserem Treffen gesagt, dass er mit seinen Nachforschungen aufhören soll. Warum? Ist jemand hinter dir her?«

Kurz ist sie still. »Woher hast du eigentlich von Kates Tod erfahren?«

Ich zögere. »Aus einer Tageszeitung aus Cork. Warum?«

»Das stimmt nicht. In keiner irischen Zeitung ist über ihren Tod berichtet worden.«

»Der Detektiv hat mir den Bericht doch zugeschickt.«

»Marc, es gibt keinen Bericht.«

Kurz bin ich still. »Das glaube ich nicht. Das kann nicht sein. Warum sollte Brian mich anlügen?«

»Kennt er meinen neuen Namen?«

»Nein. Er weiß nicht, dass wir uns getroffen haben. Und ich habe ihm deutlich gesagt, dass er die Suche nach dir beenden soll.«

»Der Mann heißt Ferguson, hast du gesagt. Brian Ferguson?«

»Das stimmt.«

Ihre Stimme bebt. »Finde heraus, ob er noch nach mir sucht. Und wenn ja, verbiete es ihm. Und rufe mich nicht mehr an. Wenn, dann melde ich mich bei dir. Hörst du? Und keine Polizei. Wende dich auf keinen Fall an die Polizei!««

»Was ist los, Jane? Wer ist hinter dir her?«

»Der Teufel.«

Dann legt sie auf. Verwirrt wähle ich Brians Nummer, aber es meldet sich nur die Mailbox.

Ich leere das Pint. Zurück nach Kerry kann ich jetzt nicht. Etwas stimmt nicht. Ich habe Brian vertraut. Ich muss nach Dublin. Brian soll mir den verdammten Zeitungsbericht zeigen und erklären, was los ist.

40

Emma war dreizehn und von zu Hause weggelaufen. Die Polizei hatte sie aus einer Gruppe von Straßenkindern im French Quarter gezogen. Sie war immer noch nicht ganz bei sich, Jane tippte auf Crack. Ihr Vater arbeitete für den Bürgermeister von New Orleans. Jung, schwarz, aus einfachen Verhältnissen und immer ein zuversichtliches Lächeln auf den Lippen – er war eine Hoffnung der Demokratischen Partei. Die Eltern waren unterwegs in Washington, nur deshalb landete Emma bei ihr.

»Warum bist du weggelaufen?«, fragte Jane, obwohl sie die Antwort wusste. Straßenlärm drang in ihr Büro, das karg und schmucklos war, und durch das geöffnete Fenster konnte man das brackige Wasser des Mississippi riechen.

»Ich brauche manchmal Tapetenwechsel«, sagte Emma mit einer Mischung aus Arroganz und kindlichem Trotz. Sie ist wie ich, dachte Jane, so wie ich als Teenager war.

»Warum nimmst du Crack?«

»Es bringt mich auf andere Gedanken.«

Da war etwas in ihren Augen, das Jane sagte, dass Emma sie mochte. Dass sie ihr vielleicht vertrauen würde.

»Kinder, die weglaufen, haben immer Gründe.«

»Ist das wirklich so?«, fragte Emma mit übertriebener Ironie, als wäre das eine sensationelle Neuigkeit.

»Sie erfahren Gewalt von einem Elternteil.«

»Wie wenn du zum Beispiel den Schwanz von deinem Papi lutschen musst?«

Jane war völlig perplex. Sie dachte an Nora, damals in dem Pub in Dublin, als sie noch zu Hause wohnten. »Er fingert manchmal an mir herum«, sagte sie damals beschämt, als wäre es ihre Schuld.

Janes Stimme war heiser. »Es gibt Hilfe. Man kann solche Männer stoppen.«

Emma lachte abschätzig. »Ach ja? Ich weiß genau, was meine

Mutter sagen wird: Das kleine Miststück lügt. Sie denkt sich das alles nur aus.«

»Und dein Vater?«

»Wird sagen, dass ich ein armes, verwirrtes Mädchen bin. Und er wird das so in die Kamera sagen, dass alle Welt Mitleid hat. Mit ihm, meine ich.«

»Ich kann dich da rausholen.«

»Und dann? Komme ich in ein Wohnheim mit Crack-Kids? Oder zu irgendwelchen asozialen Pflegeeltern in den Sümpfen, die Geld brauchen?«

»Besser, als missbraucht zu werden.«

»Das macht er nicht mehr. Er hat mich sogar um Verzeihung gebeten. Mit Tränen in den Augen.«

»Du glaubst ihm?«

Emma lacht. »Er ist ein phantastischer Schauspieler, wie alle Politiker.«

»Er wird es wieder tun.«

»Wird er nicht. Mir wachsen Titten, und ich habe meine Tage, das mag er nicht.«

»Und du erträgst es, ihn jeden Tag zu sehen?«

»Er hat Angst, dass ich den Mund aufmache. Ich habe ihn in der Hand, und das gefällt mir. Außerdem gibt er mir Geld, wann immer ich will. Das ist der Deal, damit ich meine Klappe halte.«

»Du lässt dich kaufen.«

»Quatsch.«

»Du lässt dich kaufen wie eine Hure. Das wird dich umbringen, früher oder später.«

Emma riss verschreckt die Augen auf. Sie konnte ihre Bestürzung nicht überspielen. Sie saß sprachlos da, in sich zusammengesackt und mit den Tränen ringend. Ein verwundetes Kind, aber nur für einen Moment, sie hatte sich schnell wieder im Griff.

Für eine Weile herrschte Schweigen.

»Du warst mal eine Hure, stimmt's?«, fragte Emma. »Du warst auch ganz unten. Und jetzt willst du es allen heimzahlen, indem du armen Kindern hilfst.«

Jane sagte nichts.

»Vergiss es. Die Täter sind immer stärker.«

»Das stimmt nicht«, sagte Jane. Aber sie wusste, dass Emma recht hatte. Dass ihre Arbeit eigentlich sinnlos war. Nein, nicht sinnlos, sie konnte den Kids schon helfen, aber nur dabei, halbwegs wieder mit dem Leben zurechtzukommen, ihre zerrissenen Existenzen jeden Tag aufs Neue zusammenzukitten. Ein Schicksal auszuhalten, das eigentlich nicht zu ertragen ist. Und die meisten blieben Opfer, ein Leben lang. Oder wurden selbst zu Tätern. Eine Zeit lang hatte sie gedacht, einen Unterschied machen zu können, das Unrecht zu stoppen. Wie vermessen das war!

»Ich werde Anzeige gegen deinen Vater erstatten«, sagte Jane. Jetzt klang sie trotzig und hochmütig.

»Dann mache ich dich fertig«, sagte Emma. »Ich werde bestreiten, was ich gesagt habe, und behaupten, dass du mich gedrängt und mir Dinge eingeredet hast. Ich werde das unschuldige Kind spielen, glaub mir, das kann ich, ich hatte einen perfekten Lehrer. Und mein Vater wird dich auch fertigmachen. Du wirst einen Unfall haben oder irgendein Kind, das du betreust, wird sagen, du hättest es angefasst.«

Ungläubig schüttelte Jane den Kopf. Emma war hart und genoss Macht, wie ihr Vater. Sie wird zerbrechen und sich eines Tages töten, dachte Jane. Sie war so eine, die das konnte, stark und entschlossen, und wenn sie erst einmal begriff, dass ihr Schmerz nie sterben würde, würde sie es tun. Und ihr Vater hätte endgültig gewonnen.

»Warum tust du das?«, fragte sie. »Ich will dir helfen.«

»Ich regle das selbst«, sagte Emma. Es klang kalt, aber sie verstand, dass Jane ihr wirklich helfen wollte. Da lag Rührung in Emmas Blick, und für einen Augenblick dachte Jane, sie würde aufspringen und sich in ihre Arme werfen.

»Er wird büßen, solange er lebt«, sagte Emma dann.

Zwei Jahre später war Emma auf den Titelseiten der Boulevardblätter. »Killertochter« wurde sie genannt. Sie hatte ihrem Vater zwischen die Beine und in den Mund geschossen, sich für seine Gier und seine Lügen gerächt. Sie wurde zitiert, dass ihr Vater sie jahrelang missbraucht habe. Die Mutter bestritt alles, Emma sei schon immer ein schwieriges Kind gewesen, das krankhaft log. Und natürlich, Beweise gab es keine.

Jane besuchte Emma im Jugendgefängnis in der Nähe des Stadtparks von New Orleans. Ein liebloser Betonbau, der nicht nach Verständnis oder Gnade aussah. Emma wollte sie treffen. Es war ein heißer, schwüler Tag, und Jane schwitzte sofort, als sie aus dem kühlen Auto stieg. Sie fühlte sich nicht gut, vor ein paar Wochen hatte sie Aidan zum ersten Mal getroffen, und das Treffen war alles andere als gut gewesen. Er hatte sie abgelehnt, so als hätte er gewusst, was für ein Leben sie bisher geführt hatte. Jane hatte auch keine Ahnung, was sie hier erwartete, vielleicht gab Emma ihr die Schuld.

Aber Emma war verändert. Die kalte Arroganz, der vorgespielte Stolz waren verschwunden, und sie schien auch nicht gebrochen zu sein. Jane atmete auf. Emma wirkte jünger als vor zwei Jahren, gelöst und fast heiter.

»Du hattest recht«, sagte Emma. »Ich habe mich kaufen und mich dadurch weiter von ihm missbrauchen und demütigen lassen. Ich habe mich zur Hure meines Vaters gemacht.«

Emmas Stimme zitterte, als sie das sagte, aber es war ein Ausdruck von Stärke. Vor Jane saß eine junge Frau, die sich nichts mehr vormachen musste. Die sich zu ihrer Verwundung bekannte und deren Schwere ermessen konnte, die alle Scham überwunden und die quälenden Schuldgefühle als perfide Implantate ihres Vaters entlarvt hatte. Vor ihr saß kein Kind, auch wenn sie so aussah, sondern eine erwachsene Frau, die mit sich im Reinen war, und dafür bewunderte Jane sie. Emma streckte die Hände nach ihren aus, und Jane nahm sie.

»Du hast mir damals die Augen geöffnet«, fuhr Emma fort. »Und das war gut. Ich habe nur eine Weile gebraucht, um es zu verstehen. Was auch immer jetzt geschehen wird, nichts kann mir mehr etwas anhaben. Ich habe meine Würde wiedergewonnen. Und wenn ich irgendwann aus dem Gefängnis komme, bin ich ein freier Mensch. Ich wollte unbedingt, dass du das weißt.«

Jane standen Tränen in den Augen. Emma hatte geschafft, was ihr nicht gelungen war: den Schuldigen zu bestrafen. Ihre Würde wiederzuerlangen.

Sie saßen einfach nur da und hielten sich an den Händen.

»Und hey«, sagte Emma dann. »Es hat so verdammt gutgetan, das Dreckschwein zu erledigen. Es war so unglaublich erfüllend, ihm beim Verbluten zuzusehen.«

Auf dem Weg zurück zum Auto war der Himmel schwarz, und in der Ferne donnerte es.

Als Jane einstieg, wusste sie, was zu tun war.

Was sie schon längst hätte tun müssen.

41

Kate ist tot, und niemand weiß davon. Liegt in ihrem Bett und rottet vor sich hin. Oder Marc spinnt oder lügt sie an, aber warum sollte er das tun? Erst auf der Rückfahrt nach Galway hat er ihr von Kates Tod erzählt. Und sie damit ziemlich aus der Fassung gebracht. Ausgerechnet Kate, ihre älteste und beste Freundin, die sie immer besucht hat, wenn sie in Irland gewesen ist. Die nicht alles, nichts von den Morden, aber mehr als alle anderen von ihr wusste. Kate hat sie gleich angerufen, als sich dieser verfluchte Detektiv bei ihr gemeldet hatte. Jane wusste, dass das passieren würde, dass *dieser verfluchte Mistkerl* eines Tages Kate finden würde. Kate war die Verbindung zu ihr. Deshalb hatte sie Kate alles über Sean erzählt. Was sie von diesem Mann zu befürchten hat. Was Kate droht, wenn sie einen Fehler macht, wenn er ihr nicht glaubt. Sie hatte ein schlechtes Gewissen, denn was konnte Kate schon dafür, aber die meinte: Ich bin deine Freundin, ich helfe dir! Und als Kate dann mit ernster Stimme anrief und von dem Detektiv erzählte, der eine Jane Flynn suchte, hat sie gedacht, jetzt ist er da. Als dann Marcs Name fiel, lachte sie. In erster Linie vor Erleichterung, aber auch vor Freude.

Kates Telefon funktioniert, doch niemand hebt ab. Sie könnte nach Cork fahren, in ein paar Stunden wäre sie da, aber wie kommt sie in die Wohnung? Nachbarn würden sie sehen, später wiedererkennen …

Es klingelt an der Tür. Sie fährt zusammen. Soll sie öffnen? Auf dem Monitor zwei Männer, die sie noch nie gesehen hat. Sie lächeln in die Kamera. Sie wissen, dass sie da ist.

»Ja bitte?«, fragt sie kühl durch die Sprechanlage.

Der eine hält einen Ausweis in die Kamera.

Polizei.

Wie kann das sein, denkt sie und legt die Hände vors Gesicht.

Kurz darauf öffnet sie die Tür, mit freundlichem Lächeln und unschuldigem Blick.

»Sinéad Mulligan?«, fragt ein hagerer Mann mit aschgrauer Haut. »Ich bin Jack Taylor, Kriminalpolizei Galway, und das ist mein Kollege Mick O'Casey.«

Diesem Taylor kann man nichts vormachen, das sieht sie sofort. Ein Typ Mann, der wahrscheinlich zu tief ins Glas guckt, aber niemals Frauen kaufen würde. Ein Mann mit moralischen Prinzipien, der an der Verdorbenheit der Welt leidet und an ihr zugrunde gehen wird.

»Hallo. Das bin ich. Was kann ich für Sie tun?«

»Kennen Sie einen Gene Patterson?«

»Gene wen?«

»Patterson.«

Sie hat kurz geblinzelt, und er hat es bemerkt.

»Nie gehört.«

Er macht eine Pause. Hält sie hin, will sie nervös machen, aus der Fassung bringen.

»Was ist mit ihm?«

»Er ist tot.«

»Ach so?«

»Ein Fischer hat seine Leiche heute früh im Meer entdeckt.«

Er holt sein Handy heraus und zeigt ihr ein Foto. Sie schreckt zurück, tut entsetzt. Pattersons Augen sind noch immer geöffnet, die Lippen blau, die weiße Haut wie von einer Schmiere überzogen, und die Kruste auf der Wunde ist weg, man sieht nur einen dunklen Schnitt.

»Selbstmord?«, fragt sie leise, ergriffen.

»Eher nicht. Er wurde getötet. Sehen Sie die Stichwunde? Die Halsschlagader wurde durchtrennt.«

Sie runzelt kurz die Stirn, schließt die Augen, schaut bedrückt zu Boden. Und Taylor beobachtet jede Regung.

»Es war Glück, dass er überhaupt gefunden wurde. Sein Mörder hatte einen Anker an seinem Bein befestigt, bevor er ihn ins Meer warf. Allerdings landete der Anker auf einem Felsen im Flachwasser. Als der Fischer seine Hummerkörbe kontrollierte, starrten ihn Gene Pattersons tote Augen aus dem Wasser heraus an.«

»Das ist ja furchtbar. Hat dieser Patterson Familie?«

»Nicht mehr. Die Tochter ist jung gestorben, die Frau hat sich vor einigen Jahren umgebracht.«

»Das ist sehr traurig. Und der arme Fischer! Aber wie kommen Sie auf mich? Den Mann kenne ich nicht, weder den Namen noch das Foto.«

»Gene Patterson.« Er betont das deutlich und langsam. »Da klingelt bei Ihnen nichts?«

Sie schüttelt den Kopf. Die beiden wissen etwas, das ist kein Bluff.

Taylor wartet noch einen Moment, aber sie bleibt cool.

»Nach unseren Unterlagen haben Sie dieses Haus von ihm gemietet.«

»Ach so? Der Makler?« Sie lacht, erleichtert und entschuldigend. »Oh mein Gott! Das tut mir leid, aber … ich habe ihn nur ein einziges Mal gesehen. Und Namen kann ich mir nicht gut merken. Das soll der Mann auf dem Foto sein?«

Kurze Stille. Er weiß, dass sie lügt. Wartet, bis sie etwas Unüberlegtes sagt. Sie braucht Zeit. Die beiden werden so schnell nicht wieder gehen.

»Wie unhöflich ich bin! Möchten Sie eigentlich hereinkommen?«

»Wenn Sie gestatten.«

Sie setzen sich ins Wohnzimmer. Die Herren mögen Tee, also geht sie in die Küche. Atmet auf. Sie ist viel zu nervös, dieser Taylor hat sie keine Sekunde aus den Augen gelassen.

Mit zitternden Händen stellt sie Tassen, Milch und Zucker auf das Tablett. Aber irgendetwas Eindeutiges hat Taylor nicht, sonst würde er sie festnehmen. Er stochert im Nebel, fasst ihr an die Nieren, damit sie einen Fehler macht. Sie dürfen nicht sehen, dass ihre Hände zittern, warum hat sie sich plötzlich nicht mehr im Griff?

Sie holt tief Luft. Sage nichts, was du nicht wissen kannst. Antworte knapp, langsam und bedacht auf ihre Fragen. Du hast ihn nur ein Mal gesehen. Gene Patterson? Oder war es John? Er wirkte verlässlich, geschäftstüchtig, mehr nicht.

Als sie aufschaut, steht dieser O'Casey in der Tür, und vor Schreck lässt sie fast das Tablett fallen.

»Entschuldigen Sie bitte!«, sagt er, tut bestürzt. Will wissen, wo die Toilette ist. Soll er nur herumschnüffeln, er wird nichts finden außer Schlaftabletten.

Sie geht mit dem Tablett voraus, ins Wohnzimmer.

»Sie haben das Haus nur für sich gemietet?«, fragt Taylor.

»Ja. Etwas groß, ich weiß. Aber es war ziemlich günstig. Und ich brauche viel Raum um mich herum.«

»Sie haben irische Wurzeln?«

»Ja, ich lebe zwar schon eine Weile in New Orleans, aber ich liebe Irland, deshalb komme ich immer wieder hierher zurück.«

»Das freut mich zu hören.«

Kurze Stille. Er überlässt ihr die Initiative, aber sie redet nicht weiter. Und das gefällt ihm nicht. Er merkt, dass sie ihn durchschaut.

»Und Sie sind sicher, dass Sie Gene Patterson nur ein einziges Mal getroffen haben?«

»Natürlich, ja.«

»Sie haben vier Wochen in Dublin verbracht, bevor Sie nach Galway kamen.«

»Das stimmt.«

Haben sie also das B&B gefunden, mit der Frau gesprochen. Und die wird erzählt haben, dass sie von morgens bis nachts unterwegs gewesen ist. Aber dass sie Gene Patterson beschattet hat, wissen sie nicht.

»War das auch Urlaub?«

»Ja.«

Er zögert, immer wieder zögert er. Wartet, dass sie die Nerven verliert und einen Fehler macht.

»Vier Wochen sind eine lange Zeit. Sicher haben Sie Freunde in Dublin?«

»Nein.«

»Hat Sie jemand besucht?«

»Auch nicht.«

»Sind vier Wochen allein nicht ganz schön lang?«

»Ich habe einen anstrengenden Beruf, arbeite ständig mit jungen Menschen mit schweren Schicksalen. Da brauche ich ab und an eine Auszeit und will nur für mich sein.«

»Das verstehe ich. Sie haben ja einen hervorragenden Ruf. Die hartnäckigste Sozialarbeiterin von ganz Louisiana, meinte ihre Chefin.«

»Ich muss mich wundern, dass Sie mit ihr telefoniert haben. Ist das überhaupt zulässig?«

Lächelnd zwinkert er ihr zu. »Sicher haben Sie in Dublin Ausstellungen oder Konzerte besucht?«

»Nein. Ich bin vor allem durch die Stadt gelaufen und saß in Restaurants oder Cafés. Wollen Sie die Namen?«

»Nicht nötig. Gene Patterson ist auch aus Dublin.«

»Wirklich? Aber ich habe ihn dort nicht getroffen, falls Sie darauf hinauswollen.«

Ein kühles Lächeln. »Nach Aussage eines Freundes wollte er sich mit Ihnen treffen.«

»Wie bitte?«

»Zu einem, wie soll ich es ausdrücken, romantischen Zusammensein. In einem Haus in Connemara, einer palastähnlichen Villa.«

»Ich fürchte, da hat sich John Patterson etwas ausgedacht.«

Er lächelt, korrigiert sie aber nicht.

Sie lächelt zurück.

»Warum sollte er das tun?«

»Das müssten Sie ihn fragen.«

»Das Haus steht am Lough Inagh.«

»Das sagt mir was.«

»Kennen Sie die Gegend?«

»Puh! Bin ich vielleicht schon mal durchgefahren.«

»Eine herrliche Villa. Sie ist letzte Nacht fast komplett abgebrannt.«

Fast. Er hat fast gesagt. Um sie zu verunsichern? Oder sie haben Spuren gefunden. Sie haben dort etwas von ihr gefunden!

»Hören Sie, was auch immer dieser Freund behauptet: Ich habe diesen Patterson nur ein Mal gesehen, und ich habe mich nie mit ihm in dieser Villa getroffen. Ich verabrede mich nicht mit fremden Männern in entlegenen Villen.«

Taylor presst die Lippen aufeinander. »Bleiben Sie für längere Zeit in Irland?«

»Noch zwei Wochen.«

»Bitte informieren Sie uns, falls Sie früher fliegen sollten.«

»Bin ich etwa verdächtig?«

»Bisher nicht. Nur falls sich im Zuge unserer Ermittlungen noch Fragen ergeben sollten.«

»Ich habe nicht vor, meinen Urlaub zu verkürzen.«

»Gut.«

Taylor wartet, ob noch etwas kommt. Nein, sie stellt besser keine Fragen. Auch wenn sie viele hätte. Pattersons Wagen hat er nicht erwähnt, wieder so ein Trick. Inzwischen ist O'Casey wieder da.

Sie lächelt die Herren freundlich an.

Taylor steht auf. »Wer auch immer es war, der Gene Patterson ermordet hat, er ist sehr kaltblütig und planvoll vorgegangen. Erst lockt er ihn in diese einsame Villa, sticht ihm in den Hals, sodass er langsam an seinem eigenen Blut erstickt, fährt die Leiche dann von Connemara nach Mayo, wirft sie dort ins Meer, kehrt wieder zurück und setzt die Villa in Brand.«

»Wer tut so was?«

»Jemand, der Gene Patterson abgrundtief gehasst hat. Vielleicht eine Frau? Eine kluge Frau, die sich perfekt im Griff hat. Wir werden es herausfinden. Wir finden es immer heraus.«

»Ich wünsche Ihnen viel Erfolg dabei.«

Sie macht das Licht nicht an, obwohl es draußen schon längst dunkel ist. Vielleicht beobachtet jemand das Haus, aber ganz egal, was sie macht, Taylor hat sie im Verdacht. Nur ein Motiv oder Beweise hat er nicht. Und die Polizei weiß nichts von ihrer zweiten Identität. Noch nicht.

Wieder klingelt das Telefon, wieder fährt sie zusammen, eine unbekannte Nummer, aber sie hebt nicht ab, es ist jetzt einfach zu viel.

Sie steht auf, geht durchs dunkle Haus.

Zitternde Schatten fallen durch die Fenster.

Da hört sie Schritte im Flur und fährt zusammen. Sean, ist er also gekommen.

Oder täuscht sie sich?

Alles bricht zusammen. Sie muss verschwinden, sofort.

Renn, Jane, renn!

42

Ich erkenne ihn auf den ersten Blick, wie er in den Schein der Straßenlaterne tritt. Keine zehn Meter vor mir überquert er die Straße. Er strahlt dieselbe Kälte aus wie vor ein paar Tagen, ich kann sie bis in die Fingerspitzen spüren. Unwillkürlich drücke ich mich in den Fahrersitz, am liebsten würde ich darin verschwinden. Er muss sich nur umdrehen, dann sieht er mich, dieser Mann, der vor Kates Haus im Auto saß, nachdem ich ihre Leiche entdeckt hatte. Es war kein Zufall, dass er dort parkte. Und es ist kein Zufall, dass er mitten in der Nacht zu Brians Wohnung läuft.

Er trägt ein helles, kurzärmeliges Polohemd. Seine Arme und der Hals, sogar die Handrücken sind tätowiert. Wahrscheinlich ist bis auf die Finger und das Gesicht jeder Quadratzentimeter seines Körpers von Tattoos bedeckt. Tattoos sind auch ein Weg, um sich zu verstecken und ein anderer zu werden. Eine Art von Maske, die zur Haut wird. Und während die Nadel immer wieder unter seine Haut stach, wollte er mit seinen Schmerzen vielleicht auch für etwas büßen.

Er geht schnurstracks zu Brians Haus. Kates Mörder und mein Detektiv sind also miteinander bekannt. Brian, der behauptet, die Polizei über Kates Tod informiert zu haben. Der mir einen Zeitungsbericht über Kate geschickt hat, den es gar nicht gibt. Jane hat recht: Ich habe mir die Online-Ausgaben aller irischen Zeitungen angesehen, und nirgendwo war auch nur eine Zeile über Kate MacMahons Tod zu finden. Es gab auch keine Einbruchserie bei älteren Damen, zumindest habe ich nichts darüber gefunden. Was bedeutet, dass Brian den Bericht selbst produziert hat. So wollte er mich davon abhalten, selbst zu recherchieren. Und hat mich auch in der Hinsicht richtig eingeschätzt. Und wahrscheinlich kennt er den Mörder und will ihn decken. Den Mann, der ihn gerade besuchen kommt.

Die Haustür öffnet sich. Brian hat also mitten in der Nacht

auf ihn gewartet. Mir hat das Arschloch nicht aufgemacht, obwohl ich den ganzen Abend über bei ihm geklingelt habe und er wusste, wer vor seiner Tür steht. Denn wie bei Jane gibt es eine Kamera direkt über dem Eingang. Und ich dachte, er wäre unterwegs. Deshalb habe ich meinen Wagen in Sichtweite des Hauses geparkt. Irgendwann wird er schon heimkommen, dachte ich.

Ich warte kurz, bis der Tattoomann verschwunden ist, dann steige ich aus dem Wagen und öffne den Kofferraum. Krame das Fischmesser aus meiner Angeltasche und stecke es in den Gürtel. Keine Ahnung, ob ich es fertigbringe, mich damit zu verteidigen.

Erste Regentropfen fallen. Den ganzen Abend über war in der Ferne Donnergrollen zu hören. Brian wohnt in einem exklusiven Apartmentblock im Süden Dublins direkt am Meer. Dalkey, Dublin, home of the rich. Eine hohe, glatt verputzte Mauer trennt das Grundstück vom ärmeren Rest des Viertels. Aber da ist eine Birke, die neben der Mauer hochwächst und sie überragt.

Der Regen wird stärker und benetzt meine Haut. Der warme, feuchte Asphalt riecht nach Sommer. Niemand ist zu sehen, als ich die Birke emporklettere. Nach dem Klingelschild zu urteilen, wohnt Brian im Erdgeschoss. Dort brennt auch Licht. Seine Terrasse wurde direkt in die Klippen gebaut. Meerblick, das Rauschen der Irischen See bei Tag und Nacht, dazu ein kühler Drink, da wird auch das schmutzigste Gewissen wieder rein.

Auf einmal öffnen sich die Wolken, und im nächsten Moment ist nur noch lautes Prasseln zu hören, es überdeckt das Meeresrauschen, und die dicken Tropfen schieben sich wie ein Schleier vor Brians Wohnung und den kleinen Park. Ein satter Rasen, großwüchsige Palmen, ein Tisch mit Gartensesseln und Liegestühle liegen verschwommen vor mir. Bestimmt ist die Idylle alarmgesichert, und wenn ich runterklettere, gehen Lichter und eine Sirene an. Aber Brian hätte dann mehr zu erklären als ich.

Vorsichtig lasse ich mich die nasse Mauer hinab. Nichts passiert. In der Dunkelheit gehe ich langsam am Rand der Klippen entlang zu Brians Terrasse. Die Felsen sind glitschig, das dumpfe Grollen der anbrandenden Wellen tief unter mir mischt sich in das Prasseln des Regens. Geh zurück, ruf die Polizei, sagt eine Stimme. Brian ist ein Betrüger, und gerade trifft er sich mit einem Mörder, und wahrscheinlich suchen die beiden nach Jane. Aber warum? Vielleicht erfahre ich das jetzt.

Auf der Terrasse gehe ich hinter zwei riesigen Bambuspflanzen in Deckung. Die gigantischen Kübel wiegen sicher eine Tonne. Sie stehen ein paar Meter vor einer breiten Fensterfront. Zwischen den Bambusstäben spähe ich hindurch ins Wohnzimmer. Ein Vordach hält den Regen ab, nur bis zu mir reicht es nicht, ich bin schon klatschnass. Brian sitzt auf dem Sofa, über einen Couchtisch gebeugt, auf dem Blätter, Fotos und Karten liegen. Der Tattoomann ist nirgends zu sehen.

Kühl und teuer ist Brians Einrichtung. Schwarzes Leder, Stahl und Glas, alles peinlich sauber und aufgeräumt. So habe ich mir seine Wohnung nicht vorgestellt, ich hätte ein gemütliches Chaos erwartet. An der Wand hängt ein abstraktes Gemälde mit geometrischen Formen in Weiß, Grau und Schwarz, eine Hommage an Kälte und Kalkül. Der joviale, warmherzige Brian, den ich kennengelernt habe, war vielleicht nur eine Maske.

Reglos kauere ich hinter den Kübeln. Das Licht, das aus den Fenstern fällt, beleuchtet schwach die Bambusstäbe. Möglich, dass er mich erkennt, wenn er nach draußen schaut. Allmählich kriecht die nasse Kälte durch meine Kleidung.

Da betritt der Tattoomann das Wohnzimmer und setzt sich neben Brian aufs Sofa. Seine kalte Aura kann ich mit jeder Faser meines Körpers spüren. Vielleicht hat er mich vorhin im Auto gesehen; vielleicht weiß er, dass ich hier draußen bin.

Irgendetwas stimmt nicht zwischen den beiden. Da ist etwas Lauerndes und Feindseliges in der Art, wie er Brian beobachtet, während der in ein Dokument vertieft ist. Da beginnt Brian zu reden, er gestikuliert wild, als müsse er sich rechtfertigen, er wirkt unsicher, während der andere plötzlich nach draußen blickt.

In meine Richtung.

Meine Hände krallen sich an den Rand des Kübels.

Irgendetwas hat er gesehen.

Ich halte den Atem an.

Er setzt sich auf und starrt noch immer nach draußen.

Ich schaue zur Mauer. Verflucht, ich habe mir überhaupt keine Gedanken darüber gemacht, wie ich sie von dieser Seite aus wieder hinaufklettern kann. Ob sich das Eingangstor von innen öffnen lässt? Ansonsten bin ich eingesperrt wie in einem Gefängnishof. Ich könnte schreien, über mir sind weitere Wohnungen. Aber wer wird mich bei diesem Regen hören?

Da donnert es. Ein ohrenbetäubendes Krachen, ich zucke zusammen, dann ein Blitz, der alles für einen Augenblick taghell ausleuchtet. Jetzt schauen sie beide in meine Richtung. Brian steht auf mit dem Blick eines zornigen Kettenhundes, geht zur Terrassentür, der andere folgt ihm. Ich habe keine Waffe, nur mein lächerliches Fischmesser, kein Handy und keine Erklärung. Sie werden mich packen und über die Klippen werfen.

In dem Moment, als Brian die Terrassentür öffnen will, macht der Tattoomann eine schnelle Bewegung. Brians Hände springen zur Kehle, das Gesicht voll blanken Entsetzens. Kates Mörder zieht an einem Kabel, das er Brian von hinten um den speckigen Hals gelegt hat, zieht es mit aller Kraft zu und reißt den Koloss gleichzeitig zu Boden. Brian liegt auf dem Bauch, seine Hände fahren hilflos über die Fliesen und versuchen vergeblich, die Arme des Tattoomanns zu packen, während der die Knie gegen Brians Rücken presst. Keine Sekunde hat er den Griff gelockert, seine Oberarmmuskeln sind so angespannt, dass die Adern hervortreten, er drückt so fest zu, als wäre Brians Hals aus Metall.

Brian, vielleicht habe ich ihm unrecht getan, vielleicht wurde er von diesem Mann unter Druck gesetzt. Ich muss ihm helfen, schießt es mir durch den Kopf. Doch ich kann meine Beine nicht bewegen. Ich kann auch nicht den Rand des Kübels loslassen, als wären meine Hände daran festgeklebt. Ich müsste zur Mauer laufen, laut um Hilfe rufen, aber ich *kann* es nicht!

Kurz darauf bewegt sich Brian nicht mehr, die Arme sinken

schlaff zu Boden, die Beine hören auf zu zucken, die Oberarmmuskeln des Mörders entspannen sich kaum merklich, aber er lässt noch nicht los. Er drückt den Hals so lange zu, bis es auch für drei Männer mit Elefantenlungen reicht.

Danach dreht er Brian auf den Rücken und steht auf. Legt das Kabel zusammen und stopft es in seine Hosentasche. Brians Augen sind weit geöffnet, das Hemd ist hochgerutscht, der weiße Bauch quillt aus der Hose heraus. Eine Weile betrachtet ihn der Tattoomann wie ein Jäger seine Beute, tritt mit der Spitze seines Stiefels fest gegen die schwabbelige Seite. Kurz darauf verlässt er das Wohnzimmer. Da ist keine Erregung, keine Reue, nichts.

Noch immer kann ich nicht aufstehen, wie ein Krake hält die Angst mich fest. Da kommt er mit einem PC zurück. Er geht noch mehrmals von Raum zu Raum und stapelt einen Laptop, mehrere Tablets, Smartphones und externe Festplatten auf dem Couchtisch. Er sucht nach etwas. Oder er will Brians sämtliche Daten vernichten und seine Spuren verwischen.

Als Nächstes räumt er die Dokumente, Fotos und Karten auf dem Tisch zusammen. Noch einmal geht er aus dem Wohnzimmer, wahrscheinlich um ein letztes Mal zu überprüfen, dass er nichts vergessen hat.

Dann steht er vor dem Fenster und schaut hinaus. Öffnet die Terrassentür und tritt heraus. Wieder halte ich meinen Atem an. Er ist so nah, dass ich sehen kann, wie sich seine Brust hebt und senkt. Der Puls hämmert laut gegen meine Schläfen, ein Wunder, dass er ihn nicht hört. Meine Hände krallen sich immer noch an den Kübel, als würde mich das unsichtbar machen. Er muss nur in meine Richtung sehen, um mich zu entdecken. Stattdessen steckt er sich eine Zigarette an und nimmt ein paar tiefe Züge. Ich kann hören, wie er den Rauch aus seinen Lungen bläst.

Dann geht er ein paar Schritte, hinaus in den nachlassenden Regen, ist auf meiner Höhe, fast könnte ich ihn anfassen, da dreht er sich um und schaut nach oben, zu den anderen Wohnungen. Ich sitze direkt vor ihm, er muss den Blick nur senken! Doch er wendet sich ab, läuft vor zu den Klippen und schaut hinab. Ich könnte losrennen und ihn hinunterstoßen. Könnte in die Wohnung flüchten, die Terrassentür zusperren und durch die Haustür verschwinden, im Treppenhaus um Hilfe rufen, aber all das tue ich nicht.

Er ist sich sicher, dass er allein ist. Vorhin hat er nur so getan, als hätte er etwas bemerkt, damit Brian ihm den Rücken zukehrt. Moment mal, da draußen ist etwas, oder nicht? Siehst du das, Brian? Aber da draußen ist wirklich jemand, der dich im Blick hat. Der dich töten würde, wenn er nur könnte.

Dann dreht er sich zu mir um. Ich bin ohne jede Deckung. Auch der Regen hat fast aufgehört. Ein durchnässter Mann, der vor zwei schwach beleuchteten Bambuskübeln kauert. Er wirft die Zigarettenkippe zu Boden, drückt sie mit seinem Schuh aus, hebt sie auf und steckt sie in seine Jeans.

Als er an mir vorübergeht, glaube ich für einen Moment, dass er mich aus den Augenwinkeln beobachtet. Ich schließe die Augen und spüre schon das Kabel um meinen Hals.

Doch nichts passiert.

Er geht zu Brians Leiche, greift unter seine Achseln und zieht sie nach draußen. Brian ist ein Vier-Zentner-Fleischberg, aber dieser Mann schleift ihn hinaus wie einen Sack Stroh. Dabei dreht er mir den Rücken zu, und in dem Moment stehe ich schnell auf und drücke mich an die Wand hinter einem der Kübel. Das Messer halte ich in meiner zitternden Hand. Während er Brian mit dem Rücken voran zum Meer schleppt, schaut er nach oben, ob jemand auf der Terrasse steht. Dann wuchtet er Brian auf den Sims der niedrigen Mauer, die die Terrasse vom Abgrund trennt. Brians Gesicht ist zu mir gewandt, seine Augen sind noch immer geöffnet.

Ich muss daran denken, wie er vor zwei Wochen in dem Pub in Temple Bar vor dem riesigen Rumpsteak saß. Ich hatte ihn sofort gemocht. Nach diesem ersten Gespräch hätte ich zurück nach Deutschland fahren können, er hat mir keine Hoffnung gemacht, hat mir abgeraten, weiter nach Jane zu suchen. Aber er hat mich durchschaut und wusste genau, dass ich nicht auf ihn hören würde. So konnte er sich ohne Risiko als ehrliche

Haut, als kritischer Freund präsentieren, und ich bin darauf reingefallen. Er hat gespürt, wie dringend ich diese Reise, diese Suche nach Jane gebraucht habe. Dass ich in jedem Fall weitergemacht hätte. Brian war schlau, einfühlsam. Und skrupellos. Er verstand sofort, wie ich ticke.

Für einen Moment sieht es so aus, als würden sich die beiden umarmen. Dann lässt der Tattoomann ihn los und tritt zurück. Brian wirkt wie eine Marionette, deren Fäden plötzlich losgelassen worden sind. Für einen Augenblick sitzt er noch da, dann sinkt er in sich zusammen, kippt langsam nach hinten, und auf einmal sind nur seine Beine zu sehen, wie sie über die Mauer gerissen werden.

Sein Aufprall auf dem Wasser ist nicht zu hören, obwohl der Regen inzwischen lautlos fällt. Vielleicht ist er auf einen Felsen gestürzt und liegt jetzt mit zerschmetterten Knochen in den Klippen. Morgen werden die Möwen seine Leiche finden. Oder der Ebbstrom wird sie weit hinaus aufs Meer tragen. Es wird lange dauern, bis man ihn findet. Wenn man ihn überhaupt jemals findet. Vielleicht erledigen die Meeraale und Krebse den Rest.

Noch immer schaut der Tattoomann den Abgrund hinunter. Wieder könnte ich rennen und ihn töten. Dann geht er zurück, an mir vorbei und in die Wohnung. Er packt Brians technische Geräte in einen Karton, trägt ihn hinaus und wirft ihn Brian hinterher. Danach ein letzter Blick zu den anderen Apartments, schließlich geht er zurück in die Wohnung, schließt die Terrassentür und ist nicht mehr zu sehen.

43

Mein Wagen kriecht den steilen Weg zu Janes Cottage hinauf. Ständig fallen mir die Augen zu, aber ich muss Jane warnen. In Galway war sie nicht, und bei unserem letzten Telefonat schien sie voller Angst, dass jemand sie verfolgt. Womöglich dieser Mann. Er hat nicht nur Brian, sondern vielleicht auch Kate umgebracht. Weil er Jane finden will. Hat Druck auf Kate ausgeübt, damit sie ihm Janes Aufenthaltsort verrät, aber sie weigerte sich, und dann geriet die Situation außer Kontrolle. Keine Ahnung, wie er auf Brian gestoßen ist, jedenfalls arbeiteten die beiden zusammen. Sie haben den Mord an Kate vertuscht.

Der Schotter knirscht unter den Reifen. Es dämmert. Leichter Nebel liegt im Tal und hat See und Berge fast verschluckt. Ich steige aus, der Lough Nafooey liegt verschwommen zu meinen Füßen, wie eine riesige Platte aus Granit.

»Jane?«, rufe ich, aber sie antwortet nicht. Ihr Auto ist nicht da. Ich klopfe an die Tür, doch niemand öffnet. Dann gehe ich ums Haus herum und finde den Hausschlüssel unter dem Stein.

Ich gehe hinein und mache Licht. Es riecht nach verbranntem Torf und noch ein bisschen nach Jane. Mein Blick fällt auf Aidans Gemälde – das zerstörte Hostel, der Baum mit dem weißen Stamm, der aus der Ruine gewachsen und dann gestorben ist; die Gestalt, die davorsitzt und trauert. Der Baum hat alle Kraft gebraucht, um sich durch einen Riss im Fundament der Ruine zu kämpfen, durch Staub, Trümmer und Schutt. Und als er es endlich geschafft hat, schoss er, scheinbar von allen Lasten befreit, in einer letzten Anstrengung in die Höhe. Er wuchs schnell, schneller als die anderen Bäume, viel zu schnell, weil er den Tod bereits in sich spürte, weil er im Wachsen schon am Sterben war. Aidan ist dieser Baum, er hat sich selbst gemalt. Oder ist es Jane?

Ich setze mich in die kleine Küche und stütze den Kopf auf die Hände. Sehe Jane auf dem Stuhl vor mir, wie sie von Aidan erzählt. Wusste sie da schon, dass sie verschwinden würde? Wollte sie sterben? Hat sie mir deshalb von unserem Sohn erzählt, damit er einen Vater hat, wenn seine Mutter nicht mehr da ist?

Allmählich wird es kühl, und die Augen fallen mir zu. Im Schlafzimmer lege ich mich aufs Bett, lasse das Nachttischlicht aber brennen. Es riecht nach ihr, nach uns, nach diesen zärtlichen Nächten. Sie liegt neben mir und sieht mich an mit diesen unergründlichen vielfarbigen Augen.

Da fällt mein Blick auf einen Bilderrahmen, der auf der kleinen Kommode steht. Das Foto zeigt Jane und Kate, sie haben die Köpfe aneinandergelehnt und lächeln in die Kamera. Kate sieht aus, wie ich sie kennengelernt habe, das Foto kann nicht alt sein. Sie wirken beide glücklich, aber irgendetwas stimmt nicht.

Ich setze mich auf. Jane muss es versteckt haben, als sie mit mir hier war. Das heißt, dass sie noch einmal hier gewesen ist. Und auf einmal weiß ich, was mit dem Foto nicht stimmt. Es ist Janes Frisur: Genau diese Frisur trug die Frau auf dem Foto mit Anna in Frankfurt. Derselbe Haarschnitt, dieselbe Farbe.

Und sie trägt dieselbe Lederjacke. Es ist dieselbe Frau. Jane ist damals also doch in Frankfurt gewesen. Wenige Tage vor Annas Tod.

Auf einmal höre ich, wie sich die Tür öffnet und jemand eintritt. Ich springe aus dem Bett und rufe: »Jane?«

Doch im dunklen Wohnzimmer steht ein Mann, groß und muskulös.

»Hallo, Marc«, sagt er mit einem finsteren Lächeln.

Ich weiß sofort, wer das ist.

44

Nora war in einem erbärmlichen Zustand, als Jane aus der Entzugsklinik in Cork zurückkam. Matt lag sie im Bett des Zimmers, in dem sie bisher ihre Kunden empfangen hatten. Um das zu vergessen, hängte Jane die großen Spiegel ab und stattdessen Poster vom irischen Westen an die Wände. Nora sollte es gut haben in ihren letzten Wochen. Deshalb arbeitete Jane auch wieder als Prostituierte, jetzt aber bei einem Escortservice. Keine Kunden zu Hause, hatte sie sich vorgenommen, davon sollte Nora nichts mehr mitbekommen. Außerdem war die Arbeit einträglicher, wenn auch nicht einfacher.

Auf dem Straßenstrich sprach sie mit dem Kunden, bevor sie ins Auto stieg. Und mit der Zeit hatte sie ein Gespür dafür entwickelt, von welchen Männern Gefahr drohte. Im Zweifelsfall schlug sie die Autotür dann wieder zu. Als Escortfrau war das nicht so leicht, die Verhandlung lief übers Telefon, und einen wirklichen Eindruck bekam sie erst, wenn sie den Kunden gesehen und kurz mit ihm gesprochen hatte. Aber dann stand sie bereits in seiner Wohnung oder im Hotelzimmer. Die Angst in dem Moment, in dem sich die Tür öffnete, war schlimmer als die, wenn sie in ein fremdes Auto stieg. Die Gefühle des Ekels und der Erniedrigung waren dieselben. Es machte keinen Unterschied, ob man in einem Luxushotel oder einem Lieferwagen gedemütigt wurde. Reiche Männer waren keine respektvolleren oder angenehmeren Kunden. Es waren dieselben armen Würstchen und brutalen Schweine, auch wenn sie Designeranzüge trugen und teure Limousinen fuhren.

Eine Zeit lang ertrug sie die Arbeit ohne Heroin. Sie hatte ja gerade erst einen Entzug hinter sich gebracht, und außerdem wollte sie für Nora da sein, für sie sorgen, solange sie noch lebte. Vom ersten Geld kaufte Jane einen Fernseher und einen Videorekorder, damit Nora Ablenkung hatte, während sie selbst anschaffen ging. Mittags kochte sie Stew oder Spaghetti, obwohl sie beide kaum einen Bissen herunterbrachten. Danach lagen sie zusammen Arm in Arm im Bett, tranken Rotwein und sahen fern. Am liebsten schauten sie »Coronation Street«. Dort war das Leben so wunderbar normal. Alle Probleme ließen sich lösen. Diese Leute gehörten dazu und sie eben nicht. Nora liebte »Coronation Street« und meinte, so stelle sie sich den Himmel vor. Auch Jane wollte dahin, aber im richtigen Leben.

Nora wurde immer schwächer. Bald musste Jane ihr das Heroin injizieren. Eigentlich hätte sie zurück ins Krankenhaus gemusst, aber Nora wollte sterben. »Setz mir einfach eine Überdosis«, meinte sie eines Morgens, als Jane die Nadel in eine Vene schob. »Wenn es einmal besonders schön und gemütlich ist, schickst du mich zur Coronation Street. Du sagst es mir nicht, du tust es einfach. Und da warte ich dann auf dich.«

Nora sagte das in einem Tonfall, als wäre es ein Scherz. Aber eigentlich wollte sie genau das. Doch für Jane kam das nicht in Frage. Sie wusste, dass Nora das nicht wirklich von ihr verlangte. Es war eine Sache der Würde und des Stolzes. Und ihre Würde und ihren Stolz hatten sie beide nie ganz verloren. Auch wenn Jane bald wieder Heroin nahm. Sie brauchte es, um die fremden Körper zu ertragen und um für Nora stark genug zu sein, wobei sie natürlich wusste, dass sie das Zeug schwächte. Aber immerhin hatte sie den Konsum etwas besser im Griff als vor dem Entzug, und das lag zum Teil an Sean. Seit sie ihn kannte, gab es wieder so etwas wie eine Perspektive.

Als Jane eines Morgens erwachte, lag Nora tot in ihren Armen. Die Leiche war schon kalt. Sie konnte nicht weinen, als die Sanitäter Nora aus der Wohnung trugen. Ihre Eltern erschienen nicht zur Beerdigung. Gene Patterson hatte einfach aufgelegt, nachdem Jane ihm von ihrem Tod erzählt hatte.

Etwa ein Dutzend Leute erschienen zur Trauerfeier, außer Sean nur Junkies und Prostituierte. Wie ein dunkler Riese ragte er am Grab aus der Gruppe ausgemergelter Gestalten empor. Sean hatte Noras Sarg und die Beerdigungsfeier im Pub bezahlt, und die anderen Frauen beneideten Jane um ihren Fang, von dem sie Nora nichts mehr erzählt hatte.

Sean war Mitte zwanzig und ein tätowierter Muskelberg von über eins neunzig. Auf seinem Hals war eine Taube tätowiert, der Kopf des Tieres lag genau auf seiner Kehle, und die ausgebreiteten Flügel umfassten die Seiten. Von seinem arabischen Vater hatte Sean die bronzefarbene Haut, die schwarzen Haare und die buschigen Augenbrauen. Die funkelnden hellgrauen Augen kamen wohl von der irischen Mutter. Seine ganze Erscheinung strahlte rohen Willen und Ehrgeiz aus. Sean war auf dem Weg nach oben. Er sollte Janes Ticket aus der Scheiße sein.

Wie sie hatte er die Schule mit sechzehn geschmissen und auf einem kleinen Fischtrawler in Wales angeheuert. Nur er und ein alter Kapitän waren auf dem Boot und fingen Hummer und Krebse. Aber darum ging es nicht. Nach ein paar Wochen legte mitten auf See ein Schnellboot an ihrem Trawler an, und sie nahmen kistenweise Päckchen entgegen, die sie dann in Fischkisten versteckt in den Hafen brachten. Dort warteten schon Leute, die ihnen den Fang abnahmen.

Ohne es zu wollen, war Sean Teil von einem der mächtigsten Drogenschmuggelringe Großbritanniens geworden. Als er verstand, wohinein er da zufällig geraten war, wollte er seine Chance nutzen. Einem der Männer, die im Hafen die Drogen entgegennahmen, sagte er eines Morgens, dass er mehr könne, als Päckchen zu verfrachten. Der Mann nickte nur, und erst einmal passierte nichts. Aber nach ein paar Wochen fuhr Sean eine große Yacht von Südamerika vor die irische Küste. Dort wurde das Kokain auf Zodiacs, Segelboote und Fischtrawler verteilt, die dann kleine Häfen oder versteckte Buchten ansteuerten. Ein Jahr später war Sean für den Weiterverkauf an britische Dealer zuständig. Die führenden Männer des Drogenrings hatten Seans Ehrgeiz, Härte und Abgebrühtheit erkannt. Um ganz nach oben zu kommen, übernahm er mehrere Auftragsmorde. Sein Auftreten schüchterte jeden ein. Auch die härtesten Dealer aus Manchester und Liverpool bekamen ein mulmiges Gefühl, wenn diese tätowierte Kraftmaschine vor ihnen stand.

So ging es auch Jane, als sich zum ersten Mal die Tür zu seinem Luxusapartment öffnete. Als er ihren Körper musterte, war ihr erster Gedanke, dass sie die Nacht vielleicht nicht überleben würde. Sie betete still, als er die Tür hinter ihr schloss. Aber dann gab er sich entspannt und freundlich, sie setzten sich aufs Sofa und plauderten, er schenkte ihr Champagner ein, roch angenehm und hatte keine schmerzhaften Vorlieben. Er schien ein guter Kunde zu sein. Also gab sie sich Mühe, solche Stammkunden waren Gold wert, und von da an bestellte er sie regelmäßig. Bald merkte sie, dass er sich in sie verliebt hatte, zumindest brauchte er den Sex, er konnte gar nicht genug von ihr kriegen, und nach ein paar Monaten bot er ihr an, zu ihm zu ziehen. Sie dürfe dann aber keine anderen Männer mehr treffen.

Jane spielte mit. Sie ließ ihn ein Weilchen zappeln, doch ein paar Wochen nach Noras Tod nahm sie sein Angebot an. Sie war zwar immer noch eine Art Prostituierte, musste aber nur mit einem Mann schlafen, dessen Hände sanfter waren, als sie aussahen, und der zudem ziemlich oft unterwegs war. Da hatte sie das riesige Apartment für sich. Und Geld, so viel sie wollte. Nach ein paar Monaten, als er für eine Woche unterwegs war, machte sie ohne Hilfe einen Entzug. Wenn sie ein neues Leben führen wollte, eines, für das sie sich nicht würde schämen müssen, für das sich auch Aidan nicht schämen würde, musste sie loskommen von dem Zeug. Sean gefiel es nicht, dass sie clean war. Er nahm oft Kokain. Seine Nerven waren nicht diese Drahtseile, wie er das andere immer glauben machte, sondern eher überstrapazierte, poröse Gummibänder. Und Jane schien in der Hinsicht stärker als er zu sein.

Dass er ein Schwerkrimineller war, war ihr von Anfang an klar gewesen. Wenn er betrunken oder auf Koks war, fing er an, ihr von seiner Arbeit zu erzählen. Erst nur wenig, und ohne Namen oder Orte zu nennen, aber nach und nach öffnete er sich. Er brauchte jemanden, dem er seine Ängste und Schuldgefühle offenbaren konnte. Als er ihr das erste Mal im Vollrausch von den Auftragsmorden erzählte, heulte er wie ein Kind, und sie nahm ihn in den Arm. Sie schlief jedes Mal mit ihm, bevor eine gefährliche Übergabe oder eine heikle Verhandlung anstand.

Nach einem Jahr lernte sie bei einem Dinner im Penthouse

eines Nobelhotels die gesamte Führungsriege und deren Frauen kennen. Dass sie in den Wochen zuvor auf Schritt und Tritt heimlich beobachtet worden war, war ihr nicht entgangen. Und jetzt gehörte sie offiziell zur Family, wie Sean den Clan nannte. Als sie am nächsten Morgen erwachte, war ihr Schlafzimmer ein Meer aus roten Rosen.

Sean war ihr nach wie vor nicht unangenehm, aber sie liebte ihn nicht. Doch genau das spielte sie ihm vor. Sie hatte sich von Tausenden Männern benutzen lassen, da durfte sie einmal den Spieß umdrehen. Sie könnte ihn jederzeit verlassen, ohne dass ihr das etwas ausmachen würde. Das Problem, das sie viel zu spät erkannte, war nur: Sie konnte ihn eben nicht einfach so verlassen.

Sie war clean und gesund, ging täglich ins Fitnessstudio, hatte Schränke voller Kleider und mehr Geld, als sie ausgeben konnte, aber sie fühlte sich nicht frei. Sie wollte ihren Schulabschluss nachholen, aber das erlaubte Sean nicht. Sie habe doch alles, was sie brauche. Vielleicht spürte er, dass es sie fortzog, obwohl sie sich alle Mühe gab, das zu verbergen; vor allem wollte er verhindern, dass sie außerhalb der Szene Kontakte schloss. Sie habe doch jetzt eine Familie.

Außer Ausschlafen, Shoppen, Trainieren, Kaffeetrinken mit anderen Gangsterbräuten und Abendessen in Edelrestaurants gab es nichts in diesem Leben. Oder doch: Misstrauen. Es beherrschte den ganzen Clan. Die flotten Sprüche und Treueschwüre täuschten sie nicht lange. Wie ein zäher Nebel durchzog es alle Gespräche und Gedanken. Ahnte Sean, dass sie ihm etwas vorspielte, wenn er als Nervenbündel von einem gefährlichen Auftrag zurückkehrte und sie ihm voll gespielter Leidenschaft das verschwitzte Hemd vom Körper zog? Dass ihr beseelter Blick, wenn sie ihm einen blies, nichts als eine Lüge war? Wusste er inzwischen, dass sie einen Sohn hatte?

Bald fühlte sie sich schlimmer als in dem Dreckloch in Hackney. Für Stunden saß sie im Wohnzimmer und starrte an die stuckverzierte Decke. Sie vermisste Nora und John und besuchte oft ihre Gräber. Und sie vermisste Aidan, vor allem ihn.

Vor Seans hungrigem Körper ekelte sie sich inzwischen, doch wenn sie ihn abwies, suchten seine Hände und Lippen umso gieriger nach ihrem. Und sie durfte ihn nicht zu oft abweisen, denn würde er ihrer überdrüssig, wäre ihr Leben in Gefahr.

Sie war gefangen in einem Käfig, dessen Gitterstäbe aus Gold und Angst bestanden. Eines Morgens wachte sie mit einem Gefühl der Übelkeit auf, das im Lauf des Tages immer schlimmer wurde, bis sie sich erbrechen musste. Am Abend trank sie eine Flasche Rotwein, um schlafen zu können. Von diesem Tag an ging die Übelkeit nicht mehr weg. Sie sehnte sich nach Heroin, nach dem ruhigen Glück und dem sanften Vergessen.

Dann fand sie eines Vormittags ein Tütchen mit weißem Pulver auf dem Wohnzimmertisch. Sean musste es dort hingelegt haben. Es sah so aus, als habe er seine Ration Kokain aus Versehen dort liegen gelassen. Sie nahm eine Fingerspitze davon in den Mund. Es war Heroin. Sean nahm nie Heroin. Nach kurzem Zögern warf sie es ins Klo. Als sie begriff, wurde sie starr vor Angst. Er wusste also, was in ihr vorging. Er wollte sie wieder süchtig, das Heroin sollte sie gefügig machen.

45

Das war's, ist das Erste, was ich denke. Das Erste, was ich sehe, als er das Licht anmacht, ist das Tattoo an seinem Hals. Es ist tatsächlich eine Taube, eine weiße Taube, der Kopf sitzt direkt unterhalb des Kehlkopfs, Schwanzfedern und Schwingen sind weit gespreizt und legen sich sanft um den vorderen Hals. Ein schönes Tier, ein kleines Körperkunstwerk, aber warum trägt ein solcher Mann ein Symbol des Friedens auf seiner Haut? Ist es das, wonach er sich sehnt?

Durchdringende hellgraue Augen, dicke Brauen, volle Lippen, dunkle Haut, ein kohlrabenschwarzer Fünftagebart, und die Nase ist so schief, als wäre sie schon mehrmals gebrochen worden. Ein Berg von einem Mann mit einem massigen Stiernacken steht vor mir in dem kleinen Wohnzimmer, der Körper wirkt wie aufgepumpt, die Arme sind kräftiger als meine Oberschenkel. Er ist so übertrieben muskulös, dass es grotesk aussieht. Und traurig, wie ein Clown, der sich ein viel zu fröhliches Gesicht geschminkt hat.

»Das kommt vom Knast«, sagt er. Er hat meine Blicke bemerkt. »Du musst deine Dämonen in Schach halten und irgendwohin mit deiner Energie, sonst drehst du durch. Also habe ich trainiert wie der Teufel. Und Steroide gefressen. Mit solchen Muskeln bist du da drinnen wer.«

»Okay«, sage ich. Warum erzählt er mir das? Er klingt, als spräche er mit einem Freund.

»Ich heiße Sean«, sagt er. »Setz dich.«

Er hat die Arme vor der Brust verschränkt und eine Pistole mit Schalldämpfer in der Hand. Er ist mindestens einen Kopf größer als ich und hat den stoischen Blick eines Söldners, für den Töten wie Essen und Trinken ist. Aber es liegt noch etwas anderes darin verborgen, etwas Ernstes und Sanftes, wie bei einem verletzten Kind. Ich setze mich an den Tisch, auf den Stuhl, auf dem Jane saß, als sie mir von Aidan erzählt hat.

»Ich habe uns etwas mitgebracht«, sagt er und holt eine Flasche Jameson aus seinem Ledermantel. Er nimmt zwei Tassen vom Küchentresen, setzt sich mir gegenüber und schenkt sie halb voll. Der Tisch und der gesamte Raum wirken viel zu klein für diesen Mann.

»Danke«, sage ich und trinke meine Tasse in einem Zug leer. Auch er nimmt einen großen Schluck.

»Du hast Kate umgebracht«, sage ich. »Und Brian.«

Er legt die Pistole auf den Tisch, genau zwischen uns. Versuch es nur, will er mir sagen, dann bist du tot.

»Bei Kate wurde ich ungeduldig. Ich war mir sicher, sie weiß etwas von Jane, und ich habe schon aus ganz anderen die Wahrheit herausgekitzelt. Aber diese alte Lady war eine zähe Braut. Ich wurde etwas zu grob, und da ist sie mir unter den Händen weggestorben. Mir tut das sehr leid, auch wenn du mir das nicht glaubst. Doch die Toten, die du ohne vernünftigen Grund umgebracht hast, rufen dich nachts. Bei mir ist es schon ein kleiner Chor. Im Knast haben sie mich fast wahnsinnig gemacht. Und sie werden nicht aufhören, solange ich lebe.«

Versonnen blickt er mich an. Der Mann ist verrückt und auch wieder nicht. Er redet mit mir, als wäre ich sein Therapeut, oder er verarscht mich. Was er sagt, macht mir eine Gänsehaut und berührt mich zugleich.

»Und die Leiche?«

»Habe ich bestattet, an einem geheimen Ort. Nicht einfach so ins Meer oder auf eine Müllkippe geworfen, ich habe ein Grab ausgehoben und sie hineingelegt.«

»Und warum hast du Brian umgebracht?«

Er grinst. »Ich habe dich dort gesehen. Du hast dir alles von der Terrasse aus angeschaut und dir dabei fast in die Hose gemacht.«

»Warum hast du mich nicht getötet?«

»Weil ich dich mag. Weil ich dich wirklich mag. Du bist zäh wie diese Kate. Du hast ein großes Herz, du würdest alles für Jane tun. Und du kannst kämpfen. Brian hat mir deine Geschichte erzählt, dass du deine Braut und dein Baby verloren hast.«

»Klingt fast so, als wolltest du mich heiraten.«

Er zwinkert mir zu. »Ich brauche dich für etwas anderes.«

»Und zwar?«

Er nimmt die Flasche und schenkt noch mal ein.

»Das solltest du dir denken können.«

»Nein.«

Er lächelt. »Du willst sie schützen, die miese kleine Hure. Ich habe gehofft, ich erwische euch zwei hier im Bett.«

»Keine Ahnung, wovon du redest.«

Er stützt die Ellenbogen auf den Tisch und legt sein Kinn auf die Hände. Mein Blick fällt auf seinen rechten Unterarm, und ich kriege ihn von dort nicht mehr weg. Er trägt dort ein Tattoo von Janes Gesicht. Sie sieht mich an, eine wunderschöne junge Frau mit einem Schleier auf den Haaren. Sie hat den entrückten Ausdruck einer Heiligen, um sie herum sind Rosen und hinter ihrem Kopf Strahlen, als ginge dort gerade die Sonne auf. Unterhalb ihres Kinns, kurz vor seinem Ellenbogen, lugt ein Totenkopf zwischen den Rosen hervor.

Der pure Kitsch, aber das Tattoo ergreift mich.

Dieser Mann hat sich sein Leben auf die Haut tätowiert.

Lies seinen Körper, und du weißt, wer er ist.

Ich eise meinen Blick von Jane los.

Seans ist voller Zorn, Verletzung und Traurigkeit.

»Hat sie schön mit dir gevögelt? War es noch besser als früher? Bestimmt. Das kann sie gut, das war ihr Job. Sie war eine der Besten. O Boy, du hast ihr wirklich geglaubt, was sie dir vorgespielt hat. Daran habe ich oft gedacht im Knast. So kriegt sie alles, was sie will. Und ich bin ihr auf den Leim gegangen. Dabei weiß jeder, dass du keiner Nutte jemals trauen darfst.«

Er seufzt. »Ich hätte sie beinahe schon erwischt, als du sie in Galway besucht hast. Aber dann habt ihr dummerweise ihr Auto genommen, und ich habe euch verloren.«

»Du bist mir die ganze Zeit gefolgt?«

»Seit du von der Fähre in Dublin runtergefahren bist. Brian hat mir gesagt, mit welcher du kommst. Ich wusste immer, wo du steckst. Als du es in das Parkhaus in der City gestellt hast, bevor du dich mit Brian zum ersten Mal getroffen hast, habe ich einen Sender an deinem Wagen angebracht.«

»Ich habe den Wagen in Cork in eine Werkstatt gebracht. Die haben keinen Sender gefunden.«

»Haben sie schon. Aber ich war vor dir da und habe besser bezahlt.«

»Und warum hast du Brian umgebracht?«

»Ihn musste ich wirklich töten. Er war zu gierig, er wollte zu viel Geld. Dachte, er könnte mich einfach so erpressen, als wir Jane gefunden hatten. Obwohl ich ihn schon mehr als gütlich entlohnt hatte. Aber im Gegensatz zu Kate habe ich ihn nicht gemocht. Er hat den jovialen Typ gespielt, der alles für dich tut, aber in Wirklichkeit war er eine miese, kleine, fette Ratte, die dir für ein saftiges Steak die Kehle durchschneidet. Vor seiner Stimme in meinem Chor der Toten habe ich keine Angst.«

»Wie kam er auf dich?«

»Brian war so gierig wie smart, ein echter Bluthund. Er hat, nachdem du ihm den Auftrag erteilt hast, zu Jane recherchiert und herausgefunden, dass sie im Londoner Drogenmilieu unterwegs war. Und dass sie in dem Jahr verschwunden ist, in dem unser Drogenring aufflog. Das war eine große Sache und ging durch die Presse. In den Berichten stand, dass es eine anonyme Kronzeugin gab. Da hat er kombiniert, dass Jane diese Kronzeugin gewesen sein könnte. Ich bin seit letztem Jahr wieder auf freiem Fuß, und er hat Kontakt zu mir aufgenommen. Er wollte Geld und ich sie finden. Und dann hast du uns zu ihr geführt. Dafür muss ich dir danken. Ohne dich wäre Brian nie auf ihre Spur gekommen. Und wenn du mir hilfst, lasse ich dich am Leben. Darauf gebe ich dir mein Wort. Und auf meins kannst du zählen. Du bringst mich zu Jane und vergisst mich.«

»Und wenn wir Jane gefunden haben?«

»Werde ich sie töten.«

»Du könntest ihr verzeihen.«

Er lacht in sich hinein. »Verzeihen? Da, wo ich herkomme, gibt es so was nicht. Und in Janes Fall schon gar nicht. Sie hat nicht nur mich und fast alle meine Partner in den Knast gebracht, sie hat unser Lebenswerk zerstört. Du brauchst Jahrzehnte, um so ein kleines Imperium aufzubauen. Meine Partner haben mir vertraut. Und Jane? War meine Braut, vor der mich alle gewarnt haben, und durch sie haben wir alles verloren. Ich bin es ihnen und mir schuldig, Jane zu töten. Dann bin ich kein Verlierer mehr. Dann gewinne ich meine Ehre zurück. Und darum geht es, nicht wahr? Du gewinnst und hast Ehre, oder du verlierst. Da war einer im Knast, ein Typ von der Uni. Er meinte, das wäre das Wesen unserer Zivilisation, dass es nur darum geht: Du gewinnst, oder du verlierst. Alles andere, Menschenrechte und der ganze Scheiß, sind nur dazu da, um den Kampf zu verschleiern. Keine Ahnung, ob er recht hat, aber da, wo ich lebe, ist das so.«

Er betrachtet Janes Gesicht auf seinem Arm und küsst sie, wie man seinen ärgsten Feind küsst. »Und wenn sie tot ist, werde ich ihr Gesicht entfernen lassen. Und den Platz frei halten, falls noch jemand kommt.«

Er schaut mich an, aber sein Blick ist zugleich nach innen gekehrt. Es sieht nicht so aus, als warte dort eine glückliche Zukunft.

Dann holt er einen Zeitungsausschnitt aus seiner Tasche und legt ihn vor mich hin. Für einen Moment hört mein Herz auf zu schlagen, und das Blut gefriert in meinen Adern.

Sean fixiert mich und grinst. »Du bist ein Mörder, Marc. So wie du guckst, weißt du das noch gar nicht.«

Auf dem Foto ist Michael. Ich überfliege den Bericht. Gestern wurde seine Leiche im Cork Harbour gefunden. Noch wurde der Tote nicht identifiziert. Er wurde ermordet. Tod durch Strangulation.

»Bald werden sie wissen, wer er ist. Du kennst ihn, nicht wahr?«

Darauf antworte ich nicht.

»Ich habe gesehen, wie du ihm ein Messer an den Hals gesetzt hast.«

»Ich habe ihn nicht getötet.«

»Ob die Polizei dir das glauben wird? Es gab eine Zeugin. Eine hübsche Frau. Die wird dich wiedererkennen.«

»Du warst da.«

»Ich war fast immer da.«

»Warum hast du ihn getötet?«

»Weil ich musste. Um dich zu schützen. Dadurch habe ich dir das Leben gerettet. Dieser Michael war krank vor Hass, so was rieche ich. Er hätte dich töten und somit meine einzige Spur zu Jane vernichten können. Ich habe gesehen, wie er dich in Cork verfolgte und du ihn vermöbelt hast. Als du mit ihm fertig warst, blieb er noch eine Weile liegen. Da habe ich das schnell erledigt und ihn in den Lee geworfen. Damit niemand deine Spuren an ihm finden kann.«

Er lächelt. »Da siehst du mal, wie nett ich bin. Im Knast hat so ein Psychologe gemeint, ich würde nur mich und meine Interessen sehen und könnte keine Gefühle für andere entwickeln. So eine gequirlte Scheiße! Wenn einer weiß, was lieben heißt, dann ich!«

Wütend sieht er mich an. »Und jetzt fahren wir los.«

»Wohin?«

»Zu ihr.«

»Ich habe keine Ahnung, wo sie ist. Ich dachte, ich finde sie hier. Jetzt weiß ich auch nicht, wo sie sein könnte.«

Sein Lächeln ist keines. Er zieht den rechten Mundwinkel hoch, und das Auge darüber wird zu einem Schlitz. Die wulstigen Augenbrauen sehen wie schwarze Nacktschnecken aus.

»Dieser Junge in Cobh, ist das dein Sohn?«

»Unsinn«, sage ich, und mein Herz bleibt kurz stehen.

»Warum hast du ihn dann besucht?«

»Er ist ein Bekannter von Jane.«

»Er ist dir wie aus dem Gesicht geschnitten. Wenn du mir nicht hilfst, stirbt der Junge. Ich habe wunderbares Koks, das ihn direkt in den Himmel beamt, nachdem ich mit ihm fertig bin. Aber so muss es nicht laufen. Ich will euch nicht wehtun. Ich mag dich, Marc. Und Aidan wäre auch so eine Stimme, die mich nachts zum Weinen bringen würde. Es liegt ganz bei dir.«

Ich schließe die Augen. »Ich weiß wirklich nicht, wo sie ist.«

»Und diese Ruine am Currane?«

»Dahin bist du mir auch gefolgt?«

»Ich war fast immer bei dir. Auch als du Jane zum ersten Mal in Killarney getroffen hast. Ich habe dich mit ihr auf dieser Terrasse sitzen sehen. Und dir selbst aus der Entfernung angemerkt, wie rattenscharf du auf sie bist. Tja, und dann entwischt sie mir, als sie aus diesem Hotel geht. Fuck! Unauffällig verschwinden, das konnte sie schon immer.«

Ich schaue auf die Waffe vor ihm auf dem Tisch.

»Glaub mir, ich bin schneller«, sagt er.

Damit hat er wohl recht.

»Wollen wir los?«

»Nein. Ich bleibe hier.«

»Dann töte ich erst dich und dann deinen Sohn.«

»Wir werden grausam singen in deinem Chor.«

Er nimmt die Waffe. Zielt auf meine Schulter. »Es wird eklig werden, Marc. Aidan wird lange leiden.«

Ein Schuss. Im ersten Schreck denke ich, dass er mich getroffen hat. Aber er hat absichtlich an mir vorbeigezielt.

Ich schließe die Augen. »Ich komme mit. Wenn du Aidan in Ruhe lässt.«

Wieder das schiefe Lächeln. »Gut. Ich weiß, du liebst Jane, aber glaub mir, sie verdient es nicht. Vielleicht war sie ein guter Mensch, als du sie kennengelernt hast. Aber als ich sie traf, war sie ein verdorbenes Stück Scheiße. Ich habe es nur nicht erkannt. Ich habe es verdammt noch mal nicht erkannt.«

Er steht auf. »Wir nehmen meinen Wagen, du fährst«, sagt er. »Bald wird die Polizei hinter dir her sein.«

»Wir nehmen den Whiskey mit. Nüchtern bin ich ein Verkehrsrisiko.«

Sean lacht. »Hab schon mitgekriegt, dass du an der Flasche hängst wie eine Nutte am Schwanz.«

46

Eines Tages stand plötzlich eine fremde Frau vor der Umkleidekabine von Harrods.

»Darf ich Sie kurz sprechen?«, fragte sie mit einem freundlichen, bestimmenden Lächeln.

Janes Herz pochte. Starr stand sie da, mit dem teuren Kostüm in der Hand, das sie gerade hatte anprobieren wollen. Sie war wie hypnotisiert. Am Eingang zu den Umkleiden stand noch eine Frau, die den Verkaufsraum beobachtete, und die nickte der anderen aufmunternd zu.

»Darf ich?«, fragte sie noch einmal, trat dann einfach zu ihr in die Kabine und zog den Vorhang zu. Jane trug nur ihren BH und ihren Slip. Die Frau wirkte selbstbewusst und stark. Ihre durchdringenden Augen blickten tief in sie hinein.

Jane wusste nichts zu sagen. Ihr Atem zitterte. Die Frau wirkte nicht so, aber es konnte sein, dass Sean sie geschickt hatte, um sie zu testen. Oder seine Partner. Da zeigte ihr die Frau einen Polizeiausweis. Aber woher sollte sie wissen, dass der nicht gefälscht war?

Die Frau erkannte ihre Zweifel und begann zu erzählen. Sie wusste alles über Jane: über ihre Eltern, den Schulabbruch, die Flucht nach London, die Schwangerschaft, ihre Vergangenheit als drogenabhängige Prostituierte, die Adoption. Sie berichtete dann, was Jane schon wusste, dass Sean Teil eines Drogenschmuggelrings war, dass diese Männer Tonnen von Kokain auf die britischen Inseln schmuggelten und wohl mehr als ein Dutzend Morde auf ihr Konto gingen. Und dass die Gruppe bereits beobachtet wurde. Doch bisher waren die Transporte und Übergaben geheim geblieben.

»Wenn Sie uns helfen, bieten wir Ihnen ein neues Leben. Eine neue Identität, eine zweite Chance. Schlafen Sie eine Nacht lang darüber. Morgen können Sie mich wieder treffen und Ihre Fragen stellen, wenn Sie das wollen. Ein anderes Mal wird es nicht geben. Und vergessen Sie nicht: Sie stecken mit drin.«

Jane musste nicht lang darüber nachdenken. Am nächsten Tag lief sie voller Angst die Oxford Street entlang. Wie in jener Nacht vor sieben Jahren, nachdem sie die verwahrloste Nora in ihrer Wohnung in Hackney getroffen hatte, da war sie auch hier herumgeirrt. Es war der Weg in ein neues Leben gewesen. Genau wie vielleicht jetzt.

Sie hatte mehrmals die Underground gewechselt, dazwischen Strecken zu Fuß zurückgelegt, einige Zeit in Geschäften verbracht und dabei den Eingang beobachtet, nur um sicherzugehen, dass ihr niemand folgte. Ihr war nichts aufgefallen. Sie sollte die Frau im Hyde Park treffen, bei den Tretbooten an der Serpentine.

Dort wartete sie schon. Es war ein sonniger, milder Oktobertag. Gemeinsam bestiegen sie ein Tretboot und fuhren los. Mitten auf dem Teich, als kein anderes Boot in der Nähe war, erklärte die Polizistin Jane knapp und klar, was sie zu tun und zu erwarten hätte. Lieferte sie substanzielle Informationen, die zur Verhaftung und Verurteilung von Sean und nach Möglichkeit weiterer führender Männer des Drogenrings führten, käme sie in das Zeugenschutzprogramm der National Crime Agency. Sie böten ihr eine neue Identität, einen neuen Wohnort, den sie mitbestimmen könne, und die Möglichkeit, eine Ausbildung zu machen.

»Sie bekommen von uns keine Villa in Florida, keine Million und keinen Traumjob. Aber eine reelle Chance. Und eine Betreuerin, die Sie auf Ihr neues Leben vorbereitet und die erste Zeit begleitet. Wir lassen Sie nicht im Stich. Bisher ist noch nie jemand in unserem Programm ums Leben gekommen. Und die, die wollen, schaffen es auch, sich eine normale Existenz aufzubauen.«

Jane zitterte vor Angst und Glück. Das trübe Wasser der Serpentine glitzerte in der Sonne. Sie wollte keine Villa in Florida, sondern eine Chance, ihr Leben selbst in die Hand zu nehmen. Dafür musste sie Sean verraten, der nichts weiter als ein brutaler

Killer war. Zwar einer, der sie liebte; der ihre Zweifel spürte und sie dennoch am Leben ließ. Doch nur deshalb, weil er sie noch brauchte. Weil er glaubte, dass sie wieder auf Heroin war. Weil er vorhatte, sie noch ein Weilchen zu benutzen.

Sie hatte nichts zu verlieren. Ihre Eltern wollte sie nie wiedersehen, ihre Freunde waren tot, und sie hatte einen Sohn, den sie nur dann treffen würde, wenn sie seinem Blick nicht ausweichen musste.

»Ich will in die USA. Ich will meinen Schulabschluss nachholen und studieren.«

Die Frau nickte kurz. »Darüber entscheiden wir, wenn es so weit ist. Sie bekommen vorab keine Garantien.«

Es vergingen mehrere Monate, ohne dass Jane etwas mitbekam. Sean war ihr gegenüber vorsichtiger geworden und erzählte kaum mehr etwas. Beim Sex war er aggressiver als früher, biss oder kratzte sie manchmal. Einmal schlug sie nachts die Augen auf und sah, wie er sie anstarrte. Seitdem lag sie nachts oft stundenlang wach, weil sie fürchtete, dass er sie im Schlaf ermorden wollte. Er ahnte etwas. Doch wenn er Genaueres wüsste, wäre sie längst tot.

Sie musste vorsichtig sein. Das Heroin, das er ihr nach wie vor regelmäßig auf den Wohnzimmertisch legte, warf sie ins Klo. Aber manchmal streute sie etwas Pulver auf den Tisch und den Teppich, so als hätte sie es beim Schnupfen versehentlich verstreut. Gelegentlich tat sie so, als wäre sie high. Sie konnte das gut spielen.

Eines Nachts kam einer der anderen Partner zu Besuch, weit nach Mitternacht, sie lag im Schlafzimmer und hatte sich schlafend gestellt. Doch dann schlich sie zur Tür, öffnete sie einen Spalt und lauschte. Es ging um die Übergabe einer großen Menge Kokain in einem Wohnwagenpark in Somerset. Die beiden fuhren sofort los. Mit klopfendem Herzen zog sie sich an und lief die Treppe hinab. Von einer Telefonzelle aus rief sie ihre Kontaktperson an.

Die Polizei nahm auf dem Wohnwagenpark sechs Männer fest, neben Sean auch drei weitere Anführer des Clans. Es war eine spektakuläre Aktion, über zweihundert Kilogramm Kokain wurden sichergestellt. Sean bekam zwanzig Jahre. Wegen der Auftragsmorde konnte er nicht verurteilt werden, Janes Aussage allein reichte nicht, es gab vorgebliche Zeugen, die ihm die nötigen Alibis verschafften.

Während des Prozesses sah er Jane kein einziges Mal an. Ihre Vernehmung fand unter Ausschluss der Öffentlichkeit statt. Als sie mit Perücke und Sonnenbrille im Gerichtssaal saß, starrte Sean unentwegt auf seine Hände. Mit ihnen werde ich dich töten, wollte er ihr damit sagen. Da wurde Jane klar, welchen Preis ihr Verrat hatte. Sean würde sie nicht in Frieden lassen. Er würde sie jagen. Und sie töten.

47

Sean schreit, mitten in dieser Wildnis. Es ist der Schrei eines verwundeten Löwen, voller Zorn, Schmerz und Gewalt. Wir haben uns durch den Urwald gekämpft und die Ruine durchsucht, waren unten am Pier, aber Jane ist nicht da. Mit dem Rücken lehne ich an der Hauswand des Hostels, und es fühlt sich so an, als würde sich die Wand dehnen und wieder zusammenziehen, wie bei einem schlafenden Körper. Gesicht und Arme sind zerkratzt von den Ästen im Wald, auch seine, und wir schwitzen beide. In meinen Ohren ist ein Druck, als würde das Trommelfell gleich platzen, nicht wegen des Schreis, sondern weil mich die Sorge, Jane könnte hier versteckt sein, fast aufgefressen hat.

Vor mir der ausgebrannte Wohnwagen. Es gibt Erlebnisse, die schwerer wiegen als Jahrzehnte, die das weitere Leben auf ein neues Gleis setzen, und meine Zeit hier mit Jane war so eines. Sean tritt gegen den Stamm, der das Wrack am Einstürzen hindert, als wüsste er, was es mir bedeutet; mit voller Wucht tritt er mehrmals dagegen, bis das Holz nachgibt und zur Seite kippt. Es dauert einen Augenblick, als würde der Wagen vom Schicksal kurz festgehalten, dann kracht er nach vorne und zerfällt zu einem Haufen Schrott.

»Sie hat mich verraten«, sagt Sean, und seine Stimme ist voller Hass. Es ist ein Hass, für den es keine Heilung gibt.

»Ich habe sie aus der Scheiße gezogen. Ich habe die Beerdigung für ihre Freundin bezahlt, die an einer Überdosis verreckt ist. Ich habe sie aus diesem Rattenloch in Hackney geholt und bei mir wohnen lassen. Statt auf einer verratzten Matratze hat sie in einem Bett aus Seide geschlafen. Sie musste keine Schwänze mehr lutschen und sich nicht mehr in den Arsch ficken lassen. Wir sind in die besten Restaurants und in die teuersten Clubs gegangen. Spiel mit ihr, dann wirf sie weg, haben meine Partner gemeint. Lass dich nicht mit einer Hure ein. Sie wussten es besser als ich. Ihre Arbeit macht sie kaputt, Huren können nicht vertrauen, geschweige denn lieben, sie denken nur an sich. Ich habe gedacht, Jane wäre anders.«

Sie ist anders, denke ich.

Er zeigt auf seinen Arm, auf ihr Gesicht.

»So habe ich sie gesehen. Jane, die Heilige. Und sie hat ihre Rolle so verdammt gut gespielt. Sie hat mit mir geredet, wie noch nie ein Mensch mit mir geredet hat. Ihr konnte ich alles anvertrauen, und ich habe ihr alles erzählt. Von den Toten, die mich nachts nicht schlafen lassen. Manchmal bin ich aufgewacht und hab geheult und geschrien wie ein verstörtes Kind. Da hat sie mich in ihre Arme genommen und mich festgehalten, bis es aufhörte. Und ich dachte, sie würde mir auch alles erzählen, aber von Aidan hab ich nie was erfahren. Auch nicht von ihren Eltern oder diesem Hostel. Und als ich vor ein paar Tagen rausgefunden habe, dass sie einen Sohn hat und dass sie ihn mir verschwiegen hat, wurde mir klar, dass sie nie bei mir bleiben wollte. Ich hätte diesen Sohn zu uns geholt. Ich hätte ihn wie meinen eigenen aufgezogen. Aber ich sollte sie nur aus der Scheiße ziehen, ich war ihr Fahrstuhl aus der Hölle, und wenn sie wieder stark genug sein würde, wollte sie mich verlassen. Das stand für sie von Anfang an fest. Ich habe ihr absolut nichts bedeutet.«

Ich lehne immer noch an der Hauswand, aber der Ruinenkörper atmet nicht mehr. Doch der Druck auf den Ohren ist nicht besser geworden, mein linkes ist schon fast taub. Es ist schwül, stickig und riecht nach faulen Früchten, als wäre dieser Ort von einer ansteckenden Krankheit befallen. Ich vermeide Seans Blick, sonst bringt er mich noch dafür um, dass er sie hier nicht gefunden hat.

Da ist etwas an ihm, das ich mag, das mich berührt, aber dieser rohe Hass hat die Grenzen des Erträglichen gesprengt, der Hass hat ihn wahnsinnig gemacht. Sean hat ihn in seiner Zelle genährt, hat die Heilige auf seinem Arm angestarrt und zehrte die ganze Zeit von den Phantasien, wie er sie büßen lassen würde. Er wird Aidan nicht leben lassen und mich auch nicht. Sein Hass wird erst gestillt sein, wenn alle Menschen, die

Jane etwas bedeuten, ausgelöscht sind. Deshalb muss ich ihm zuvorkommen.

»Sie ist eine Mörderin«, fährt er fort. »Gene Patterson, ich weiß nicht, ob du es mitgekriegt hast, aber vor ein paar Tagen wurde ein Immobilienmakler ermordet und seine Villa abgefackelt.«

Ungläubig sehe ich ihn an.

»Nora, ihre Freundin aus Dublin, hat Jane dir von ihr erzählt?«

Ich nicke.

»Die beiden steckten zusammen in der Scheiße. Das schweißt zusammen. Und Gene Patterson war Noras Vater. Er hat sie missbraucht, so hat es mir Jane erzählt. Und Noras Mutter ist vor ein paar Jahren ermordet worden. Jane hat sie auf dem Gewissen, darauf wette ich meinen Arsch. Denn Noras Mutter hat immer weggeschaut. Wenn der Papa seine Tochter im Kinderzimmer gefickt hat, hat sie ihnen den Rücken zugedreht. Und Janes Vater ist angeblich von einer Klippe gestürzt. Das glaube ich aber nicht. Sie hat ihn umgebracht. Huren kommen immer aus kaputten Familien, an ihren Wiegen standen zu viele böse Feen, deshalb sind sie so geworden. Ihr Vater muss ihr etwas angetan haben, und dafür hat sie sich gerächt. Und ich sage dir: Sie hat das Richtige getan. Sie hat den Zorn, die Verletzung, den Hass nicht nach innen gerichtet, was die meisten tun und daran verrecken. Jane ist stark, sie lässt die büßen, die Schlimmes getan haben.«

Wie du, denke ich. Du redest von dir und denkst, sie wäre wie du. Jane eine Mörderin? Niemals. Das ist es, was er will.

Ich dachte immer, mir ginge es besser, wenn ich andere hassen könnte, wenn ich das Zerstörerische in mir auf andere lenken könnte, aber jetzt sehe ich, dass es weitaus Schlimmeres gibt.

»Du musst ihn überwinden«, sage ich. »Wenn du den Hass nicht zähmst, macht er dich kaputt. Du hast dich von ihm schon fast zerstören lassen.«

Darauf sagt er nichts, starrt wie abwesend auf den Haufen Schrott.

»Was für ein verrotteter Ort«, sagt er schließlich und fährt mit der Hand über sein schweißbedecktes Gesicht. Reibt sich die Augen, als wäre er aus einem schlimmen Traum erwacht. »Wir müssen weiter, Marc. Wo suchen wir jetzt? Oder muss ich erst meinen Freund anrufen, damit er sich um Aidan kümmert?«

»Scariff Island«, sage ich.

Skeptisch sieht er mich an. Ich erkläre ihm, wo das ist und warum ich glaube, dass sie dort sein könnte. Und dass es praktisch unmöglich sein wird, dorthin zu gelangen, dass wir ein Boot brauchen und an den Klippen vor Scariff nicht anlegen können.

»Nichts ist unmöglich«, sagt er mit seinem schiefen Lächeln. »Ich habe auf einem Fischkutter gearbeitet. Ich bringe uns beide dahin.«

48

Portmagee ist der nächste Hafen, an dem man ein Boot mieten kann. Sean hat alle Papiere dabei, aber der Mann in dem kleinen Büro zögert, als er uns sieht, einen volltätowierten arabischen Muskelberg und einen verdorrten Trinker mit roten Augen.

»Wir wollen zum Fischen raus«, meint Sean mit dem Lächeln, das keines ist, und der junge Mann erwidert ungläubig: »Okay.«

»Wir wollen das Boot für drei Tage mieten«, ergänzt Sean, und als der andere noch widerwilliger dreinschaut, zieht er ein Bündel grüner Euroscheine aus der Tasche und schiebt es ihm hin. »Dem Boot wird nichts passieren. Ich weiß, wir sind kein schöner Anblick, aber wir würden wirklich gern zum Fischen raus.«

Es klingt nach einer Bitte und zugleich nach einer Drohung.

»Heute Nacht kommt ein Sturm«, sagt der Mann, aber Sean hat schon gewonnen.

Er zeigt seine blütenweißen Zähne. »Kein Problem.«

Im Kanal zwischen Portmagee und Valentia Island merken wir noch nichts von dem aufziehenden Sturm. Sean hat noch eine große Sporttasche mit aufs Boot gebracht, und ich will gar nicht wissen, was sich darin befindet. Ich stehe am Steuer des kleinen Kabinenbootes, das schon bessere Tage gesehen hat. Wir tragen knallgelbes Ölzeug, und Sean steht wie mein Schatten hinter mir, er hat seine Jacke geöffnet und trägt die Pistole griffbereit im Gürtel. Kurz kommt die Sonne raus und lässt die Farben der bunten Häuser und der Boote im Hafen vor dem satten Grün der geschwungenen Berge leuchten.

Außerhalb des Kanals ist die See rau, das Boot stampft gegen die Dünung. Der Wind frischt auf. Weit draußen ragen die Skellig Islands wie zwei spitze Zähne aus der See. Große Basstölpel kreisen vor uns, plötzlich legt einer die Flügel an und fällt so schnell durch die Böen, dass er beim Aufprall auf dem Meer eigentlich zerschmettern müsste. Doch er schneidet wie ein scharfes Messer hinein. Kurz darauf stürzt ein Dutzend weißer Pfeile vom Himmel herab. Die Vögel haben einen Heringsschwarm entdeckt und tauchen in die Tiefe zum großen Fressen.

Die Wellen sind bald so hoch, dass man im Tal nur noch die Spitzen der Skelligs sieht. Wir fahren an einer Steilküste entlang, und wenn der Motor aussetzen würde, wäre das unser Ende, das Boot würde an den Klippen zerschellen und wir würden gegen die Felsen geschleudert werden. Gischt prallt gegen die Windschutzscheibe und lässt die Welt kurz verschwimmen. Niemals werden wir auf Scariff Island anlegen können, so viel ist klar.

Damals brachte uns Vincent nach Scariff, ein alter Fischer, der Jane keinen Wunsch abschlagen konnte. Es war Sommer und der Seegang im Vergleich zu heute ein Witz. Dennoch war er zu stark, um an den Klippen anlegen zu können, also fuhr Vincent nah an die Küste heran, wir warfen die Seesäcke ins Meer, sprangen hinterher und schwammen hinüber. Ich hatte Angst um mein Leben, dachte an Haie und scharfkantige Unterwasserfelsen, aber Jane kannte eine Stelle, wo wir auf die Klippen klettern konnten. Wir hatten nur das Nötigste dabei. Drei Tage später holte uns Vincent wieder ab.

Nach einer Stunde tauchen Scariff und Deenish Island am Horizont auf. Wie die Buckel schwarzer Drachen ragen sie aus dem Meer. Eigentlich werde ich nicht seekrank, aber heute schon, ich muss das Steuer verlassen und hänge wie ein nasser Lappen über der Reling.

»Zum Teufel!«, schreit Sean und denkt, ich will über Bord gehen. Er muss das Steuer übernehmen, während ich das Gift von tausend Tonnen Tabak und tausend Hektolitern Alkohol in die See würge. Dabei muss ich mich festklammern, um nicht über Bord zu gehen. Das Boot schwankt so stark, dass es mir die Beine wegzieht. Sobald ich fertig bin, kommt der nächste Schwall, es hört überhaupt nicht auf, selbst als der letzte Rest grauen Schleims lange draußen ist, würge ich immer noch, als wollte sich mein Magen nach außen stülpen. Und als ich endlich aufhören kann mit dem Würgen, lasse ich mich kraftlos nach hinten fallen, liege mit dem Rücken auf dem schwankenden

Deck und keuche. Keuche und starre in den wolkenverhangenen Himmel. Ich sehe mich selbst von oben, als wären die Wolken ein Spiegel, wie ich kreidebleich und halb tot am Boden liege. Du bist am Ende, flüstert mein Spiegelbild mir zu.

Noch nicht ganz, antworte ich.

»Guck aufs Festland«, sagt Sean, der mit der einen Hand das Steuer hält und mit der anderen seine Waffe auf mich gerichtet hat. »Such dir einen festen Punkt an Land, dann wird es besser.«

Als ob ich das nicht selbst wüsste.

Und es hilft tatsächlich.

Kaum kann ich wieder aufrecht sitzen, soll ich das Steuer übernehmen.

»Schau auf Scariff und stell dir vor, dass du bald wieder festen Boden unter den Füßen hast«, sagt Sean.

You wish, denke ich. Doch er glaubt es selbst nicht, er weiß genau, dass das hier ein Himmelfahrtskommando ist.

Eine gute Stunde später schippere ich an der Ostseite der Insel entlang, in dem engen Sund zwischen den beiden Inseln. Hier im Schatten von Scariff Island ist der Wind kaum zu spüren, und ich meine, die Stelle gefunden zu haben, an der Vincent uns damals ins Wasser springen ließ. Zwar sind die Klippen nicht so steil, wie ich das in Erinnerung hatte, aber die Dünung ist so stark, dass ich mir überhaupt nicht vorstellen kann, in einem Stück auf die Insel zu kommen.

»Hier ist es!«, rufe ich und nehme den Gang raus.

Sean sieht mich ungläubig an. »Du willst uns beide umbringen, was?«

»Ich habe dir gesagt, die See ist viel zu rau.«

Hinzu kommt: Die Flut presst sich durch den Sund, und das Boot driftet schnell in der starken Strömung.

Sean denkt nach. Zweifelt, ob er mir glauben kann.

»Aidan ist tot, wenn ich mich bis morgen nicht gemeldet habe.«

Ich zucke mit den Achseln.

»Okay«, sagt er dann. »Wir warten. Wenn die Flut ganz da ist, wird die Strömung schwächer. Wirf den Anker.«

»Den werden wir nie mehr hochbekommen. Wenn er das Boot überhaupt hält.«

»Wir brauchen das Boot für die Rückfahrt, wenn wir den Job erledigt haben. Dann schneiden wir einfach das Seil durch. Und jetzt lass den verfickten Anker runter!«

Da ist ein gefährliches Flackern in seinen Augen, und ich lasse den Anker über Bord. Weit oberhalb der Stelle, die Vincent damals angesteuert hatte, rauscht der Anker hinab. Bis zur Insel sind es gut fünfzig Meter, näher traue ich mich wegen der Unterwasserfelsen nicht heran. Nach dem Echolot ist es fünfzehn Meter tief. Aber der Anker fasst nicht in der harten Strömung; er springt über den Meeresgrund, als würden Hände nach ihm greifen und könnten ihn nicht festhalten. Dann wird das Boot mit einem harten Ruck gestoppt, steht schräg im Tidenstrom, und das Ankerseil ist zum Zerreißen gespannt. Die Klampe knarrt, als würde sie jeden Moment aus der Bootswand brechen. Die Stelle, zu der wir schwimmen wollten, liegt fast auf gleicher Höhe mit dem Boot. Nur wenn der Tidenstrom aufhört, werden wir dorthin schwimmen können.

»Das ist Wahnsinn«, sage ich zu Sean.

»Wir warten«, sagt er, wühlt in der Bootskiste und zieht einen Seesack heraus. »Da packen wir Kleider und Ölzeug rein, bevor wir hinüberschwimmen.«

Plötzlich ein Krachen: Wie ein Geschoss zischt die Klampe am Ankerseil durch die Luft, die Spannung hat sie aus der Bordwand gerissen. Sofort wird das Boot von der Strömung erfasst, ich halte mich am Steuer fest, während Sean den Halt verliert, nach hinten fällt, Richtung Heck rutscht und sich den Kopf anschlägt. Die Pistole hält er nicht mehr in der Hand. Er ist benommen, und ich nehme den Messingknüppel zum Töten von Fischen aus der Ablage neben dem Steuer, laufe auf ihn zu, hole aus, doch da zieht Sean seine Beine an und tritt so hart gegen meine Brust, dass es mir den Atem nimmt. Die Wucht schleudert mich zurück, lässt mich mit dem Rücken gegen das Steuer prallen. Der Knüppel fällt mir aus der Hand und rollt zu ihm, Sean ergreift ihn und versucht aufzustehen. In dem

Moment ziehe ich den Schlüssel vom Motor und springe ins Meer.

Das Wasser ist so kalt, dass es mir den Atem nimmt. Sofort bin ich hellwach und streife das Ölzeug ab. Jetzt wirst du sterben, denke ich. Wenn er die Pistole findet, bin ich tot. Ich schwimme los, es ist meine einzige Chance, um zu überleben und Jane zu warnen. Sean wird nicht umkehren, und vielleicht schaffen wir es zu zweit, Sean zu töten. Und können damit auch Aidan retten. Als ehemaliger Fischer wird Sean den Motor auch so anbekommen, aber das dauert hoffentlich.

Ich bin ein guter Schwimmer, zumindest war ich das mal. Wie Schaufelräder treibe ich meine Hände in die See, doch die Strömung zieht mich unbarmherzig von der Insel fort. Die Stelle mit den flachen Klippen sehe ich gar nicht mehr. Verfehle ich die Insel, ist mein Schicksal besiegelt, dann zieht mich die Flut in die Bucht hinaus. Das Wasser hat keine zwölf Grad; eine halbe Stunde höchstens, bis ich erfriere. Doch Erfrieren soll ein schöner Tod sein. Bevor man stirbt, wird es warm, so wie das Meer vor Ostafrika. Und alle Erinnerungen und alle Schuld sind auf einmal fort, im Sterben wird jeder frei.

Ich höre nicht auf zu kraulen, obwohl ich längst an der Insel vorbeigetrieben bin. Auf einmal ist etwas anders: Der Strom zieht mich nicht mehr fort. Ich bin im Strömungsschatten der Insel, der Flutstrom hat sich an ihr gebrochen. Das Boot treibt führerlos in die Bucht hinaus, Sean ist nirgends zu entdecken, nicht auf dem Boot und auch nicht im Meer.

Und bis zu den Klippen sind es keine zweihundert Meter.

Also kraule ich weiter, schlage meine Hände wie maschinenbetrieben in die See.

Und schaffe es. Vor mir liegt die Insel. Grollt und zischt wie ein wütendes Ungeheuer.

Doch die Felsen sind viel zu hoch und zu steil, um hinaufzuklettern. Nah am Ufer schwimme ich an der schwarzen Wand entlang. Die Kälte spüre ich nicht mehr. Ob es bald warm wird? Alle paar Sekunden steigt die Dünung ein paar Meter an, dann fällt das Wasser und zischt zwischen den schwarzen Felsen.

Auch wenn ich mir alle Knochen breche, ich muss an Land. Das Boot ist nicht mehr zu sehen. Arme und Beine sind fast taub. Da sehe ich eine Klippe, die nicht ganz so hoch ist. Die Wellen steigen bis zu einem Felsabsatz empor, auf dem ich Halt finden könnte. Das ist meine Chance.

Aber ich muss warten. Die Wellen haben einen Rhythmus. Nicht jede klettert weit genug bis zum Absatz hinauf, die hohen kommen in Etappen. Dann ist es so weit, ich schwimme vor die Klippen, die Welle trägt mich wie ein Fahrstuhl empor, und meine Beine schrammen gegen scharfe Kanten und Muscheln, als würden Klauen nach ihnen greifen. Meine Hände fassen ins Leere, wo ist der verdammte Absatz?

Da ist nur Wasser, die Welle ist zu hoch gestiegen, und schon fällt sie wieder ... Mein Oberkörper prallt so hart auf die Klippe, dass mir die Luft wegbleibt. Meine Rippen dürften gebrochen sein, die Seepocken stechen wie Reißnägel in meine Haut, doch plötzlich finden meine Finger Halt, ich kralle mich fest und schreie vor Schmerz, während das Wasser tief unter mir faucht und zischt und wieder anschwillt. Also los, mit letzter Kraft stemme ich mich auf den Absatz. Die Wunden brennen wie tausend Feuer, und ich klettere schnell weiter hinauf, kurz bevor die Welle den Felsen wieder verschlingt, an dem ich gerade noch hing, und mir endgültig alle Knochen bricht.

49

Keuchend setze ich mich oberhalb der Klippen ins Gras. Der Wind ist voller Regen, aber ich spüre beides kaum. Unter mir faucht und grollt die Brandung. Das Boot treibt kilometerweit entfernt inmitten der riesigen Bucht. Ob mir Sean hinterhergesprungen ist? Hoffentlich, hoffentlich ist er tot, dann würden Jane, Aidan und ich vielleicht überleben. Vor mir jagen wieder Basstölpel, fallen wie Pfeile ins Meer, tauchen hinab zu den Heringen und schrauben sich zurück in den düsteren Himmel.

Mit ausgebreiteten Armen lege ich mich hin. Ein Lachen schüttelt mich, als wäre alles gut. Meine Kleider sind patschnass und wie meine Schuhe zerschnitten von den Muscheln und Felskanten, genauso wie meine Brust, wie Arme und Beine. Meine Rippen sind geprellt, aber nicht gebrochen. Ich fühle mich, als wäre ich durch einen Fleischwolf gedreht worden. Trotz der Kälte brennt das Salz in den Wunden. Aber so spüre ich auch, dass ich noch am Leben bin.

Ich ziehe mir Hemd und T-Shirt aus und warte eine Weile, aber die Wunden wollen nicht aufhören zu bluten. Einige Schnitte sind tief, sie vermischen sich mit dem Regen, ein rötlicher Film überzieht Arme, Bauch und Brust. Die Luft ist kälter geworden, meine Haut wird langsam taub. Ich muss Jane finden, sonst werde ich morgen früh erfroren sein. Allein komme ich von hier nie wieder weg.

Karg und trostlos liegt Scariff Island vor mir. Schwere Wolken ziehen dicht über den dunklen Berg, als wollten sie ihn ins Meer drücken. Ich laufe durch peitschenden Regen oberhalb der Klippen wie die vielen tausend Male in meiner Erinnerung. Aber da scheint die Sonne, da schimmert das Gras, da blühen Tausende Blumen, es ist warm, und Jane läuft vor mir mit ihren schlanken Beinen, hin zu der Kirchenruine und den Resten des Bauernhofs. Dort lag damals unser Lagerplatz. Ich weiß noch, wo früher der Kamin war, fand ich einen verdreckten Seesack mit einer alten Pfanne und Töpfen. »Du warst schon einmal hier?«, fragte ich. Sie lächelte, und ich spürte einen Stich von Eifersucht.

Aber dort bei den Trümmern ist niemand. Der Sturm pfeift durch die Ritzen des Mauerwerks.

»Jane!«, rufe ich, zornig und verzweifelt, flehend und voller Angst, und der Wind fegt meine Worte hinaus aufs Meer.

Die Wolken verdunkeln den Himmel, als würde es schon dämmern. Mein Blick geht hoch zum Berg. Dort oben liegen alte Mönchszellen, zu denen wir damals gewandert sind, auch da könnte sie sich versteckt haben. Also los, weiter, sie muss hier sein!

Der Felsspalt, an dessen Rand wir damals lagen und in den Abgrund starrten, ist ganz in der Nähe. Dort könnte ich alles beenden, niemand würde mich je finden, ein Sprung, und ich wäre für immer verschollen, genau wie Jane. Keiner würde nach mir suchen, keiner lange an mich denken. Außer vielleicht Aidan. Er würde glauben, dass sich sein Vater schon wieder aus dem Staub gemacht hat.

Je höher ich steige, umso schlimmer wird es. Die Regentropfen sind wie Splitter aus Eis, und der Wind beißt in meine wunde Haut. Dann erkenne ich die Reste der Mönchszelle oben am Grat. Genau so hatte ich sie in Erinnerung, ein halbrunder Bau aus aufeinandergeschichteten, grob behauenen Steinen wie ein großer Bienenkorb.

Als ich fast oben bin, bleibe ich stehen. Neben der Mönchszelle steht jemand, eine verschwommene Gestalt, schemenhaft und wie versteinert, wie ein Mönch. Doch der Mönch trägt Regenkleidung und hat die Arme ineinander verschränkt.

Dann stehe ich vor ihr. Statt etwas zu sagen, schlägt sie mir mit der Kante ihrer Hand so hart auf meine Brust, dass mir die Luft wegbleibt. Im nächsten Moment wird mir schwarz vor Augen. Wie meine Beine zusammensacken, ist das Letzte, was ich spüre.

50

Als ich wieder zu mir komme, starrt sie mich an. Ich liege am Boden, Regen fällt auf uns, mir ist kalt, ihr Blick voller Zorn. Keine Ahnung, wie lange ich weggetreten war.

»Sean«, sage ich.

Zornig, irritiert schaut sie mich an.

»Er war mit mir auf dem Boot. Er hat mich gezwungen herzukommen, sonst tut er Aidan etwas an. Er denkt, dass du hier bist.«

Dann erzähle ich, was passiert ist und dass ich nicht weiß, wo Sean ist, ob er noch auf dem Boot oder mir hinterhergesprungen ist und ob er es zur Insel geschafft hat.

Noch einmal schlägt sie mich, immerhin nur mit der flachen Hand ins Gesicht, doch so fest, dass meine Wange brennt.

»Warum musstest du mich suchen? Warum hast du mich nicht einfach in Ruhe gelassen? Ich wünschte, ich hätte dich nie getroffen.«

Vielleicht bist du eine Mörderin, denke ich, und hast auch Anna umgebracht. Zorn flammt in mir auf, aber auch Liebe. Jane klingt kalt und hochmütig, doch dahinter verbirgt sich ein Abgrund aus Angst und Verzweiflung. Ihr Gesicht ist nass, wahrscheinlich auch von Tränen. Neben der Mönchszelle, halb versteckt hinter vom Wind verformten Büschen, steht ein kleines Zelt.

Janes Blick schweift über die Insel, eine Weile sagt sie nichts. Ihr Zorn ebbt langsam ab. Sie schaut immer noch in die Ferne, als sie zu sprechen beginnt. »Hat er eine Waffe?«

»Eine Pistole. Und eine Tasche. Keine Ahnung, was darin ist.«

»Er wird kommen. Und er wird alles daransetzen, uns zu töten. Aber ich bin vorbereitet. Und jetzt sind wir zu zweit.«

Im Zelt ist es eng. Völlig erschöpft liege ich auf einer Isomatte, mein Kopf ist auf eine zusammengelegte Decke gestützt. Die

Augen kann ich kaum mehr offen halten, sie brennen vom Salz und vor Müdigkeit. Ich habe mich komplett ausgezogen, Jane kniet vor mir, sie hat mich abgetrocknet und versorgt die Wunden. Mein Körper ist übersät von Schnitten und Hämatomen. Manchmal berühren ihre Finger meine Haut. Sie sind warm, ihre Berührungen sanft. Sie schenkt mir heißen Tee aus einer Thermoskanne ein und gibt mir zwei Müsliriegel, die ich sofort verschlinge. In einer Tasche liegen Tütensuppen, Medikamente, Schokolade und Reispakete. Daneben steht ein kleines Radio. Draußen zerrt der Wind am Zelt, und Regen peitscht dagegen. Ihr Gesicht ist blass, aber in ihren Zügen liegt eine finstere Entschlossenheit, die eines Soldaten vor der Schlacht. Sie pflegt hier nicht nur ihren Geliebten und den Vater ihres Sohnes, sondern vor allem einen Kampfgefährten.

Als sie fertig ist, reicht sie mir eine Mikrofaserdecke. »Ruh dich aus. Das wird er auch tun müssen. Wenn er es überhaupt über die Klippen geschafft hat.«

»Sind wir nicht in Gefahr?«

»Keine Ahnung. Aber so bist du mir keine Hilfe. Und solange es noch halbwegs hell ist, kann er hier nicht rauf, ohne dass ich ihn sehe. Außer Gras und Farnen wächst hier nichts.«

Sie geht hinaus, und ich schließe meine Augen. Die tausend Fragen müssen warten. Damals schwammen wir an unserem ersten Nachmittag vor den Klippen mit Taucherbrillen und schnitten Miesmuscheln von den Felsen. Unglaublich, mit welcher Kraft und Ausdauer Jane bei der Sache war. Ihr Körper wirkt so schmächtig und grazil, aber die Wirklichkeit sieht anders aus, sie ist zäh und stark. Danach sonnten wir uns auf dem Felsen und hörten nichts als die Brandung und das Meckern der Ziegen. Erst gegen zehn Uhr wurde es dunkel. Wir hatten die Muscheln geputzt und dann mit Zwiebeln und Lauch in dem Topf gekocht. Nichts hat mir je so gut geschmeckt. Bald waren die Sterne zum Greifen nah. Ich wusste nicht, dass es so viele gibt. Wir lagen nackt im Schlafsack und zählten zusammen die Sternschnuppen.

So wie jetzt.

51

Schon als kleines Kind musste sie gefesselt auf einem Stuhl im Keller sitzen. Ihr Vater fand immer einen Grund, weil sie auf dem Nachhauseweg getrödelt, das Zimmer nicht aufgeräumt oder den Teller nicht leer gegessen hatte. Hier wirst du Demut lernen und Gehorsam, sagte er und klang dabei so streng wie der Pfarrer. Sie musste ihr Nachthemd anziehen, nicht weil er scharf auf ihren Körper war, sondern damit sie fror. Es war stockdunkel im Keller, feucht und kalt. Es roch nach Torf, und zwischen den Klumpen huschten Mäuse umher. Es gebe auch Ratten so groß wie Katzen, sagte er. Manchmal glaubte sie, ein Fiepen zu hören und Fell an ihrem Bein zu spüren, sah die scharfen Zähne vor sich und schlug wild mit den Beinen in die Finsternis.

Sie wusste nie, wann er sie losbinden würde. Trotz Kälte und Angst schlief sie oft vor Erschöpfung ein und wachte mit einem verrenkten Hals wieder auf. Zwischen ihren Beinen war es nass, und es stank. Sie hörte seine Schritte auf dem Steinboden vor dem Keller. Er wollte, dass sie ihn hörte, wie er langsam auf und ab ging. Später stand er hinter der Tür und lauschte, und es dauerte eine Ewigkeit, bis sie ihn wieder die Treppe hinaufgehen hörte. Und er band sie erst los, wenn sie sich bei ihm *aufrichtig* entschuldigt und gemeinsam mit ihm ein »Hail Mary« gebetet hatte.

Als sie älter wurde und sich an den Keller gewöhnt hatte, setzte er ihr einen alten Sack auf den Kopf und ließ eine Kerze brennen. Der Sack stank unerträglich nach verfaultem Gemüse, sodass sie sich manchmal übergeben musste. Die Kotze kroch dann ihre Haut und am Nachthemd hinab. Erst war sie allein im Keller, aber irgendwann kam er herein. Er rührte sie nie an, aber sie spürte, dass er da war, und er wusste, dass sie es spürte, obwohl sie sich immer schlafend stellte. Was er da unten bei ihr im Keller tat, weshalb er da war, verstand sie erst viel später.

Es war ihr Leid, ihr Ausgeliefertsein, das ihn erregte, nicht ihr Körper. Es war die Macht über ein junges Mädchen.

Und die Mutter? Wusste genau, was er im Keller mit ihr anstellte. Ergötzte sich an ihrem Leid wie er. Sie kam nie, um ihre Leidenszeit zu verkürzen, wenn er auf der Arbeit war. Oder um sie zu trösten. Sie verlor darüber nie ein Wort. Schon als kleines Mädchen wäre Jane nie auf die Idee gekommen, Trost in ihren Armen zu suchen. So etwas wie Zärtlichkeit gab es nicht. Und als sie einmal einer Lehrerin erzählte, dass der Vater sie nächtelang in den Keller sperrte, behauptete die Mutter, das wären Hirngespinste eines missratenen Kindes. Die beiden waren regelmäßige Kirchgänger, engagiert in der Gemeinde, Stützen des katholischen Irlands, und niemand zweifelte an ihrem Wort.

Ihre Mutter hatte sie noch mehr gehasst als ihren Vater.

52

Ich träume von Geistern. Die dürre Kate mit einer Haut aus Pergament wandert hinter Sean in der Nacht durchs Moor. Er hat keine Augen mehr, dennoch weiß er genau, wohin er will. Anna ist auch bei ihnen, ihr Gesicht hat die Farbe des Mondes, ihre Haare die von Blut, und sie irrt suchend umher, zusammen mit meiner grell geschminkten Mutter, der nur noch ein paar wirre Strähnen vom Kopf hängen. Sie suchen nach mir, und als ich aufwache, sitzt die Angst in jeder Pore meines Körpers. Und da bleibt sie. Denn vielleicht ist Sean schon längst hier.

Draußen ist es dunkel. Keine Ahnung, wie lang ich geschlafen habe. Mir ist heiß, meine Rippen schmerzen, und meine Beine fühlen sich an, als wären alle Knochen gebrochen. In meinem Hals steckt ein Klumpen aus Dornen, meine Stirn ist schweißbedeckt. Ist heute der Tag, an dem wir sterben?

Als ich mich aufrichte, entdecke ich in der Tasche mit dem Proviant zwei Pistolen.

»Er ist auf dem Boot«, meint Jane, die draußen auf einem Felsen sitzt und mit einem Fernglas das Meer und die Insel beobachtet.

»Solange es hell war, habe ich es gesehen. Erst trieb es weg von der Insel, dann hat es sich langsam genähert. Wahrscheinlich hat er gewartet, bis sich das Meer beruhigt.«

Jane geht zurück ins Zelt und holt mir auch ein Fernglas. Weit kann man nicht sehen, die schweren Wolken lassen das Licht der Sterne nicht hindurch. In der Ferne flimmern die Lichter von Waterville wie kleine Lagerfeuer. Der Wind hat fast aufgehört, weshalb die Brandung nicht mehr so wild gegen die Klippen schlägt.

Jane holt ihren Tabak aus der Tasche, dreht sich eine dünne Zigarette und wirft mir das Päckchen zu. Sie wirkt hart und entschlossen, wild und lebendig. Mit der Zigarette zwischen den Lippen nimmt sie das Fernglas und schaut wieder aufs Meer.

»Sean behauptet, dass du eine Mörderin bist.«

»Tut er das?«

»Du hättest Noras Eltern umgebracht.«

Jane setzt das Fernglas ab und sieht mich an. »Du weißt, was sie ihr angetan haben. Und dass sie dafür nie bestraft worden wären. Ihr Tod ist kein Mord, sondern Gerechtigkeit.«

»Und deinen Vater hast du auch getötet?«

»Aus ähnlichen Gründen.«

»Dir ging es um Gerechtigkeit?«

»Nicht nur. Es hat mir gutgetan, diese Menschen zu töten. Es war etwas, das ich tun musste. Weil da ein Schmerz in mir wohnt, der nach Genugtuung schreit.« Ihre Stimme zittert. »Jede Tat hat mir auch Kraft gegeben, mir geholfen, meine Selbstachtung wiederzuerlangen. Und ich habe sie gebraucht, um meinen Hass zu stillen. Vor allem den Hass auf mich selbst. Ohne Rache wäre ich nicht am Leben geblieben.«

»Und die Toten verfolgen dich nicht? Sean hat mir von seinem Chor der Toten erzählt, der ihn jede Nacht am Einschlafen hindert.«

»Sean ist ein Killer. Er hat für Geld und Anerkennung getötet. Ich habe am Tag nach Gene Pattersons Tod fest geschlafen.«

Doch da sind Zweifel in ihrer Stimme, die sie nicht verbergen kann, die davon künden, dass der Schlaf nicht wirklich erholsam war, dass stattdessen die Toten sie in ihren Träumen besuchen. »Und was tust du, nachdem Sean tot ist? Wenn alle, die es verdienen, gestorben sind?«

Für eine Weile sagt sie nichts. Für einen Moment ist ihr Blick leer und trostlos, als hätte Jane ihre Zukunft gesehen.

»Ich kann keinen Menschen töten, Jane.«

»Wenn du heute Nacht überleben willst, wirst du das vielleicht tun müssen.«

»Wie bist du überhaupt hier auf die Insel gekommen?«

»Mit einem Kajak. Ich habe es in den Klippen versteckt.«

»Noch könnten wir fliehen.«

»Nein. Sean wird mich verfolgen, solange ich lebe. Es muss ein Ende haben.«

Beide schauen wir auf die See, dann sieht sie mich fest an. »Ich habe nachgedacht. Es ist besser, wenn du gehst. Du brauchst Ruhe und Medikamente. Und im Gegensatz zu dir kann ich mit Waffen umgehen. Ich brauche dich hier nicht. Aber unser Sohn braucht dich. Aidan hat sich ein Leben lang nach dir gesehnt. Es macht keinen Sinn, dass du jetzt, nachdem er dich gefunden hat, mit mir zusammen stirbst. Wenn du also etwas für uns alle tun willst, dann schnappst du dir mein Kajak und verschwindest von hier.«

Ich schüttle den Kopf. »Wie soll ich Aidan erklären, dass ich dich im Stich gelassen habe? Ausgerechnet ich, der Sean auf deine Spur gebracht hat, verziehe mich, wenn er kommt, um dich zu töten? Nein, Jane. Ich helfe dir. Und wenn Sean uns beide umbringt, wird Aidan wissen, dass wir zusammengehalten haben. Dass seine Eltern zueinanderstanden. Ich glaube, das würde er von seinem Vater erwarten. Ich bleibe also, und einen guten Arzt kann man immer brauchen.«

Plötzlich steht sie auf.

Mein Blick folgt ihrem aufs Meer.

»Er kommt«, sagt sie erregt.

»Wo?« Sofort bin ich hellwach.

Da sehe ich es. Ein Boot. Das, das wir gemietet haben.

»Vielleicht hat er Hilfe geholt«, sage ich.

»Möglich. Jetzt werden wir kämpfen. Wir lassen ihn kommen, wir werden auf ihn warten, und wenn wir können, töten wir ihn.«

Sie holt die Tasche mit dem Proviant und den Waffen aus dem Zelt.

»Komm!«

Sie führt mich weiter den Kamm hinauf. Etwa zweihundert Meter vom Lager entfernt bleibt sie stehen. Vor uns befindet sich eine kleine Höhle im Geröll, die kaum auffällt, eine Art Fuchsbau am Hang, gerade groß genug, dass wir beide darin liegen können. Vom Eingang aus kann man den Kamm überblicken und auch das Lager sehen. Also kriechen wir rückwärts hinein und schieben auf dem Bauch liegend Steine vor den Eingang, hinter die wir uns ducken können. Es ist so eng, dass sich unsere Körper berühren. Jane knipst eine Taschenlampe an, dann holt sie die beiden Pistolen aus dem Rucksack und gibt mir eine.

»Kannst du damit umgehen?«

»Im Sudan hatten wir ein Gewehr im Camp. Für den Fall, dass mal ein Leopard kommt. Oder Plünderer. Ist aber nie passiert.«

»Du drückst ab, wenn einer nah genug vor dir steht. Am besten zielst du auf den Bauch.« Im Licht der Lampe zeigt sie mir einen kleinen Hebel. »Hier kannst du die Waffe entsichern. Aber du schießt erst, wenn ich es dir sage oder wenn es gar nicht anders geht. Vielleicht kommt Sean nicht allein, und wenn wir einmal schießen, wissen sie, wo wir sind.«

Sie knipst die Lampe aus, und dann liegen wir in der Höhle mit den Pistolen in den Händen und warten auf die Wölfe. Vor uns zeichnen sich die Konturen der Felsen und Büsche ab. Die Geister sind fort, bis auf Sean. Ich stelle mir vor, wie er durchs Meer schwimmt und die Klippen emporklimmt, mit seinen hellgrauen Augen und der weißen Taube auf seinem Hals.

Die Zeit vergeht. Nichts passiert, keine Schatten schleichen den Hang herauf, und kein Laut ist zu hören. Er wartet genau wie wir, liegt nass und erschöpft irgendwo versteckt, vielleicht bei der Ruine. Und Jane raucht, natürlich. Unentwegt zieht der Rauch durch die Ritzen zwischen den Steinen nach draußen. Ich kann mich kaum bewegen, und die Kälte kriecht aus dem Boden in meinen Körper. Die Rippen und Schnitte auf meiner Brust schmerzen auf den harten Steinen.

Wenn Aidan uns jetzt sehen könnte: seine Eltern zusammen in einem Steinloch, ohne sich anzuschauen, jeder mit einer Waffe in der Hand. Und auch wenn ich heute sterbe, es fühlt sich gut an, hier in diesem Loch neben Jane zu liegen. Weil es richtig ist. Weil ich in den letzten Wochen ein paar richtige Entscheidungen getroffen habe.

»Eine Frage habe ich noch, bevor wir sterben.«

Zum ersten Mal huscht ein Lächeln über Janes Gesicht, während sich mein Herz zusammenzieht. »Dann solltest du sie jetzt stellen.«

»Warst du letztes Jahr in Frankfurt?«

Sie sieht mich nicht an. Ihr Blick ist auf den Hang gerichtet, aber das Lächeln verschwunden.

»War ich«, sagt sie leise.

»Warum?«

»Weil Sean entlassen worden ist. Weil ich damit rechnen musste, dass er mich irgendwann findet und tötet. Auch deshalb wollte ich Aidan sagen, wer sein Vater ist, solange ich das noch kann. Er wollte dich ja unbedingt kennenlernen. Aber vorher wollte ich wissen, wer du geworden bist. Ob du dich über einen Sohn freust oder ihn ablehnst. Ich wollte Aidan eine weitere Enttäuschung ersparen. Deshalb bin ich nach Frankfurt geflogen. Tja, und dann finde ich dich mit einer schönen schwangeren Frau. Glücklich, zumindest auf den ersten Blick.«

»Du wolltest mich nur beobachten?«

»Nein. Ich wollte mit dir reden.«

»Was du aber nicht getan hast.«

»Ich habe nicht geglaubt, dass du bereit für Aidan bist.«

»Warum?«

»Das ist nicht so einfach zu erklären.«

»Noch haben wir Zeit.«

Sie antwortet nicht. Stattdessen spannt sich ihr Körper. »Haben wir nicht«, sagt sie.

53

Ich wage kaum zu atmen. Dann sehe ich ihn, einen Schatten, der geduckt den Hang heraufschleicht.

»Wir warten«, flüstert Jane und drückt ihre Zigarette aus. »Er hat ein Gewehr.«

Unweit des Lagers hält er inne und kauert sich wie ein Leopard zwischen Felsen. Er ist vielleicht zweihundert Meter von uns entfernt.

»Zu weit für einen Schuss«, meint Jane mit dem Fernglas in den Händen. »Aber es ist Sean.« Ihre Stimme ist erfüllt von Jagdfieber. »Er denkt, dass wir im Lager sind.«

Meine Hände zittern. Ich halte das wacklige Fernglas vors Gesicht, aber ich kann nicht fokussieren. Da ist ein Pfeifen in meinen Ohren, außerdem kann ich Sean nicht mehr entdecken.

»Siehst du ihn noch?«, flüstere ich.

Nein, tut sie nicht.

Vielleicht hat er uns gesehen und weiß, wo wir uns verstecken. Dann wäre diese Höhle eine Falle, in die wir selbst hineingekrochen sind.

»Wir müssen hier weg«, flüstere ich.

»Wenn wir jetzt rausgehen, sind wir tot. Er hat ein Gewehr, er ist ein trainierter Schütze. Die Entfernung ist für ihn kein Problem.«

Jane legt das Fernglas weg und nimmt die Pistole in beide Hände. Auch ich nehme meine in die Hand. Nichts passiert. Der Puls hämmert in meinen Schläfen, dazu dieses verfluchte Pfeifen. Die Augen tränen vom Starren in die Dunkelheit. Irgendwo da draußen liegt Sean auf der Lauer, wartet, dass wir die Nerven verlieren und ihm wie Karnickel vor die Flinte laufen.

Plötzlich rollen Steine über uns, ganz in der Nähe. Reglos liegen wir da. Dann vorsichtige Schritte, das leise Schrammen harter Sohlen auf Felsen. Janes Körper spannt sich wieder, und sie legt den Zeigefinger auf ihre Lippen. So wie es sich anhört, ist er direkt oberhalb der Höhle. Ich halte den Atem an.

Plötzlich ein dumpfer Knall direkt über uns. Dann ein Zischen, kurz darauf beißt Rauch in meine Augen, er nimmt mir den Atem, und ein grelles rotes Licht erfüllt die Höhle.

»Eine Leuchtrakete!«, ruft Jane. »Wir müssen raus!«

Vor lauter Husten kriege ich kaum mehr Luft.

»Wir müssen hier raus!«, ruft sie noch einmal.

Hustend schieben wir die Steine weg, mit den Pistolen in unseren Händen, und kriechen aus der Höhle. Um uns herum ist alles voller Rauch. Kaum bin ich draußen, fallen Schüsse. Bestimmt Sean, aber auch Jane schießt blind, um uns zu schützen. Ich sehe ihren Schatten im Rauch, stehe auf, stolpere ihr hinterher, und wieder kracht ein Schuss durch die Nacht. Meine Lungen brennen, ich muss wieder husten. Es fühlt sich an, als hätte ich glühende Kohlen verschluckt. Und jeder Atemzug facht die Glut weiter an. Kurz öffne ich die Augen, aber der Schmerz ist nicht auszuhalten, als würden tausend Nadeln hineinstechen. Neben mir taumelt Jane in der Dunkelheit.

Dann wird die Luft besser, wir sind außerhalb des Rauchs.

Wieder ein Schuss, noch einer, und im gleichen Moment reißt etwas an meiner linken Seite, als hätte mich ein Tier mit seinen Zähnen gepackt, so fest, dass es mich umwirft. Sofort fasse ich an die Stelle oberhalb meiner Hüfte, und meine Hand ist voller Blut. Die Wunde brennt schlimmer als der Rauch in meinen Lungen. Aber ich kann wieder besser atmen und die tränenden Augen kurz öffnen. Alles ist grau und verschwommen.

Jane liegt ein paar Meter neben mir.

Ich robbe zu ihr. Ihre Augen sind geschlossen. Sie bewegt sich nicht. Eine Hand hat sie an die Brust gepresst. Sie ist voller Blut.

Ich lege die Waffe zur Seite und suche ihre andere Hand. Sie ist kühl und drückt meine leicht. Gleich wird Sean kommen und auch mich erschießen. Wir beide werden hier zusammen sterben.

Sie öffnet die Augen. Ihre sind geschwollen, der Blick ist gebrochen. Sie lächelt schwach.

»Kümmere dich um Aidan«, flüstert sie und drückt noch einmal meine Hand.

»Werde ich.«

Und dann erzählt sie mir noch etwas, mit letzter Kraft.

Mit geschlossenen Augen höre ich ihr zu und sehe uns drei, wie wir zusammen über den goldenen Strand am Lough Nafooey laufen. Aidan geht lachend in der Mitte und hat seine Arme um unsere Schultern gelegt.

Janes Händedruck lässt nach. Meine Finger tasten zu ihrem Mund und dann zu ihrem Hals. Kein Atmen mehr, kein Puls.

»Jane«, flüstere ich.

Aber sie antwortet nicht.

Ich raffe mich auf, öffne ihre Jacke, setze meinen Handballen an ihr Herz und beginne zu pumpen. Ein Stoß, Warten, dann der nächste. Dabei tritt Blut aus ihrer Wunde an der Brust, ich spüre die Wärme an meinen Händen. Während ich auf Seans letzten Schuss warte. Ich taste nach ihrem Kopf, neige ihn nach hinten und presse meine Lippen auf ihre. Fülle ihre Lungen mit meinem Atem. Eins, zwei, drei. Dann wieder Pumpen, Warten, Pumpen, Atmen.

»Stirb nicht«, flüstere ich.

Aber das Leben kehrt nicht mehr zurück. Als ich aufschaue, sind ihre Haare voller Blut von meinen Händen. In der Nacht ist es schwarz. Ein paar nasse Strähnen fallen auf ihr Gesicht, wie damals bei Anna.

Ich höre auf zu pumpen. Kein Puls, kein Herzschlag, Jane ist tot. Ich beuge mich zu ihr und gebe ihr einen letzten Kuss. Ihre Lippen schmecken bitter. Ich kauere mich neben sie auf die Felsen und nehme ihre Hand. Lausche, warte auf Seans Schritte, auf den Schuss, aber ich höre nichts außer dem Pfeifen in meinen Ohren.

Sehe, wie Anna auf den Baum zurast.

Allmählich ebbt der Schmerz in den Augen ab, waschen die Tränen den Rauch heraus. Die Wunde an der Seite brennt nicht mehr so stark, und das Pfeifen in den Ohren wird leiser.

Alles ist halb verschwommen, aber ich kann erkennen, dass wir in einer Kuhle hinter Geröll liegen. Sean kann uns also gar nicht sehen. Er weiß vielleicht, dass er uns getroffen hat. Aber nicht, ob wir tot sind.

Meine Pistole liegt nicht weit von mir entfernt. Ich nehme sie in die Hand, suche den kleinen Hebel und entsichere sie. Lausche wieder auf Schritte oder wegrollende Steine. Schieß in den Bauch, hat Jane gesagt.

Doch nichts passiert. Keine Schritte, keine rollenden Steine, keine weiteren Schüsse. Janes Körper ist blutüberströmt, das Gesicht weiß, ihre Haut schimmert wie Elfenbein, wie die Knochen an dem Kratersee. Ihr Mund steht offen, die Augen starren in den Himmel. Ich drücke sie für immer zu. Die Atemluft fühlt sich eiskalt an, wenn sie in meine Lungen strömt. Immer wieder schaue ich kurz auf, ob er sich nähert, dann wieder zu Jane, und lausche auf jedes Geräusch.

Vielleicht ist er tot. Vielleicht hat eine von Janes Kugeln ihn erwischt. Vielleicht liegt er zwischen Felsen und ist schon längst verblutet. Ich muss dafür sorgen, dass Jane ein ordentliches Begräbnis erhält. Und ich muss zu Aidan zurück. Und noch einmal zu Annas Grab.

Da sehe ich einen Schatten. Sean lebt. Er kommt.

Ich drehe mich auf den Rücken und verberge die Hand mit der Pistole an meiner Seite. Ich kann seine schleppenden Schritte hören, und da löst sich sein Schatten aus der Nacht. Ich schließe die Augen, plötzlich Stille. Keine Schritte mehr. Ich rühre mich nicht, als wäre ich tot.

Schon bald kann ich seine Nähe spüren. Öffne die Augen und sehe ihn ganz scharf. Er steht direkt vor uns mit einer Pistole in der Hand, halb zusammengesackt, er ist verwundet und hält sich kaum auf den Beinen. Und starrt auf Jane.

Da reiße ich die Waffe nach oben und schieße: in den Bauch, in die Brust. Schon der erste Schuss trifft, aber ich schieße weiter, immer weiter und sehe ihn dabei an, wie er im ersten Moment überrascht und dann mit schmerzverzerrten Zügen zu mir starrt. Sehe diesen unbedingten Willen, dass er schießen und mich töten will, sehe diese hasserfüllten Augen, aber er kann nicht, er kriegt seinen Finger nicht krumm! Sein Körper zuckt und zuckt, wie sich eine Kugel nach der anderen in ihn presst, aber es dauert eine Ewigkeit, bis ihn die Kraft verlässt, und dabei sieht er mich immer noch mit diesen Augen an: voller Hass, voller Zorn.

Endlich sinkt er auf die Knie, liegt mit dem Rücken auf den Steinen. Atmet schwer, jeder Atemzug ist eine Qual.

Ich richte mich auf.

Er sieht mich an. Ich werde der Letzte sein, dem er in die Augen blickt. Die Waffe liegt neben ihm in seiner Hand. Sie zuckt, zu mehr fehlt ihm die Kraft. Ich nehme sie ihm einfach weg, und er kann nichts dagegen tun. Er schluckt, schluckt Blut, und die tätowierte Taube auf seinem Hals zittert.

Seine Augen kleben an meinen, und dann spuckt er Blut. Dickes, schwarzes Blut fließt über sein Kinn. Auch durch seine Kleider dringt Blut, seinen Körper habe ich durchsiebt.

Ich richte die Pistole auf den Kopf der Taube. Ihre Flügel sind blutbefleckt. Presse die Mündung fest an die Stelle unterhalb des Kehlkopfs.

Auf einmal ist Seans Blick anders. Schmerzerfüllt und flehend. Bring mich um, bitten seine Augen, schieß, befreie mich von den Schmerzen und meiner Schmach.

Er bewegt die Lippen. »Tu es«, sagen sie stumm.

»Nein«, flüstere ich. »Niemals.«

Warum sollte ich? Stattdessen sehe ich zu, wie er langsam stirbt, und ich beobachte jeden röchelnden Atemzug, mit dem er sich quält. Ich habe Jane sterben sehen und so viele andere Menschen, die es verdient hätten weiterzuleben und denen ich nicht helfen konnte. Der hier soll leiden, so lang es geht.

Jane hat recht, Rache schmeckt süß. Bittersüß, zumindest für den Moment.

Als das Leben schließlich viel zu früh aus seinen grauen Augen weicht, grinse ich ihn höhnisch an.

Er soll im Sterben sehen, dass mir sein Tod willkommen ist.

54

Ich wache auf, lasse die Augen aber noch zu. Es ist so ein wunderbarer Traum, Aidan und ich zusammen in einem Boot auf dem Lough Currane. Wir liegen in einer guten Drift, ein milder Westwind treibt uns an, wir reden nichts, werfen unsere Fliegen aufs Wasser, voller Erwartung, dass eine Forelle nach einer schnappt.

Ich kenne das aus der Zeit nach Annas Tod: Du erwachst aus einem Traum, fühlst dich herrlich leicht und wunderst dich zugleich, warum du dich so leicht fühlst, dann sacken die Erinnerungen wie lähmendes Gift in deine Gedanken, und alles ist noch schlimmer, weil du kurz gekostet hast, wie süß das Leben schmecken kann.

Genauso ist es jetzt. Ich will die Augen gar nicht öffnen. Jane ist tot, und ich habe Sean umgebracht. Als ich schoss, war ich erfüllt von tiefem Hass, von dem höllischen Verlangen, diesen Mann zu vernichten. Alles tut mir weh, als wäre mir die Haut abgezogen worden, mein Körper ist wie ein Stück wundes, rohes Fleisch. Ich fühle mich wie ein Soldat, der aus dem Krieg zurückgekehrt ist, irgendwie froh, überlebt zu haben und dass die ständige Spannung und Todesangst vorüber sind, aber auch viel zu schwach, um sich wirklich zu freuen.

Ich öffne die Augen, und sie tun so weh, als wären sie für Jahre geschlossen gewesen. Ein gleißendes Weiß, am Fußende des Bettes die Schemen einer Frau.

»Bin ich im Himmel?«, frage ich. Meine Stimme ist nur ein kratziges Flüstern.

Ein raues Lachen, das nach zu vielen Zigaretten klingt.

»So stellst du dir den Himmel vor?«

Die Sicht wird besser. Ich liege in einem Krankenhauszimmer.

»Ich dachte, du wärst ein Engel.« Und für einen Augenblick habe ich das wirklich gedacht. Nur rauchen Engel nicht.

Wieder das Zigarettenlachen. Schwarze Haare mit grauen Strähnen, ein offenes Lächeln und ein freundliches, verlebtes Gesicht.

»›Engel‹ hat mich schon lang keiner mehr genannt. Ich bin nur die Krankenschwester.«

»Martha« steht auf dem Schild ihres Kasacks. Neugierig sieht sie mich an. »Aber du bist ein ziemlicher Charmeur. Gut, dass mich der Polizist vor dir gewarnt hat.«

»Welcher Polizist?«

»Der vor deiner Tür sitzt. Ich soll ihn informieren, sobald du wach bist.«

»Wie lang habe ich geschlafen?«

Sie schaut auf die Uhr. »Sechsunddreißig Stunden.«

»Puh! Gib mir noch zehn Minuten, bevor du ihm Bescheid sagst. Damit ich noch richtig wach werden kann.«

»Sonst noch was?«

»Ein Pint Guinness und einen Jameson.«

Sie verdreht die Augen und grinst. »Du weißt schon, dass sie dich mit zwei Leichen auf Scariff Island gefunden haben?«

»Ich kann das erklären.«

»Das hoffe ich für dich.«

Eine Viertelstunde später sitzt ein Inspector McGowan mit einem Kollegen vor mir. McGowan ist ein kleiner, kräftiger Mann mit krausem schwarzem Haar und smarten Augen. Augen wie Brian. Er sieht mich an wie einen, mit dem er lieber nichts zu schaffen hätte. Die Schwester hat mir keinen Whiskey, aber eine heiße Suppe mit Brot gebracht.

»Sie haben mir einiges zu erklären«, sagt er.

»Ich will zuerst meinen Anwalt anrufen.«

»Das kann ich nicht verhindern.« Er gibt mir mein Handy. »Wir haben uns erlaubt, es aufzuladen.«

Dann gehen die beiden hinaus.

Philipp nimmt gleich ab. Ich gebe ihm eine Kurzfassung der Ereignisse der letzten Tage und erzähle ihm auch, wie ich gerettet worden bin.

Spaziergänger hatten am Morgen die Reste des Boots in den Klippen von Ballinskelligs entdeckt. Sean hatte keinen Anker mehr und hat es einfach treiben lassen, bevor er zur Insel schwamm. Die Küstenwacht suchte daraufhin mit einem Hubschrauber die Gegend ab. Der Pilot entdeckte mich, wie ich auf der Insel in der Nähe der Mönchszelle stand und Janes Mikrofaserdecke schwenkte. Auch ein Arzt war mit an Bord. Ich zeigte ihnen die Leichen und muss dabei ziemlich wirres Zeug geredet haben. Jedenfalls konnte ich dem Piloten anmerken, dass er ernsthaft darüber nachdachte, ob er es wirklich riskieren sollte, mich mitzunehmen. Der Arzt gab mir eine Injektion – »für die Nerven«, meinte er –, und dass ich mich auf die Pritsche im Heli legte, ist das Letzte, woran ich mich erinnern kann.

Als ich fertig bin, ist Philipp kurz still. Dann will er wissen, ob ich Fliegenpilze zum Frühstück hatte.

»Nicht mal Whiskey«, sage ich.

»Oh Mann«, meint Philipp. »Ich besorg dir den besten irischen Anwalt. Und Marc: Halt bloß die Klappe, bis der Anwalt da ist!«

Das tue ich nicht. Irgendwie vertraue ich McGowan. Also erzähle ich ihm alles, von Anfang an, von Anna, Jane, Kate, Michael, Brian und Sean. Das dauert. Danach bin ich fix und fertig, ich hätte keine Minute länger reden können.

»Eine wilde Geschichte«, meint McGowan. »Wir werden das überprüfen.« Er schürzt die Lippen. Ich würde wetten, sein Privatleben verläuft in geordneten Bahnen, und so ein Chaos wie mein Leben ist für ihn Ausdruck mangelnden Nachdenkens und fehlender Selbstbeherrschung.

Eigentlich habe ich keine Kraft mehr, aber eins muss ich noch tun: Ich rufe Aidan an. Seine Stimme auf dem Anrufbeantworter ist wie Medizin.

»Ich habe es überstanden«, sage ich. »Alles wird sich klären. Würde mich freuen, von dir zu hören.«

55

Zwei Tage vor Janes Beerdigung ruft mich McGowan an und teilt mir mit, dass die Staatsanwaltschaft keine Anklage gegen mich erheben wird. Dank meiner Mithilfe sei es ihnen gelungen, die Todesfälle Jane Flynn, Sean Morgan, Brian Ferguson, Michael Vollmer und Kate MacMahon rasch aufzuklären.

»Danke«, sage ich, seufze und bedanke mich erneut.

Erleichtert strecke ich mich in meinem Krankenhausbett. Es ist mein letzter Tag in der Klinik in Cahersiveen. Der Anwalt, den mir Philipp besorgt hat, ist sofort aus Dublin hierhergefahren und hat mich täglich angerufen. Wieder und wieder gingen wir meine Aussagen durch. Die schickte er dann zu Philipp, der auch noch einmal drüberschaute. Dass die irische Justiz mich so schnell vom Haken lässt, habe ich auch den beiden zu verdanken.

Inzwischen kann ich mich bewegen, ohne dass mir alles wehtut, und auch wenn meine Nerven noch angegriffen sind, erfüllt mich eine ungewohnte Ruhe. Ich kann mich nicht erinnern, wann ich mich das letzte Mal so in meinem Leben gefühlt habe.

McGowan erzählt weiter. Brians Leiche wurde vor zwei Tagen von einem Fischer vor der Küste Wicklows entdeckt. Die Möwen hatten sie bereits gefunden, doch die Todesursache – Mord durch Strangulation – konnte eindeutig festgestellt werden. Das passte zu meinen Aussagen, außerdem konnten in Brians Wohnung DNA-Spuren und Fingerabdrücke von Sean sichergestellt werden, wohingegen es von mir weder das eine noch das andere gab.

Kates Leiche bleibt verschwunden. Doch auch in ihrer Wohnung wurden Seans Spuren sichergestellt, und zwar überall im Haus. Ein Leichenspürhund hat die Wohnung durchsucht und angeschlagen. Die Ermittlungen ergaben, dass Kate vermutlich im Wohnzimmer ermordet und dann in ihr Bett getragen worden war. Eine Erklärung dafür hatte McGowan nicht, bis ich ihm von Seans unheimlichem Chor der Toten erzählte.

»Klingt fast so, als mochten Sie ihn«, meint er.

Ich zucke mit den Achseln. »Auf Scariff Island habe ich ihn für einen Moment gehasst. Ansonsten fällt es mir schwer, Menschen nicht zu mögen. Ich entdecke immer etwas, das mir gefällt. Nur bei mir selbst gelingt mir das nicht so gut.«

McGowan klingt skeptisch. »Ich weiß nicht, ob das eine gesunde Einstellung ist.«

»Ich bin Arzt.«

»Sie klingen eher wie ein Priester.«

Bleibt der Tod von Sean Morgan. Die Rekonstruktion des Tathergangs auf Scariff Island stützt meine Aussage, dass ich ihn aus Notwehr erschossen habe. Er hat Jane ermordet, und ich musste davon ausgehen, dass er mich als Zeugen ebenfalls töten würde. Der Umstand, dass ich Seans Körper mit Janes Waffe regelrecht durchsiebt hatte, wurde mit meiner Angst und dem extremen Druck erklärt, unter dem ich seit Tagen gestanden hatte. Und das stimmte ja auch.

Einen Tag später verlasse ich das Krankenhaus und treffe Janes Ex-Mann in Pauls Café. Jane hat mich angelogen, sie war gar nicht mehr verheiratet. Dennoch ist Neil Mulligan aus New Orleans angereist, zusammen mit zwei Freundinnen von Jane. Lee, eine groß gewachsene Brünette mit einer perfekten Figur, ist einmal ein Mann gewesen, und Louise ist eine muskulöse Frau mit sehr kurzen Haaren und sehr männlichen Zügen. Ich kann mir gut vorstellen, wie die beiden zusammen mit Jane durch die Bars des French Quarter gezogen sind.

Es ist ein warmer, sonniger Tag. Neil sieht wirklich aus wie ein Bernhardiner, so wie ihn Jane beschrieben hat. Er wäre der richtige Mann für sie gewesen, er hätte die nötige Kraft und Ruhe gehabt, um mit einer zerrissenen Frau wie Jane leben zu können.

»Danke, dass Sie mich angerufen haben«, sagt er. Er erzählt, dass er wieder verheiratet ist und zwei Kinder hat. »Aber Jane habe ich nie vergessen. Sie hatte dieses sehr dunkle Dunkle, aber wenn sie das ablegen konnte, war sie der lebendigste und lebensfroheste Mensch, den ich kennengelernt habe. Sie hatte ein Lachen, das Tote aufwecken konnte.«

»Erzählen Sie das unserem Sohn. Ich weiß nicht, ob er zur Beerdigung kommt, aber wenn, würde es mich freuen. Er weiß noch zu wenig über die guten Seiten seiner Mutter.«

»Das werde ich gern tun.«

»Ich verstehe, was Sinéad an dir gefunden hat«, sagt Lee mit einem Lächeln zu mir. »Du würdest mir auch gefallen.«

»Sie hat von mir erzählt?«

»Natürlich. Du warst ihre erste große Liebe.«

»Nein, das war ich nicht. Das war Jason.«

»Jason?« Fragend sieht sie Louise an. »Einen Jason hat Sinéad mir gegenüber nie erwähnt. Hat sie dir von einem Jason erzählt, Liebes?«

»Kann mich nicht erinnern«, meint Louise. »Aber dich hat sie wirklich ziemlich oft erwähnt.«

In dem Moment schiebt sich Lee einen Löffel von Pauls Käsekuchen in den Mund und verdreht die Augen. »Oh mein Gott!«, seufzt sie. »Das ist so gut wie Sex.«

Louise schüttelt den Kopf. »Du hast doch keine Ahnung, wovon du redest, Lee. Weil du dich immer mit den Falschen einlässt.«

Kein Jason? Hat es wirklich keinen Jason gegeben?

56

Sinéad Mulligan wird als Jane Flynn auf einem Friedhof nahe der Ballinskelligs Bay begraben. Jane hat keine Verwandten mehr, und ich war bereit, die Beerdigung zu organisieren. Neil will sich an den Kosten beteiligen, was mich gefreut hat, denn ich bin ziemlich pleite, auch wenn ich Brian Ferguson nicht mehr bezahlen muss. Ich dachte, es wäre eine gute Idee, Jane dort zu beerdigen, wo sie am glücklichsten gewesen ist.

Es ist ein grauer und regnerischer Tag. Der Friedhof liegt hoch über dem Meer. Von der Anhöhe aus kann man Waterville mit seinen bunten Häusern und dahinter den Lough Currane sehen. Manche Gräber sind sehr alt und die keltischen Kreuze von ockerfarbenen Flechten überwachsen. Neben dem Friedhof liegt eine verfallene gotische Kirche, die kein Dach mehr hat, und während um die Kirche herum ein Rasen wächst, wuchern da, wo einmal der Altar stand und die Gläubigen beteten, Büsche und Bäume. Vom gepflegten Friedhofsgarten blickt man durch Spitzbogenfenster in einen kleinen Urwald hinein. Das helle Frühlingsgrün der frischen Blätter leuchtet trotz des trüben Wetters. Jane hätte das gefallen. Und vor der Küste ragt Scariff Island mit seinen Abgründen und Ruinen aus dem Meer. Heute ist die Insel schwarz, morgen könnte sie wieder schimmern wie Eidechsenhaut.

Wir alle stehen unter Schirmen im strömenden Regen, als Janes Sarg ins Grab gelassen wird. Frank und seine Frau sind da, Mary aus der »Lobster Bar« und Paul. Das Ehepaar McGrath ist aus Dublin angereist. Lee und Louise stehen Arm in Arm unter knallbunten Schirmen, Lee trägt ein feuerrotes Kleid, Patrick einen eleganten schwarzen Anzug mit Fliege. Aidan trägt schwarze Jeans, immerhin ohne Risse oder Löcher. Ich bin so froh, dass er gekommen ist. Damit habe ich nicht gerechnet, auf meine Anrufe hat er nicht reagiert. Er steht Hand in Hand mit der blauhaarigen Frau aus der Galerie am

Grab, beide tragen schwarze Lederjacken. Seine Pupillen waren geweitet, und er wirkte fahrig, als wir uns begrüßt haben. Ich verstehe, dass er etwas Hilfe braucht, um diesen Tag zu überstehen.

Neben mir steht Philipp. Er hält einen schwarzen Regenschirm über uns, der aber nur einen Teil des Regens fernhält.

Ich weiß nicht, was Jane dazu gesagt hätte, dass sie von einem katholischen Priester beerdigt wird, aber für mich musste es so sein. Möglich, dass sie, wenn sie könnte, laut schreien und mit ihren Fingernägeln am Sargdeckel kratzen würde. Doch ich hoffe, sie liegt da unten im Dunklen, schüttelt den Kopf und lacht ihr tiefes, dunkles, sexy Lachen.

Als der Sarg im Grab ruht, trete ich vor und sage ein paar Worte. Ich habe sie mir auf einen Zettel geschrieben, aber ich kann nichts lesen, weil meine Hände so sehr zittern.

»Es gibt Leben, die eigentlich zu schwer sind, als dass man sie ertragen kann. Jane, deines war ein solches Leben. Du konntest den Schmerz und deine Dämonen nicht überwinden, aber du hast sie ausgehalten. Mit deiner Kraft, deinem Lachen, deiner Zärtlichkeit, die du dir nicht hast nehmen lassen. Du hast Menschen vertraut, obwohl du allen Grund gehabt hättest, das nicht mehr zu tun. Du hast anderen Freude gegeben, Leben geschützt und geschenkt, *daran* will ich mich erinnern, solange ich kann.«

Dann bin ich still. Man hört nichts als Regen. Ich schaue in die Gesichter der Trauergäste. Alle sind gerührt, einige haben Tränen in den Augen. Ist es falsch zu verschweigen, dass Jane drei Menschen getötet hat? Die Leute würden sagen, dass Nora und Jane ihre Eltern hätten anzeigen müssen. Aber wer hätte im konservativen Irland der 1990er Jahre zwei heroinabhängigen Prostituierten geglaubt? Wer würde es heute tun? Jane hat zweimal versucht, sich anderen anzuvertrauen, einmal, als eine Nonne sie in der Schule bedrängt hat, und dann, als sie einer Lehrerin von den Grausamkeiten ihres Vaters erzählte, aber niemand hat sie ernst genommen. Nora und Jane hatten keine Beweise, und ihre Mütter, die Bescheid wussten, haben weggeschaut, es geleugnet und hätten ihre Töchter als Lügnerinnen verleumdet, nur um sich selbst zu schützen. Um das Erbärmliche zu bewahren, das sie für ihre Ehre hielten.

Ich glaube nicht an Rache und halte Selbstjustiz für falsch. Ich bin überzeugt, dass es besser ist, seinen Hass zu überwinden. Dass es einen Menschen zerstört, wenn er sich danach sehnt, einen anderen zu töten. Aber gilt das auch für Jane? Rache und Hass haben sie am Leben gehalten. Sie haben ihre Existenz, die die Eltern aufs Grausamste geschädigt hatten, in einem prekären Gleichgewicht gehalten. Als ich Sean tötete, habe ich selbst für einen Augenblick gespürt, welche Kraft Hass geben, wie sehr Rache beseelen kann. Rechtfertigt das die Morde? Vielleicht nicht. Wobei mir weder die Pattersons noch Janes Vater leidtun.

Ich bezweifle, dass Jane wieder in ihr Leben als Sozialarbeiterin zurückgefunden hätte. Die Erinnerung an ihre Taten wäre mit den Jahren quälender geworden. Irgendwann wäre sie morgens vor ihrem Spiegelbild erschrocken. Trotzdem kann ich verstehen, was Jane getrieben hat. Ich kann ihr auch nichts vorwerfen. Wenn es einen Gott gibt, wird er es schwer haben, ein Urteil zu sprechen. Wenn Götter so etwas überhaupt tun.

Auf einmal steht Aidan vor mir und nimmt mich in den Arm. Auch wegen ihm habe ich Janes Morde an den Pattersons und ihrem Vater nicht erwähnt. Da ist genug, womit er zu kämpfen hat. Vielleicht kommt eines Tages die Gelegenheit, ihm die wahre Geschichte seiner Mutter zu erzählen.

»Danke«, sagt er leise und stellt sich neben mich.

Ich muss daran denken, wie ich einsam auf Annas Beerdigung an ihrem Grab stand. Mir laufen Tränen über die Wangen, als die anderen meine Hand nehmen und mir ihr Beileid ausdrücken, bevor sie von Jane Abschied nehmen. Damals habe ich meine Schuld an Annas Tod nicht ertragen. Ich wünschte mir, dass jemand Anna von der Fahrbahn abgedrängt hat. Aber es gab keine Fahrerflucht. Niemand hat Anna umgebracht. Sie war unkonzentriert und verzweifelt gewesen, weil sie gespürt hat, dass ich mich von ihr und Mia abgewendet habe. Ja, ich trage eine Mitschuld an ihrem Tod, auch wenn ich sie nicht getötet habe.

Ich musste fliehen, um das zu verstehen. Als ich fortging, habe ich Annas Tod nicht ertragen und sah nachts Bilder von ihrem toten Gesicht. Jetzt sehe ich es nicht mehr, wenn ich die Augen schließe. Und wenn ich mich an Anna erinnere, wie sie lachte, tut das nicht mehr so sehr weh.

Später sitzen wir durchnässt und frierend in der »Lobster Bar«. Marys Team sorgt dafür, dass es unserem bunten Haufen schnell besser geht. Ich starte mit einem Hot Whiskey und einem Pint Guinness, zum Hauptgang gibt es Irish Stew. Es schmeckt hervorragend und ist bestimmt so gut wie das von Jane, das sie für Nora in Hackney gekocht hat. Aidan sitzt mir gegenüber und unterhält sich angeregt mit Neil und Patrick. Dass die drei sich finden würden, habe ich gehofft. Paul riecht, als hätte er in Herrenparfüm gebadet. Er sitzt neben Mary, die ständig nervös zur Küche und zum Tresen schaut, damit auch ja alles passt, und spricht mit Louise und Lee über Kuchenrezepte. Frank sitzt neben Philipp, und die beiden plaudern übers Fliegenfischen.

Nachdem alle gegangen sind, stehe ich mit Aidan draußen am Meer. Wir rauchen jeder eine Purple Silk Cut im Nieselregen und schauen der sanften Brandung zu. Die Wellen rollen kleine Steine über den Strand, und es klingt, als würden sie leise über uns reden. Dazu der würzige Duft des Meeres, nach Salz, Muscheln, Fisch und Tang, nach Leben und Tod.

»Und?«, fragt er. »Wie geht es jetzt weiter mit dir?«

Ich zucke mit den Achseln und blase den Rauch in die Luft. »Keine Ahnung. Habe ich wirklich nicht. Aber ich weiß, was ich nicht will: zurück nach Frankfurt oder nach Afrika. Ich habe lange genug die Welt gerettet. Es ist Zeit, dass ich mich um mich selbst kümmere. Und ich schätze, das wird ein Weilchen dauern. Ein paar Tage bleibe ich jedenfalls noch hier. Philipp und ich gehen morgen mit Frank zum Angeln raus.«

»Besuch mich doch in Cobh, bevor du gehst.« Seine Stimme klingt brüchig. »Bei mir bist du jederzeit willkommen. Also, solange du nicht bei mir einziehen willst oder verlangst, dass ich jeden Sonntag mit dir zum Angeln gehe.«

Ich muss lachen. Dann schauen wir uns an. »Das wäre schön«, sage ich.

Danksagung

Dank an Carlos Westerkamp und meine Agentin Beate Riess für ihre überaus wertvollen Anregungen in der frühen Phase des Projekts.

Dank an meine konstruktiven und kritischen Zweitleser*innen Katja und Ingrid Arbeiter, Hubert Armbruster, Volker Engel, Annette und Dieter Grupp, Hartmut Jünger und Stefan Schipperges.

Dank an Lothar Strüh für sein anregendes und sorgfältiges Lektorat.

Dank an das Team des Emons-Verlags für das Vertrauen und die große Mühe. Man merkt: Büchermachen liegt euch im Blut!

Matthias Moor

FINSTERSEE

Broschur, 416 Seiten

ISBN 978-3-95451-173-0

Jakob von Werdenberg steht am Beginn einer vielversprechenden politischen Karriere und besitzt alles, was sich ein Mann wünschen kann: Er ist glücklich verheiratet, charismatisch, gut aussehend und smart. Doch plötzlich wendet sich das Blatt. Er wird überfallen und bedroht, die Polizei findet Kokain in seinem Wagen, Bilder von ihm und einem mysteriösen Edel-Callgirl tauchen auf. Dann wird seine Ehefrau entführt, es geschieht ein Mord ... und die Jagd auf einen Schatten beginnt, der ein Leben zerstören will.

»Ein rundum gelungenes Debüt.« Thurgauer Zeitung

»Ein fesselndes Buch.« Südkurier

Matthias Moor

FLAMMENSEE

Broschur, 384 Seiten

ISBN 978-3-95451-444-1

Vor drei Jahren verschwand am Bodensee der sechsjährige Tim. Damals fiel der Verdacht auf Katharina Mink, die Mutter des Jungen. Als jetzt die gleichaltrige Martha verschwindet, ist Katharina die Letzte, die das Mädchen lebend gesehen hat. Während die Polizei auf die Spur eines rätselhaften Mannes gerät, ermittelt Privatdetektiv Martin Schwarz im Kreis der Familien. Dort stößt er auf ungeahnte Verstrickungen und Abgründe – und ein verstörendes Geheimnis.

»Ein faszinierender und intensiver Psychokrimi voller Spannung und interessanter Wendungen, den man schwer wieder aus der Hand legen mag.« Südkurier

www.emons-verlag.de